IM AUGE DES LEUCHTTURMS

Antonia Michaelis wurde in Kiel geboren und ist in Augsburg aufgewachsen. Sie hat in Greifswald Medizin studiert und unter anderem in Indien, Nepal und Peru gearbeitet. Heute lebt sie mit Mann und Töchtern gegenüber der Insel Usedom im Nichts, wo sie zwischen Seeadlern, Reet und Brennnesseln in einem alten Haus lauter abstruse Geschichten schreibt.

Dieses Buch ist ein Roman. Handlungen und Personen sind frei erfunden. Ähnlichkeiten mit lebenden oder toten Personen sind nicht gewollt und rein zufällig.

ANTONIA MICHAELIS

IM AUGE DES
LEUCHT
TURMS

KRIMINALROMAN

emons:

Bibliografische Information der Deutschen Nationalbibliothek
Die Deutsche Nationalbibliothek verzeichnet diese Publikation
in der Deutschen Nationalbibliografie; detaillierte bibliografische
Daten sind im Internet über http://dnb.d-nb.de abrufbar.

© Emons Verlag GmbH
Alle Rechte vorbehalten
Umschlagmotiv: fotolia.com/Nejron Photo
Umschlaggestaltung: Nina Schäfer
Gestaltung Innenteil: César Satz & Grafik GmbH, Köln
Lektorat: Dr. Marion Heister
Druck und Bindung: Druckerei C.H. Beck, Nördlingen
Printed in Germany 2015
ISBN 978-3-95451-675-9
Originalausgabe

Unser Newsletter informiert Sie
regelmäßig über Neues von emons:
Kostenlos bestellen unter
www.emons-verlag.de

Dieser Roman wurde vermittelt durch die Literaturagentur
Beate Riess, Freiburg. www.beate-riess.de

Für Kiki
und alle Amrumer Eichhörnchen

1

Die Postkarte war durchweicht, obwohl es nicht geregnet hatte. Als hätte sie im Wasser gelegen. In salzigem Wasser. Es gab weiße Ränder, wo das Wasser bereits getrocknet war. Die Schrift auf der Karte war kaum noch zu entziffern, ein Wunder, dass der Postbote die Adresse hatte lesen können. Es war ihre Adresse, eindeutig, die eigene Adresse kann man auch lesen, wenn die Buchstaben verlaufen sind. Sie las sie dennoch drei Mal, um sicherzugehen.

Nada Schwarz Nada Schwarz Nada Schwarz.

Es war ihre Postkarte.

Jemand hatte *ihr* eine Postkarte geschickt.

Niemand schickte ihr Postkarten. Die Sorte von Leuten, die Postkarten verschickte, gehörte nicht in ihre Welt. Postkarten verschickende Leute hatten Zeit. Sie machten Urlaub und legten sich an den Strand und lasen und schrieben die Postkarten beim Abendessen in einer Kneipe am Meer, vorzugsweise bei Sonnenuntergang und –

Am Meer.

Sie drehte die Karte zwischen ihren Fingern. Das Meer war salzig. Die Karte hatte im Meerwasser gelegen. Und zwar, nachdem sie geschrieben worden war. Es ergab keinen Sinn. Es ergab auf eine Weise keinen Sinn, die ihr einen Schauer über den Rücken jagte. Sie legte die Karte auf den Tisch und trat einen Schritt zurück. Die Luft in der Wohnung schien sich verändert zu haben. Sie schmeckte mit einem Mal feucht und salzig, und da war das Rauschen von Wogen knapp unter der Zimmerdecke.

Sie schüttelte den Kopf. Natürlich war das Einbildung.

Sie hatte keine Zeit für solchen Unsinn, sie musste los. Sie war schon auf dem Weg gewesen, als sie die Postkarte unter ihrer Wohnungstür gefunden hatte, und wenn der verdammte Postbote sie in den verdammten Briefkasten gesteckt hätte, wie er es sonst mit der verdammten Post tat, dann hätte sie sie überhaupt nicht gefunden und wäre seit – sie sah auf die Uhr – fünfeinhalb Minuten unten auf der Straße, seit dreieinhalb Minuten im Auto und in vierzehn und einer Dreiviertelminute im noch nicht eröffneten Lichthaus Nord, wo in fünfzehn Minuten der Herr von der Kunsthalle eintreffen würde, mit dem sie über die Bilder sprechen musste.

Sie würden genau dreißig Minuten haben, um die richtigen Bilder auszuwählen. Es mussten die exakt richtigen sein, die Stimmung in einem Restaurant kann entscheidend von den Bildern abhängen, die die Leute beim Essen betrachten, und in dreißig Minuten eine exakt richtige Entscheidung zu fällen, war eine Herausforderung. Ihr Leben bestand aus Herausforderungen. Und aus Listen. Nach dreißig Minuten würde sie wieder ins Auto steigen, um weiterzufahren, zum nächsten Punkt auf der Liste für den heutigen Tag. Es gab zweiundzwanzig Punkte – kein Rekord, aber auch kein ereignisloser Tag.

Sie hatte die Hand schon um die Türklinke geschlossen, als sie sich noch einmal umdrehte. Die Karte lag gleichermaßen unschuldig wie hartnäckig auf dem Tisch. Als würde sie Nada anstarren. Sie lag mit der bunten hochglanzbeschichteten Seite oben, deren Ränder sich vom Wasser wellten. Auf der Karte war ein Leuchtturm.

»Ich habe diesen Leuchtturm noch nie gesehen«, sagte sie laut. »Ich kenne niemanden, der zu einem Leuchtturm fahren wollte. Ich kenne denjenigen nicht, der die Karte geschrieben hat.«

Der Leuchtturm war aus rotem Backstein, ein wenig verfallen, ein wenig zur Seite geneigt, dem Meer zu. Doch das Meer war nicht blau wie sonst auf Postkarten, es war grau, und die Schaumkronen auf seinen Wellen waren nicht weiß, sondern bräunlich, voll aufgewirbeltem Sand. Zu Füßen des Turms blühte gelber Ginster. Das Licht, das durch die Wolkendecke auf den Ginster fiel, ließ seine Blüten auf eine seltsame Art leuchten, unwirklich, gewitterträchtig. Sie merkte, wie sie sich unwillkürlich schüttelte und die Schultern hochzog. Auf einmal fror sie.

Und schließlich ging sie zurück zum Tisch, streckte die Hand nach der Postkarte aus – und hielt inne. Ihr Herz raste. Ihre Hände waren nass vor Schweiß. Sie bekam schlecht Luft.

Die Anwesenheit der Postkarte machte die Wohnung kleiner, beengter, stickiger. Als sehnten sich selbst die Möbel und der Fußabtreter nach der Weite des Ozeans, an dem der Leuchtturm stand. Sie betrachtete ihre Finger und sah, wie sie zitterten.

Mein Gott, das da auf dem Tisch war nur ein Stück Pappe, an den Ecken aufgequollen vom Wasser, wertlos, bedeutungslos! Sie konnte sich nicht erklären, wie die Postkarte hierhergekommen war, aber noch weniger konnte sie sich ihre Reaktion erklären. Sie würde das Ding jetzt einfach wegwerfen und endlich machen, dass sie loskam. Doch als sie die Karte vom Tisch aufhob, war da wieder das Meeresrauschen unter der Decke. Sie sah auf und erwartete beinahe, von unten eine Wasseroberfläche zu sehen, die sich wogend hob und senkte. Natürlich sah sie keine. Sie ging zum Mülleimer, öffnete ihn durch einen Tritt auf den zeitsparenden Fußhebel und hielt wieder inne.

Jetzt roch sie den Wind. Den Wind, der vom Meer kam. Unsinn. Sie betrachtete den Leuchtturm – den Fuß immer noch auf dem Mülleimerhebel –, betrachtete den Ginster, den roten Backstein, das seltsame Licht und hatte auf einmal das Gefühl, dass sie den Turm doch kannte. Dass sie ihn irgendwo schon einmal gesehen hatte. Ein Déjà-vu, sagte sie sich. Und dann drehte sie die Karte um.

Sie hatte noch immer nicht gelesen, was darauf stand.

Die verlaufenen schwarzen Kugelschreiberworte erschienen ihr auf unerklärliche Art gefährlich. Man musste sich anstrengen, um sie zu entschlüsseln, das Wasser hatte eine Geheimschrift aus ihnen gemacht, doch sie hatte gleich gewusst, dass es keine gewöhnlichen Worte waren – nicht die gewöhnlichen Worte, die auf gewöhnlichen Karten standen. Nicht: Liebe Nada, wir sind hier im Urlaub an der See, es ist sehr schön, wir baden, obwohl es windig ist, viele Grüße, deine Freundin X.

Diese Worte konnten schon allein deshalb nicht dort stehen, weil Nada keine Freunde besaß. Sie hatte keine Zeit für Freunde. Freunde waren überflüssig. Sie kamen und wollten Kaffee trinken und reden, schlimmer noch, sie wollten, dass man ihnen zuhörte, vor allem Freund*innen*, und sie verstanden es nicht, wenn man auf die Uhr sah, um sie dazu zu bringen, dass sie wieder gingen. Nada hatte vor Langem damit aufgehört, Freunde zu haben.

Sie hielt die Karte dicht an ihre Augen und zwang das Salzwasser, die Buchstaben freizugeben.

Komm her. Es ist wichtig, dass du kommst. Man kann bis hinter den Horizont sehen, wenn man ganz leise ist. Das alte Ferienhaus steht leer. Die Dunkelheit ist noch da. Komm trotzdem. Vergiss, was geschehen ist. Ich brauche einen Anker. Frage dich nicht, wer ich bin. Ich warte.

»Man kann bis hinter den Horizont sehen, wenn man ganz leise ist«, flüsterte sie. »Ich warte.«

Ein metallenes Klicken durchstach die Stille, und sie zuckte zusammen. Es hörte sich an wie das Klicken einer Waffe, die entsichert wird. Aber als sie herumfuhr, war niemand da. Nur sie selbst. Dann begriff sie: Der Deckel des Mülleimers war zugefallen, sonst nichts. Sie hatte ihren Fuß vom Hebel genommen.

Ich warte.

Sie faltete die Postkarte in der Mitte und steckte sie in die Brusttasche ihrer Bluse. Dann drehte sie sich auf dem Absatz um, riss die Haustür auf und stürzte hinaus, ohne hinter sich abzuschließen.

Sie spürte die gefaltete Karte in ihrer Tasche, die gegen ihre linke Brust drückte, störte, sich weigerte, vergessen zu werden. Genauso wie sie sich geweigert hatte, weggeworfen zu werden. Als Nada die Treppen hinunterrannte, dachte sie, dass die Worte auf der Karte genauso wenig Sinn ergaben wie alles andere. *Ich brauche einen Anker. Frage dich nicht, wer ich bin.* Die Sätze klangen wie der Versuch eines Schizophrenen, Tagebuch zu schreiben. Vielleicht war der, der sie geschrieben hatte, tatsächlich krank. Aber warum schickte er Nada eine Karte?

Und warum kam es ihr plötzlich so vor, als hätten ihre Eltern früher, vor einigen Millionen Lichtjahren, in einer Kindheit, an die sie sich nicht erinnerte, ein Ferienhaus an der See besessen – an einem Meer, das nicht blau war, sondern grau, einem Meer mit beunruhigenden bräunlichen Schaumkronen?

Sie hatte zu wenig Zeit für die Bilder. Der Mensch von der Galerie, dessen Namen sie sofort wieder vergaß, war verstimmt. Sie wählte fünf Bilder aus, eines mehr als geplant, um ihn zu besänftigen. Es war wichtig, trotz Zeitersparnis und daraus folgender Eile ein gutes Verhältnis zu den Leuten zu haben, mit denen man zusammenarbeitete, das war ein Teil der Eintrittskarte zum Erfolg.

Die Leute mussten das Gefühl haben, man nähme sich für sie eine Minute mehr als für alle anderen Leute, eine kostbare, eine goldwerte Minute, einen Edelstein von einer Minute, ein beinahe schon intimes Zugeständnis persönlicher Wertschätzung.

Nada nahm sich fünf Extraminuten für das fünfte Bild, erwog kurz, ob ein mathematischer Zusammenhang bestand, dachte den Gedanken aus Zeitmangel nicht zu Ende und entschied sich für ein Bild von – Moment. War das nicht ein Leuchtturm? Es fiel ihr erst auf, als sie bereits wieder im Auto saß, auf dem Weg zum nächsten Termin. Die Bilder waren alle abstrakt, nur auf dem fünften war ein senkrechter roter Strich zu sehen, und in der Ferne dahinter irgendwo ein Blau, das kein Blau war, sondern eher ein Grau. Beunruhigend.

Sie tastete nach der Postkarte, die ihre Tasche ausbeulte. Die Tasche war nicht dazu gemacht, Postkarten zu beherbergen; es war eine völlig funktionslose winzige Tasche, deren Lebensaufgabe sonst darin bestand, gebügelt zu werden. Sie saß auf einer dezent figurbetonten weißen Bluse und gehörte zu Nadas Uniform. Es gab die Uniform in verschiedenen Farben, schlicht und gut geschnitten, wertvoll, ein gepflegtes Understatement ohne jede Emotion: gebügelte Bluse, gebügelte Stoffhose, Herrenarmbanduhr, kein Schmuck bis auf eine dünne Silberkette, die sie nie ablegte. Nichts von diesen Dingen verschwendete Zeit beim An- oder Ausziehen. Nada hatte nie über die Uniform nachgedacht, doch die Karte brachte sie dazu, es zu tun. Und sie stellte voller Erstaunen fest, dass sie keine eigenen Kleider besaß.

Selbst ihre Schlafanzüge, stets ebenfalls gebügelte Herren-Seidenschlafanzüge, schienen zur Uniform der Effektivität zu gehören. Es war ihr vage bewusst, dass es Leute gab, die sich abends in Rüschennachthemden hüllten und sich vor den Spiegel stellten und verführerisch fanden. Es gab Leute, die in einem alten Tanktop und geerbten Shorts schliefen und das Tanktop und die geerbte Shorts liebten, weil sie so schlabberig und unvorzeigbar waren.

Nada hatte keine Beziehung zu ihren Kleidern. Sie mochte die Herrenschlafanzüge nicht, und sie mochte sie nicht nicht. Mit den Herren, mit denen sie bisweilen schlief, war es genauso. Sie schlief mit ihnen, weil es notwendig schien. Es war weder angenehm noch unangenehm. Wichtig war nur, dass sie am Morgen kein Frühstück erwarteten, keinen Orangensaft, keinen Bademantel, keine Abschiedsworte. Am Morgen legte Nada Schwarz ihren Schlafanzug in eine Schublade, und sie hätte den jeweiligen Herren dazugelegt, aber meistens zogen die Herren es vor, selbst und nicht in Schubladen zu verschwinden: aus ihrem Bett, aus ihrer Wohnung, aus ihrem Leben, aus ihrem Kopf. Sie brauchte ihren Kopf für andere Dinge.

Sie organisierte.

Sie organisierte alles und jeden, oder manchmal kam es ihr so vor, obwohl es eigentlich nur Franks Restaurant war. Franks Restaurants.

Sie hatten sich vermehrt, seitdem Nada angefangen hatte, sie zu organisieren. Anfangs hatte es nur das Lichthaus gegeben, inzwischen gab es das Lichthaus Ost, Süd und West und demnächst also das Lichthaus Nord. Die Restaurants hatten ihr Leben als Geheimtipp begonnen, hatten dann die Heimlichkeit hinter sich gelassen und waren ins Rampenlicht verschiedenster Kritiker geraten, die auf eher unheimliche Weise einhellig in Lobesgesang verfielen, und inzwischen hielt man es in der besseren Gesellschaft geheim, wenn man noch nie in einem von Franks Lichthäusern gegessen hatte. Das alles verdankten die Lichthäuser, verdankte Frank, verdankten die Kritiker und die gesamte verdammte bessere Gesellschaft Nada.

Und so organisierte sie auf Umwegen vielleicht das Leben der Stadt. In gewissen Kreisen.

Sie hetzte seit Wochen von Verabredung zu Verabredung, die alle etwas mit der bevorstehenden Eröffnung des letzten Lichthauses zu tun hatten, und an diesem Tag fragte sie sich zum ersten Mal, ob es Sinn hatte, noch ein Lichthaus zu eröffnen. Ob es überhaupt Sinn hatte, dass es die Lichthäuser gab. Ob irgendetwas einen Sinn hatte. Je weniger Sinn die Welt um sie herum zu haben schien, desto sinnvoller kamen ihr die sinnlosen Sätze auf der Postkarte vor. Vielleicht wurde sie krank. Die Karte in ihrer Tasche schien schwerer zu werden, und seltsamerweise kam Nada – mitten bei Termin 18, einer Besprechung mit dem französischen Chefkoch des Lichthauses Ost und seiner Mannschaft – der Satz in den Sinn: *Ihr Herz war so schwer, dass sie es kaum noch tragen konnte.*

Sie wusste nicht, woher dieser Satz stammte, vermutlich hatte sie ihn irgendwo gelesen, sie las bisweilen Bücher, um Sätze aus den Büchern in die Konversation einfließen zu lassen. Wenn sie mit Leuten sprach, denen Sätze aus Büchern in Konversationen wichtig waren. *Ihr Herz war so schwer.* Als trüge sie die Postkarte anstelle eines Herzens mit sich herum. Anatomisch gesehen stimmte das, sie trug sie *an der Stelle ihres Herzens*, oder vielmehr trug sie sie vor ihrem Herzen her. Ihr Herz, natürlich, schlug hinter Rippen und Fett und Muskelfleisch wie immer. Sie legte ihre Hand auf die Postkarte, mitten in der Besprechung, und spürte ihren Herzschlag durch die Pappe.

»Ist Ihnen nicht gut?«, fragte der Chefkoch. Er war aufgestanden und hatte sich über sie gebeugt, und Nada war sich beinahe sicher, dass er die Frage schon einmal gestellt und sie nicht reagiert hatte.

»Neinnein, ja, doch, danke«, stammelte sie. »Ich … war mit den Gedanken woanders.«

Sie sah die Blicke, die der Koch mit seiner Mannschaft wechselte. Nada Schwarz, die Managerin der Lichthauskette, war mit den Gedanken nie woanders. Sie dachte ihre Gedanken so rasch und scharf und akkurat, dass es schmerzte, und sie ließ es einen gewöhnlich spüren, wenn man Schwierigkeiten hatte, ihr zu folgen.

Die Blicke der Köche waren nicht besorgt oder wohlwollend. Sie waren verwirrt. Etwas stimmte nicht mit Nada Schwarz. Vielleicht war sie krank.

»Ja, das denke ich auch«, murmelte Nada, »genau das habe ich eben gedacht ...«

»Bitte?«, fragte der Chefkoch.

»Nichts«, sagte Nada. »Gar nichts. Fahren Sie fort.«

Sie zwang sich, sich auf die Speisekarte des Lichthauses Nord zu konzentrieren, auf die richtige Mischung aus exotischen Extras und bodenständiger Küche, es war wichtig, zur Eröffnung eines Restaurants die richtige Speisekarte zu ... ihr war nie aufgefallen, wie schnell ihr Herz schlug. Sie hatte Kopfschmerzen. Da saß etwas hinter ihren Schläfen, etwas Nagendes und Permanentes, das eventuell schon länger da war.

Schon immer.

Sie dachte drei Termine lang darüber nach, was es sein könnte. Während eines Termins mit einem Fotografen, dem das Licht im Lichthaus Nord an einigen Stellen nicht hell genug war, sodass für die Fotos zusätzliche Scheinwerfer beschafft werden mussten; während eines Termins mit einem Lieferanten, der Lieferengpässe bei einem ganz bestimmten afrikanischen Wein hatte – nicht einmal die verdammte Globalisierung funktionierte; und während eines Termins mit einem Reporter, der nicht wusste, wer Nada Schwarz war, und versuchte, mit ihr zu flirten. Als sie nach dem Milchkaffee mit dem Reporter darauf bestand, die Rechnung zu bezahlen, und in ihre Stimme so viel Kälte legte, dass er das Flirten aufgab und seinen Mantel enger zog – da – da wusste sie es auf einmal.

Sie wusste, was das hinter ihren Schläfen war.

Müdigkeit.

Sie war müde. So müde, dass sie sich kaum auf den Beinen halten konnte. Es war eine erstaunliche Entdeckung. Vielleicht war sie seit Jahren müde und hatte es nur nie gemerkt. Sie strauchelte auf den Stufen vor der Bar, in der sie den Milchkaffee getrunken hatten, und der Reporter hielt sie fest. Als sie sich aus seinen Armen befreite und ihre Bluse glättete, streiften ihre Finger die Karte. Das Geräusch des Ozeans schwappte wieder durch ihren Kopf.

»Frau Schwarz«, sagte der Reporter. »Ist – sind Sie –?«

»Mir geht es gut«, sagte Nada. Sie bemühte sich, die Worte klar und deutlich auszusprechen, Worte aus Glas, harte und kalte Worte. Doch der Ozean in ihrem Kopf wollte ihre Worte verwaschen, ihre Kanten weich machen und sie verformen, er wollte sie rufen lassen, flehen lassen: Ich weiß nicht, was mit mir los ist! Ich kann mich nicht auf den Beinen halten! Bitte, bitte helfen Sie mir!

Sie sagte diese verformten Worte nicht und hielt sich sehr gerade, während sie die Straße hinunterging. Eine dunkle Straße. Der Milchkaffee-Termin war ein später gewesen, ein Zehn-Uhr-Termin, der Abendwind pfiff zwischen den Häusern entlang. Sie fror. Vielleicht fror sie auch schon seit Jahren und hatte es nur nie gemerkt … Ihr war schwindelig. Das Geräusch des Ozeans in ihren Ohren wurde lauter, wurde allmächtig, wurde so groß, dass es die Welt in sich ertrinken ließ. Es war nicht mehr weit bis zu ihrem Wagen.

Sie würde sich hinters Steuer setzen und tief durchatmen – sie sah den Bürgersteig auf sich zukommen und hatte das merkwürdige Gefühl, er bestünde aus Sand. Sie fiel.

Sie fiel und fiel und fiel in ein bodenloses schwarzes Loch, auf dessen Grund es nichts gab. Nur Dunkelheit.

Der Reporter fing sie auf. Sie hatte nicht gewusst, dass er noch neben ihr war. Sie sah sein Gesicht über sich, im Schein einer Straßenlaterne. Er hatte sie wohl doch nicht gefangen, mehr vom Boden aufgeklaubt, denn dort lag sie, und er kniete neben ihr wie neben einem Kind, das vom Rad gefallen ist. Sein Gesicht war selbst das Gesicht eines Kindes, er war so jung. Wie ein weißes Blatt, unbeschrieben, seine Wangen glatt rasiert bis auf ein sorgfältig stehen gelassenes und vollkommen lächerliches Ziegenbärtchen, sein Mund zu einem halb erschrockenen O verformt … Der Schal um seinen Hals lag so sorgfältig lässig, auf so unschuldige Art überzeugt von sich selbst, dass man weinen wollte.

»Nada«, flüsterte er.

»Danke«, flüsterte sie. »Etwas stimmt nicht mit meinem Kopf. Oder mit meinen Beinen. Es geht schon wieder.«

»Nada –«

»Schwarz«, sagte sie. »Mein Name ist Schwarz. Und mein Vorname ist Nathalie.«

»Dann ist Nada Schwarz ein … Künstlername?«

Sie setzte sich auf. Seine Hand hielt sie noch immer fest, und sie war erstaunlich nah an ihrer linken Brust. Sie war erstaunlich nah an der Postkarte. Sie schob die Hand weg.

»Dies ist keine romantische Situation«, sagte sie, aber ihre Stimme klang nicht mehr klar und kalt, sondern nur noch erschöpft. »Es geht mir nicht gut, und ich bin gefallen, das ist alles. Behalten Sie es für sich. Es hat nichts mit dem Artikel zu tun, den Sie über das Lichthaus Nord schreiben werden.«

»Natürlich nicht. Nada –« Er half ihr hoch.

»Mein Auto steht gleich dort«, sagte sie. »Ich komme jetzt allein zurecht. Ich bin noch verabredet.«

Er nickte. Er ließ sie los. Aber er sah aus, als glaubte er immer noch an Romantik. Als glaubte er, sie könnte sich nur nicht entscheiden, was sie wirklich wollte.

Verdammt, sie wusste genau, was sie wollte. Sie wollte die Augen schließen und schlafen, lange, lange, lange schlafen. Nichts organisieren und nicht effektiv sein. Und wenn sie aufwachte, wollte sie den Ozean rauschen hören, einen echten Ozean, unendlich und grau und voller Schaumkronen. Es war das erste Mal, dass sie etwas so Unsinniges wollte.

»Nada«, sagte der junge Reporter ein letztes Mal, um die Fahrertür herum, die sie zuziehen wollte. »Wenn Sie vielleicht doch nicht zurechtkommen … lassen Sie es mich wissen. Wenn Sie mich brauchen, bin ich für Sie da.«

Sie nickte, schloss die Tür, hoffte, dass er seine Finger rechtzeitig zurückgezogen hatte, und fuhr los. Im Rückspiegel sah sie ihn noch eine Weile dastehen und ihr nachsehen.

Seine Hand sah heil aus. Er hob sie und winkte. Ein Kind.

Sie öffnete die Tür des Lichthauses Nord um fünf Minuten nach elf. Die Bilder hingen inzwischen, und sie sah sofort, dass zwei von ihnen verkehrt hingen. Sie hatten ihre Anordnungen nicht verstanden, oder sie hatten sie verstanden und absichtlich missachtet, und in jedem Fall würde sie es Frank sagen müssen, damit er dafür sorgte, dass die Bilder an die richtigen Stellen gehängt wurden.

Er war bereits da, er wartete auf sie. Sie sah seinen breiten Rücken durch zwei der glaslosen Innenfenster. Das Lichthaus Nord war voller Licht, wie sein Name implizierte, und Frank hatte alle Lichter angemacht, Lichter in allen Ecken und Winkeln, verborgene Lichter. Draußen war Nacht, doch im Lichthaus war es taghell. Nicht grell, nur hell, angenehm hell, wie die Luft auf einer Terrasse über dem Mittelmeer.

»Frank?«

Er zuckte zusammen, drehte sich um und lächelte ihr entgegen, durch die beiden Fenster hindurch.

»Fünf Minuten«, sagte er und hob seine Armbanduhr. »Das ist Rekordzeit. Sonst bist du nie unter zehn Minuten zu spät.«

Frank war der einzige Mensch, bei dem sie nicht pünktlich war. Und auch ihre Nichtpünktlichkeit war berechnet. Sie lächelte zurück. Und durchquerte die beiden Räume, die sie von Franks Tisch trennten.

Die Tische waren bereits alle aufgestellt, denn nur mit aufgestellten Tischen kann man einen Eindruck von einem Raum gewinnen. Und von der perfekten Stelle für ein Bild. Frank stand auf und zog einen Stuhl für sie zurück, ehe er sich wieder setzte.

Einen Augenblick lang betrachteten sie das leere Restaurant mit den leeren Tischen, sämtlich weiß eingedeckt, und schwiegen.

»Gut«, sagte Nada. »Beinahe gut.«

Frank lächelte. »Es ist perfekt, Nada. Perfekt. Wie die drei anderen.«

»Nein«, sagte sie und schüttelte den Kopf, die Lippen fest zusammengepresst. »Die Bilder müssen noch mal umgehängt werden, und wir brauchen mehr Licht. Da hinten in der Ecke fehlt eine Lampe, der Fotograf hat es gemerkt. Außerdem stimmt im dritten Raum

an der Decke etwas mit der Elektrik nicht, die Helligkeit wirkt …
gedimmt. Vielleicht haben sie vergessen, dass es Tageslicht sein
muss? Ich werde mich morgen darum kümmern. Keine Schatten,
Frank. Es darf keine Schatten geben. Es gibt immer noch zu viele
Schatten.« Frank nickte langsam und goss Kaffee für sie aus einer Thermoskanne in eine weiße Porzellantasse.

Nada hatte die Idee zum Lichthaus vor sechs Jahren gehabt.
Damals war sie noch keine Managerin gewesen, sondern hatte
im Rigoletto in der Küche gestanden. Nicht als Tellerwäscherin,
natürlich. Sie war Chefköchin, sie war überall gewesen, wo man
gewesen sein musste, Frankreich, Marokko, Japan, sie war gut,
und sie wusste es. Als Frank sie an seinen Tisch bestellte, verließ
sie ihre Küche mit einem warmen Gefühl von Wut im Hinterkopf.
Er konnte nichts an ihrem Essen auszusetzen haben. Niemals.

Er hatte nichts an ihrem Essen auszusetzen.

»Nada«, sagte er. »Ich bin es, Frank.«

Sie musste eine Weile nachdenken, bis sie darauf kam, woher sie
ihn kannte.

»Die Schule«, sagte sie, kniff die Augen zusammen und musterte
ihn. »Der stille kleine Junge mit der Brille.«

»Ja«, sagte Frank. »Ich trage jetzt Kontaktlinsen.«

Er trug zu den Kontaktlinsen einen Bauchansatz, und sein blass-
rotes Haar war schütter geworden. Auch im Sitzen sah man, dass er
nicht groß war. Sie hatte ihn zuletzt in der neunten Klasse gesehen,
danach war er von der Schule abgegangen.

»Ich habe gerade erst erfahren, dass du hier die Küche schmeißt«,
sagte er und versuchte, lustig zu sein.

»Ich habe keine Zeit«, sagte sie.

Er nickte. »Später. Ich werde warten.«

»Später wird sehr viel später sein. Bis wir hier fertig sind …«

»Ich warte.«

Sie hatte versucht, später so spät werden zu lassen, dass er das
Warten aufgab. Aber er war hartnäckig geblieben. Es war Winter
gewesen, und er hatte draußen auf der Türschwelle des Rigoletto

gesessen, in seinem dünnen Mantel, und mit blau gefrorenen Fingern geraucht. Er hatte sie nach Hause begleitet. Ihr eine Zigarette angeboten.

»Danke«, hatte sie gesagt, »ich rauche nicht.«

»Natürlich«, hatte er gesagt, »besser für dich.«

Sie wusste nicht, ob es besser war. Es war zu zeitaufwendig. Sie hatte keine Zeit zum Rauchen, sie hatte keine Zeit, Zigaretten zu kaufen, sie hatte keine Zeit, davon krank zu werden. Sie war ein Organismus, der funktionieren musste, und sie konnte es sich nicht leisten, diesen Organismus zu zerstören. Niemand würde im Rigoletto kochen, wenn sie es nicht tat, jedenfalls niemand, der so gut war wie sie, niemand würde sich darum kümmern, das chaotische Leben ihrer Eltern in gemäßigte Bahnen zu lenken, niemand würde ihre Wohnung sauber halten, niemand würde ihre Steuern bezahlen …

Frank besaß eine Kneipe. Eine gewöhnliche, heruntergewirtschaftete Kneipe, die er noch weiter heruntergewirtschaftet hatte, seitdem er sie besaß. Er dachte darüber nach, einen Koch anzustellen und die Kneipe in ein Restaurant zu verwandeln.

Sie lachte ihn aus.

»Ich bin Chefköchin im Rigoletto. Ich koche nicht in einer Kneipe.«

»Es wird keine Kneipe mehr sein. Wir können umbauen. Wir können alles so gestalten, wie du möchtest, verstehst du? Du hättest freie Hand. Du könntest alle Entscheidungen treffen. Du allein.«

»Du kannst mich nicht bezahlen«, sagte sie nüchtern.

»Doch«, sagte Frank. »Ich habe Geld geliehen. Eine Menge Geld.«

»Unsinn«, sagte sie. »Es ist ein zu hohes Risiko. Vergiss es.«

Er zeigte ihr seine Kneipe, noch in derselben Nacht. Für Momente befürchtete sie, er hätte andere Motive. Aber hinter dem Tresen hing ein Foto von einem jüngeren Mann mit weniger Bauch, und als sie fragte, ob er das wäre, lachte er.

»Das ist Mark«, sagte er. »Mein Freund. Du wirst ihn kennenlernen. Nachdem du den Vertrag unterschrieben hast.«

»Ich unterschreibe keinen Vertrag«, sagte sie.

Die Kneipe war duster und beengend, die Räume, die dazugehörten, zu neunzig Prozent ungenutzt. Bierkisten lagerten dort, alte Möbel, vergammelte Umzugskisten, Dreck.

Eine Woche später unterschrieb sie den Vertrag.

Frank führte sie zum Essen aus, einem Essen inklusive Mark, und dieses Essen fand in absoluter Dunkelheit statt, in einem Restaurant, in dem nur Blinde arbeiteten.

»Es ist eine wunderbare Geschäftsidee«, sagte er bei der Vorspeise. »Die Leute kommen nicht eigentlich her, um zu essen, sondern um etwas zu erleben, das anders ist. Anders als alles, was sie kennen. Eine neue Sichtweise der Dinge. Es ist eine Herausforderung.«

»Es ist fürchterlich«, sagte Nada.

»Kann jemand mein Glas irgendwo finden?«, fragte Mark.

»Wenn ich esse, möchte ich nicht herausgefordert sein«, sagte Nada. »Wenn ich esse, möchte ich mich entspannen. Ich meine, nicht ich persönlich, sagen wir: man. Man möchte den Stress vergessen, der im Büro lauert oder in der nächsten Besprechung, man wünscht sich eine Umgebung, die man gar nicht bemerkt und die dennoch angenehm ist, wie ein weiches weißes Tuch – verstehst du, was ich meine?«

»Nein«, sagte Frank.

»Ich glaube, mein Steak ist unter den Tisch gefallen«, sagte Mark.

Beim Nachtisch hatte Nada gewusst, was sie wollte. Sie hatte gewusst, wie das Lichthaus aussehen würde.

Und dass es das Lichthaus sein würde. Ein Haus voller Licht. Kein grelles Licht, das in die Augen stach, ein sanftes weißes Licht, das alles durchdrang, ohne sich aufzudrängen.

Sie hatten sämtliche Innenwände durchbrochen und Fenster geschaffen, Durchblicke geschaffen – sie hatten neue Wände eingezogen, nur um auch diese durchzubrechen, sie hatten Spiegel angebracht, im richtigen Winkel, um das Licht durchzulassen, ihm zu erlauben, sich zu vervielfältigen und zu brechen – sie hatten Plätze geschaffen, von denen aus man auf gewisse Weise alle anderen Leute sehen konnte und dennoch in einer eigenen Nische saß, Plätze, die einem erlaubten, sich unbeobachtet zu fühlen und gleichzeitig zu beobachten. Eine Welt aus sich gegenseitig durchdringenden Lichtstrahlen.

Nada schob die Erinnerung an den Beginn der Lichthäuser fort.

»Aber wozu?«, fragte sie, plötzlich, zusammenhanglos.

»Wozu? Wozu was?« Frank hatte sich über den Tisch gebeugt und musterte sie aufmerksam. Er trug seit einiger Zeit wieder eine Brille. Er war in den letzten sechs Jahren gealtert, mehr als sechs Jahre. Die Lichthäuser liefen wunderbar. Er hatte zu viel Geld, um es auszugeben.

Mark hatte ihn verlassen.

»Wozu tun wir das?«, fragte Nada. »Wozu eröffnen wir noch ein Lichthaus?«

»Vielleicht, damit es eine vierte Himmelsrichtung gibt«, sagte Frank und lächelte.

Doch sein Lächeln war traurig. Nada trank den Thermoskaffee aus der Porzellantasse. Er schmeckte nach der Dunkelheit in Franks alter Kneipe. Sie hatte ewig nicht an die alte Kneipe und die Dunkelheit dort gedacht. Es war eine so kalte, klamme Dunkelheit gewesen, kalt und klamm wie das Meer, das sie in Postkartenform in ihrer Tasche trug.

Und plötzlich begriff sie etwas.

Sie hatte die Dunkelheit nicht vertrieben. Nie. Sie hatte sie nur überdeckt, mit ihren Lampen, ihren Spiegeln und Durchbrüchen. Unter all dem lauerte sie noch immer, kalt und klamm und unheimlich. Das Rauschen in ihren Ohren wurde mit einem Mal unerträglich laut, der Schmerz in ihrem Kopf dehnte sich aus, ein rauschender Ozean aus Schmerz – sie presste die Zeigefinger an die Schläfen und schloss die Augen.

»Nada?« Das war Frank. »Nada, was stimmt nicht mit dir?«

Sie zwang sich, die Augen wieder zu öffnen. Die Besorgnis in Franks Gesicht war echt, anders als die in den Gesichtern bei der Besprechung am Vormittag, anders als die übertriebene Schlafzimmerbesorgnis des jungen Reporters.

Vielleicht war Frank der einzige Mensch auf der Welt, dachte Nada, der sie tatsächlich mochte. Nicht, dass sie gewusst hätte, wieso, sie war nie nett zu ihm gewesen. Sie managte seine Restaurants, sie brachte ihm vierstellige Gewinne, aber sie war nie nett gewesen.

»Nada?«

Sie hörte ihn kaum durch das Tosen der Brandung.

»Ich … habe dieses Rauschen in meinen Ohren, seit heute Morgen. Es wird leiser und lauter, aber gerade jetzt …«

Sie machte eine hilflose Bewegung und stieß die Kaffeetasse um. Sie stieß nie Dinge um. Sie versuchte aufzustehen. Da war ein Schmerz in ihrer Brust, ein stechender und gemeiner Schmerz, und sie fiel auf ihren Stuhl zurück, die Hände an die Stelle des Schmerzes gepresst, ihre Finger fanden den Karton der Postkarte, und sie zog sie aus der Tasche. Der Knick, der hindurchlief, sah aus wie ein Riss im Gemäuer des alten Leuchtturms. Frank kniete jetzt neben ihrem Stuhl und legte einen Arm um ihre Schultern.

Der Schmerz in ihrer Brust war verschwunden, nur ihr Herz schlug schneller als gewöhnlich. Viel zu schnell. Der weiße lichtdurchschwebte Raum drehte sich um sie, gemeinsam mit dem Tisch, mit der umgefallenen Kaffeetasse, mit der Thermoskanne, mit Frank.

Die Postkarte und sie selbst waren der einzig fixe Punkt im Universum …

Und dann stand alles still. Ganz plötzlich. Sehr still, ungewöhnlich still. Das Rauschen war fort.

Frank machte den Mund auf und zu, offenbar kamen Worte heraus, doch sie hörte nichts.

Es war, als befände sie sich unter Wasser.

»Ich höre dich nicht«, sagte sie laut, doch sie hörte auch sich nicht, sie hoffte nur, dass Frank es tat. »Ich höre gar nichts mehr. Ich glaube, ich kümmere mich morgen um die Lampen. Vielleicht sollte ich nach Hause fahren und mich hinlegen.«

Er nickte, und dann, ganz langsam, kam der Ton wieder, den jemand abgestellt hatte. Sie nahm das elektronische Piepen eines Handys wahr und sah, dass Frank eine Nummer wählte.

»Wen rufst du an?«, fragte sie.

»Den Notarzt«, sagte er.

Sie hörte ihn jetzt wieder klar und deutlich. Sie atmete auf. Nahm ihm das Handy weg und machte es aus.

»Es geht schon«, flüsterte sie. »Es ist jetzt okay. Ich kriege wieder alles mit, mir ist nur ein bisschen schwindelig. Ich will keinen Arzt. Frank ... Es ist die Karte.«

»Hörsturz«, sagte Frank. »Und was ist mit deinem Herzen? Du hast eben die Hände darauf gepresst, als hättest du Schmerzen.«

»Mit meinem Herzen ist nichts.« Sie schüttelte den Kopf, erschöpft, aber entschlossen. »Und der Hörsturz ist Unsinn. Es war der Ozean.«

Er sah sie an, und sie wusste, was er dachte.

»Du solltest dich eine Weile ausruhen. Wir können die Eröffnung verschieben. Notfalls schaffen wir es ohne dich.«

Sie lachte trocken. Unwahrscheinlich. Sie würden alle im Chaos versinken. Aber sie war so müde. Sie hielt Frank endlich die Karte hin und sah, dass ihre Hand zitterte. Ihre Straße und die Hausnummer waren in Blockbuchstaben geschrieben, ungelenk, wie die Buchstaben eines Kindes. Oder eines Menschen, der selten Blockbuchstaben schreibt, der Blockbuchstaben schreibt, damit seine Schrift nicht erkannt wird. Der übrige Text auf der Karte war, obwohl verwaschen, blockbuchstabenlos.

»Die war heute Morgen in der Post«, sagte Nada. »Der Postbote hatte sie unter der Tür durchgeschoben. *Jemand* hatte sie unter der Tür durchgeschoben. Es ist ... als hätte alles miteinander zu tun. Die Karte. Die Dunkelheit. Das Licht. Ich weiß nicht.«

Frank nahm die Karte, las, runzelte die Stirn, schüttelte den Kopf.

»*Ich warte.* Von wem ist sie? Wer wartet auf dich? Und wo?«

»Ich habe keine Ahnung. Ich kenne niemanden, der so etwas schreiben würde. Aber ich erinnere mich ... Meine Eltern hatten ein Ferienhaus. Auf irgendeiner Insel in der Nordsee. Irgendwer hat mal so was erzählt. Ich weiß nicht, ob sie es noch haben.«

»Frag sie«, sagte Frank.

»Was?«

»Frag sie. Fahr hin.«

»Ich …«

Er stand auf und zog sie mit sich hoch. Sie merkte, dass er merkte, wie unsicher sie auf den Beinen war.

»Es wäre besser, zum Arzt zu gehen«, sagte er. »Aber vielleicht wäre das nur besser für einen normalen Menschen. Nicht für Nada Schwarz. Vielleicht ist es für Nada Schwarz besser, auf diese Insel zu fahren. Nimm zwei Wochen Urlaub, drei, wenn es sein muss. Die Ruhe einer Nordseeinsel ist vermutlich genau das, was du brauchst. Spazieren gehen, lesen, schlafen. Es wird eine Menge Licht dort geben, Meer und weiter Horizont und so. Du magst doch das Licht.«

»Es kommt ohnehin nie an«, murmelte Nada. »Nicht auf den Grund. Der Grund bleibt immer dunkel. Das Licht war eine dumme Idee, Frank. Die Lichthäuser waren eine dumme Idee.«

»Du redest Unsinn, und du weißt es«, sagte er. »Ich bringe dich nach Hause. Sag mir morgen einfach nur, ob es das Ferienhaus deiner Eltern noch gibt und wann du fährst. Im Übrigen brauchst du das Ferienhaus nicht mal. Fahr auf jeden Fall, fahr in irgendein Ferienhaus auf irgendeiner Nordseeinsel und komm vor in zwei Wochen nicht wieder her. Sonst feuere ich dich, verstehst du?«

Als er sie hinausführte und sie sich auf seinen Arm stützte, wurde ihr klar, dass er sich zum ersten Mal so benahm, als wäre er der Ältere. Auf der Straße ließ sie seinen Arm los und stellte sich gerader hin. Der Schwindel war beinahe fort.

Sie hatte die Postkarte in ihre Handtasche gesteckt, weit genug entfernt von ihrem Herzen.

»Frank«, sagte sie. »Danke. Aber ich finde alleine nach Hause.«

Sie stieg in ihr Auto, ehe er sie daran hindern konnte.

Vor ihrer Wohnungstür saß im Treppenhaus der junge Reporter.

»Wie haben Sie meine Wohnung gefunden?«, fragte sie.

»Ein bisschen private Recherche.« Er zuckte die Schultern. »Ich dachte, es ist besser, ich bleibe in der Nähe. Falls Sie wieder einen Schwächeanfall bekommen. Irgendjemand hat unten den Summer

gedrückt und mich reingelassen. Ist ganz gemütlich vor Ihrer Tür …
Ich hatte gerade überlegt, ob ich hier schlafe.«

Irgendwie, dachte sie, sah er nicht aus wie jemand, der schon
lange gewartet hatte. Er sah aus wie jemand, der versuchte, so auszusehen, als hätte er lange gewartet. Sein Atem ging hektisch, als
wäre er eben erst die Treppen hinaufgestiegen. Vermutlich war es
egal.

Sie seufzte und schloss die Tür auf. Sie war zu müde, um ihm
Fragen zu stellen. Sie nahm ihn mit hinein. Er war so jung.

Er hatte einen Graffiti-Schriftzug auf die Innenseite des linken
Oberschenkels tätowiert, den sie nicht lesen konnte. Sie weigerte
sich, ihn zu fragen, was es bedeutete, weil er so gerne gefragt werden
wollte.

»Erwarten Sie kein Frühstück«, sagte sie. »Wenn ich morgen
aufstehe, sind Sie weg, verstanden? Ich stehe früh auf.«

Er schüttelte den Kopf und lächelte und hielt sich für unwider-
stehlich. Als sie aus dem Bad kam, stand er vor dem großen Spiegel
in ihrem Schlafzimmer, versunken in die Betrachtung seines eigenen
Körpers, und lächelte noch immer. Sie ließ sich von ihm auf den
Teppich vor dem Spiegel ziehen, und einen Moment betrachteten sie
sich beide darin, betrachteten einander. Er berührte die Silberkette
an ihrem Hals, das Einzige, was sie noch anhatte.

»Was ist das?«, flüsterte er. »Der Anhänger. Eine Perle?«

»Glas«, antwortete Nada. »Das Meer hat es rund geschliffen.«

»Es ist seltsam, das … passt nicht zu dir«, sagte er.

»Das geht Sie nichts an.«

»Du bist so schön«, murmelte der Reporter.

Sie mochte die Art nicht, wie er sie duzte, und legte den Finger
auf seinen Mund. Als sie seine Lippen spürte, ertappte sie sich bei
seltsamen Gedanken. Das ist vielleicht das letzte Mal, dachte sie,
dass ich in dieser Wohnung mit einem jungen Reporter schlafe, der
mir gleichgültig ist. Und dann, ein wenig später, dachte sie etwas
anderes, mitten in einer erschöpfend rhythmusbetonten Umarmung.

»Warte«, sagte sie. »Hast du etwas damit zu tun? Mit der Karte?«

»*Was?*« Er öffnete die Augen und starrte sie im Spiegel an, entsetzt über die Unterbrechung.

»Warst du je bei einem roten Backsteinleuchtturm?«

»*Leuchtturm?*«

»Vergiss es.«

Die Stadt war auf diffuse Weise dunkel, an manchen Stellen blinkend und blitzend, an manchen Stellen neongrell erleuchtet, laut und hektisch lebendig, doch im Großen und Ganzen dunkel. Nur die Lichter des Lichthauses Nord leuchteten taghell durch die Schwärze.

Frank saß an einem weiß eingedeckten Tisch und rauchte. Nada hätte es ihm verboten, in den Lichthäusern wurde nicht geraucht. Im Aschenbecher vor Frank hatten sich die Kippen mehrerer Stunden gesammelt wie die Hüllen verbrauchter Minuten. Von dort, wo er saß, konnte er den Tisch, an dem er mit Nada gesessen hatte, durch ein Fenster sehen. Ein Fenster in einer Innenwand. Das Fenster und der Tisch schienen Symbole zu sein, aber er wusste nicht, wofür.

Zehn nach drei. Er sollte schlafen gehen. Schlief sie? Schlief sie jetzt?

Er war zurückgekehrt, nachdem er sie hatte davonfahren sehen. In seiner Erinnerung setzte er sich selbst wieder an den anderen Tisch, beobachtete von außen, wie er Nada entgegensah.

Sie durchquerte die beiden Räume, die sie von Franks Tisch trennten, sie trug einen Strauß Hyazinthen und eine weiße Vase. Hyazinthen im November. Ihr blauer Duft war so hell wie das Tageslicht aus den Lampen. Die richtigen Blumen, sagte sie, waren so wichtig wie das richtige Licht, damit die Leute sich in einem Restaurant wohlfühlten. Sie wählte die Blumen stets selbst aus, und die Hyazinthen waren die ersten Blumen im Lichthaus Nord. Er sah zu, wie sie sie in der Vase anordnete, ihre Bewegungen präzise und geübt, emotionslos, seltsam unpassend für Blumen. Sie stellte die Vase in eines der Innenfenster.

Frank stand auf und zog den Stuhl für sie zurück. Einen Augenblick lang betrachteten sie das leere Restaurant mit den leeren Tischen und dem einen Strauß blauer Hyazinthen und schwiegen.

»Gut«, sagte Nada. »Beinahe gut.«

Frank lächelte. »Es ist perfekt, Nada. Wie die drei anderen.« Er drückte die Zigarette aus und atmete das Luftgemisch aus Rauch und Blütenduft. Warum konnte sie sich nicht damit abfinden, dass etwas perfekt war? Warum konnte sie nicht froh sein? Warum brachte sie das Licht und den Duft nur zu den anderen Leuten?

»Ich höre dich nicht«, hatte sie gesagt. »Ich höre gar nichts mehr ... Es ist die Karte.«

Er sah die verlaufene Schrift wieder vor sich.

Komm her. Es ist wichtig, dass du kommst. Man kann bis hinter den Horizont sehen, wenn man ganz leise ist. Das alte Ferienhaus steht leer. Die Dunkelheit ist noch da. Komm trotzdem. Vergiss, was geschehen ist. Ich brauche einen Anker. Frage dich nicht, wer ich bin. Ich warte.

»Ich weiß mehr als du, Nada«, sagte Frank leise, »und gleichzeitig weiß ich nichts.«

Auf einmal erschien ihm das Lichthaus kalt. Die Heizungen, sicher waren die Heizungen noch nicht angestellt, es musste daran liegen.

Er wusste, dass es nicht daran lag. Er hatte Angst. Angst davor, was diese Karte mit Nada anstellte. Ein einfaches Stück Pappe, ein Foto von einer Inselküste, und sie hörte nichts mehr, sie presste ihre Hände auf ihr Herz, sie brach zusammen. Fahr, hatte er gesagt, fahr hin. Wollte er wirklich, dass sie fuhr? Wer – oder was – wartete auf Nada?

Die Stadt draußen atmete in unruhigem Schlaf ihr Neonlicht ein und aus, ihre Hektik, ihre diffuse Dunkelheit. Nur die Lichter des Lichthauses Nord leuchteten taghell durch die Schwärze. Wie die Suchscheinwerfer eines Leuchtturms auf dem Ozean der Nacht.

2

Als sie aufwachte, lag der zu junge Reporter neben ihr und schlief. Er schlief auf der Seite, mit dem Rücken zu ihr, die Arme von sich gestreckt, den Mund leicht geöffnet. Sie dachte daran, dass er vielleicht einen Namen hatte. Es war spät. Viertel nach sieben.

Sie fluchte lautlos, stand auf und merkte, dass sie immer noch unstet auf den Beinen war. Dass der Schmerz hinter ihren Schläfen immer noch da war. Dass sie immer noch müde war.

Sie stellte sich unter eine eiskalte Dusche und versuchte, klar zu denken. Sie musste sich um die Lampen im Lichthaus Nord kümmern. Einen anderen Weinlieferanten finden. Die Gästeliste der Eröffnungsfeier überprüfen und dafür sorgen, dass Franks Anzug bis dahin aus der Reinigung abgeholt war.

Sie schloss die Augen, ließ das kalte Wasser über ihr Gesicht in ihren Mund laufen – und verschluckte sich daran. Das Wasser war salzig, salzig wie Meerwasser. Salzig wie Tränen. Nada stellte die Dusche ab. Einen Moment lang stand sie frierend in der Duschkabine, mit nassen Haaren und Tränen im Gesicht, die sie nicht geweint hatte. Dann trocknete sie sich ab und suchte die Postkarte.

Sie hatte sie gestern in die Handtasche gesteckt … Die Handtasche lag auf dem Boden, neben dem weißen Knäuel ihrer Bluse, vor dem großen Wandspiegel. Es war keine Postkarte darin. Nada suchte in den Taschen ihrer Hose, in den Taschen ihrer Jacke, sie sah unters Bett und griff unter ihr Kopfkissen, schlug die Decke zurück … nichts. Nur ein nackter Reporter. Es gab keinen Beweis, dass sie diese Postkarte besessen hatte. Doch, dachte sie dann. Frank. Aber was, wenn sie Frank anrief und er ihr erklärte, er habe keine Postkarte gesehen? Oder wenn er sagte, er habe eine gesehen, nur damit sie beruhigt war, obwohl er in Wirklichkeit keine gesehen hatte? Auf Franks Aussagen war kein Verlass, Frank mochte sie, das war sein Problem. Oder war es ihr Problem? Sie nahm das Telefon mit ins Bad, weil sie keine Lust hatte, den Reporter versehentlich

28

zu wecken und mit ihm reden zu müssen. Sie hätte ihn natürlich fragen können, ob er die Postkarte nachts aufgegessen hatte –
»Frank«, sagte sie ins Telefon. »Bist du wach?«
»Nein«, antwortete Frank.
»Ich muss dich etwas fragen. Und es ist wichtig, dass du mir ehrlich antwortest. Hatte ich gestern eine zerknickte Postkarte in meiner Hemdtasche?«
»Nada, gestern … gestern ging es dir nicht gut.«
»Habe ich gesagt, ich hätte diese Postkarte unter meiner Tür gefunden?«
»Du hast eine Menge Dinge gesagt, die … wenig Sinn ergaben. Und wir hatten uns entschieden, dass du Urlaub machst, weißt du das noch?«
»Natürlich weiß ich das. Ich war nicht betrunken. Und es stimmt nicht. Du hast entschieden, dass ich Urlaub mache. Auf einer Nordseeinsel. Lächerlich.«
»Vergiss die Nordseeinsel. Mach irgendwo Urlaub, wo es warm ist. Nimm den nächsten Flieger in die Karibik. Oder sonst wohin. Irgendwohin, wo der Hibiskus blüht und man sich an den Strand legen kann.«
»Auf der Karte war kein blühender Hibiskus. Auf der Karte war ein Leuchtturm. Ein Nordseeleuchtturm. Meine Eltern haben ein Ferienhaus an der Nordsee, oder sie hatten eines.«
»Ich weiß, das hast du gestern erzählt, aber –«
»Also *habe* ich dir die Karte gezeigt?«
»Nada –«
Sie legte auf. Sie schmeckte das Salzwasser noch in ihrem Mund. Sie fühlte, wie es in ihren Augen brannte. Sie atmete tief durch und rief ihre Eltern an.
»Nada?«, fragte ihre Mutter. »Nada, bist du das? Es ist erst sieben …«
»Ja«, sagte sie und schluckte. »Ich weiß.«
»Wir haben seit einer Ewigkeit nicht miteinander gesprochen.«
»Ja«, wiederholte sie. »Ich weiß.«
»Du hast keine Zeit zum Telefonieren, hast du gesagt.«

»Ja. Ich weiß. Bitte – haben wir – habt ihr – oder hattet ihr – ein Ferienhaus an der Nordsee?«

Eine Weile war es sehr still in der Leitung. Dann räusperte sich Nadas Mutter. »Ich weiß nicht, wie ich das sagen soll, gerade um sieben Uhr morgens, das kommt etwas plötzlich –«

»Sag einfach ja oder nein.«

»Nada.«

»Ja oder nein.«

»Du solltest mit deinem Vater darüber sprechen. Später. Wenn er aufgestanden ist.«

»Ich muss es jetzt wissen. Verdammt, was ist daran so kompliziert?« Ein Verdacht keimte in ihr, und sie schüttelte unwillig den Kopf. »Du hast mir nicht zufällig eine Postkarte geschrieben, um mich dazu zu kriegen, dass ich Urlaub mache? Mit verstellter Schrift?«

»Nein«, sagte ihre Mutter, und sie klang verwirrt. »Hat jemand dir eine Postkarte geschrieben?«

»Besitzen wir ein Ferienhaus an der Nordsee?«

»Vielleicht.«

»Was heißt vielleicht? Kann man ein Haus *vielleicht* besitzen?«

»Es ist lange her, seit wir … zum letzten Mal darin gewohnt haben. Vielleicht ist es gar nicht mehr da.«

»Unsinn. Ein Haus ist nicht einfach nicht mehr da.«

»Es gibt Stürme … Unwetter … Gezeiten …«

»Wo ist es?«

»Auf einer winzigen Insel bei Amrum. Nimmeroog. Der Ort heißt Süderwo. Aber –«

»Kann ich die Schlüssel haben?«

»Nein.«

»Wieso nicht?«

»Wir haben sie nicht. Die Nachbarn haben sie, also, die Nachbarn auf der Insel. Wir haben dieses Haus irgendwie … aus den Augen verloren, als Ferienziel, weißt du … und du hattest später ja auch nie Zeit für Ferien …«

»Und wie sieht es aus? Wie heißt die Straße? Die Hausnummer? Wie –«

»Was willst du dort?«

»Nichts«, sagte Nada, »schon in Ordnung. Ich finde es selbst heraus.«

Sie ärgerte sich eine ganze Minute lang, dass sie angerufen hatte. Nun würde sie ein schlechtes Gewissen mit auf die Insel nehmen, das schlechte Gewissen einer Tochter, die ihre Eltern vernachlässigt, nachdem sie jahrelang versucht hatte, sie gegen ihren Willen zu organisieren. Nein, sagte sie sich. Sie würde das Gewissen hier lassen. Sie drehte die Dusche noch einmal auf und spülte es mit einem Schwall Salzwasser weg. Aber als sie einen Tropfen davon in den Mund bekam, war das Wasser nicht mehr salzig. Vielleicht war es nie salzig gewesen. Sie erwog, noch einmal zu duschen, das Salz von vielleicht-zuvor abzuduschen, doch dann ließ sie es. Sie hatte einen Entschluss gefasst, der sämtlichen anderen Entschlüssen ihres Lebens widersprach, und sie musste ihn rasch ausführen, ehe die Kraft dazu sie verließ.

Ganz hinten in ihrem Schrank fand sie eine sehr alte Jeans und ein ungebügeltes Männerhemd sowie einen dicken Wollpullover und eine Regenjacke, mit der man sich bei keinem Empfang sehen lassen konnte. Vermutlich hatten verschiedene Männer die Sachen über die Jahre hier vergessen. Bis auf die Jeans, die Jeans musste ihr gehören, denn sie passte. Sie wunderte sich, wie wenig Abneigung sie gegen die Sachen empfand, obwohl sie intensiv nach einer Mischung aus Mottenkugeln, Staub und Schimmel rochen. Es dauerte nur fünf Minuten, im Netz herauszufinden, wie man nach Amrum kam, und weitere fünf Minuten, ein paar Sachen in den kleinen Reiserucksack zu werfen, den sie zuletzt in Japan benutzt hatte.

Sie nahm beinahe nichts mit. Den Laptop nicht, das Handy nicht, die Armbanduhr nicht, keine einzige weiße Bluse, keine einzige gebügelte Stoffhose und keinen ihrer drei Terminplaner. Nicht einmal einen der wertvollen Romane, die sie bis zum nächsten Monat hatte lesen wollen, um Gesprächsstoff für Empfänge zu haben. Sie konnte sich am Bahnhof ein Buch kaufen. Falls sie eines brauchte.

Sie würde in Hamburg umsteigen.

Der nächste Zug ging in einer Stunde, und Nada lief die ganze Stunde lang auf dem Bahnhof auf und ab, ohne stehen zu bleiben, nur, um nicht zum Nachdenken zu kommen. Natürlich kam sie trotzdem dazu. Die Gedanken schwappten im Rhythmus der Brandung durch ihren Kopf, durch ihre Ohren, sie hörte Satzfetzen: *Ich dachte, falls Sie noch einen Schwächeanfall haben, ist es besser, ich bleibe in der Nähe. Wir brauchen mehr Licht. Vielleicht ist es gar nicht mehr da. Es gibt Stürme. Wenn man ganz still ist, kann man bis hinter den Horizont sehen. Jemand hat sie unter der Tür durchgeschoben. Vergiss, was geschehen ist. Es gibt immer noch zu viele Schatten. Ich warte. Ich warte. Ich warte.*

Als sie in den Zug stieg und sich auf einen freien Platz fallen ließ (erstaunlich: es gab freie Plätze), kam ein untersetzter Mann mit schütterem rötlichen Haar und einer unkleidsamen Brille die Rolltreppe heruntergerannt, eine braune Papiertüte in der Hand. Frank. Sie sah ihn stehen bleiben, nach Luft ringen, suchende Blicke in den Zug werfen, deren Inhalt die spiegelnden Fenster verbargen. Sie sah, wie er am Zug entlangging, von ihr weg. Schließlich kam er wieder zurück, und etwas in ihr wollte zur Tür gehen und fragen: Hast du die Person gefunden, die du suchst? Aber natürlich hatte er sie nicht gefunden, sie war ja hier.

Noch eine Minute bis zur Abfahrt. Sie seufzte und ging doch zur Tür, beugte sich hinaus, rief »Frank!« und kam sich dumm vor. Er drehte sich um, Erleichterung weichte sein Gesicht auf wie Honig. Und dann stürzte er auf sie zu und drückte ihr die braune Papiertüte in die Hand.

»Hier! Gut, dass ich dich noch erwische. Pass auf dich auf.«

»Ja«, sagte sie ohne rechte Überzeugung. »Woher wusstest du, dass ich hier bin? In diesem Zug?«

»Es musste der nächste nach Hamburg sein«, antwortete er. »Der nächste ICE. In Hamburg muss man umsteigen, ich habe im Netz nachgesehen … ICEs sparen Zeit, es war klar, dass Nada Schwarz einen ICE nimmt, ich … ich habe einfach gehofft, dass ich dich finde.«

»Sie schließen gleich die Türen«, sagte sie. »Ich mache zwei Wochen Urlaub. So wie du es wolltest.«

Er nickte.

»Ich liebe dich«, sagte er.

Sie starrte ihn an, und er wiederholte den Satz mit akribischer Genauigkeit, als wäre es wichtig, dass sie jedes Wort verstand, jeden Buchstaben: *Ich. Liebe. Dich.*

»Frank …« Sie wand sich. Schüttelte den Kopf. Sie wollte dies nicht, es war ihr peinlich. Obwohl es doch ihm hätte peinlich sollen, dem kleinen, untersetzten Mann mit dem schütteren Haar und dem schief sitzenden Schlips. Dem Mann, der die teuerste Restaurantkette der Stadt besaß und anders hätte aussehen können. Oder auch nicht.

»Frank … Die Leute, mit denen du ausgehst, sind … *Männer.*«

Er nickte. »Ja. Das ist wahr. Du bist eine Ausnahme. Verstehst du, ich – ich habe dich immer geliebt, schon damals, schon in der achten Klasse.«

»Frank«, sagte sie.

Der Zug fuhr ab.

Erst später, viel später, fragte sie sich, warum er um neun Uhr morgens zum Hauptbahnhof gehetzt war, um ihr zu sagen, dass er sie liebte. Hatte er gewusst, wohin sie fuhr? Hatte er mehr gewusst als sie?

Hatte er gewusst, dass sie nicht zurückkommen würde?

Sie versuchte, im Zug zu schlafen, doch das Rauschen in ihren Ohren war wieder stärker geworden, und der Schmerz in ihrem Kopf dröhnte wie ein Gewittersturm. Ihr Herz raste, als wollte es dem Zug voraus, kalte Schweißperlen standen auf der Haut ihrer bloßen Unterarme. Sie ging zur Toilette und sah in den Spiegel. Sie war blass wie das weiße Licht, das sie in den Lichthaus-Restaurants installiert hatte, um die Dunkelheit zu besiegen.

Sie saß lange zusammengekauert auf dem Boden der Zugtoilette und starrte in den schmalen, bodentiefen Spiegel, den Kopf zwischen den Knien, wie ein verendendes Drogenopfer. Die Haare hingen ihr strähnig ins Gesicht, noch nass vom Duschen. Sie nahm die winzige, rund geschliffene Glasscherbe an der Silberkette zwischen Daumen und Zeigefinger. Sie glich tatsächlich einer Perle, das Meer hatte sie zu einer Perle gemacht, milchig weiß, trübe wie Nebel. Nada besaß sie seit ihrer Schulzeit, sie konnte sich nicht erinnern, woher sie stammte.

Auf einmal ärgerte es sie, dass der Reporter gesagt hatte, die Glasscherbe würde nicht zu ihr passen. Sie war weiß, bitte sehr, sie passte zu ihren weißen Blusen!

Sie studierte resigniert den Rest ihres Spiegelbildes. Seit Jahren, womöglich Jahrzehnten, hatte sie sich zum ersten Mal morgens nicht geschminkt, und sie dachte mit leichtem Schaudern daran, dass sie ihr Schminkzeug nicht einmal mitgenommen hatte. Es war egal.

Aber vielleicht hätte Frank doch einen Arzt rufen sollen? Vielleicht hatte sie wirklich einen Hörsturz gehabt? Vielleicht bedeutete der scharfe Schmerz in ihrer Brust mehr, als sie zugeben wollte? Ach was, sagte sie sich. Sie war sechsunddreißig, sie war sportlich, sie hatte nie geraucht. Frauen mit sechsunddreißig bekamen keine Herzinfarkte.

Aber wo stand das eigentlich geschrieben? Wenn sie auf diese Insel fuhr, dieses verdammte Nimmerland oder Nimmer-was-auch-immer, und dort starb, weil ihr Herz in diesem Moment damit beschäftigt war, eine nicht mehr durchblutete Wand aufzulösen, dann –

Ja, was dann? Dann würde niemand mehr Franks Restaurants organisieren. Das war eigentlich alles.

Jemand hämmerte an die Tür, sie kam auf die Beine und schloss auf.

»Ist Ihnen nicht gut?«, fragte die ältere Dame, die draußen stand. Sie war sicher siebzig, doch sie sah erheblich gesünder und auch erheblich glücklicher aus als Nadas Spiegelbild.

»Danke«, murmelte sie, »es geht schon wieder.«

»Armes Kind«, sagte die alte Dame und tätschelte ihren Arm. »Am Anfang ist es immer so. War bei meinen vier Söhnen auch so. Das ist der Kreislauf, der sich umstellt. Später wird es besser.«

Nada kam erst beim Umsteigen in Hamburg-Altona darauf, dass die alte Dame gedacht hatte, sie wäre schwanger. Gott. Etwas in ihr wollte die Sache richtigstellen, wollte die alte Dame suchen und sagen: Sie irren sich, ich habe nur gerade einen Herzinfarkt und einen Hörsturz und werde eventuell verrückt, was daran liegt, dass ich mein ganzes Leben lang neunzehn Stunden am Tag gearbeitet habe, und schwanger ist wirklich das Letzte, was ich jemals sein werde! Doch die alte Dame war nicht mehr auffindbar. Vermutlich war sie von jemandem abgeholt worden, jemandem mit Blumen und netten Worten und sehr viel Zeit. Jemandem, dessen Leben so ineffektiv und glücklich war wie das der alten Dame selbst.

Im Einkaufscenter neben dem deprimierenden Bahnhof fand Nada eine Apotheke, die ihr eine Vorratspackung Aspirin verkaufte. Sie fragte den Apotheker oder Apotheken-Verkäufer oder Apotheken-Hilfsverkäufer, ob es zulässig war, bei einem frischen Infarkt Aspirin zu nehmen, und er sah sie seltsam an und antwortete vage, gewisse Herzpatienten nähmen regelmäßig Aspirin. Sie sah die Frage in seinen Augen: Warum sind Sie nicht im Krankenhaus? Warum fragen Sie nicht Ihren Arzt? Ich frage meinen Apotheker, dachte Nada, das reicht doch.

Sie musste in Niebüll und in Dagebüll umsteigen, und in Dagebüll begann das Meer. Es kam beinahe auf den Bahnhof geschwappt, grau und mit beunruhigend bräunlichen Schaumkronen.

Ihr wurde wieder schwindelig. Sie war auf dem richtigen Weg.

Es gab nur einen einzigen kleinen Ticketschalter am Bahnhof, und dort erkundigte sich Nada, wie man nach Nimmeroog kam. Der weißhaarige Herr hinter dem Schalter kratzte sich ausgiebig am Kopf.

»Um diese Jahreszeit«, sagte er.

»Ja«, sagte sie.

»Es ist November«, sagte er.

»Ja.«

»Schlechtes Wetter.«

Nada verdrehte die Augen. »Das ist mir aufgefallen. Könnten Sie mir jetzt trotzdem sagen, wie ich hinkomme?«

Er seufzte, dann schlug er widerstrebend ein dickes, dünnseitiges Buch auf und begann zu blättern. Es gab keinen Computer in dem Tickethäuschen. Nada wippte mit dem Fuß. Aber eigentlich gab es gar keinen Grund, ungeduldig zu sein. Sie hatte keine Verabredung auf dieser Nimmerinsel, sie hatte überhaupt keine Verabredungen für die nächsten zwei Wochen.

»Machen Sie Urlaub da?«

»Hm.«

»Amrum ist auch sehr schön. Da fahren mehr Schiffe hin.«

»Danke«, sagte sie, »ich möchte nach Ni... Nimmeroog. Meine Eltern haben ein Ferienhaus dort.«

»Ach«, sagte er und musterte sie, etwas zu ausführlich für ihren Geschmack. »Darf man wissen, wie alt Sie sind?«

»Nein«, sagte sie schroff. »Meine Schuhgröße kann ich Ihnen sagen, wenn Sie möchten. Achtunddreißig.«

Er schüttelte langsam den Kopf, völlig ironiefrei. »Ihr Alter wäre mir lieber.«

Sie verschränkte die Arme. »Gibt es für die Fähre nach Nimmeroog eine Altersbegrenzung?«

»Die Fähre nach Amrum«, sagte der weißhaarige Mann langsam, »geht in einer halben Stunde.«

»Aber ich will nicht nach Amrum!«

»Ich weiß, junge Frau, ich weiß. Die Fähre kann Sie auf Nimmeroog absetzen. Ist ein Umweg, aber na ja. Sie müssen es nur sagen.«

Als die Fähre von Dagebüll ablegte, war Nada so müde, dass sie kaum noch stehen konnte. Die drei Aspirin, die sie geschluckt hatte, hatten das Kopfweh ein wenig eingedämmt, die Müdigkeit jedoch schlimmer gemacht. Der Kapitän – hieß das heute noch so? – nickte nur, als sie ihm erklärte, wohin sie wollte.

»Es gibt ein Ferienhaus auf der Insel«, sagte sie sicherheitshalber, »das meinen Eltern gehört. Sie waren wohl lange nicht mehr dort, und nun soll ich ein wenig nach dem Rechten sehen. In Süderwo.« Und dann, plötzlich, hörte sie sich beinahe zaghaft hinzufügen: »Meinen Sie, ich finde das Haus? Ich habe keine Wegbeschreibung. Nicht mal einen Straßennamen.«

Der Mann lachte ein tiefes, zufriedenes Lachen. »Sie finden das Haus«, sagte er, »glauben Sie mir. Es ist blau.«

36

»Blau? Woher …?«

»Es gibt nur drei Häuser in Süderwo, Mädchen«, sagte er. »Eins davon steht leer, und das ist blau. Ich bring die Post.«

»Die Post«, wiederholte sie. »Sie holen die Post auch ab?«

»Mm-mm.«

»War vor Kurzem eine Karte mit einem Leuchtturm dabei?«

»Kann mich nicht erinnern«, sagte der Mann. »Nee.«

»Gibt es denn einen Leuchtturm auf Nimmeroog?«

Er schüttelte den Kopf. »Nein. Na ja. Einen toten.«

»Einen toten Leuchtturm?«

»Kein Leuchtfeuer mehr. Kein Licht. Und jetzt muss ich mich darum kümmern, dass wir loskommen.«

Wie seltsam, dachte sie. Plötzlich waren es die anderen Leute, die keine Zeit hatten, die Verantwortung trugen, die organisierten. Sie zog den Wollpullover und die Regenjacke an, stellte sich an die Reling und war nicht mehr die Nada Schwarz, die sie am Morgen noch gewesen war; keiner der Berliner Restaurantkritiker oder Reporter hätte sie in diesem Aufzug erkannt. Sie setzte die Kapuze auf, um ihren Nacken vor dem Novemberwind zu schützen.

In Berlin hatte sie nicht darüber nachgedacht, dass November war, denn in den Innenräumen ihres Berliner Lebens war nie November *gewesen* – oder immer.

Sie war die einzige Person auf dem Außendeck. Es tat gut, allein dort zu sein und den Wind im Gesicht zu spüren, er nahm die Müdigkeit von ihr und peitschte das Meer auf, ließ es tosen und rauschen. Und das Geräusch der Wellen wurde eins mit dem Geräusch in ihren Ohren, sodass sie nicht mehr sagen konnte, ob das Geräusch in ihren Ohren überhaupt noch da war.

Sie dachte an Frank.

Was tat er in diesem Moment? Sie sah ihn vor sich, seine brillenumrandeten Augen, deren Farbe sie nie beachtet hatte, sein spärlicher werdendes Haar, seine untersetzte, stets etwas geduckte Statur, sah ihn Kaffee aus einer Thermoskanne eingießen, in einem unfertigen Restaurant, ein Weinglas heben, in einem fertigen Restaurant – *ich liebe dich*, hatte er gesagt. War es wahr?

Und Mark? Was war mit Mark gewesen? Warum war Mark gegangen? Es hatte sie nie interessiert. Frank war ihr Chef und – abgesehen von zu jungen Reportern – eine der drei Personen, die sie duzten (die beiden anderen waren ihre Eltern). Das schien mehr als genug. Sie wusste nicht einmal, ob sie Frank mochte.

Als die Fähre in Amrum anlegte, war sie steif gefroren. Sie spürte ihre Finger, die das Geländer umklammerten, nicht mehr. Unten ging ein Mann von Bord und küsste seine Frau, die auf ihn gewartet hatte. Nada versuchte sich zu erinnern, wann sie zum letzten Mal verliebt gewesen war. Sie versuchte sich zu erinnern, wann sie zum ersten Mal verliebt gewesen war.

Sie fand keine der beiden Erinnerungen. Sie war nie verliebt gewesen. Es hätte zu viel Zeit gekostet.

Nimmeroog kam eine halbe Stunde nach Amrum, und es war vollkommen dunkel geworden, als sie dort anlegten. Alles, was sie von der Insel sah, waren drei Straßenlaternen am Hafen.

»Wir brauchen mehr Licht«, murmelte sie. »Es gibt noch immer zu viele Schatten …«

Hinter dem Hafen, einem leeren asphaltierten Platz, kauerte eine Handvoll klobiger Häuser, deren Bewohner schon schlafen gegangen oder niemals aufgewacht waren.

»Das ist Dünen«, sagte der Kapitän, als sie von Bord ging. »Süderwo liegt zwei Kilometer nördlich, immer den Fußweg entlang. Werden Sie erwartet?«

»Ich weiß nicht«, sagte sie. »Sagen Sie … gibt es irgendetwas, das man über diesen Ort wissen müsste? Über … Süderwo?«

Er überlegte. »Das Bemerkenswerteste an Süderwo ist«, sagte er, »dass es im Norden der Insel liegt. Sonst gibt es eigentlich nichts Bemerkenswertes dort.«

Die letzte Hafenlaterne beleuchtete den Beginn des Fußweges, und es gab ein Holzschild, das nach Sommer und Touristen aussah und »Süderwo 1 Stunde« verkündete. Zwei ziemlich lange Kilometer. Nada fragte sich, ob sie sich einfach auf den Weg setzen und aufgeben sollte. Es war so kalt. Und sie war so müde. Und sie hatte den ganzen Tag nichts gegessen außer einer Handvoll Aspirin. Aber sie hatte noch nie aufgegeben.

Der Weg bestand aus nassem Sand und Dunkelheit, die Laternen blieben hinter Nada zurück, und das einzige Licht war das des blassen Novembermondes, der in einem Wolkenozean schwamm, einem grauen Ozean mit bräunlich schäumenden Wellen. Vom Laufen wurde Nada wenigstens wieder warm. Der Weg führte eine Weile durch etwas wie Heidelandschaft, sicher war es im Sommer eine hübsche Landschaft, sogar im Winter, bei Tag. Eine Landschaft voll hübscher geduckter Büsche und hübscher niedriger Kiefern. Nada wusste, dass es Kiefern waren, es konnten nur Kiefern sein. Warum sahen sie dann so sehr aus wie Menschen? Menschen, die stumm in der Heide standen und sie beobachteten. Manchmal hob einer den Arm und winkte. Sie versuchte, darüber zu lachen. Wie kindisch, sich von ein paar Kiefern Angst einjagen zu lassen! Hier war niemand. *Niemand.* Aber jemand hatte ihr eine Postkarte geschrieben. Vielleicht stand dieser Jemand hinter einer der Kiefern und sah sie kommen, vielleicht war das Ganze eine Falle, deren Sinn sie verstehen würde, wenn es zu spät war. Vielleicht *war* es schon zu spät.

Sie ging rascher. Sie hatte eine Weile nicht auf ihr Herz geachtet, doch jetzt, als sie glaubte, es müsste zerspringen vor kindlicher Furcht, schlug es langsamer und gleichmäßiger als den ganzen Tag über, und da war auch kein Rauschen mehr in ihren Ohren. Als wäre sie *angekommen.*

Der Weg führte vor ihr in ein Wäldchen, und sie wusste, dass es dort noch dunkler sein würde, absolut dunkel. Sie hörte die Bäume mit ihren kahlen Ästen wispern. Sie hätte eine Taschenlampe mitnehmen sollen. Ach was, sagte sie sich, dieser Weg war breit genug für ein Auto, sie konnte ihn nicht verlieren, und der Wald war nur ein Wäldchen, und es war Unsinn, sich vor einem Weg oder einem Wald oder einer Insel zu fürchten. Angst vor einem Herzinfarkt zu haben war in Ordnung.

Dennoch erschien ihr die Dunkelheit des Waldes bei Weitem beunruhigender.

Das schlimmste Resultat eines Herzinfarkts war der Tod, der Stillstand des Kreislaufs, das Gerinnen des Bluts, das langsame Absterben der Zellen, die nicht mehr ernährt wurden. Eine rational begreifbare Sache. Niemand wusste, was das Schlimmste war, das in der Dunkelheit geschah, dort passierten unerklärliche Dinge, die jenseits jeden Begreifens lagen.

Sie schluckte, blieb aber nicht stehen. Sie konnte den Weg vor sich gerade noch ausmachen. Und dann geschah etwas Seltsames. Die Luft roch verkehrt. Sie roch nicht nach Wald, nicht nach toten Blättern oder vermoderndem Holz, nicht einmal nach lebendigem Holz. Sie roch nach sehr kaltem Stein. Nach einer Feuchtigkeit, die nichts Organisches hatte. Nach einem Raum, in den noch nie Licht gefallen war.

Sie roch nach *Keller*.

Nada griff nach dem Anhänger an ihrer Kette wie ein verlorenes Kind, das etwas braucht, woran es sich festhalten kann. Sie zwang sich, weiterzugehen. Sie spürte, dass der Weg unter ihren Sohlen zu hart für einen Sandweg war. Die Schatten der Bäume waren zu dicht, sie waren beinahe wie Wände. Da war jetzt etwas wie ein Flüstern. Zuerst dachte sie, es käme von den Bäumen und vom Wind. Aber der Wind flüstert keine Worte.

»Vergiss, was geschehen ist«, flüsterte es, ganz nahe. »Vergiss. Vergiss.« Sie kannte die Stimme und kannte sie doch nicht. Es war unmöglich, zu sagen, woher sie kam: von überall und nirgendwo, von oben und unten, von hinten und vorne, sie schloss Nada ein und ließ sie nicht los. »Es ist wichtig, dass du kommst. Das alte Ferienhaus steht leer. Die Dunkelheit ist noch da. Komm trotzdem. Ich warte.«

Nada merkte, dass sie stehen geblieben war. Alles war wieder still. Vielleicht war es immer still gewesen, vielleicht hatte die Stimme nur in ihrem Kopf geflüstert, Ergebnis einer müden, überreizten Erinnerung.

Sie zitterte am ganzen Körper. Sie wusste nicht, was die Stimme meinte, sie wusste nicht, was sie vergessen sollte oder was geschehen war. Sie wusste nur, dass sie weitergehen musste. Und dass sie nicht rennen durfte. Wer rennt, gibt der Panik Raum. Wer rennt, verliert den Kopf. Langsam setzte sie einen Fuß vor den anderen, zählte die Schritte, eins, zwei, drei … Bei zwanzig machte der Weg eine Biegung, dahinter sah sie das Licht des Mondes auf der Heide. Das Ende des Waldes war wie das Ende eines Tunnels. Aber noch war sie nicht da.

Und dann schrie etwas.

Vor ihr, auf der linken Seite des Weges, im Unterholz. Es schrie laut und durchdringend, voller Entsetzen, und Nada biss die Zähne fest aufeinander, um nicht ebenfalls zu schreien. Es ist ein Tier, sagte sie sich, ein Tier im Wald, ein Vogel vielleicht. Ein großer Vogel. Oder ein verletztes Reh. Das Schreien steigerte sich, es war eine Kaskade aus einzelnen Schreien, ähnlich quietschenden Bettfedern, und sie versuchte zu denken: Es ist ein Tier, das auf einem quietschenden Bett mitten im Wald mit einem anderen Tier Sex hat, sie versuchte, über diesen Gedanken zu lachen, doch es gelang ihr nicht. Das Tier hat Angst, dachte sie stattdessen, dies ist sein Todesschrei.

Sie musste an dem Schreien vorbei, wenn sie das Mondlicht auf der Heide erreichen wollte. Sie krallte ihre Finger in die Riemen des Rucksacks und hielt sich weit auf der rechten Seite des Weges. Das Schreien war jetzt direkt neben ihr, links, im Unterholz, doch sie sah noch immer nicht, was schrie. Diesmal war sie der Dunkelheit dankbar. Ich muss hingehen, dachte sie. Ich muss nachsehen, was da schreit und ob ich ihm helfen kann. Wenn es ein Tier ist, das sich in einer Falle verfangen hat … oder sogar ein Mensch, ein Kind … Sie ging schneller. Erreichte das Mondlicht, ohne sich umzudrehen.

Das Schreien war verstummt.

Am Ende des Weges sah sie die Umrisse von Häusern und die Vierecke erleuchteter Fenster. Nie war sie so froh gewesen, erleuchtete Fenster zu sehen. Nie war sie so froh gewesen, Häuser zu sehen. Süderwo.

Sie begann zu rennen. Es war unmöglich, nicht zu rennen, egal, was sie sich vorgenommen hatte. Die Panik saß ihr im Nacken und hetzte sie den Weg entlang, und auf gewisse Weise hatte sie Angst, die erleuchteten Fenster könnten einfach verschwinden, wenn sie am Ende des Weges ankam. Sie verschwanden nicht. Es wuchs sogar eine Laterne dort, die bisher von einem Baum verdeckt worden war. Nie war Nada so froh gewesen, eine Laterne zu sehen.

Es gab zwei Häuser mit Lichtern in den Fenstern, genau wie der Mann auf der Fähre gesagt hatte. Das dritte Haus hatte dunkle Fenster und war blau, sie sah es im Licht der Laterne: ein hübsches Haus mit einem niedrigen Dach aus alten Schindeln und sichtbarem Fachwerk in den Mauern. Nada war sicher, dass Sonnenblumen und Rittersporn hinter dem Zaun wuchsen, wenn Sommer war. Einen Moment dachte sie an die Blumen in den Lichthäusern, all diese Sträuße aus duftenden, leichtblätterigen Geschöpfen im Licht. Jetzt, im November, gab es vor dem blauen Haus nur ein paar vertrocknete braune Stauden. Da war ein gewisser Abstand zwischen den drei Häusern gerade richtig, um seine Gedanken auszubreiten und sich nicht beobachtet zu fühlen, ausufernde Hagebuttenbüsche standen dort zwischen den Mauern und träumten vom Sommer. Am Weg gab es ein weiteres sorgfältig bemaltes Holzschild: »Dünen – Hafen 1 Stunde«. Nichts hier war unheimlich. Alles war Ferienkatalog. Nada entwickelte eine plötzliche und innige Liebe zu Ferienkatalogen.

Sie klingelte an der Tür des Hauses, das ein wenig näher bei dem blauen Haus stand. »Aike und Rosa Friemann« verkündete das Türschild.

Ein Hund schlug an, Schritte kamen näher, eine Kette wurde entriegelt, und sie blickte in das Gesicht einer erstaunten kleinen Frau mit Lockenwicklern im Haar. Rosa. Rosa trug rosa Lockenwickler, natürlich.

»Entschuldigen Sie«, sagte Nada. »Es ist spät.«

Rosa Friemann nickte. Sie hielt mit einer Hand das Halsband des Hundes, der zu ihren Füßen stand.

»Ich verstehe nicht. Woher kommen Sie um diese Zeit?«

»Von der Fähre.«

»Um diese Zeit geht keine Fähre.«

»Das Schiff nach Amrum hat mich abgesetzt.«

Rosa runzelte die Stirn und nickte schließlich. Nada befürchtete,

42

sie würde sagen: Das Schiff nach Amrum setzt nie Leute hier ab, und es fährt heute gar nicht, doch sie sagte etwas Logischeres, sie sagte: »Was wollen Sie hier?«

Das, dachte Nada, wusste sie auch nicht so genau. Bis heute hatte sie immer gewusst, was sie wollte, genauer, als gut für ihre Umgebung war. Aber alles in ihrem Leben schien sich mit einem Schlag geändert zu haben, und Berlin war Lichtjahre weit weg. War sie wirklich dort die Managerin einer Restaurantkette gewesen?

»Das blaue Haus«, sagte Nada, und ihre Stimme war jünger als sonst, unsicherer und kleiner. »Ich glaube, es gehört meinen Eltern. Schwarz. So heißen sie. Meine Mutter sagte, die Nachbarn hätten die Schlüssel. Ich weiß nicht, ob Sie das sind oder …« Sie machte eine hilflose Geste in Richtung des anderen bewohnten Hauses.

»Wir«, sagte Rosa. »Aber das wissen Ihre Eltern doch. Sie hätten anrufen können. Warum haben Sie nicht angerufen?«

»Ich fürchte, meine Eltern haben die Nummer verloren«, log Nada. »Sie wollten, dass ich herkomme und –« Sie brach ab. Sie war zu müde für eine befriedigende Erklärung.

»Im November?«, fragte Rosa zweifelnd.

»Ja«, sagte Nada erschöpft, »im November.«

Rosa schüttelte den Kopf. »Denn hol ich mal die Schlüssel.« Sie verschwand im warm erleuchteten Inneren des Hauses, und Nada blieb draußen stehen, weil sie nicht hereingebeten worden war. Sie war eine Fremde, sie kam zu ungünstiger Zeit, es gab keinen Grund, sie hereinzubitten. Jetzt, wo sie sich nicht mehr bewegte, begann sie wieder zu frieren. Drinnen lief ein Fernseher, eine Männerstimme fragte etwas und bekam Antwort, der Hund kläffte einmal kurz, dann war Rosa mit einem Schlüsselbund wieder da. Bund war vielleicht übertrieben, es waren nur zwei Schlüssel, befestigt an einem Stück Treibholz – Ferienkatalog.

»Wir haben das Haus im Sommer vermietet«, sagte Rosa, »Ihre Eltern waren ja sozusagen vom Erdboden verschluckt. Sie haben sich nie gemeldet, und wir haben sie nicht erreicht, wir wussten nicht einmal, ob sie vorhaben, je wieder herzukommen … Es ist nicht gut für so ein Haus, wissen Sie, wenn es leer steht. Es muss beheizt werden, die Leitungen dürfen nicht einfrieren im Winter, man muss lüften … Die Miete der Feriengäste haben wir für die Instandhaltung verwendet. Sie werden sehen, es ist alles tipptopp. Die Betten sind sogar bezogen.«

»Ja«, sagte Nada.

Rosa Friemann war nervös. Offenbar hatte sie ein schlechtes Gewissen, dass sie das Haus vermietet hatte, und war gleichzeitig ärgerlich, dass Nadas Eltern sie mit dem Haus hatten sitzen lassen. Beides war verständlich, aber Nada war *so. müde.*

»Wir können morgen über alles sprechen«, sagte sie.»Ich … bin ein bisschen krank … und … ich würde mich gerne hinlegen. Es ist wunderbar, dass die Betten bezogen sind.«

Sie musste sich plötzlich am Türrahmen festhalten, um nicht zu fallen. Zum ersten Mal lächelte Rosa Friemann, und Nada dachte: Ich habe es fertiggebracht, dass jemand lächelt, ich, nicht meine Ideen für eine Lichtinstallation oder eine Speisekarte, sondern einfach ich, und das war ein sehr neuer Gedanke.

»Sie sehen auch nicht ganz gesund aus«, sagte Rosa und klang dabei ähnlich wie die alte Dame im Zug.»Ich bringe Sie rüber, kommen Sie.«

Sie schloss das blaue Haus für Nada auf und erklärte ihr, wo sich einhundertundein Lichtschalter befanden und wo die Kaffeemaschine stand und wo das Bad war und – und Nada hörte nicht zu, sie nickte nur und murmelte irgendwelche anerkennenden Silben wie oh und ah. Sie war zu müde, um sich das Haus genauer anzusehen. Morgen. Morgen.

Als Rosa Friemann sie endlich alleine ließ, fiel sie auf das Bett in dem winzigen ausgebauten Dachzimmer und blieb einfach liegen, vollständig angezogen. So schlief sie ein, schlief tief und traumlos wie seit Jahren nicht mehr.

Irgendwann gegen Morgen wachte sie auf und stellte fest, dass sie den Rucksack noch auf dem Rücken trug. Sie streifte die Riemen ab und ließ ihn neben das Bett fallen, streifte auch ihre Kleider ab und schlüpfte unter die Decke. Die Decke roch nach Kampfer und

Kamille und Seife. Nada zog sie bis über ihr Gesicht und schloss die Augen wieder. Ihr Bett zu Hause, dachte sie, roch nach gar nichts. Es hatte keine Persönlichkeit. Dieses Bett hatte eine. Der Kampferkamilleseifengeruch kam ihr vage bekannt vor, aber sicher war es ein Déjà-vu. In meinem geruchlosen Bett in Berlin, dachte Nada, liegt vielleicht immer noch ein junger Reporter und schläft. Vielleicht wacht er nicht auf, bis ich zurückkomme, und wenn ich aus irgendeinem Grund nicht zurückkomme, schläft er bis in alle Ewigkeit in diesem Bett weiter.

Das war ihr letzter Gedanke, ehe sie wieder einschlief.

Als sie zum zweiten Mal erwachte, blinzelte der Morgen durch die Fenster. Sie glaubte, sich zu erinnern, dass es weiße Spitzengardinen gegeben hatte, doch da waren keine Gardinen. Sie glaubte, sich zu erinnern, dass die Fenster niedrig und breit gewesen waren mit einer Rahmenunterteilung in viele kleine Fenster, doch da war keine Unterteilung. Die Fenster waren rechteckig und hoch. Das Bett roch immer noch nach Kampfer, es war mit neunundneunzigprozentiger Sicherheit das gleiche Bett wie das, in dem sie eingeschlafen war. Sie rieb sich die Augen und setzte sich auf.

Der Raum war rund. Sie konnte sich nicht erinnern, dass das blaue Haus rund gewesen war. Ihre Sachen lagen neben ihr auf dem Boden, und sie schlüpfte hinein und fragte sich, wo sie den Rucksack hingelegt hatte. Er lag nicht auf dem Boden, auch nicht unter dem Bett – und es gab sonst eigentlich keinen Platz, an den sie ihn hätte legen können. Es gab keine Haken an der Wand, es gab keine Kommode, es gab keinen Schrank. Es gab gar nichts. Das Zimmer war – bis auf das breite Bett mit der Kampferbettwäsche und einen Flickenteppich – vollkommen kahl. Nada schüttelte den Kopf. Als sie hier angekommen war, waren Möbel da gewesen, sicher. Und eine Tapete mit Blümchen. Und Bilder. Jetzt waren die Wände weiß gestrichen, schmucklos und leer.

Sie schüttelte noch einmal den Kopf, um sich zu vergewissern, dass sie wirklich wach war. Dann trat sie an eines der hohen Fenster. Draußen brandete das graue Novembermeer vom Horizont heran und schlug unter ihr an scharfkantige Felsen. Moment, dachte Nada. Das Meer – unter ihr? Es schien direkt bis ans Haus heranzukommen, auch das hatte sie in der Nacht nicht bemerkt. Außerdem war es sehr weit unten, weiter als ein Stockwerk. Eher drei Stockwerke. Sie öffnete das Fenster, dessen Angeln so eingerostet waren, dass sie mehrere Anläufe dazu brauchte. Eisiger Wind schlug ihr ins Gesicht und warf Stückchen von braunem Schaum nach ihr. Die Wand unterhalb des Fensters war nicht blau gestrichen. Sie bestand aus bröckelndem roten Backstein. An den Felsen krallten sich ein paar Ginsterbüsche fest, die in einem seltsamen Gewittergelb blühten. Ginsterblüten im November? Nada schloss das Fenster, ging zur Tür – und fand sie nicht. Es gab keine Tür. Stattdessen war da jetzt eine Klappe im Boden. Sie öffnete sie und entdeckte darunter eine Wendeltreppe, die an den Außenwänden eines Turmes hinabführte.

Natürlich.

Dies war ein Raum in einem Turm.

Einem Leuchtturm.

Er roch den Duft der Hyazinthen sofort, als er das Lichthaus Nord betrat. Er war schwerer und intensiver als am Tag zuvor, ein Duft wie eine Vorahnung. Frühling, dachte Frank. Eine Vorahnung von Frühling. Draußen war November, aber hier, im Lichthaus Nord, war Mitte März. Der Duft der Hyazinthen ließ ihn an dicke grüne Knospen denken, Knospen, die nur darauf warteten, aufzuplatzen und sich in Blätter zu verwandeln. Er legte den Hauptschalter um, und eine Flut von Licht verjagte die Nacht, schwappte über die weißen Tischdecken und ließ das Violettblau der Hyazinthen wirken wie flüssige Farbe.

»Nada«, flüsterte er. »Es ist so schön. Sie werden alle kommen und es schön finden. Und du wirst nicht da sein. Wo bist du? Du hast die Schönheit geschaffen und mich mit ihr allein gelassen …«

Aber natürlich, sagte er sich, käme sie wieder.

Kam sie wieder?

Er nahm den weißen Umschlag aus der Anzugtasche, den Umschlag, auf dem ihr Name stand. Nada Schwarz. Frank lehnte den

Umschlag an die Vase mit den Hyazinthen: weißer Umschlag an weißer Vase in weißem Fensterdurchbruch vor weißen Tischdecken. Vorfrühlingsschnee.

Es gab keinen Absender auf dem Umschlag. Der Poststempel war nicht zu erkennen. Die Klebebriefmarke zeigte einen Leuchtturm, den Leuchtturm der Greifswalder Oie, einen Ostseeleuchtturm, sehr real und völlig nichtssagend.

Frank steckte sich eine Zigarette an und ging an den Bildern entlang, die sie hatte aufhängen lassen. Vor dem dritten blieb er stehen. Es zeigte einen senkrechten roten Strich auf grauer Fläche. Und er wusste, was sie darin gesehen hatte.

»Nada«, sagte er noch einmal, lauter. »Ich werde mehr Blumen für die Eröffnung des Lichthauses kaufen. Dutzende, Hunderte von Blumen. Für jedes Fenster einen eigenen Strauß. Lauter Frühlingsblumen, genau so, wie du es haben wolltest. Was ich am Bahnhof gesagt habe, ist wahr. Es ist schon immer wahr gewesen. Ich liebe dich. Ich verstehe es selbst nicht …«

Sie hatte recht mit dem, was sie am Bahnhof gesagt hatte: Er hatte nichts für Frauen übrig. Nur für diese eine Frau. Es war ihm unerklärlich. Aber er hatte sie schon damals geliebt, schon als sie zusammen zur Schule gegangen waren. Auf eine merkwürdige Weise. Da war etwas an ihr gewesen, das so verloren wirkte, eine ganz eigene Art von Dunkelheit in ihrem Blick, und als er den Kontakt zu ihr verloren hatte, hatte er befürchtet, die Dunkelheit hätte sie verschlungen. Wie froh er gewesen war, sie wiederzutreffen! So froh, dass er sie hatte halten müssen, festhalten, und es schien nur durch die Lichthäuser möglich. Er schloss die Augen und spürte das Licht durch die Lider. Er hatte Angst um sie gehabt. Er hatte noch immer Angst um sie.

Er nahm den weißen Umschlag, der an sie adressiert war, und griff mit zwei Fingern hinein. Der Umschlag war leer.

3

Die Wendeltreppe war schmal und steil. Das Geländer, das die Stufen von der Tiefe trennte, bestand aus dünnem, kaltem Metall. Durch die Fenster des Turms sah das graue Meer herein. Es schien jetzt blauer, und selbst wenn es nicht ganz blau war, war es auf gewisse Weise schön. Nada sah die Horizontlinie, draußen, wo die Wellen so weit fort waren, dass das Wasser glatt wirkte. *Wenn man ganz still ist, kann man bis hinter den Horizont sehen.* Konnte man jemals so still sein?

»Es nützt nichts, sich in philosophischen Gedanken zu verlieren«, sagte sie laut. »Ich muss einen Zusammenhang finden. Einen Zusammenhang mit der wirklichen Welt. Einen Zusammenhang zwischen meinem Leben und der Postkarte und diesem Ort. Einen Zusammenhang zwischen –«

Sie verstummte. Was sie am Fuß der Wendeltreppe fand, war kein Zusammenhang. Es war auch nichts, was in die philosophische, auf gewisse Weise abstrakte Stimmung des Ortes passte. Es war ein Raum voller brauner Pappkartons. Türme aus Pappkartons, Papptürme in einem Leuchtturm.

Zuerst fühlte Nada sich an die alten Umzugskartons in Franks Kneipe erinnert, die sie sämtlich entsorgt hatte, jene schimmeligen, modrigen, in Auflösung befindlichen Ruinen von Kartons mit Ruinen von einstmals geliebtem Inhalt – alten Sofakissen, geerbtem Porzellan, vergilbten Fotografien. Sie hatte Frank nie gefragt, ob der Inhalt ihm oder einem Vorbesitzer der Räume gehört hatte, vielleicht hatte sie mit den Pappkartons Franks ehemaliges Leben weggeworfen. Wenn schon, es war nötig gewesen.

Sie stellte sich ganz dicht vor den ersten kleinen Turm von Kartons und roch daran. Dieser Karton roch neu. Und darin war nichts Vergangenes. Nada fand einen Stapel eingeschweißter heller Holzlatten, ein akkurat gefaltetes Stück Papier und einen kleineren Pappkarton, der rasselte, als sie ihn schüttelte. Schrauben. Sie ent-

faltete das Papier und las die einzigen Buchstaben darauf: IKEA.
Darunter gab es keine Buchstaben mehr, nur Zeichnungen von
einem Einheitsmenschen irgendwo zwischen Mann und Frau, der
die Holzlatten mit Einheitshänden irgendwo zwischen rechts und
links zusammenbaute.

Jetzt fiel Nada auch die Aufschrift auf dem Karton auf: STÄN-
DAL. In dem Karton befand sich ein Ständal. Was immer das war.
Nada schüttelte den Kopf. Sie öffnete den zweiten, schmaleren
Pappkarton und fand darin die Schubladengriffe einer MOPPE. Im
dritten Karton steckte ein RÖHM. Der ganze Raum war angefüllt
mit noch nicht zusammengebauten Ikea-Möbeln, deren Funktion
sich Nada nicht erschloss. Sie sah aus dem Fenster, die Anleitung
zum Zusammenbau eines JUNGFRED in der Hand, und versuchte,
mit dem Kopfschütteln aufzuhören.

Das Meer war ganz nahe. Es war jetzt tiefblau, der Raum mit
den Möbeln lag im Erdgeschoss. Von hier aus musste es eine Tür
nach draußen geben, dachte Nada, und womöglich gab es draußen
endlich eine Erklärung.

Womöglich gab es draußen einen Weg, der zurück nach Süderwo
führte, und eine offene Tür in einem blauen Ferienhaus, durch die
sie nachts gegangen war, schlafwandelnd. Womöglich gab es dort
eine Rosa Friemann, die ihr auf alle ihre Fragen antworten würde.
Natürlich, würde sie antworten, im alten Leuchtturm lagern Ikea-
Möbel. Es war ein so praktischer Lagerplatz für Ikea-Möbel. Und
Aike Friemann würde aus dem Fernsehzimmer kommen, den Hund
auf den Fersen, und würde sagen, die Möbel wären für die neue
Feriensiedlung, drei Häuser, die würden hier demnächst aus dem
Boden gestampft. Jetzt im November wäre es besonders günstig, zu
bauen, und die Möbel zuerst zu bestellen, vor den Häusern, wäre
sowieso am günstigsten, das läge am Schiffsverkehr …

Schließlich fand Nada die Tür hinter einem Stapel aus einer
NOEPSE, einem FJENT und einem dreiteiligen SCHÄRTENBANG.
Die Tür war alt. Sie ließ sich nicht öffnen. Nada merkte, wie die
Panik wieder in ihr hochstieg, die Panik der letzten Nacht, die sie
aus dem Wald mitgenommen hatte, sie rüttelte mit beiden Händen

an der Klinke, stemmte sich gegen die Tür – und landete bäuchlings draußen im Sand, als die Tür nachgab und mit einem Quietschen nach außen aufschwang.

Nada rappelte sich auf und sah sich um.

Es gab keinen Weg. Es gab gar nichts, nichts außer einem langen, leeren Strand und ein paar Ginsterbüschen. Dort, wo der Leuchtturm in den Himmel wuchs, unterbrachen scharfkantige Felsen den Sandstrand, Felsen, die offenbar sein Fundament bildeten. Das war alles. Der Sand endete nirgends, er glich einer Wüste, die urplötzlich abbrach und ins Meer überging. Und er schien nichts zu enthalten: keine Muschelstücke, keine Äste, keine Steine.

Die ganze Umgebung war auf seltsame Weise neutral, das Meer sah jetzt grün aus, als könnte es sich nicht für eine Farbe entscheiden, und die Wolken am Himmel besaßen keine spezifische Form. Nicht einmal die Sonne definierte irgendetwas, sie stand ein wenig vor oder ein wenig nach Mittag, es war unmöglich, die Tageszeit zu bestimmen.

Es gab keine Tageszeit.

Die Welt, in der der Leuchtturm stand, war wie ein unbeschriebenes Blatt Papier. Oder, dachte Nada, wie eine unzusammengebaute Moppe.

Die einzige Sache, derer sie sich jetzt absolut sicher war, war der Leuchtturm. Es war der gleiche Leuchtturm wie auf der Postkarte. War es möglich, dass sie auf abstruse Weise *in* die Postkarte gerutscht war?

Sie wanderte ein Stück den Strand entlang, fand nichts und wanderte ein Stück in die andere Richtung. Wo sie ebenfalls nichts fand. Am Ende wanderte sie vom Meer fort, landeinwärts, und auch dort fand sie nichts. Kein Strandgras, kein Heidekraut, nicht eine einzige Kiefer.

Die alte Tür stand noch immer offen, als sie zurückkam, und dahinter warteten die Ikea-Kartons. Sie warteten. Jetzt spürte Nada es.

»Fakt ist«, sagte sie, »hier gibt es eine Menge unzusammengebauter Möbel. Fakt ist: Es ist niemand außer mir hier, der sie zusammenbauen könnte.« Natürlich, es war logisch: Wenn sie den Ausgang aus dieser Welt finden wollte, musste sie die Möbel zusammenbauen. Sie seufzte. Es war wie immer: Es gab etwas zu tun, und sie war die Einzige, die dazu bereit und imstande war. Es war ungerecht. Aber eigentlich war sie erleichtert. Sie ging wieder hinein, krempelte die Ärmel des alten Hemdes auf, das sie seit vierundzwanzig Stunden beinahe ohne Unterbrechung trug, und sah sich im Erdgeschoss des Leuchtturms um. Sie würde mit dem Schärtenbang beginnen, das die Tür versperrt hatte. Es war eines der größten Pakete, und es war immer gut, mit etwas Großem zu beginnen. Die großen Dinge zu erledigen, solange man noch den Elan hatte.

Sie öffnete das Paket, legte die einzelnen Teile des Schärtenbang auf dem Boden aus und entfernte die Plastikverpackung. Es war nicht besonders viel Platz zwischen den Kartons, einige Teile musste sie auf andere, später zusammenzubauende Möbel legen: Eine Spanholzplatte fand auf dem Karton eines LÖMLÖ Platz, eine Tüte mit Schrauben auf einer HIRGE.

Sie wünschte, sie hätte einen Stift gehabt, um auf der Rückseite der Anleitung für das Schärtenbang eine Liste der Möbel zu erstellen. Sie lebte ihr Leben in Listen, deren einzelne Punkte man abhaken konnte, Listen, die eine möglichst effektive Einteilung der vorhandenen Zeit erlaubten. Durch die Listen konnte sie gleichzeitig befehlen und gehorchen, sie war ihre eigene Herrin, indem sie die Listen schrieb, und ihre eigene Sklavin, indem sie sie abarbeitete, und wenn sie es nicht in der vorgesehenen Zeit schaffte, konnte sie sich selbst bestrafen, indem sie sich die Abarbeitung einer weiteren Liste befahl: eine Art autoerotisches Sadomasospiel – allerdings ohne jeden erotischen Reiz.

Verdammt, es gab keinen Stift.

Sie versuchte, die Anleitung des Schärtenbang zu verstehen, was einfach hätte sein sollen, da sie nur aus Bildern bestand. Auch Analphabeten hatten die Möglichkeit, völlig gleichberechtigt Ikea-Möbel zusammenzubauen. Oder völlig gleichberechtigt daran zu scheitern. Nada schüttelte den Kopf und hielt die Anleitung andersherum. Es war nicht herauszubekommen, welches Bild das erste und welches das letzte war, das Blatt war quadratisch, es gab mindestens vier Möglichkeiten, es zu lesen. Schließlich fand sie ein Bild, das aussah, als wäre das Schärtenbang darauf fertig, obwohl man nicht sagen konnte, dass es fertig besser aussah. Es war eine merkwürdige Sorte von sehr großem Regal mit Klappen, die man nach mehreren Seiten öffnen konnte – falls die Pfeile »öffnen« bedeuteten. Nada begann, die jeweils siebzehn Dübel der Sorten A und C in die vorgebohrten Löcher a und c der Bretter A' und C' zu stecken, klemmte sich dann die Bretter D' und B1 unter den Arm, um sie rechtwinklig mit den Teilen a" und B2 zusammenzufügen. Sie suchte vorgebohrte Löcher, wo es keine gab, fügte die Bretter X" und Y''' in vorgesägte Ritzen ein, klemmte sich die Finger und fluchte. Natürlich waren X" und Y''' jetzt an der verkehrten Stelle. Sie fluchte noch einmal.

Sie arbeitete wie eine Besessene, schraubte, drehte, steckte, wischte sich den Schweiß mit Hemdsärmeln von der Stirn und schraubte weiter. Das Schärtenbang machte mehrfach den Versuch, umzufallen und sie zu erschlagen. Nach einer Weile zog sie das Hemd aus, weil ihr jetzt wirklich warm war, und arbeitete in Jeans und BH weiter, und während sie mangels eines Hammers drei Querstreben mit den bloßen Fäusten in das Schärtenbang hineinhämmerte, dachte sie an den Reporter mit dem Ziegenbärtchen und dem kindlichen Gesicht.

Und sie hatte die Vision einer fett gedruckten Zeitungsüberschrift: Nada Schwarz, erfolgreiche Erschafferin und Managerin der Lichthaus-Restaurants, sucht neue Herausforderungen. Darunter ein Foto von ihr in alter Jeans und BH, die Fäuste erhoben, ein Ikea-Regal bekämpfend. In einem Leuchtturm. Himmel. Sie war beinahe fertig mit dem Schärtenbang – es fehlten nur noch die Teile H13 und N27, als das Telefon klingelte.

Sie wischte sich den Holzstaub mit dem Hemd aus dem Gesicht. Sicher war es der Weinlieferant.

Moment. Das Telefon klingelte? Welches Telefon?

»Ich Idiot«, sagte Nada. »Ich bin in einem Leuchtturm, weit ent-

fernt von Weinlieferanten. Hier gibt es nichts, nicht einmal Wetter.«
Warum um alles in der Welt gab es dann ein Telefon? Sie lauschte.
Das Klingeln kam von oben, aus dem Raum mit dem Bett. Ehe sie
sich ganz sicher war, verstummte es.

Sie schüttelte den Kopf und fügte die letzten fehlenden Teile
in das Schärtenbang ein. Er hatte jetzt im Ganzen zwölf Fächer
mit je zwei Klappen, die nach beiden Seiten aufschwangen, und
alles, was man auf der einen Seite hineintat, fiel auf der anderen
Seite wieder heraus. Egal, sie hatte die Klappen eingebaut, das war
schließlich die Hauptsache. Sie schlang sich die Ärmel des Hemdes
um den Hals und stieg die Wendeltreppe hinauf, um das Telefon zu
suchen. Sie war noch immer organisiert, stellte sie fest: eines nach
dem anderen. Erst das Schärtenbang, dann das Telefon. Wenn es ein
Telefon gab, dachte sie plötzlich, konnte sie hinaustelefonieren. Sie
konnte versuchen, irgendjemanden anzurufen, der ihr sagte, wo sie
sich befand. Wen? Die Auskunft?

*Entschuldigen Sie, ich habe mich verirrt, ich befinde mich in einem
Leuchtturm voller Ikea-Möbel, und ich wüsste gerne, wie ich zurück
nach Süderwo komme…*

Als sie das Zimmer mit dem Bett betrat, begann das Telefon
wieder zu klingeln. Es stand unter dem Bett: ein altmodischer
schwarzer Apparat mit Wählscheibe, jedoch ohne Kabel. Sein Klingeln hatte etwas unangenehm Durchdringendes, Schrilles, etwas
beinahe Panisches, und bei jedem Klingeln vibrierte der Apparat,
als schüttelte eine plötzliche Emotion seinen kalten, technischen
Leib. Das Bett war groß. Nada musste sich auf den Bauch legen und
ein Stück robben, ehe sie mit ausgestrecktem Arm an das Telefon
herankam, eine würdelose und auch staubige Position, die ihr nicht
behagte. Sie berührte den schwarzen Kunststoff des Hörers und
hielt einen Moment inne. Auf einmal hatte sie Angst. Wer würde
am anderen Ende der Leitung sein? Jemand, den sie kannte? Ihre
Mutter, voller Fragen und Vorwürfe? Frank, ein weiteres peinli-
ches Liebesgeständnis auf den Lippen? Oder die Person, die ihr
die Postkarte geschickt hatte? *Ich brauche einen Anker. Vergiss, was
geschehen ist.* Nada schloss die Augen. Das Telefon klingelte weiter,

diesmal war es nicht bereit, aufzugeben. Sie zählte bis zehn und öffnete die Augen wieder.

Sie lag auf dem Bauch in dem kampferschwangeren Bett, und vor ihr, über dem Bett, hing ein geschmackloses Bild von einem Strand bei Sonnenuntergang und einer geduckten Kiefer. Das Bild hing auf einer Blümchentapete. Nada setzte sich abrupt auf. Das Zimmer besaß die Form, die ein Zimmer haben soll. Viereckig. Ihr Rucksack lag neben dem Bett, dort, wo sie ihn nachts hingefeuert hatte. Es gab eine Menge Möbel im Zimmer, einen Tisch und zwei Korbsessel, eine Kommode, mehrere Wandschränke, ein Nachttischchen … Keines der Möbelstücke sah aus, als hätte es je einen Ikea-Karton von innen gesehen. Das Telefon klingelte noch immer. Es war ein hässliches graues tragbares Ding, ähnlich einem übergroßen Steinzeithandy, das auf einer Ladeschale auf dem Nachttisch lag.

Nada hob ab.

»Ja, Friemann hier«, sagte Rosa Friemann. »Ich hab es eben schon mal versucht, da ging keiner ran. Ich hoffe, ich habe Sie nicht geweckt? Ich wollte nur fragen … wo Sie doch gestern so spät angekommen sind … soll ich Ihnen eine Tüte Brötchen vorbeibringen? Ich habe eine ganze Menge davon gebacken … und vielleicht brauchen Sie Kaffee? Sie sahen gestern so abgehetzt aus, als wären Sie völlig überstürzt aufgebrochen, und außerdem krank, und wir haben uns Sorgen gemacht …«

»Ja«, sagte Nada. »Kaffee wäre wundervoll. Ich fürchte, ich bin tatsächlich krank. Ich habe bis eben geschlafen und … ich habe den seltsamsten Traum geträumt.« Sie atmete tief durch. »Brötchen … wären auch wundervoll.« *Wundervoll*, dachte sie. War das ein Wort, das gewöhnlich in ihrem Wortschatz vorkam?

»Gut«, sagte Rosa Friemann, und sie klang glücklich darüber, dass Nada Brötchen wundervoll fand. »Ich bin in einer halben Stunde bei Ihnen. Nehmen Sie eine schöne warme Dusche.«

»Sind die Duschen auf der Insel …« Nada stockte. »Funktionieren sie mit Süßwasser?«

»Bitte?«

»Ich hatte neulich eine … überraschende Begegnung mit einer Salzwasserdusche.«

»Ach«, sagte Rosa. »Unsere Duschen sind ganz normal. Süßwasser, würde ich sagen.«

Nada nickte, obwohl das am Telefon sinnlos war. »Dann werde ich duschen.«

Als Rosa Friemann sie eine halbe Stunde später fand, saß sie auf der verwitterten Bank neben der Haustür und heulte, die Arme auf den kleinen Tisch vor der Bank gestützt.

Sie konnte nichts dagegen tun. Sie hatte geduscht, es war kein Salzwasser aus der Dusche gekommen, und beim Anziehen hatte sie einfach begonnen zu heulen. Es war nicht so, dass sie in den letzten Jahren nie geheult hätte, doch sie hatte meistens aus Wut oder Enttäuschung geheult, wenn etwas nicht so funktioniert hatte, wie sie es sich ausgerechnet hatte. Jetzt heulte sie zum ersten Mal seit Langem, ohne zu wissen, warum. Vielleicht weil alles so verwirrend war. Vielleicht, weil sie nun nie erfahren würde, wer das altmodische schwarze Telefon angerufen hatte, das einen möglicherweise inexistenten Leuchtturm mit der Welt verband. Vielleicht, weil Rosa Friemann ihr Brötchen brachte.

»Na, na«, sagte Rosa und setzte sich neben sie auf die kalte Bank. Nada spürte Rosas warmen Arm, der sich um ihre Schultern legte. »Na, na.«

Sie sah auf, sah die beiden bewohnten Häuser von Süderwo durch einen Schleier aus Tränen und nassem Haar und versuchte, mit dem Heulen aufzuhören. Es war schwierig. Als wäre sie wieder ein kleines Mädchen. Rosa gab ihr ein Papiertaschentuch, und sie dachte, dass es eigentlich besser zu ihr gepasst hätte, wenn es ein Stofftaschentuch gewesen wäre, weiß mit kleinen Rüschen.

»Es ist kalt hier draußen«, sagte sie.

»Ich … brauche ein wenig frische Luft«, wisperte Nada.

»Ja«, sagte Rosa sachlich. »So sieht es aus. Ich mache Kaffee.«

Nada nickte, und Rosa Friemanns runde Gestalt, verpackt in eine gelbe Windjacke, verschwand in dem blauen Haus, um nach einer

Weile mit einer Kanne und zwei Bechern wiederzukommen. Die Brötchentüte lag auf dem Tisch und flatterte im Novemberwind mit ihren Ecken. Eine Möwe landete neben dem Tisch und beäugte die Tüte hungrig. Nada warf ihr ein Stück Brötchen zu.

»Wenn Sie damit anfangen, haben Sie gleich hundert am Hals«, sagte Rosa und zündete sich eine Zigarette an. Auch das passte nicht. Sie bot Nada eine an, und Nada schüttelte den Kopf.

»Entschuldigen Sie«, sagte Rosa. »Aber Sie sehen aus, als würden Sie rauchen.«

»Ach«, sagte Nada und versuchte zu lächeln. »Ich dachte, ich sehe aus, als würde ich heulen.«

Da lächelte Rosa ebenfalls, aufmunternd.

»Nicht, dass Sie denken, ich wäre schwanger«, fügte Nada schnell hinzu. »Es ist nur alles so durcheinander. Dieses Haus ... meine Eltern ...«

»Aike und ich haben uns schon gefragt ... Geht es Ihren Eltern nicht gut?«

Nada zuckte mit den Schultern. »Das kann man so und so sehen.«

Rosa goss Kaffee ein. »Mein armes Mädchen«, sagte sie. »Aike hat gleich gesagt, dass es so sein muss.« Das was wie sein muss?, dachte Nada. »Es erklärt natürlich, dass Sie herkommen und sich um das alte Ferienhaus kümmern«, fuhr Rosa fort, ihre Stimme weich vor Mitleid wie geschmolzene Butter. »Jetzt, im November. Und dass Sie so überstürzt aufgebrochen sind. Gestern Abend war ich nur sehr ... überrascht. Wir waren beide ein wenig ärgerlich, wissen Sie, dass Ihre Eltern sich nie gemeldet haben.«

»Sicher«, sagte Nada. »Verständlich. Vielen Dank, dass Sie auf das Haus ... aufgepasst haben.« Sie konnte, dachte sie nicht ohne Stolz, freundlich scheinen, wenn sie wollte. Wenn es nötig war. Bei einem Geschäftsessen, in einer Besprechung, mit einer Ferienhausbetreuerin. Sie konnte die richtigen Dinge sagen. Aber auf einmal hatte sie Angst, Rosa Friemann käme dahinter, dass sie nicht freundlich *war*. Sie war effektiv und tüchtig, intelligent, gebildet und wahrscheinlich schön, jedenfalls sagten das die Leute, aber sie war nicht freundlich. Ihr hatte immer die Zeit gefehlt, um Freundlichkeit zu lernen.

In diesem Moment wünschte sie, sie hätte sie gehabt. Da war etwas auf dem Grunde von Nada Schwarz, das schimmerte und ans Licht hinaufwollte, etwas Weiches, doch es war zu schwach und zu klein und zu weit weg.

»Ich wusste bis vor Kurzem nichts von diesem Ferienhaus«, sagte Nada. »Sonst hätte ich mich früher gekümmert. Ich habe immer versucht, mich um die Dinge zu kümmern. Um das Leben meiner Eltern. Ich habe versucht, alles zu organisieren, obwohl sie das nicht wollten. Und jetzt ...«

Rosa legte eine Hand auf Nadas Hand. »Ihre Eltern wären sicher glücklich, wenn sie wüssten, dass Sie jetzt hier sind«, sagte sie.

Und endlich begriff Nada.

Rosa Friemann war der Meinung, ihre Eltern wären tot. Und sie, Nada, die trauernde Tochter, hätte sich hierher aufgemacht, um die Verhältnisse des Erbes zu klären. Sie öffnete den Mund, um das Missverständnis zu bereinigen – und schloss ihn wieder. Womöglich war es besser, Rosa in dem Glauben zu lassen. Es machte die Dinge einfacher. Und es machte sie sympathisch. *Arme Nada*, dachte sie. *Arme Nada.*

»Ich fürchte, ich habe einen Nervenzusammenbruch«, sagte sie und trank einen Schluck Kaffee. »Ich hatte einen fürchterlichen Traum. Nein, eigentlich war er nicht fürchterlich. Er war nur so wirklich. Er war ...«

»Das ist nur natürlich«, sagte Rosa. »Wenn jemand stirbt, hat man schreckliche Träume. Ich erinnere mich.« Sie trank einen Schluck Kaffee. Nada fragte nicht, an wessen Tod Rosa sich erinnerte. Vielleicht an den Tod ihrer eigenen Eltern.

»In meinem Traum kam ein Telefon vor«, sagte sie. »Und ein Leuchtturm. Ich war ganz alleine dort. Der Leuchtturm bestand aus rotem Backstein, er stand auf ein paar Felsen, den einzigen Felsen am Strand. Und es gab Ginster dort ...«

Rosa klopfte die Asche von ihrer Zigarette. »Das ist interessant«, sagte sie. »War sonst noch etwas da? Oder ... jemand?«

»Jemand? Nein«, antwortete Nada. »Sollte jemand da gewesen sein?«

»Ich weiß nicht«, sagte Rosa. »Wir … haben so einen Leuchtturm. Mit einem Fundament aus Felsen. An der Nordspitze der Insel. Wahrscheinlich haben Sie ein Bild davon gesehen, bei Ihren Eltern?«

Nada schüttelte den Kopf. »Sie haben mir nie Bilder von der Insel gezeigt. Ich frage mich, warum … Wann waren meine Eltern zum letzten Mal in Süderwo?«

Rosa trank ihren Kaffee aus. Als sie die Tasse hob, rutschte ihr Ärmel vom Handgelenk, und Nada sah, dass sie ein Armband trug, an dem zwei durchbohrte Perlen befestigt waren, eine blaue und eine grüne. Nein, dachte sie, keine Perlen. Glasscherben, rund geschliffen vom Meer. Beinahe lächelte Nada. Sie kommt also von hier, meine Scherbe, dachte sie, hier machen sie Schmuck aus den angespülten Scherben. Meine Eltern haben mir die Kette von hier mitgebracht, ich habe es nur vergessen. Auf einmal tat es ihr leid, dass sie am Telefon nicht freundlicher zu ihrer Mutter gewesen war.

»Zum letzten Mal …«, wiederholte Rosa und setzte die Tasse ab. »Das … ist lange her.« Sie musterte Nada, und in ihrem Blick lag plötzlich eine gewisse Vorsicht. »Fast dreißig Jahre. Aike hat immer gesagt, die kommen nicht wieder, die nicht. Und er hat recht behalten.« Sie seufzte. »Dafür sind Sie jetzt hier. Was … haben Sie vor?«

»Ich weiß es nicht«, sagte Nada. »Noch nicht.«

Sie ließ ihren Blick über die Häuser gleiten, über die Insel, die Heide, die Kiefern. Irgendwo dort draußen stand also der Leuchtturm. Es gab ihn. Sie musste wissen, ob er so aussah wie in ihrem Traum. Wie auf der Postkarte.

»Nein«, sagte sie, »meine Eltern haben mir nie Bilder von hier gezeigt. Aber ich weiß, weshalb ich von einem Leuchtturm geträumt habe. Vor Kurzem hat mir jemand eine Postkarte mit einem Leuchtturm geschickt. Es ist natürlich nicht dieser … Das wäre ja ein seltsamer Zufall … Womöglich sehen alle Leuchttürme gleich aus …«

58

»Keineswegs«, sagte Rosa. Sie lächelte plötzlich, und Nada wusste nicht, warum. »Wenn Sie mir die Karte zeigen, kann ich Ihnen sagen, ob es unser Leuchtturm ist. Er ist eigentlich nicht geeignet für Postkarten. Er ist ein wenig trist.«

»Ich habe die Karte nicht mehr. Leider. Ich habe sie verlegt. Ich hatte sie in meine Handtasche gesteckt, und sie muss herausgefallen sein.«

»Oh«, sagte Rosa, bestürzt, als wäre es wichtig, dass Nada diese Karte noch besaß.

Nada zuckte die Schultern.

»Ich werde einfach hinausgehen und nachsehen, ob es derselbe Leuchtturm ist.«

»Ja, tun Sie das.« Rosa Friemann nickte. »Aber ziehen Sie sich warm an. Es ist kalt dort draußen, kalt und windig. Von den Leuten hier geht kaum einer hin. Und ...«

Sie verstummte.

»Und?«, fragte Nada.

»Nichts.« Rosa schüttelte den Kopf, sah einen Moment lang nachdenklich in die leere Tasse und stand auf. »Jetzt sollte ich wirklich los. Der Hund wartet darauf, dass jemand mit ihm geht, und es gibt eine ganze Liste von Sachen, die erledigt werden müssen ...«

Nada merkte, wie sich ein unwillkürliches Lächeln auf ihr Gesicht schlich. Eine Liste. Auch dicke, ältere Frauen in gelben Regenjacken machten Listen.

»Ich lasse Ihnen das Paket Kaffee in der Küche stehen«, sagte Rosa. »Es gibt einen Laden in Dünen. Wenn Sie irgendetwas anderes brauchen. Aber Sie können auch mir Bescheid sagen.«

»Danke«, sagte Nada.

Rosa Friemann winkte, als sie das Tor des Vorgartens schloss, und die Möwen auf dem Weg flogen auf und ließen sich auf dem Zaun nieder.

»Bilderbuchidylle«, flüsterte Nada. Sie teilte ihre Brötchen mit den Möwen, und Rosa hatte recht, es wurden immer mehr Möwen, es schien einen unerschöpflichen Vorrat an Möwen zu geben auf Nimmeroog. Bilderbuchmöwen auf einer Bilderbuchinsel. Nur der

Leuchtturm war nicht bilderbuchgeeignet. Und Rosa Friemann hatte etwas über ihn sagen wollen, das sie lieber doch nicht gesagt hatte.

Vom Dachfenster aus konnte man über die Insel sehen, der Wind trug den Blick weit über die Heide und ihre Kiefern, über die Dünen und das Meer, das nur ein paar hundert Meter vom Haus entfernt seine graue Herbstbrandung ein- und ausatmete. Doch nirgends ragte ein Leuchtturm vor dieser Brandung auf. Es musste ein gutes Stück bis zur Nordspitze der Insel sein, wo der Turm stand. War die Richtung, in die Nada blickte, Norden? Sie fühlte sich zu zerschlagen von den Ereignissen der letzten vierundzwanzig Stunden, um darüber nachzudenken. Es war besser, zu fragen. Aber sie würde nicht einfach so losgehen, sie würde vorher eine Liste der Dinge machen, die getan werden mussten. Ohne Liste gab es keine Klarheit in ihrem Kopf. Sie fand einen Stift in einem Regal, auf dem eine dicke Staubschicht reifte, und einen Zettel in einer Schublade, in der eine Menge alter Korken vor sich hin gammelten.

1 – Staub wischen
2 – alte Dinge wegwerfen
3 – einkaufen
4 – den Leuchtturm finden

Eine Weile betrachtete Nada einen lebensgroßen Plastikfisch, der an der Wand hing, und überlegte, ob sie *5 – geschmacklose Dinge ebenfalls wegwerfen* hinzufügen sollte. Sie fragte sich, ob es ihre Eltern oder Rosa Friemann gewesen waren, die das Ferienhaus mit diesen Dingen ausgestattet hatten, Dingen, welche eine Art von spießiger Gemütlichkeit vermittelten, die Nada nicht ausstehen konnte und die durch und durch deutsch war, anheimelnd, stickig und duster. Sie riss die Fenster auf, um Luft hereinzulassen, und der Wind fegte ihr den Geruch nach Salzwasser ins Gesicht.

Einen Moment stand sie so und dachte über Licht und Wind nach und fragte sich, ob man in dem Laden in Dünen Blumen kaufen konnte. Sie hätte gern einen Strauß Blumen gekauft, frischer, atmender Blumen, um ihn in dem blauen Haus auf einen Tisch zu stellen. Nach Entfernung der Spitzendeckchen.

Seltsam, in ihrer Wohnung in Berlin hatte es nie Blumen gegeben, nur in den Lichthäusern. Bis jetzt hatte sie gedacht, die Blumen wären nur wichtig für die anderen Leute, die kamen und in den Lichthäusern aßen und sich dort wohlfühlen wollten. Aber auf einmal sehnte sie sich nach der filigranen grünen Struktur von Adern in Blättern, von Staubgefäßen in Blüten. Nach Leben. Sie fragte sich, ob es jenes Winzige, Weiche, Schimmernde in ihr war, das sich sehnte, und ob es gut war. Ob sie es wachsen lassen oder es töten sollte. Es würde ihre Effektivität stören, wenn es wuchs. Aber es war so klein und so hilflos! Sie würde nach Dünen wandern und Blumen für es kaufen und erst danach zum Leuchtturm hinausgehen. Oder morgen.

Der Wind schlug das Fenster zu. Es war kein Krachen, mit dem er es zuschlug, es war ein Wort: *Jetzt.*

»Verflucht«, flüsterte Nada. Das Winzige, Weiche zuckte zurück und versteckte sich. Nada ging hinunter ins Wohnzimmer des Ferienhauses und zog alles an, was sie mitgenommen hatte: Zwei T-Shirts, das Hemd, den Wollpullover und die Regenjacke. In all diesen Kleidern setzte sie sich auf das zu weiche Sofa und änderte die Liste in:

1 – den Leuchtturm finden
2 – einkaufen – BLUMEN
3 – Staub wischen
4 – alte Dinge wegwerfen.

Blumen unterstrich sie zweimal, um etwas zu haben, auf das sie sich freuen konnte, während sie zum Leuchtturm wanderte. Sie beschwerte die Liste mit einem seesternförmigen Briefbeschwerer aus Bernstein, den sie auf dem Spitzendeckchen des Wohnzimmertisches fand und der sich nicht zum Beschweren eignete, weil er zu leicht war.

Dann ging sie mit möglichst entschlossenen Schritten hinüber und klingelte bei Friemanns, um nach dem Weg zum Leuchtturm zu fragen. Niemand öffnete. Natürlich, Rosa war mit dem Hund unterwegs. Womöglich waren sie beide mit dem Hund unterwegs, sie und ihr Mann. Aike. Warum hatte sie vorhin nicht gefragt? Sie schüttelte den Kopf und wandte sich dem anderen bewohnten Haus zu, einem niedlichen Haus hinter einem niedlichen weißen Gartentor. Es gab keine Klingel, und so klopfte sie. Doch auch hier regte sich nichts. Nada klopfte ein weiteres Mal, laut und entschlossen. Der Wind sollte nichts von ihrer Angst merken, und der Wind war überall, er hörte ihr zu, er sah ihr über die Schulter, er flüsterte in den braunen Grashalmen des letzten Sommers – ein Spion mit tausend Gesichtern. Als die Tür doch noch geöffnet wurde, zuckte Nada zusammen, und natürlich sah der Wind es. Im Türrahmen stand eine junge Frau, vielleicht Mitte zwanzig, fast ein Mädchen. Irgendwie überraschte Nada das, sie hatte jemanden in Rosas Alter erwartet. Die junge Frau war einen Kopf kleiner als Nada, hübsch auf eine Marilyn-Monroe-Art, inklusive blonder Locken, und trug ein Baby auf dem Arm. An ihrem Knie klammerte sich ein kleiner Junge fest, drei oder vier Jahre alt.

»Hallo«, sagte Nada etwas verunsichert. Kinder machten sie nervös. Sie erinnerten sie daran, dass sie eine Frau war und dass sie welche hätte haben können, wenn sie eine andere Sorte Frau gewesen wäre. »Ich bin … ich suche … ich bin gestern Nacht hier angekommen.«

Die Frau nickte. Der Junge steckte eine Faust in den Mund und starrte Nada mit unverhohlener Neugier an. Das Baby lutschte am Kragen seiner Mutter.

»Schwarz«, sagte Nada. »Nathalie Schwarz. Das blaue Haus gehört meinen Eltern. Meine Eltern waren wohl lange nicht mehr hier … Kannten Sie sie?«

Die Frau schüttelte den Kopf. Der Junge steckte die andere Faust in den Mund. Das Baby blinzelte.

»Ich wollte eigentlich fragen … der alte Leuchtturm … in welche Richtung muss ich gehen, um hinzukommen?«

Die Frau streckte einen Arm aus und zeigte in die Richtung, in der Nada nicht Norden vermutet hatte. Der Junge versuchte, beide Fäuste gleichzeitig in den Mund zu stecken. Das Baby gähnte mit seinem winzigen rosa Mund.

»Vielen Dank«, sagte Nada. »Dann störe ich besser nicht weiter.« Sie bemühte sich um ein höfliches Abschiedslächeln und ging den kurzen Weg zurück, der zum Gartentor führte.

»Warten Sie!«, rief die Frau. Nada war schon am Tor, dem kniehohen Tor mit seinen weißen Latten. Im Sommer wuchsen hier sicher Rosen. Sie drehte sich um.

»Was wollen Sie beim Leuchtturm?«, fragte die junge Frau.

»Ihn mir … ansehen? Ich dachte, er ist ein hübsches Ziel für einen Spaziergang.«

»Nein«, sagte die junge Frau. »Das ist er nicht. Es gibt nichts dort, was man sich ansehen kann. Es ist zu kalt dort.« In diesem Moment zog das Baby wieder an ihrem Kragen, es war ein Pulloverkragen mit drei Knöpfen, und nun gingen zwei der Knöpfe auf.

»Ja«, sagte Nada. »Es ist kalt. Es ist November.«

Damit drehte sie sich um und ging den Weg entlang, in die Richtung, die also Norden war, obgleich sie sie für Süden gehalten hatte. Vielleicht, dachte sie, war es hinter dem perfekten Gartentörchen kälter als beim Leuchtturm. Unter den beiden Knöpfen, im Ausschnitt der jungen Frau, hatte ein faustgroßer blaugrüner Fleck geprangt.

Der Weg wurde nach kurzer Zeit schmaler, aber es war immer noch ein Spazierweg durch die Heide, und es gab nichts Unheimliches hier. Der Himmel war blauer, als sie es für möglich gehalten hatte, die Wolken weißer und die Sonne heller. Die Luft blies den letzten Rest von Kopfweh und Müdigkeit aus ihrem Körper, machte sie wacher als Kaffee, wunderbar wach, wach wie ein Bad in einem kristallklaren See. Und Nada Schwarz, Managerin der Lichthauskette in Berlin, Nada Schwarz, die nie Zeit für etwas hatte, machte eine erstaunliche Entdeckung: Sie. Ging. Gerne. Spazieren.

Es war beinahe skandalös, das zu entdecken, denn Spazierenge hen war eine sinnlose Tätigkeit, nur dazu gemacht, Zeit auszufüllen. Geh spazieren, hatte Frank gesagt, und sie hatte ihn insgeheim ausgelacht, »geh spazieren« war ungefähr so sehr Nada Schwarz wie »strick einen Socken« oder »bete für die Waisenkinder«. Nicht, dass sie etwas gegen Socken oder Waisenkinder hatte, sie hatte auch nichts gegen Spaziergänger, solange sie ihr fernblieben. Jetzt war sie selbst zur Spaziergängerin geworden. Und es war nicht sinnlos. Ihre Gedanken ordneten sich mit jedem Schritt, und sie kam nach zwei Stunden Heide und Dünen und Kiefern und Himmel zu dem Schluss, dass eigentlich nichts passiert war.

Sie hatte eine Postkarte bekommen. Gut. Andere Leute bekamen auch Postkarten. Sie hatte aufgrund der Tatsache, dass sie eine Postkarte bekommen hatte, eine Art Nervenzusammenbruch erlitten. Andererseits konnte der Nervenzusammenbruch von etwas ganz anderem herrühren. In ein paar Tagen eröffnete das letzte der vier Restaurants, die sie ins Leben gerufen hatte und die sie am Leben hielt. Sie arbeitete seit mehr als zehn Jahren ohne einen Tag Ferien. Sie schlief kaum. Sie trank sehr viel Kaffee und schluckte sehr viel Aspirin. Es war kein Wunder, dass ihr Körper rebellierte – genug war genug. Sie hatte die Postkarte, mit der alles begonnen hatte, verlegt. Gut. Ihre Eltern besaßen ein Ferienhaus auf einer Nordseeinsel. Gut. Sie hatte in diesem Ferienhaus geträumt, und zwar von dem Leuchtturm auf der Postkarte. Das alles war mehr als logisch.

Die einzige Frage, die zu klären blieb, war: Wer hatte ihr die Postkarte geschickt?

Und woher kam dieses winzige weiche Ding, das plötzlich in ihr aufgetaucht war und sich, obwohl schreckhaft, hartnäckig auf dem Grund ihrer Persönlichkeit festklammerte? Als hätte es ein Recht darauf, sie heulen und sich nach Blumen sehnen zu lassen?

Der Weg führte über eine Düne, und dahinter wartete ein Feriengast-Holzschild, auf dem in ordentlichen Schreibschriftbuchstaben das Wort *Leuchtturm* zu lesen war. Die Schrift war nicht die gleiche wie die, die »Süderwo 1 Stunde« verkündet hatte. Aber sie erinnerte Nada an etwas. An die Schrift auf der Postkarte. Unsinn, dachte sie. Das Schild wies nach links; sie folgte einem weiteren schmalen Pfad durch eine Gruppe von Kiefern, durch deren Stämme das Sonnenlicht auf Gras und Heidekraut schien. Und dann sah sie den Leuchtturm.

Er bestand aus bröckelndem Backstein, war kaum merklich zur Seite geneigt und stand auf dem einzigen Stück Strand, das nicht aus Sand bestand, sondern aus scharfkantigen Felsen. Die Sonne ließ seinen Backstein in einem warmen, satten Rot strahlen. Das Meer hinter ihm hatte weiße Schaumkronen, weiße, keine braunen, es lag wohl am Sonnenlicht. Wir brauchen, hörte Nada sich selber sagen, mehr Licht ...

Sie trat näher, fand die Ginsterbüsche am Fuße des Leuchtturms und nickte. Der Ginster blühte nicht, natürlich nicht, es war November. Alles war logisch, nichts war außergewöhnlich. Es war nicht kälter als irgendwo sonst. Sie ging um den Leuchtturm herum, stellte sich auf das schmale Stück Fels davor und sah aufs Meer hinaus.

»Und natürlich«, sagte sie laut, »ist der Leuchtturm ein hervorragendes Fotomotiv, egal, was irgendwelche Leute sagen, die hier wohnen. Und natürlich gibt es irgendwo auf der Welt eine Postkarte mit genau diesem Leuchtturm. Ich könnte wetten, meine Mutter hat sie mir geschickt, obwohl sie es nicht zugibt. Und ich Idiot habe genau das getan, was sie wollte: Ich bin hierhergekommen, und *ich gehe spazieren*.« Ein leichtes, perlendes Lachen stieg in ihrer Kehle hoch. »Und es ist gut!«, sagte sie. »Sie hatte recht, es ist gut! Ich werde eine Woche bleiben, eine Woche reicht. Ich werde jeden Tag spazieren gehen. Frank wird das Lichthaus Nord ohne mich eröffnen, und wenn ich nach Berlin zurückkehre, werde ich die Scherben seiner Fehler aufsammeln, und er wird mir dankbar sein. Sie werden mir alle dankbar sein, und ich werde mich so, so, soo viel weniger müde fühlen als all die Jahre zuvor.«

Sie ging zurück zu der Stelle, wo der Ginster wuchs, und ließ die blütenlosen Äste durch ihre Finger gleiten. Im Sand neben den Felsen blitzten helle Muscheln, der Strand war in keine Richtung endlos. Und in diesem Leuchtturm lagerten ganz bestimmt keine unzusammengebauten Ikea-Möbel. Nada strich mit der Hand über die alte Tür, zog an der Klinke und war beruhigt, dass sie sich nicht öffnen ließ. Der Leuchtturm stand seit Jahren unbenutzt, selbstverständlich war er verschlossen. Wahrscheinlich verrosteten irgendwelche alten Apparaturen in seinem Inneren. Sie ließ die Klinke los, trat von der Tür zurück und stockte.

Die Tür. Es war die gleiche Tür wie die Tür in ihrem Traum. Und sie war ziemlich sicher, dass man auf der Postkarte die Tür des Leuchtturms nicht hatte sehen können. Woher hatte ihr Traum gewusst, wie die Tür aussah?

Sie kehrte zu dem Felsen zurück, der sich zwischen offenem Meer und Leuchtturm befand, setzte sich darauf und lehnte den Rücken an die warme Backsteinwand. Von hier aus sah sie die Tür nicht. Sie sah nur das Meer, und seine Weite beruhigte sie. In einer Woche würde sie über dieses Meer nach Hause fahren, nach Berlin, und in ihr altes Leben zurückkehren, und sie würde die Postkarte irgendwo unter einem Regal finden und nachsehen, ob eine Tür darauf zu sehen war. Wahrscheinlich doch.

Etwas trieb vor ihr im Wasser, trieb auf ihren Felsen zu, und sie beugte sich vor, um besser zu sehen. Es war nicht groß, ein Stück Holz vermutlich. Sie beschloss, es aus dem Wasser zu fischen und mitzunehmen. Die Wände ihrer Wohnung in Berlin waren kahl bis auf ein paar gerahmte Fotografien berühmter Fotografen: Städte, in denen sie nie gewesen war, Menschen, die sie nichts angingen.

Sie beschloss, das Stück Treibholz auf einer weißen Leinwand zu befestigen, zu rahmen und zwischen die Fotografien zu hängen. Es würde sich gut machen in der spartanisch modernen Wohnung, es gäbe ihr etwas angesagt Künstlerisches, und das konnte durchaus nützlich sein, falls irgendein Restaurantkritiker aus irgendeinem Grund einmal ihre Wohnung betrat. Oder vielleicht wäre es auch einfach schön.

Sie rutschte auf den Knien bis zum Rand des Felsens vor und streckte ihren Arm nach dem aus, was da trieb. Plötzlich schien es ihr unendlich wichtig, es zu fassen zu bekommen. Wenn ich dieses Stück Treibholz mitnehmen kann, dachte Nada, wird eine Tür auf der Postkarte sein, und alles wird sich klären.

Der Gegenstand wurde von einer Welle unter Wasser gezogen, entwischte ihr, tauchte auf und entwischte ihr abermals. Ihre Verzweiflung wuchs. Was sie zu fangen versuchte, sah aus wie ein Stück von einem dünnen Brett, ein Stück von einem Boot, doch es ließ sich nicht greifen – und dann fing sie es doch und zog es aus dem Wasser.

Nein.

Es war kein Stück Treibholz, auch kein dünnes Brett. Es war ein Stück durchweichte Pappe.

Die Postkarte.

Nada erkannte den roten Leuchtturm und den gelben Ginster, das graue Meer und seine beunruhigend bräunlichen Schaumkronen. Man sah die Tür des Leuchtturms nicht. Sie drehte die Karte um, in der Erwartung, dass sie leer war, unbeschrieben, eine von vielen identischen Postkarten mit dem Bild des Nimmerooger Leuchtturms. Aber eigentlich wusste sie, dass die Karte nicht leer sein würde. *Komm her*, stand darauf. *Es ist wichtig, dass du kommst. Man kann bis hinter den Horizont sehen, wenn man ganz leise ist. Das alte Ferienhaus steht leer …*

Der Name auf dem Adressfeld war ihrer, obwohl die Tinte der Adresse jetzt fast vollständig verlaufen war. In der Mitte lief ein Knick durch die Karte, als hätte jemand sie gefaltet, um sie in der Tasche einer Bluse aufzubewahren. Während die Karte in Nadas Händen trocknete, bildeten sich bereits weiße Salzwasserränder darauf. Sie presste sie an ihre Brust und spürte ihren Herzschlag durch die Pappe.

Es gab keine vernünftigen Erklärungen.

»Natürlich«, sagte Frank. »Vielen Dank.«

»Hat es denn etwas genützt?«, fragte sein Gegenüber.

Frank nahm die Brille ab und putzte sie mit der Serviette, obwohl sie nicht beschlagen war.

»Ich weiß es nicht«, antwortete er. Grauer Regen jagte gegen die Scheiben des Lichthauses West, Novemberregen.

Doch im Lichthaus West war es Sommer.

Nicht Frühling, wie im Lichthaus Nord. Sommer. In den großen weißen Vasen wippten die gewundenen Rankenzweige von duftendem roten und weißen Geißblatt. Er setzte die Brille wieder auf und betrachtete die filigranen grünen Strukturen der Adern in den Blättern, der Staubgefäße in den Blüten ... sah schließlich zurück zu der regennassen Scheibe, vor der Berlin in einem Novemberstau stand.

»Noch drei Tage. Dann eröffnen wir das Lichthaus Nord. Werden Sie da sein?«

»Natürlich. Sie schicken mich für einen zweiten Artikel hin, über die Eröffnungsfeier, nach dem Interview mit Na... mit Frau Schwarz.«

»Nada«, sagte Frank und musterte den jungen Mann durch seine Brille. Er war so jung. Dieses lächerliche Ziegenbärtchen ... dieser Schal, den er sich so betont lose um den Hals geschlungen hatte ... »Ist Ihnen je in den Sinn gekommen«, fragte Frank freundlich, »dass man auf die Idee verfallen könnte, daran zu ziehen?«

»Wie bitte?«

»An den Enden Ihres Schals. Es ist verlockend. Jemand könnte es tun und Sie erwürgen.«

»Ach ...«, sagte der Reporter und wickelte eine der Geißblattranken um seinen Zeigefinger, nervös und gleichzeitig gewollt erotisch.

Frank versuchte, sich diesen Jungen mit Nada zusammen vorzustellen. Ihm wurde übel.

»Ich habe Ihnen den Schlüssel nicht gegeben, damit Sie mit ihr ...«, begann Frank.

Der Reporter sah ihn an, er hatte das Geißblatt noch immer um den Finger gewickelt. Einen Moment glaubte Frank, einen Sonnenstrahl in sein zu junges Gesicht fallen zu sehen, aber es war nur das Licht von einer der Tageslichtlampen. Ringsum waren die gedämpften Gespräche der anderen Leute zu hören, verschmelzend mit dem Duft der Blüten und dem Duft von Gewürzen, das Lichthaus West war ein weiß getünchter Garten. Beinahe erstaunlich, dass nirgendwo Vögel sangen.

»Damit ich was?«, fragte der Reporter. »Ich habe getan, was Sie von mir wollten. Der Rest ist meine Sache. Sie schulden mir noch Geld.«

Frank nickte und legte einen weißen Umschlag auf die weiße Tischdecke neben den weißen Teller.

Der Umschlag sah beinahe so aus wie der, der im Lichthaus Nord an einer Vase mit Hyazinthen lehnte.

»Und wo ist ...?«

Der Reporter löste seinen Finger endlich aus der Ranke des Geißblatts und griff in die Innentasche seiner Jacke. Dann legte er einen identischen weißen Umschlag neben Franks Umschlag.

»Danke«, sagte Frank und steckte ihn ein.

»Was bedeutet das alles?«, fragte der Reporter. »Sie hat mich gefragt, ob ich je bei einem Leuchtturm aus Backstein war. Was ist das für eine Sache mit diesem Leuchtturm?«

»Wenn ich das wüsste«, murmelte Frank. »Irgendetwas mit diesem Leuchtturm stimmt nicht. Irgendetwas, das mit Nada Schwarz zu tun hat. Ich habe es zu spät verstanden. Ich wollte sie noch davon abhalten, hinzufahren, auf dem Bahnhof ... Aber natürlich ist sie trotzdem gefahren. Sie hat immer alles trotzdem getan.«

»Hat?«, fragte der Reporter. »Präteritum? Ich meine, sie ist noch am Leben, oder?«

Frank antwortete nicht. Er war bereits auf dem Weg zum Ausgang, zwischen duftenden Sträußen voll Sommer hindurch. Auf einmal sehnte er sich nach dem Novemberregen.

4

Als Nada Schwarz am Abend ihres ersten ganzen Tages auf Nimmeroog ins Bett fiel, hatte sie eine Menge erledigt. Sie war noch immer Nada Schwarz. Sie hatte sich von Rosa Friemann im Auto nach Dünen mitnehmen lassen, hatte am Hafen ein Fahrrad gemietet und eingekauft. Keine Blumen. Sie hatten keine Blumen gehabt.

»Es ist November, junge Frau«, hatte die nicht mehr junge Frau hinter der Kasse gesagt, und Nada hatte gespürt, wie wieder unsinnige Tränen in ihr aufgestiegen waren, nur wegen der Blumen, die es nicht gab. Sie hatte die Tränen heruntergeschluckt. Blumen, unwichtig.

Sie hatte das Winzige, Schimmernde in sich weit in die Tiefe geschubst und ihm gesagt, dass es gefälligst dort bleiben sollte. Sie hatte im gesamten Untergeschoss des blauen Ferienhauses Staub gewischt, die verkrusteten Bleche im Ofen geschrubbt und mehrere Pläne zur Instandsetzung des Hauses gemacht. Und wenn sie gegen Mittag einen Spaziergang zu einem Leuchtturm gemacht hatte und wenn sie dort einer Tür begegnet war, die sie aus einem Traum kannte, und wenn sie bei den Felsen eine Postkarte aus dem Wasser gezogen hatte, die sie bereits zwei Tage zuvor unter ihrer Tür in Berlin gefunden hatte – wenn dies alles auch an jenem ersten Tag auf Nimmeroog geschehen war, so war das Nebensache und brauchte nicht weiter erwähnt zu werden.

Wichtig war, dass sie drei der Punkte auf ihrer Liste als erledigt gestrichen hatte. Sie hatte zwei neue hinzugefügt: *5 – Fenster abdichten.* Denn der Wind, der durch die Ritzen hereinkam, hatte die Liste samt nicht schwerem Bernsteinbeschwerer in Nadas Abwesenheit auf den fleckigen türkisblauen Teppichboden befördert.

6 – Informationen einholen wg. Anschaffung anderen Bodenbelags.

Um elf Uhr war sie so müde, dass sie ungeduscht unter die Bettdecke kroch, das Salz des langen Tages noch auf der Haut, den sandigen Wind der See noch im Haar. Der Mond malte die

Umrisse der klobigen, anheimelnden, geschmacklosen Kommoden und Regale, Tischchen und Beistelltischen ins Zimmer, den Scherenschnitt eines Trockenblumenstraußes und eines Modellschiffs auf dem Fensterbrett.

Das Letzte, woran Nada dachte, ehe sie einschlief, war der Wald. Sie war mit dem Auto durchgefahren, zusammen mit Rosa, und er hatte nichts Unheimliches an sich gehabt. Sie war mit dem Fahrrad zurückgefahren, später, allein, und er hatte nichts Unheimliches an sich gehabt. Nichts hatte geschrien dort, das Abendlicht hatte sich in den feuchten Blättern gespiegelt, und sie hatte Vögel gehört, kleine, harmlose Vögel in den hohen Zweigen. Erst danach, nachdem sie durch den Wald hindurchgefahren war, hatte sich ein seltsames Gefühl in ihr breitgemacht. Als wäre etwas dort geschehen, vor Sekunden.

Natürlich war nichts geschehen. Sie hatte sich umgedreht, und der Wald war so grün und friedlich gewesen wie zuvor. Es war nicht einmal ein Wald, wirklich, es war das, was man einen Hain nennen würde, ein Hain mit etwas dichterem Unterholz als andere Haine.

Jetzt griff sie, halb im Schlaf schon, nach ihrem Hemd, das neben dem Bett auf dem Boden lag, und tastete nach der Postkarte. Es war eine Art Mutprobe. Sie war durch den Wald gefahren, sie würde die Postkarte noch einmal ansehen, wenigstens ihren Umriss in der Dunkelheit, und dann hätte sie wirklich, wirklich alles erledigt. Dann würde sie ruhig schlafen, ruhig und diesmal traumlos. Ihre Hand suchte vergeblich nach der Karte. Die Hemdtasche war leer. Die Taschen ihrer Hose waren ebenfalls leer. Sie gab das Tasten auf und ließ sich zurück in die Kissen sinken.

Sie wusste, dass es sinnlos war, das Licht anzumachen und weiterzusuchen, sie würde die Karte nicht finden. Sie hatte sie ein zweites Mal verloren, und sie wusste auch, wo.

Sie gab auf. Sie schloss die Augen. Sie schlief ein.

Als sie erwachte, merkte sie sofort, dass die Möbel fehlten. Nur das Bett war da, das Bett und sein Kampfergeruch, und der Raum war rund, und das diffuse Licht einer Sonne, die keine Tageszeit anzeigte, drang durch hohe, schmale Fenster herein.

Sie setzte sich auf. Sie war nicht mehr ganz so müde – sie musste eine Weile geschlafen haben.

»Und jetzt schlafe ich auch. Ich träume nur«, sagte sie laut. »Ich kann einfach hier auf dem Bett sitzen bleiben und warten, bis ich aufwache.«

Und was, dachte sie, wenn nicht? Wenn sie etwas tun musste, um aufzuwachen? Sich eine Art Eintrittskarte in die wache, gewöhnliche Welt erarbeiten? Sie sah unters Bett. Es befand sich nichts darunter. Nur ein paar dicke Staubflusen. Bei Gelegenheit würde sie hier sauber machen müssen. Wenn ein schwarzes Telefon da gewesen war, hatte jemand es fortgetragen. Wer?

Sie schlüpfte in ihre Sachen, die auf dem Boden lagen wie beim letzten Mal, und trat ans Fenster. Das Meer war wieder grau, aber sie hatte das Gefühl, es würde blau werden, wenn sie es lange genug ansah.

Nada fand die Luke im Boden und stieg die Wendeltreppe hinunter zum Erdgeschoss. Alles war unverändert. Die Pakete sahen ihr erwartungsvoll entgegen, an einer Wand stand das – oder der? – Schärtenbang, das sie beim letzten Mal aufgebaut hatte.

»Ich werde also weitermachen«, sagte Nada. »Und ich habe noch immer keinen Stift, um eine Liste zu erstellen. Nächstes Mal muss ich unbedingt daran denken, einen Stift einzustecken.«

Nächstes Mal? Würde sie diesen verrückten Traum immer weiter träumen, bis sie alle Möbel zusammengebaut hatte? Bis sie einen Ausgang aus dieser Welt fand oder eine Erklärung für ihre Existenz?

Sie öffnete die Tür und sah nach, ob draußen etwas war. Draußen war nichts. Sie seufzte. Sie hatte nichts erwartet. In dem Nichts aus Sand und Meer war auch kein Jemand. Das schwarze Telefon musste sich selbst umgestellt haben. Nun, dachte sie, Telefone schienen das zu tun. Auch in der Realität. Man legte sie an einen Platz, an dem man sie todsicher wiederfinden würde, und wenn man sie suchte, lagen sie ganz woanders – im Kühlschrank, unter einem umgefallenen Buch im Regal, in der Waschmaschine. Sie wählte eine kleine Kiste, entfernte Plastikhüllen, legte Teile auf dem Boden aus, entfaltete eine Anleitung und machte sich an den Zusammenbau einer FÄJDENSIDE. Es schien sich im weitesten Sinne um ein Küchengerät zu handeln, denn es besaß Metallteile, etwas wie eine Raspel und eine kleine Kurbel. Vielleicht konnte man damit Nudeln raspeln oder Käse kochen, Zucchini filtern oder Teelöffel sieben.

»Es ist ein Traum«, sagte sie zu sich selbst. »Natürlich ergeben die Dinge keinen Sinn.«

Als sie die letzte Schraube der Fäjdenside festzog, glich sie am ehesten einem altmodischen Plattenspieler. Nada stellte sie auf einen Karton mit einem ÖRDENKEKS – und da klingelte das Telefon. Ganz in der Nähe. Sie drehte sich um die eigene Achse und versuchte, das Klingeln zu lokalisieren. Es kam vom Schärtenbang. Nada ging vorsichtig näher, als könnte das Telefon sie aus dem Hinterhalt anspringen und beißen, und dann begriff sie und riss eine der nach beiden Seiten zu öffnenden Klappen auf. Dahinter stand der kleine schwarze Apparat, gerade so ausbalanciert, dass er aus keiner der Klappen herausfiel. Sie nahm ihn heraus und hob den Hörer ab.

»Hallo?«

Am anderen Ende der Leitung schwieg es.

»Hallo?«, wiederholte Nada. Sie hörte jemanden atmen. »Wenn Sie mit mir sprechen möchten, tun Sie es«, sagte sie ungeduldig. »Ich habe nicht den ganzen Tag Zeit. Ich muss noch ungefähr fünfzig Ikea-Möbel zusammenbauen und –«

»Bitte«, sagte eine sehr kleine Stimme im Telefonhörer. »Bitte, helfen Sie mir.«

Nada zuckte zusammen und ließ den Hörer auf die Gabel fallen. Es war die Stimme eines Kindes gewesen. Sie merkte, dass sie wieder angefangen hatte zu zittern, so wie im Wald, nachts, in der Dunkelheit. Sie presste ihre Hände an die Schläfen und trat zu dem einzigen Fenster, das nicht von Kartons zugestellt war. Draußen wellte sich das Meer grünlich, wie eine Grube voller Wasserschlangen. Ein Kind.

»Was willst du?«, sagte Nada laut, abwehrend, ängstlich. »Was willst du von mir? Warum rufst du an? Wer bist du? Und wo? Und wo bin ich? Ich begreife das alles nicht.«

Sie riss das Fenster auf und beugte sich hinaus in den Wind. »Ich! Begreife! Das! Alles! Nicht!«, schrie sie dem Schlangenmeer entgegen. Der Wind warf ihre Worte zurück und ohrfeigte sie damit, und sie hielt sich die Ohren zu.

Schließlich schloss sie das Fenster und kniete sich vor einen weiteren Karton. Während sie mit dem Klebeband rang, das ihn verschloss, hörte ihr Körper langsam zu zittern auf, und sie atmete ruhiger.

»Es ist ein Traum«, flüsterte sie vor sich hin. »Es ist alles ein Traum. Warum sollte keine Kinderstimme im Telefon sein?«

Der Karton enthielt einen SIMMERDÖMMER, ein weiteres vermutlich zweckfreies Küchengerät. Nada war dabei, Metallteile mit klingenden Namen wie A' und c" zusammenzustecken, als das Telefon abermals klingelte. Diesmal riss sie den Hörer sofort von der Gabel.

»Hallo?«

»Bitte«, sagte das Kind. »Bitte, legen Sie nicht wieder auf! Es ist so schwierig, das Telefon zu finden. Manchmal glaube ich, ich habe es ganz verloren. Bitte –«

»Wer bist du?«, fragte Nada. »Und wo?«

»Ich weiß nicht«, antwortete das Kind. »Es ist so dunkel. Es gibt keine Tür. Ich habe überall gesucht, da ist keine. Nur überall Dunkelheit. Es ist … es ist furchtbar.«

Sie hörte ein unterdrücktes Schluchzen und wollte etwas Beruhigendes sagen, aber ihr fiel nichts Beruhigendes ein. In dieser Welt schien es nur beunruhigende Dinge zu geben. Nada versuchte sich vorzustellen, sie wäre in einem dunklen Raum und müsste einen Ausgang finden.

»Gibt es ein Fenster?«

»Ich glaube nicht«, antwortete das Kind.

»Aber irgendetwas muss es doch geben. Hast du die Wände abgetastet?«

»Ja«, sagte das Kind. »Da ist nichts. Nur Stein. Kalter Stein. Der Raum ist groß. Ich verliere die Wände immer wieder.«

»Du musst dich ganz daran entlangtasten«, sagte Nada und versuchte, vernünftig und zuversichtlich zu klingen. »Einmal herum, bis du wieder da herauskommst, wo du angefangen hast.«

»Aber woher weiß ich, wo das ist?«

»Du musst die Ecken zählen. Die meisten Räume haben vier Wände. Also vier Ecken. Verstehst du?«

»Und wenn dieser Raum nicht vier Ecken hat, sondern drei oder fünf oder hundert?«, fragte das Kind zweifelnd.

»Wie viele Ecken hast du denn bisher gefunden?«

Das Kind überlegte eine Weile. »Gar keine«, antwortete es schließlich. »Nur das Telefon. Es stand auf dem Fußboden.«

»Und was für eine Nummer hast du gewählt?«

»Ich weiß nicht. Es ist so dunkel. Da ist eine Wählscheibe. Ich habe irgendwas gewählt. Vier Nummern. Irgendwelche Nummern.«

»Wie kannst du dann zweimal hier bei mir rauskommen?«

Sie merkte, dass sie anfing, mit dem Kind zu diskutieren. Wie albern.

»Wer sind Sie denn?«, fragte das Kind.

Ehe Nada antworten konnte, knisterte es in der Leitung, und die Verbindung brach ab. Sie fluchte, knallte den Hörer auf die Gabel und starrte den kleinen Apparat feindselig an. Dann wurde ihr klar, dass dieses altmodische schwarze Telefon ihre einzige Verbindung zur Außenwelt war, und sie nahm den Hörer wieder ab und wählte die Nummer der Auskunft.

Nach einigen Klingeltönen sagte eine automatische Stimme: »Der gewünschte Gesprächspartner ist nicht erreichbar. Bitte versuchen Sie es zu einem späteren Zeitpunkt noch einmal. Der gewünschte Gesprächspartner …«

Nada schüttelte den Kopf. Wie konnte die Auskunft nicht erreichbar sein? Vielleicht waren alle Plätze besetzt. Sie versuchte es mit der Nummer der Feuerwehr.

»Der gewünschte Gesprächspartner ist nicht erreichbar«, sagte die gleiche automatische Stimme. »Bitte versuchen Sie …«

Sie fluchte, legte auf und wählte auf gut Glück irgendeine Nummer. Jetzt würde sie »Kein Anschluss unter dieser Nummer« erhalten, dachte sie, doch stattdessen wiederholte die automatische Stimme zum zweiten Mal: »Der gewünschte Gesprächspartner …« Sie wählte die Nummer ihrer Eltern. Die von Frank. Ihre eigene Nummer in Berlin. Es war immer das Gleiche. Und endlich begriff sie: Der von ihr gewünschte Gesprächspartner war nicht Frank oder ihre Mutter oder die Feuerwehr. Es war das Kind. Ein Kind, das sie nicht kannte. Ein Kind, das in einem dunklen Raum ohne Fenster und Türen saß, nur mit einem Telefon. Ganz allein. Und dieses Kind war nicht erreichbar.

Sie baute nach dem Simmerdömmer noch neun weitere sinnlose Möbel zusammen und wartete darauf, dass das Kind wieder anrief.

Es rief nicht an. Die Sonne am Himmel rückte nicht weiter. Das Meer behielt seine unstete Farbe. Schließlich gab Nada auf, ging die Wendeltreppe hinauf, legte sich auf das Kampferbett und schloss die Augen.

Als sie aufwachte, war Morgen.

Ein später grauer Novembermorgen. Der Raum war voller ganz gewöhnlicher Möbel, an der Wand hingen geschmacklose Bilder auf Blümchentapete, und das Telefon auf dem Nachttisch war grau und hatte Tasten. Draußen hörte sie Rosa Friemann nach ihrem Hund rufen. Sie war wieder zurück in der richtigen Welt.

Nada trank ihren Kaffee an dem kalten Tisch vor dem Haus, in Stiefeln und Jacke, und zwang sich, etwas zu frühstücken. Sie dachte an ihre Wohnung in Berlin, an den beschichteten Tisch in der Küche, wo sie gewöhnlich ihren Kaffee trank, gegen sechs Uhr morgens, um eine Vor-Morgen-Liste abzuarbeiten.

In der Einbauküche des Ferienhauses hing eine Schwarzwalduhr, und obgleich es Nada unbegreiflich war, wie die Uhr es bis hierher geschafft hatte – vielleicht durch eine Art Magnetismus der Geschmacklosigkeiten – war es praktisch, eine Uhr im Haus zu haben. Der Kuckuck auf dem Uhrzeiger (wenigstens bestand er nicht darauf, laut schreiend aus irgendeiner Öffnung zu springen) hatte Viertel nach neun angezeigt, als sie ihr Frühstück hinausgetragen hatte.

76

»Ich habe Ferien«, sagte Nada laut zu ihrer Kaffeetasse.»Ich darf so lange schlafen, wie ich will. Und außerdem habe ich nicht geschlafen. Nicht die ganze Zeit. Ich habe eine Fäjdenside und einen Simmerdömmer zusammengebaut. Und neun andere Möbel. Ich habe einen ganzen Tag lang darauf gewartet, dass ein schwarzes Telefon klingelt. Ich bin *müde*.«

Sie lehnte sich zurück, die Tasse in den Händen, und bemerkte dabei, dass auf dem Fensterbrett hinter ihr etwas stand, das gestern noch nicht dort gestanden hatte. Eine Tonschale mit Kompost. Wer stellte ihr seinen Küchenkompost aufs Fensterbrett? Sie schüttelte den Kopf und betrachtete den erdigen, vertrockneten Inhalt der Schale genauer. Da waren grüne Spitzen zwischen der braunen Erde und den welken Blättern. Es war kein Kompost. Nada griff in die Schale und hob einen kleinen, trockenen Klumpen heraus.

»Eine Blumenzwiebel«, flüsterte sie.

Die ganze Schale war voller Blumenzwiebeln, kleiner und großer, und Nada fand eine Zwiebel, die aus drei zusammengewachsenen Einzelzwiebeln bestand und drei winzige grüne Spitzen besaß.

Sie reihte die Blumenzwiebeln neben ihrer Kaffeetasse auf dem Tisch auf. Wenn man die Dreifachzwiebel als eine zählte, waren es zwölf. Was für Blumen würden wohl daraus werden? Hyazinthen vielleicht, wie die, die sie im Lichthaus Nord in eine Vase gestellt hatte? Die Hyazinthen, die im Lichthaus Nord standen, waren todgeweihte Hyazinthen, ein großes Wort für Hyazinthen natürlich, aber wahr: Sie würden verwelken und sterben und sich irgendwann in gammelnden braunen Schleim verwandeln – und Nada hoffte, Frank dachte daran, sie vorher fortzuwerfen.

Die Blumen, die aus diesen Zwiebeln vor ihr wachsen würden, wären ganz anders, sie würden blühen, während sie noch lebten, und wenn ihre Blüten verwelkten, wären sie nicht tot, sie würden weiterexistieren, tief im Inneren ihrer dunklen Zwiebeln. Sie würden auf das nächste Frühjahr warten und auf das nächste … und plötzlich durchfuhr ein jäher Schmerz Nada, und sie presste wieder beide Hände auf ihr Herz, erschrocken.

Dann begriff sie, dass es überhaupt kein Schmerz gewesen war.

Es war etwas wie … Glück. Sie würde diese Zwiebeln einpflanzen, würde ihnen beim Wachsen und Blühen zusehen. Sie wären nicht so perfekt wie die Blumen in den Vasen der Lichthäuser, aber sie wären lebendig, und sie, Nada, würde ihnen helfen zu leben. Da war es wieder, das winzige, weiche Etwas in ihr, es war einen Moment lang ganz nach oben geschwommen, und sie wollte es an der Leine reißen wie einen ungestümen jungen Hund, wollte zu ihm sagen: Bleib mir vom Leib, du bist hier falsch, du bist nicht ich, die wirkliche Nada Schwarz ist hart und kalt – doch plötzlich war sie sich nicht mehr sicher.

Rosa tauchte in der Ferne auf, den Hund an der Leine, winkte und verschwand hinter ihrem Haus. Nada winkte verspätet zurück.

Sie freute sich, Rosa zu sehen. Sie hatte sich nie gefreut, irgendjemanden zu sehen. Einen Moment lang hoffte sie, Rosa würde hinter dem Haus mit dem perfekten Gartentor wieder auftauchen und herüberkommen, doch sie hatte wohl einen anderen Weg eingeschlagen.

Hatte Rosa die Schale mit den Blumenzwiebeln auf der Fensterbank platziert? Sie stellte das Geschirr ins Spülbecken und füllte zwölf Gefäße mit Erde: fünf Kaffeetassen, drei Biergläser, zwei Müslischüsseln, einen kleinen Topf und einen Aschenbecher. Die Küche besaß eine schmale Außentür zum Garten, in der innen ein altmodischer Schlüssel steckte. Sie benutzte den Schlüssel, um die harte, kalte Erde vor der Küchentür aufzukratzen, nahm aber schließlich doch einen Teelöffel, um sie in die Gefäße zu füllen. Einen Moment lang kam sie sich beobachtet vor, doch als sie aufsah, war niemand da.

»Guckt ihr nur«, sagte sie zu den Fenstern der beiden anderen Häuser. »Ja, ich pflanze mit einem Schlüssel und einem Teelöffel Blumenzwiebeln. Im November. In Tassen. Und?«

Sie wusch den Küchentürschlüssel und den Löffel ab, legte beides in die Besteckschublade und drückte die Erde um die Zwiebeln sorgfältig fest. Die Tripelzwiebel pflanzte sie in den Topf. Dann goss sie die zwölf winzigen grünen Spitzen und verteilte sie auf den Fensterbrettern im Haus, damit sie genug Licht hatten, um zu wachsen. Und als sie schließlich ihre Regenjacke anzog und die Tür zu dem blauen Haus schloss, hörte sie jemanden vor sich hin singen und merkte, dass sie es selbst war. Sie schüttelte den Kopf über sich und machte sich auf den Weg zum Strand. Komisch, sie kam sich noch immer beobachtet vor.

Das Meer hatte sich zurückgezogen und nur schlickiges Watt zurückgelassen. In den Pfützen seiner Fußspuren schwammen fingernagelgroße Fische und kleine Blauquallen, Gefangene der Uhrzeit, die vielleicht vor der Flut von der Sonne exekutiert wurden, wenn ihre kleine Welt austrocknete. Man könnte, dachte Nada, eine Handvoll in einem Marmeladenglas fangen und hinaustragen bis dorthin, wo das Wasser begann … Es war schwer, im Watt zwischen Muscheln und Fischen keine kindischen Ideen zu haben. Sie zog ihre Schuhe und Strümpfe aus, krempelte ihre Hose hoch und lief hinaus, dem Horizont entgegen, ihre Beine bis weit über die Knöchel im novemberkalten Matsch.

Jemand hatte ihr einmal gesagt, wenn man mit den Füßen auf der Stelle trat, würden die Muscheln hochkommen. Sie versuchte es und beförderte tatsächlich drei Miesmuscheln zutage. Wer hatte ihr das gesagt? Und wann? War sie als Kind im Watt gewesen? Sie konnte sich nicht erinnern. Sie wusste, dass sie mit ihren Eltern am Mittelmeer gewesen war, aber dort hatte es kein Watt gegeben, nur eine Menge identischer Liegen und Sonnenschirme und den Geruch nach billigem Sonnenöl. Sie erinnerte sich, dass sie ihre Schulbücher mitgenommen hatte, es war in der fünften oder sechsten Klasse gewesen; sie hatte gelernt, trotz Ferien. Die Zeit genutzt. Sie war Nada Schwarz. Immer gewesen. Oder, fragte das Winzige, Weiche in ihr, von ganz unten, oder nicht?

Auf einmal kam es ihr vor, als hätte es eine Zeit vor all dem gegeben, eine Zeit, in der sie noch Zeit gehabt hatte – in der sie mit beiden Füßen im Schlick umhergehopst war, in roten Gummistiefeln. Und da war ein gelber Südwester gewesen – sie nahm im Augenwinkel eine Bewegung wahr und fuhr herum. Ein paar Meter entfernt stand die junge Frau, die das Baby auf dem Arm getragen

79

hatte. Sie stand ganz still im Watt und sah zu Nada herüber, ohne Baby jetzt. Sie hatte ihre Hosen nicht aufgekrempelt; der Schlick sog die Hosenbeine ein, gierig nach weichem Stoff.

»Hallo«, sagte Nada. Es klang wie ihr Hallo am Telefon.

»Hallo«, sagte die junge Frau.

Nada überlegte, was sie weiter sagen könnte. Es schien, als müsste etwas gesagt werden.

»Ich heiße Nathalie«, sagte Nada. »Nathalie Schwarz.«

Die Frau nickte. »Das sagten Sie schon.«

»Ach so.«

Eine Weile schwiegen sie beide, und schließlich meinte Nada: »Vielleicht sagen Sie mir auch, wie Sie heißen?«

»Steht es nicht an der Tür?«, fragte die Frau.

Nada schüttelte den Kopf. »Ich glaube nicht.«

»Fessel«, sagte die Frau. »Annegret Fessel.«

Sie kam jetzt durch den Schlick zu Nada herüber, und als sie die Füße aus dem Schlamm hob, sah Nada, dass sie rote Gummistiefel trug. Aber sie hatte die Hose, eine gebügelte graue Stoffhose, darübergezogen, statt sie hineinzustecken. Als legte sie es darauf an, dass die Hose nass wurde. Nada schüttelte den Kopf. Über der Stoffhose trug Annegret eine lange Wollstrickjacke, eine eigentlich vorteilhafte lange Wollstrickjacke, dunkelgrau und eng. Ihre blonden Locken bildeten auf den schmalen Schultern einen hübschen Kontrast dazu. Sie war überhaupt hübsch, Marilyn-hübsch, dachte Nada wieder, American-College-Girl-hübsch, ihr Busen und ihre Lippen etwas zu voll für den Begriff »schön«, etwas zu rund, etwas zu nachgiebig. Über der eigentlich vorteilhaften Wolljacke, den eigentlich vorteilhaften Brüsten und dem eigentlich vorteilhaften weichen Mund trug Annegret eine ganz bestimmt nicht vorteilhafte große dunkle Sonnenbrille.

»Sind Ihre Augen … empfindlich gegenüber Sonne?«, fragte Nada.

»Ach –«, sagte Annegret vage.

Nada ging ein paar Schritte weiter vom Strand weg, und Annegret folgte ihr.

»Sie sagten, es wäre kalt beim Leuchtturm draußen«, sagte Nada.
»Ich war dort. Ich fand es nicht besonders kalt. Nur auf gewisse
Weise ... seltsam. Ich habe von ihm geträumt. Vom Leuchtturm.«
»Ach –«, sagte Annegret.
»Gehen Sie manchmal dorthin?«
»Ich? Nie.« Diesmal kam die Antwort etwas zu eilig. »Mein
Mann ja, er beobachtet die Vögel. Ich nicht. Er sagt, ich vertreibe sie,
man muss leise sein. Man darf sich nicht bewegen. Er vertreibt sie
nicht. Es ist sein Beruf, sie nicht zu vertreiben. Er zählt sie und – ich
weiß nicht, was noch. Er ist Wissenschaftler.«
»Und Sie?«
»Ich? Ich habe die Kinder.«
Sie gingen nebeneinander durchs Watt, ihre Schritte schmatzend
im Schlick. Nada stieg über die ersten verendeten Quallen.
»Wo sind sie jetzt?«, fragte sie. »Ihre Kinder?«
»Zu Hause«, antwortete Annegret.
»Passt Ihr Mann auf sie auf?«
»Nein.« Sie schüttelte heftig den Kopf. »Er hat keine Zeit. Aike
passt auf. Aike Friemann. Er passt oft auf, wenn ich spazieren gehe.
Merten ist irgendwo ...«, sie machte eine weitläufige Bewegung, »auf
der Insel unterwegs. Deshalb sind wir hierher zurückgekommen.
Also, er ist zurückgekommen, ich habe früher nicht hier gewohnt,
er ja, *er* kommt von der Insel ... Er wollte hierher, um die Vögel
zu beobachten. Er studiert sie. Ihr Verhalten. Und es ist natürlich
wunderbar für die Kinder, auf so einer Insel aufzuwachsen, mit
der Natur und allem. Später, wenn sie zur Schule kommen, wird es
natürlich ein Problem, aber bis dahin ist es die perfekte Idylle.«
Nada blieb stehen und streckte ihre Hand nach Annegrets Gesicht aus. Annegret wehrte sich nicht, als sie ihr langsam die zu große
Sonnenbrille abnahm. Ihr linkes Auge war blau und zugeschwollen.
»Perfekte Idylle«, sagte Nada sarkastisch.
Annegret hielt ihre Hand fest, Nadas Hand, die wiederum die
Sonnenbrille hielt. Da war etwas sehr Intimes in dieser Berührung,
und Nada musste sich zwingen, nicht zurückzuzucken. Sie spürte
das kalte Gold eines Ehrings an Annegrets Fingern.

»Ich bin gefallen«, sagte sie. »Gegen den Bettpfosten.«

»Ach«, sagte Nada.

»Es ist ein sehr harter Bettpfosten.«

»Kann es sein«, sagte Nada leise, »dass der Bettpfosten einen Namen hat? Er heißt nicht zufällig Merten Fessel?«

Annegret sah zum Horizont hinaus.

»Ich liebe ihn«, sagte sie. »Manchmal. Nicht mehr so häufig. Ich war einmal in jemand anderen verliebt, einen Tag lang. Aber er ist nicht zurückgekommen.«

»Wie hieß er?«

Sie schüttelte den blonden Lockenkopf, der nicht ins Szenario passte. »Das ist nicht wichtig. Er hat es nicht gesagt. Zu niemandem.«

Sie sah noch immer zum Horizont, und sie hielt noch immer Nadas Hand. Vielleicht sagte Nada deshalb, was sie sagte. Sie sagte: »Wenn man ganz still ist, kann man bis hinter den Horizont sehen.«

»Ja«, sagte Annegret und nickte. »Ja.«

»Wohin ist er gegangen? Der, der nicht hieß? Von wo ist er nicht zurückgekommen?«

»Ach –«, sagte Annegret. Sie ließ Nadas Hand los, nahm ihr die Sonnenbrille weg und setzte sie wieder auf. Das Licht brachte den Ehering dabei zum Glänzen, und Nada sah, dass ein kleiner Stein darin eingelassen war, mattweiß wie Nebel.

»Passen Sie auf, beim Leuchtturm draußen«, flüsterte sie, kaum hörbar, als wäre es ein Geheimnis. »Es ist nicht gut, sich dort zu lange aufzuhalten.«

Dann drehte sie sich um und watete durch den Schlick in Richtung Land davon. Als sie schon ein gutes Stück weit weg war, drehte sie sich noch einmal um. »Das Wasser kommt!«, rief sie.

Zuerst hielt Nada jenen letzten Satz für eine symbolische Bemerkung, die sie erst entschlüsseln musste. Sie dachte eine Weile darüber nach. Doch als sie schließlich noch einmal zum Horizont sah, verstand sie, dass es nichts zu entschlüsseln gab.

Das Wasser *kam*. Die Ebbe war vorbei, die Flut drängte heran, Nada sah, wie das Meer näher kroch. Sie beeilte sich, an den Strand zurückzukommen. Annegrets figurbetonte, Marilyn-gelockte, verlorene Gestalt war nirgends mehr zu sehen.

Den Rest des Tages verbrachte Nada damit, im ausgebauten Dachzimmer des Ferienhauses Staub zu wischen und gegen die Müdigkeit anzukämpfen, die wiederkehrte, sobald sie weiter als eine Stunde von einer Tasse Kaffee entfernt war. Auf ihrem Spaziergang am Morgen hatte die Müdigkeit sich versteckt, doch nun war sie zurück.

Als sie das letzte Staubkorn akribisch von einem Bilderrahmen entfernt hatte (*Seufzender Hirsch bei Sonnenuntergang*) und an ihrem Novembergartentisch vor einer weiteren Tasse Kaffee saß, kam ihr ein seltsamer Gedanke. Vielleicht, dachte sie, war dies nicht mehr nur ihre eigene Müdigkeit. Vielleicht war es auch Marilyn-Annegrets Müdigkeit. Vielleicht hatte Marilyn ihre Müdigkeit durch den Schlick auf Nada übertragen, die Müdigkeit war von ihren im Schlamm versunkenen Hosenbeinen zu Nada hinübergekrochen wie ein dunkles, schleimiges, umrissloses Tier und hatte sich in ihre Fußsohlen gebohrt, ein Parasit; war in ihren Blutkreislauf eingedrungen und hatte ihren Kopf erreicht, und da saß sie nun, schwer wie ein Stein, und drückte sie zu Boden.

Nada ging hinein und sah in den Spiegel. Nein, bis auf die Müdigkeit war nichts von Marilyn auf sie übergetreten, sie hatte kein blaues Auge. Und es gab nichts Weiches und Rundes an ihr, nichts weiblich Hilfloses. Man hatte ihr oft gesagt, sie sei schön, womöglich war sie schön, es kümmerte sie nicht. Obwohl es natürlich in vielen Situationen von Vorteil war. Doch ihre Schönheit war schmallippig, vertikal, hart und kantig, wie die Schönheit der Felsen am Leuchtturm.

Sie drückte die Erde um die Blumenzwiebeln noch einmal fest, blieb eine Weile vor dem Topf mit den drei grünen Spitzen stehen, die Hände aufs Fensterbrett gestützt, und hörte das Winzige, Weiche in sich ganz leise atmen. Es sorgte sich um die Blumenzwiebeln wie um Kinder. Sie schüttelte den Kopf. Sie war verwirrt. Alles in ihr verlangte danach, sich auf das kampferduftende Bett zu legen, unter dem es jetzt keine einzige Staubfluse mehr gab, und zu schlafen. Und es war der Leuchtturm, der verdammte Leuchtturm, der sie davon abhielt. Sie wollte nicht in seinem Obergeschoss aufwachen und ein Telefon klingeln hören.

Sie konnte dem Kind nicht helfen.

Sie konnte Marilyn nicht helfen.

Sie konnte Frank nicht helfen, der gesagt hatte, dass er sie liebte, und dem nicht, was im Wald geschrien hatte. Sie trank den Kaffee, schluckte zwei Aspirin und stieg auf das geliehene Fahrrad. Auf dem ganzen Weg nach Dünen lag nirgendwo eine Postkarte, auch im Wald nicht. Vor allem im Wald nicht. Doch es kam ihr so vor, als müsste sie dort sein, im Unterholz, vom Wind zwischen die dicht stehenden Stämme getragen. Oder von etwas anderem. Sie stieg nicht ab, um tiefer in den Wald zu gehen und nachzusehen.

Sie fuhr nach Dünen und weiter, die ganze Insel entlang, in einen anderen kleinen Ort, der so groß war, dass es ein Café dort gab. Wo sie noch einen Kaffee trank und alles freundlich und nett und gerüscht war, auf Touristen ausgerichtet, bis die Nettigkeit und die Rüschen sie wieder hinaustrieben in den Wind, der so viel besser zu ihr passte.

Als sie abends zurück zu dem blauen Ferienhaus kam, hing ein verschlossener Plastikeimer an der Tür. Auf seinem Deckel klebte ein Zettel. Zuerst erschrak Nada, doch der Zettel enthielt keine kryptische Botschaft und der Plastikeimer keine unerklärlichen Dinge. Auf dem Zettel stand:

Abendbrot? Ich hoffe, Sie verbringen schöne Tage hier, Rosa F.

In dem Plastikeimer waren eingelegte Heringe.

»Scheiße«, flüsterte Nada. »Hört doch auf, so nett zu mir zu sein! Und dann zu verschwinden, wenn man mit euch reden will! Hört doch alle auf damit und lasst mich in Ruhe!«

Sie war zu müde, um den Hering zu essen. Um irgendetwas zu essen. Sie stellte sich unter die Dusche und sah dem Sand dabei zu, wie er zwischen ihren Zehen hervorgespült wurde und im Abfluss verschwand. Ein winziger Fisch schoss quer durch das Duschbecken und verschwand ebenfalls. Nada schüttelte den Kopf.

»Einen habe ich also doch gerettet«, wisperte sie. »Er muss sich mit dem Sand zwischen meinen Zehen verfangen haben ...«

Selbstverständlich war das Unsinn, der Fisch war Einbildung gewesen. Sie trocknete sich ab und fiel ins Bett und wusste, dass sie inzwischen zu müde war, um zu träumen.

Sie erwachte in dem runden, kahlen oberen Raum des Leuchtturms. Das Telefon klingelte.

Das Telefon klingelte.

Er brauchte eine Weile, bis er es gefunden hatte, es war bei allen Telefonen das Gleiche, selbst bei Handys: Man legte sie irgendwohin, wo man sie bestimmt wiederfinden würde, und wenn man sie suchte, waren sie ganz woanders. Das Telefon klingelte unter der weißen Serviette, die zerknüllt neben seiner Kaffeetasse lag.

»Entschuldigung, einen Moment«, sagte er zu dem Künstler, der drei der fünf Bilder im Lichthaus Nord gemalt hatte und den er überreden wollte, zur Eröffnung zu kommen. Der Künstler nickte und verfing sich mit dem Blick in einem Strauß Sonnenblumen im Fensterdurchbruch zu seiner Linken.

Im Telefon war eine Frauenstimme.

»Spreche ich mit ... Frank?«

Frank versuchte, den Blick seines Gegenübers in den Sonnenblumen wiederzufinden, um ihm zu bedeuten, dass er zwar ans Telefon gegangen war, das Telefon jedoch unwichtig war und er immer noch hauptsächlich mit ihm hier im Lichthaus Ost saß. Im Lichthaus Ost war im Übrigen Herbst. Nicht November, natürlich, mehr ein goldener Oktober. Eine Fensternische weiter reckten sich die dunkelroten Blüten von Kletterrosen in die Luft. Nirgends gab es Sträuße aus Kletterrosen außer im Lichthaus Ost.

»Hallo?«, fragte die Frau am Telefon. »Sind Sie noch dran?«

»Ja«, sagte Frank. »Ja, und ich bin ich. Ich meine: Frank.«

»Ich ... Tut mir leid, ich weiß Ihren Nachnamen nicht, Nada hat immer nur von Frank gesprochen ... Ich habe erst in einem dieser

Restaurants angerufen, sie wollten mir Ihre Nummer nicht geben, aber dann habe ich gesagt, dass es um Nada geht …«

Frank setzte sich gerader hin.

»Ist ihr etwas passiert? Wer sind Sie?«

»Ich … nein«, sagte die Frau. »Ich weiß nicht.«

»Sie wissen nicht, wer Sie sind?«

»Ich weiß nicht, ob ihr etwas passiert ist. Ich bin Nadas Mutter. Sie erinnern sich sicher nicht an mich … Als wir uns zuletzt gesehen haben, waren Sie mit Nada zusammen in einer Klasse … Wir wollen seit Ewigkeiten nach Berlin kommen, um Nada zu besuchen und eines Ihrer Restaurants zu besuchen, diese Sonnenhäuser, nur kam immer etwas dazwischen … von Nadas Seite aus …«

»Lichthäuser«, sagte Frank.

Der Künstler ließ eine seiner langgliedrigen Hände durch den Sonnenblumenstrauß gleiten. Als könnte er die Sonne berühren, die goldene Herbstsonne, die das Tageslicht der Lampen auf die sattgelben Blätterräder warf.

»Es ist gerade ungünstig«, sagte Frank. »Ich kann jetzt nicht lange sprechen. Wie kann ich Ihnen helfen?«

»Wir … machen uns Sorgen um unsere Tochter«, sagte Nadas Mutter. »Sie geht nicht ans Telefon. Wir glauben, dass sie auf eine Nordseeinsel gefahren ist, auf der wir früher ein Ferienhaus hatten …«

»Was ist besorgniserregend daran, auf eine Nordseeinsel zu fahren?«, fragte Frank, betont überrascht, betont unbesorgt.

»Es ist November.«

»Sie hat ja nicht gesagt, sie würde zu der Nordseeinsel schwimmen, oder?« Er hörte, dass sein Lachen unecht klang. Der Künstler strich mit dem Zeigefinger einen grünen Sonnenblumenstiel entlang, seufzte und begann schließlich, in seiner Kaffeetasse zu rühren.

»Haben Sie ihr eine Postkarte ohne Absender geschrieben?«, fragte Frank.

»Postkarten haben nie Absender«, erwiderte Nadas Mutter.

»Aber Umschläge«, sagte Frank. »Haben Sie eine Karte geschrieben? Mit einem Leuchtturm?«

86

»Sie hat eine Postkarte mit einem Leuchtturm bekommen?«
Frank seufzte. »Ja. Und mit einem seltsamen Text. *Vergiss, was geschehen ist. Ich warte.*«
Nadas Mutter schwieg.
»Wer wartet?«, fragte Frank. »Was *ist* geschehen? Auf der Insel? Wer wartet?«
»Nichts«, sagte Nadas Mutter. »Niemand. Ich ...« Sie brach ab. »Wenn Sie mit Nada sprechen, sagen Sie ihr, sie soll zurückkommen. Es ist zu kalt auf dieser Insel.«
Frank wollte etwas erwidern, doch die Verbindung war bereits unterbrochen. Die Sonnenblumen wippten leise, und er schloss einen Moment die Augen, um in der lichtdurchdrungenen Herbsthelligkeit auszuruhen von diesem Gespräch, das ihm Angst machte. Als er die Augen wieder öffnete, war der Künstler gegangen.
»Scheiße«, sagte Frank leise. Er hätte es vielleicht nicht so sehr bedauert, wenn er diesen Künstler nicht vor Jahren besser gekannt hätte. Sie hatten sich so lange nicht gesehen ...
»Mark«, murmelte er. »Komm zurück.« Aber er stand nicht auf, um ihm nachzugehen. Er zog die Postkarte mit dem Leuchtturm aus der Tasche und strich sie auf der Tischdecke glatt. Eine rote Senkrechte vor grauem Hintergrund. Ein Strand, an dem niemand wartete. Niemand und nichts.

5

Einen Moment lag sie ganz still. Sie wollte nicht hier sein. Sie wollte überall sein, nur nicht hier. Diesmal hatte sie nicht einmal ein paar Stunden geschlafen, sie war direkt hierhergekommen, sie spürte die Müdigkeit noch in allen Knochen. Sie versuchte, sich in den Schlaf zurückgleiten zu lassen, doch das Klingeln des Telefons hielt sie davon ab. Sie legte sich das Kissen über den Kopf, roch Rosa Friemanns Kampferwaschmittel und hatte das Gefühl, Rosas Stimme zu hören.

Besser, Sie gehen hin. Es nützt nichts, wissen Sie.

Ich liebe ihn. Das war Marilyn-Annegret. *Manchmal. Nicht mehr so häufig.*

»Verdammt!«, rief Nada und setzte sich im Bett auf. »Ihr! Ihr habt doch gar nichts mit dem hier zu tun! Seid doch still!«

Sie lauschte. Es *war* still. Bis auf das Klingeln. Die Stimmen hatten sich in ihrem Kopf befunden, nur in ihrem Kopf. Das Klingeln des Telefons befand sich außerhalb ihres Kopfes. Sie stand auf, zog sich an und dachte: Es würde Zeit sparen, wenn ich mich in dem blauen Haus angezogen ins Bett legte. Dann atmete sie tief durch und machte sich auf die Suche nach dem Telefon, weil es nichts nützte. Weil Rosa recht hatte.

Sie fand es im Sand, draußen vor der Tür, die einen Spalt breit offen stand.

»Wie kommst du denn hierhin?«, murmelte sie und hob es auf, und beinahe kam es ihr vor wie ein Tier, das sich furchtsam und frierend in ihre Hand schmiegte. Sie wollte den Hörer nicht abheben. Sie hob den Hörer ab.

»Schwarz?«

»Schwarz?«, echote die Stimme im Telefon verwundert. Es war die Stimme des Kindes. »Sind Sie die, die das letzte Mal abgehoben hat?«

»Ja«, sagte Nada.

»Ein Glück«, sagte das Kind. »Ich hatte das Telefon wieder verloren – es war furchtbar. Ich habe so lange danach gesucht!« Ein Schluchzen schlich sich in seine Stimme. »Und ich weiß noch immer nicht, wer Sie sind! Oder wo!«

»Im Leuchtturm«, antwortete Nada. »Ich bin im Leuchtturm. Mit einer Menge Ikea-Möbel.«

»Im Leuchtturm?«, fragte das Kind, und es war ihr, als könnte sie seine großen erstaunten Augen in der Frage hören. »Und was ist schwarz?«

»Ich«, sagte Nada.

»Ich verstehe gar nichts«, sagte das Kind.

»Hast du getan, was ich dir gesagt habe? Hast du dich an der Wand entlanggetastet und die Ecken gezählt?«

»Ja. Nein! Ich habe es versucht. Es gibt keine Ecken. Die Wand geht immer nur gerade weiter. Es ist sooo dunkel! Es ist schon so lange so dunkel!«

»Seit wann bist du denn in diesem Raum?«, fragte Nada. »Einen Tag? Zwei?« Sie wollte sich nicht vorstellen, wie es sich anfühlte, zwei Tage lang allein in einem vollkommen dunklen Raum zu sein.

»Länger … *Jahre*«, sagte das Kind.

Nada lachte. »Niemand kann jahrelang in einem dunklen Raum eingeschlossen sein und überleben.«

»Oh«, sagte das Kind.

»Wovon lebst du? Was isst du? Was trinkst du?«

Das Winzige, Weiche in Nada wollte Mitleid empfinden, sich Sorgen machen, aber sie verbot es ihm. Es waren einfach nur drei völlig logische Fragen.

»Ach –«, sagte das Kind und hörte sich an wie Marilyn. »Es ist immer etwas da. Ich finde es auf dem Boden, in unregelmäßigen Abständen. Einen Teller mit etwas drauf. Ich kann nicht sehen, was es ist.«

Nada dachte an das Blindenrestaurant und Franks und Marks Stimmen in der absoluten, beunruhigenden Dunkelheit. Sie dachte daran, wie Mark sagte: »Ich glaube, mein Schlips hängt in mein Weinglas«, und wie sie gelacht hatten, obwohl ihr nicht nach La-

chen zumute gewesen war. Sie hatte sich das ganze Essen über mit
der linken Hand an der Tischkante festgekrallt, um nicht in Panik
auszubrechen, aufzustehen und den Ausgang zu suchen. Als sie
später in der Abendluft der Stadt gestanden hatten, hatte Mark sie
gefragt, ob ihr schlecht wäre.

»Sie zittern ja«, hatte er gesagt.

Und Frank hatte sie angesehen, besorgt. »Geht es dir nicht gut?«

»Doch, doch«, hatte Nada gesagt. »Ich glaube, ich habe Fieber.
Ich brüte eine Grippe aus. Ich muss nach Hause.«

»Manchmal finde ich ein Klo«, sagte das Kind, und da lachte
Nada wieder, dankbar über einen Grund zum Lachen.

»Du meinst – es steht einfach so ein Klo mitten im Raum?«

»Ich weiß nicht, ob es mitten im Raum steht. Vielleicht. Es ist
nicht lustig. Es ist … Ich möchte einen Ausgang finden. Bitte, helfen
Sie mir. Ich weiß gar nicht mehr, wie das Tageslicht aussieht.«

Nada seufzte. »Ich kann dir nicht helfen, solange ich nicht weiß,
wo du bist. Ich –«

Sie hielt inne und lauschte. Das Telefon tutete in ihr Ohr. Die
Stimme des Kindes war verschwunden. Sie wartete noch eine Weile,
doch da war nur das Tuten, und als sie schließlich auflegte und
wieder abhob, war die Leitung ganz tot.

Sie fluchte. Sie würde also nach drinnen gehen und weiter Möbel zusammenbauen. Wenn sie alle Möbel zusammengebaut hatte,
würde sie dann einen Ausgang finden – für sich und für das Kind?
Es war möglich. Sie durfte keine Zeit verlieren. Sie brachte das
Telefon in den Erdgeschossraum, stellte es auf einen Karton und sah
aus dem Fenster, und das Meer war weder blau noch grün, sondern
von einer ganz und gar unentschiedenen Farbe. Auf einmal wurde
Nada wütend.

Warum waren die Dinge hier so unentschieden? Warum gab es
nirgends einen Anhaltspunkt? Es war eine Rechnung mit zu vielen
Unbekannten, ein Rätsel mit zu wenig Hinweisen, diese Welt war
glatt wie eine Felswand ohne Nischen, wo auch immer sie sich
festzuhalten versuchte, sie rutschte ab und fiel zurück ins Nichts.

Und alles, was geschah, vertiefte das Rätsel, anstatt es zu lösen.

Sie riss die Tür wieder auf und stapfte mit ärgerlichen Schritten um den Leuchtturm herum bis zu den Felsen, die ihn vom Meer trennten. Sie sahen genauso aus wie die Felsen in der wirklichen Welt, wo sie die Karte aus dem Wasser gefischt hatte. »Verflucht!«, schrie sie. »Was soll das alles? Ihr seid doch da, irgendwo da draußen! Kommt her! Redet mit mir! Erklärt mir, was das hier ist! Oder traut ihr euch nicht?«

Sie wusste nicht, mit wem sie sprach. Sie glaubte nicht wirklich, dass irgendjemand hier war, noch viel weniger mehrere Jemande. Sie stapfte zurück, verließ die Felsen und fing an, Hände voll Sand ins Wasser zu schleudern – sie warf dem Meer diesen Sand in die Augen, sie wollte ihm wehtun, sie wollte *irgend*wem wehtun, vielleicht am ehesten sich selbst. Es war lange her, seit sie einen solchen Wutausbruch bekommen hatte. Jahrzehnte.

Nada Schwarz, die Managerin der Lichthauskette, die erfolgreiche, schöne, perfekte Nada Schwarz, deren Bild gerne in Zeitschriften auftauchte, war kühl und ruhig. Vielleicht lag der zu junge Reporter immer noch in ihrer Berliner Wohnung in ihrem Berliner Bett und sah alles vor sich, was geschah. *Nada Schwarz verliert die Fassung*, würde er schreiben. *Gefangen in einer Welt aus Nichts, scheint die Psyche der bekannten Managerin langsam ernsthafte Risse zu bekommen …*

Sie ließ sich in den Sand fallen, schloss die Augen und sah das Foto vor sich: Nada Schwarz am Strand, in alten Kleidern, mit beiden Händen Sand ins Meer schleudernd, das Gesicht verzerrt, die Haare vom Wind zerzaust … vom Wind? Sie öffnete die Augen. Das Meer hatte sich verändert. Es türmte sich jetzt in der Ferne zu hohen Wogen auf, die mit majestätischer Gewalt an Land rollten, Böen jagten sich auf seiner schäumenden Oberfläche, der Wind trug Fetzen von brauner Gischt über den Strand herauf. Sie hob den Kopf. Auch der Himmel hatte sich verfinstert. Kränklich violette Sturmwolken zogen vom Horizont heran, und in ihnen kochte ein Gewitter. Das Wasser stieg, obwohl es bisher weder Ebbe noch Flut gegeben hatte. Der Wind peitschte ihr den Sand ins Gesicht, warf ihn zurück, und die Sandkörner brannten tausend winzige, schmerzende Wunden in ihre Haut. Sie sprang auf und floh.

Die Tür des Leuchtturms klemmte wieder, das Wasser kroch hinter ihr her über den Sand, getrieben vom Wind, und die altbekannte Panik krallte sich um ihr Herz. Sie rüttelte an der Klinke. Verdammt, sie musste diese Tür aufbekommen, ehe die Flut sie erreichte. Sie zog mit ihrem ganzen Gewicht daran und merkte, dass es nicht ausreichte – kein Wunder bei einer Person, die von Kaffee und Aspirin lebt. Ihre Füße standen bereits im Wasser. Der Sturm war jetzt da, und er versuchte, ihr den Boden unter den Füßen wegzureißen. Sie zog ein letztes Mal an der Tür, und da gab sie endlich nach. Nada warf sich nach vorn. Sie fiel mit einem Schwall Wasser ins Innere des Leuchtturms, keuchend, erschöpft, erleichtert, und nur mit all ihrer Kraft gelang es ihr, die Tür hinter sich zu schließen. Dann ließ sie sich einfach auf den Boden fallen und lehnte den Rücken einen Moment an den Karton eines VJASAR, schwer atmend. Verdammt. Sie saß in einer Wasserlache.

Und sie fror. Der Sturm hatte eine unerwartet beißende Kälte mitgebracht. Zitternd stand sie auf und sah sich nach etwas um, womit sie sich abtrocknen konnte. Es schien keine zusammenbaubaren Handtücher von Ikea zu geben. Händtöjkes, dachte sie. Oder tröckene Hösnen.

Die Bettwäsche!

Nada lief die Wendeltreppe hinauf. Regen fegte jetzt gegen alle Fenster, und draußen war es beinahe dunkel. Gab es denn auf einmal Tageszeiten? Die Schaumkronen auf dem Meer glitzerten durchdringend gelb, wie der Ginster. Sie streifte die nassen Kleider ab, zog die Bettdecke ab und wickelte sich in den Bettbezug. Immerhin, er ließ sich über dem BH feststecken, der nicht nass geworden war. Für eine Weile würde es halten. Auf dem Bettbezug waren abstrakte gelbe Blumen, womöglich übergroße Ginsterblüten. Oder Sonnenblumen aus einem weit entfernten goldenen Oktober. Nada wollte nicht wissen, wie sie aussah, sie drängte den Gedanken an den Reporter gewaltsam aus ihrem Kopf.

Schlimmer als ihr Aussehen war, dass sie noch immer fror. Verflucht, sie hatte den Pullover in der wirklichen Welt vergessen. Sie musste etwas tun, um warm zu werden, aber sie hatte wirklich keine Lust, ein weiteres Möbelstück zusammenzubauen. Als sie klein gewesen waren, waren sie immer gehüpft, um warm zu werden … Sie sah es vor sich, wie sie hüpften, in den roten Gummistiefeln, die Arme schlenkernd, lachend. Im Hintergrund toste das Meer, stürmisch wie das Meer vor dem Leuchtturm … Woher hatte sie dieses Bild? War es Teil einer Erinnerung? Die roten Gummistiefel. Marilyn hatte auch rote Gummistiefel getragen.

Sie stieg aufs Bett, noch immer zitternd, und begann zu hüpfen und mit den Armen zu schlenkern. Und es funktionierte, ihr wurde warm. Was noch erstaunlicher war: Es machte Spaß. Nada hüpfte und schlenkerte, schlenkerte und hüpfte, die Bettfedern quietschten in einem verdächtigen Rhythmus, und wenn jetzt jemand unten durch die Tür käme, dachte Nada, würde diese Person denken, sie hätte mit irgendjemandem (oder mit mehreren Jemanden) hemmungslos wilden Sex hier oben. Doch das Hüpfen war auf seine Weise viel wilder und hemmungsloser, und nie hatte Nada beim Sex, mit wem auch immer, so viel Spaß gehabt. Sie hüpfte höher und höher, streckte die Arme aus, um die Decke zu berühren … und fast schaffte sie es. Sie musste noch ein Stück höher hüpfen, nur ein kleines Stück – der Bettbezug löste sich – sie streckte die Hände so hoch sie konnte – und in dem Moment, in dem nur noch Bruchteile von Bruchteilen einer sehr kleinen Maßeinheit ihre Fingerspitzen von der Decke trennten – in diesem Moment krachte es über ihr dumpf und laut. Das Heulen des Sturms bekam eine andere Melodie.

Nada stand auf dem Bett, nach Luft ringend, und lauschte. Es war, als gäbe es jetzt ein Hindernis, etwas, woran sich der Ton brach. Oder als fehlte etwas. Hatte der Sturm ein Stück vom Dach abgerissen? Sie wusste nicht, was für eine Art von Dach der Leuchtturm hatte, doch plötzlich wurde ihr bewusst, dass das wie auch immer geartete Dach sich nicht direkt über ihr befand. Das Krachen war weiter weg gewesen. Es musste noch einen Raum über diesem geben. Nada stieg vom Bett und durchquerte langsam das runde

Zimmer, den Blick zur Decke erhoben. Dann fand sie ihn: den Durchschlupf nach oben. Haarfeine Risse im Deckenweiß kennzeichneten die Stelle, an der er sich befand, Risse, die ein Viereck bildeten, von gleicher Größe wie die Luke zur Wendeltreppe nach unten. Nada merkte, wie sich Schweißtropfen auf ihrem Hals und ihren Händen bildeten.

Es gab noch einen Raum.

Möglicherweise wartete in diesem Raum die Antwort auf all ihre Fragen. Was es mit dem Leuchtturm auf sich hatte. Was die Ikea-Möbel bedeuteten. Weshalb ein Kind hier anrief und behauptete, es wäre in einem dunklen Zimmer ohne Ausgang gefangen. Und wenn der Raum dort oben ebenjener dunkle Raum *war*? Nein, sagte Nada sich, dies ist ein Leuchtturm, dort oben muss die Lampe sein, das Licht, das den Schiffen den Weg gezeigt hat, als es noch funktionierte.

Wir brauchen mehr Licht.

Sie starrte die feinen Risse an und fragte sich, wie sie dort hinaufkommen sollte. Es gab keine Leiter. Es gab nichts außer dem Bett. Sie hievte die Matratze vom Bettgestell, schob das Gestell an die Wand und schaffte es nach einigen Anläufen, das Ding so zu kippen, dass es hochkant an der Wand lehnte. Als sie hinaufzuklettern versuchte, schürfte sie sich den Arm an der Bettkante auf, und einer ihrer BH-Träger riss. Sie fluchte, zog den BH ganz aus und machte einen neuen Versuch. Diesmal schaffte sie es. Sie stand *auf* dem Bettgestell. Sie streckte sich. Bekam den Griff zu fassen. Zog. Die Luke ging ganz langsam nach unten auf. Auf der Klappe waren vier Leitersprossen angebracht. Nada nickte dankbar. Sie zog sich mit einer letzten Kraftanstrengung hoch und kletterte die Sprossen hinauf, und kurz darauf saß sie keuchend auf dem Dielenboden eines weiteren runden Raumes. Dieser Raum war der letzte unter dem Dach, er besaß eine Schräge, eine runde Schräge, als befände man sich im Inneren eines gespitzten Bleistifts. Die Wände waren aus Glas, oder eigentlich bestand der Raum aus einem einzigen, umlaufenden Fenster.

Durch dieses Fenster, dachte Nada, drang also das Licht nach draußen, das sich drehende Licht, das jedem Schiff in jeder Himmelsrichtung anzeigte, wo sich der Leuchtturm von Nimmeroog befand. Halt, nein. Dies war nicht Nimmeroog. Dies war ihr Traum. Dennoch war eine riesige Lampe in der Mitte angebracht, umgeben von einer Vielzahl rippenartiger konvexer Linsen in einem drehbaren Gestell. Die Lampe jedoch war stumm und tot wie der muschellose Sand. Wie die tageszeitlose Sonne.

Der metallene Sockel des Drehgestells war verrostet. Und es gab auch hier keine Erklärungen.

Nada hieb mit der Faust gegen die Lampe. Sie hätte sich die Kletterpartie sparen können. Doch als ihre Faust das Glas berührte, flackerte etwas darin auf, nur für den Bruchteil eines Bruchteils einer sehr kleinen Zeiteinheit. Sie holte aus, um noch einmal gegen die Lampe zu schlagen, da rutschte ein Geräusch über ihr das Dach hinunter. Nada sah nach oben. Sie erinnerte sich jetzt wieder an das dumpfe Krachen und ihren Gedanken, dass vielleicht ein Stück vom Dach kaputtgegangen war. Das Dach schien heil. Nada fand eine Stelle in dem umlaufenden Glasfenster, an der es einen Griff gab wie den Griff an der Luke, und als sie diesmal zog, öffnete sich ein Teil des Glasfensters, der in etwa so groß war wie ein ganz gewöhnliches Fenster.

Der Sturm griff sofort wieder nach ihren Haaren. Jetzt peitschte er ihr keinen Sand mehr ins Gesicht, sondern Regentropfen, draußen schien eine Sintflut vom Himmel zu fallen. Nada beugte sich so weit hinaus, wie es ging, um zu sehen, was auf dem Dach nicht stimmte. Der Regen machte ihr Haar in Sekunden zu einem nassen Bündel Algen, und es war nur gut, dachte sie, dass sie nichts mehr anhatte bis auf ihre Unterhose, es wäre alles sofort nass geworden. Auf dem Dach lag etwas. Etwas Großes. Der Sturm musste es hergeweht haben.

Zuerst erkannte sie es nicht, doch dann bewegte es sich, und dabei rutschte es noch ein Stück hinunter, bis zwei Füße am Rand des Daches ankamen.

Es war kein Gegenstand, den der Sturm auf das Dach des Leuchtturms getragen hatte. Es war ein Mann. Ein Mann in sehr nassen Kleidern. Er rutschte noch etwas weiter hinunter, seine Füße hingen jetzt in der Luft, er krallte sich mit den Händen an der Dachkante fest und sah zu Nada hinunter. Sie hatte ihn noch nie gesehen, obwohl er ihr auf unheimliche und vage Weise bekannt vorkam.

»Können Sie … können Sie mir helfen?«, keuchte der Mann, seine Worte kaum verständlich im Sturmheulen und Brandungstosen.

»Haben Sie angerufen?«, rief Nada. Er war kein Kind, aber man konnte nie wissen.

»Angerufen? Nein!«, rief der Mann zurück. »Bitte … Ich rutsche ab …«

Nada sah sich um. Sie hatte keine Ahnung, was sie tun sollte. »Ich kann niemandem helfen«, murmelte sie.

Sie fragte sich, was passieren würde, wenn er fiel. Dies war die meerzugewandte Seite, er würde ins Wasser fallen, aber das Wasser konnte nicht tief sein, so nah beim Leuchtturm, so nah beim Strand, selbst wenn es mit jeder Sekunde stieg. War es möglich, einen solchen Sturz zu überleben?

»Helfen Sie mir!«, wiederholte der Mann. »Ich … ich kann mich nicht länger festhalten …«

Seine Füße hingen noch immer im Nichts. Es gab nur eine Möglichkeit. Nada packte ein Bein des Mannes und verankerte ihren Körper durch reinen, kristallinen Willen hinter dem Fenster.

Die Gischt der Wellen spritzte bis zu ihr herauf, obwohl das unmöglich schien. Und dann verlor der Mann auf dem Dach den letzten Halt, Nada krallte ihre Finger in den Stoff seiner Jeans und schloss die Augen, und ein unglaublicher Ruck lief durch ihren Körper. Da war eine Menge Gewicht an dem Bein jetzt. Es drehte sich irgendwie.

Sie glaubte, ihre Schultergelenke müssten auskugeln, es tat weh, doch sie ließ nicht los. Sie öffnete die Augen. Ihre Arme waren überkreuzt. Sie sah das Gesicht des Mannes unter sich, blass und voller Angst. Dort hing er, hing an seinem Bein hinab in die Tiefe. Sie zog.

Sie zog und zog und zog und zog und zog –

Und dann fiel sie rückwärts auf den Dielenboden des obersten Leuchtturmstockwerks und ließ los. Der schwere, regenwassergetränkte Körper des Mannes lag neben ihr. Einen Moment lang rührte sich keiner von ihnen, sie versuchten beide, wieder zu Atem zu kommen. Nada lag auf dem Rücken und der Mann auf dem Bauch, alles an ihnen war komplementär: Sie war die Treppen hinaufgekommen und er vom Himmel herabgefallen, er war schwer, sie war leicht, er war groß, und sie war klein. Er war hilflos gewesen, und sie hatte geholfen.

Er war angezogen, und sie war nackt.

Verdammt.

Sie rappelte sich auf und verschränkte die Arme, um gleichzeitig angezogener zu sein und wehrhaft zu wirken. So saß sie da, in einer inzwischen regennassen Unterhose, das triefende Haar im Gesicht, und dachte wieder an den zu jungen Reporter, der vielleicht zurückgelehnt in ihren Kissen in Berlin lehnte und alles sah. Dies also wäre das nächste Bild in der Zeitung: Nada Schwarz und ein unbekannter Mann neben einer riesigen, erloschenen Lampe in einer Wasserlache, Frau Schwarz unbekleidet. Fett gedruckte Überschrift: *Wenig vorher hörten wir Bettfedern quietschen: Wilde Orgie im stillen Leuchtturm?* Na prosit.

Und trotz allem pulsierte da schon wieder dieses winzige schimmernde Ding in ihr, das sich freute, jemanden gerettet zu haben, mehr, als es durch Worte ausdrückbar war.

»Wer sind Sie?«, fragte Nada, möglichst schroff. »Wo kommen Sie her?«

»Ich bin mir nicht ganz sicher«, antwortete der Mann und schüttelte den Kopf. »Der Sturm hat mich hergetragen. Vielen Dank. Für Ihre Hilfe, meine ich, und …«

Nada sah weg und brummte etwas.

»Ich bin sehr nass«, sagte der Mann. »Und es ist kalt. Hätten Sie etwas dagegen, wenn ich meine Sachen … ablegte?«

»Bitte«, sagte Nada und bemühte sich um eine möglichst schnippische, möglichst wenig verwirrte und wenig zitternde Stimme. »Wenn Sie die Güte hätten, vorher das Fenster zu schließen.«

»Natürlich.« Er stand auf.

»Sie brauchen mich nicht so anzusehen«, sagte sie. »Ich war auch nass. Ich habe meine nassen Sachen auch ausgezogen. Und mein BH-Träger ist gerissen, als ich versucht habe, hier raufzuklettern und Sie zu retten. Es gibt keine Leiter. Ich hatte mich in den Bettbezug gehüllt, er war weiß mit gelben Blüten, möglicherweise Ginster, aber beim Tragen der Ikea-Kartons wäre er nur hinderlich gewesen.«

»Ah«, sagte der Mann. »Ja. Ja, sicher. Der Bettbezug wäre beim Tragen der Ikea-Kartons hinderlich gewesen.«

Nada merkte, wie unsinnig das klang. Sie wollte es erklären, doch da sagte der Mann: »Ich habe nicht Sie angesehen, eben. Ich habe mich nach etwas umgesehen, was ich anziehen könnte. Ein Bettbezug wäre eigentlich ganz gut. Aber ich kann nirgendwo noch einen Bettbezug entdecken. Auch kein Bett.«

Nada seufzte. »Das Bett steht hochkant ein Stockwerk tiefer. Und es gibt außer dem Bettbezug auch ein Laken. Wir können uns das Bettzeug teilen. Kommen Sie.«

Er folgte ihr zu der offenen Luke, etwas perplex. »Ich begreife nicht –«, begann er und brach ab.

Nada kletterte voran durch die Luke, über den Karton und das Bettgestell nach unten, und er folgte. Unten schnappte sie sich den weiß-gelben Bettbezug wie einen Rettungsring und schlang ihn um ihren frierenden und viel zu entblößten Körper, entledigte sich im Schutz des möglicherweise-Ginsters ihrer durchnässten Unterhose und atmete auf. Als sie wieder zu dem Mann hinübersah, den sie aus dem Sturm gefischt hatte, trug er das Bettlaken, auf sehr aristokratische Weise über der Schulter geknotet, und sah immer noch perplex aus.

Er ging zum Fenster und sah hinaus in den Sturm, der nun abflaute. »Ich begreife nicht«, murmelte er, »wie ich hergekommen bin. Ich war lange im Wasser. Ich glaube, das Ziel war es, darin zu bleiben.«

»Darin zu bleiben?«

»Zu ertrinken, nehme ich an.«

»Jemand wollte, dass Sie ertrinken?«

Er nickte. »Der Sturm muss mich aus dem Wasser gehoben haben. Seltsam. Wissen Sie, woher der Sturm plötzlich kam?«

»Nein«, antwortete Nada, obwohl sie beinahe »Ja« gesagt hätte: Ja, ich habe ihn gemacht. Er ist entstanden, weil ich wütend war. Weil ich dem Meer Sand ins Gesicht geschleudert habe. Es hat sich gerächt und mit Wasser geworfen. Und, offensichtlich, mit nassen Männern.

»Nil«, sagte der Mann.

»Wie?«

»Nil. Ich heiße Nil.«

»Und weiter?«

Er überlegte. Schüttelte schließlich den Kopf. »Das habe ich vergessen.«

Nada griff sich an die Stirn. »Das haben Sie vergessen! Hervorragend. Ich befinde mich in einem Leuchtturm, der ganz alleine auf der Welt ist, der Sturm weht einen Menschen an, der seinen Nachnamen vergessen hat, und alle paar Tage ruft ein Kind an, das um Hilfe bittet, aber nicht weiß, wo es ist …«

»Ein Kind?«

»… und im Erdgeschoss stehen ungefähr hundert unzusammengebaute Ikea-Möbel.«

»Ach«, sagte Nil.

Da explodierte Nada. »Sagen Sie nicht Ach! Alles, nur nicht Ach! Marilyn sagt auch dauernd Ach, dabei meint sie viel mehr als Ach! Sie weiß etwas, ich bin mir sicher, nur erzählt sie es mir nicht! Und –« Sie verstummte und hob hilflos die Arme. »Bitte. Können wir uns irgendwo hinsetzen und vernünftig reden? In Ruhe?«

Nil nickte. »Das Bett. Wir könnten uns auf das Bett setzen.«

So stellten sie das Bett zu zweit zurück auf die Beine und setzten sich auf die bezuglose Matratze. Vor den Fenstern war das Meer auf eine gereinigte Weise hellblau. Letzte weiße Schaumstückchen trieben darüber, als fragten auch sie sich, was eigentlich passiert war.

»Also noch mal von vorne«, sagte Nada und versuchte, in dem

Bettbezug möglichst selbstsicher auszusehen, ohne ihn wieder zu verlieren. »Wo, sagten Sie, kommen Sie her?«

»Ich glaube, ich sagte, ich weiß es nicht«, antwortete er. »Nicht genau. Ich war ... lange ... im Meer.«

»Lange.« Sie dachte an das Kind am Telefon. »Stunden, Tage ... Jahre?«

»Auf gewisse Weise ... Jahre.«

Er nickte, stützte den Kopf in die Hände und massierte mit den beiden Daumen seine lange und nicht ganz gerade Nase. Er hatte auch sehr lange Beine, zu lange Beine, um bequem auf dem Bett zu sitzen, er sah fehl am Platz aus, ein Versehen. Treibholz, dachte Nada. Sie hatte ein Stück Treibholz rahmen und aufhängen wollen, in Berlin ...

»Möglich, dass ich ertrunken *bin*«, sagte der Mann. Nil. Er hatte einen Namen, sie musste sich gewaltsam daran erinnern. »*Sie* sind jedenfalls nicht ertrunken.«

»Nein«, sagte Nada. »Ich bin nicht ertrunken. Ich träume nur. Sie sind in meinem Traum. Obwohl das merkwürdig ist. Man träumt doch gewöhnlich von den Dingen, die man kennt, und ich kenne Sie nicht.«

»Ich ... ich bin in Ihrem Traum«, murmelte Nil, seine Nase weitermassierend, als könnte er so besser denken. »Oder ... Sie sind in meinem.«

»Was?« Nada sprang vom Bett auf. »Nein. Oh nein, das ist *mein* Traum. Ich habe ihn schon geträumt, ehe Sie da waren! Ich war alleine hier! Es ist mein Leuchtturm und mein Strand oder meine Wüste, was weiß ich, und mein Meer und meine nicht vorhandene Tageszeit und –«

»Keine Angst«, sagte er und lächelte plötzlich. »Ich nehme sie Ihnen ja nicht weg. Aber ich dachte, Sie mögen sie gar nicht. Die nicht vorhandene Tageszeit.«

»Sie bringen mich ganz durcheinander!«, rief Nada. Und plötzlich kam ihr ein neuer Gedanke. »Könnte es sein, dass wir beide den gleichen Traum träumen? Dass er Ihnen *und* mir gehört?«

»Na«, sagte Nil und erhob sich ebenfalls. »Jetzt werden Sie aber kommunistisch.«

»Versuchen Sie sich zu erinnern, wo Sie waren, ehe Sie sich auf dem Meer befanden. Ein Bett? Ein Sofa? Ein Sitzplatz in einem Zug, auf dem Sie eingeschlafen sind?«

Er schüttelte langsam den Kopf. Wie wahnwitzig er aussah in dem weißen Laken, wie ein griechischer Philosoph aus einem verloren gegangenen Historienfilm. Sie wollte noch etwas sagen, doch er drehte sich einfach um und ging die Wendeltreppe hinunter. Sie lief ihm nach. Unten durchquerte er den Wald der Ikea-Kartons, die jetzt im Wasser standen, und öffnete die Tür. Draußen regnete es nicht mehr. Die unbestimmte Sonne hing leicht verschleiert am Himmel. Der Sand, auf den der Wind die Wellen getrieben hatte, war schlammig, ähnlich wie das Watt bei Ebbe. Nil ging mit langen Schritten darüber, ging am Meer entlang. Davon.

»Warten Sie!«, rief Nada. »Wo wollen Sie hin? Hier gibt es nichts!«

Er drehte sich noch einmal um und lächelte wieder. »Ich dachte, ich gehe ein Weilchen spazieren.«

»Spazieren!« Sie setzte sich auf einen mittelgroßen Karton, der eine WIULIN-MAAKE enthielt, und schüttelte den Kopf. »Das Erdgeschoss steht voll Wasser, es gibt hundert Ikea-Möbel zusammenzubauen, und Sie gehen spazieren!«

Bis zum Abend gelang es Nada, den Boden mit Stücken von zerrissenen Kartons zu trocknen und sieben weitere Möbel zusammenzubauen. Sie schuf einen SISÄL, einen FOTON, ein RINDSEVERK und ein KERKÖ, ein SAABELSIB, eine JENTE und ein BUUKWEK, Letzteres eine Mischung aus Buch und Mülleimer. Dann ging sie nach oben, in den Raum mit dem Bett, stellte sich vor eines der Fenster und rieb mit beiden Händen ihren schmerzenden Rücken. Das schimmernde Etwas in ihr machte kleine, unhörbare Geräusche. Wenn es realer gewesen wäre, greifbarer, hätte sie gesagt, es winselte. Und plötzlich verspürte sie den merkwürdigen Wunsch, jemand anderer zu sein. Jemand, der sie vielleicht einmal gewesen war und der verloren gegangen war oder den sie umgebracht hatte. Es war eine unbestimmte Sehnsucht, die ihr Angst einjagte.

Das Meer verfärbte sich langsam dunkelviolett, irgendwo an Land versank die Sonne, und auf den Wellenkämmen sang der Wind, als lockte er die Nacht. Moment. Abend? Nacht?

»Hier gibt es keine Nacht«, sagte Nada. »Hier gibt es keine *Zeit*! Die Sonne hängt am Horizont fest, in einer unbestimmten Stellung zwischen kurz vor und kurz nach Mittag …«

Sie öffnete das Fenster und beugte sich hinaus. Am Himmel war keine Sonne zu sehen. Sie war wirklich untergegangen. Es gab keine Sterne und keinen Mond, aber für den Anfang durfte man vielleicht nicht zu viel erwarten.

»Sie verändert sich«, wisperte Nada. »Die Welt in meinem Traum verändert sich. Es gibt jetzt Zeit. Meine Welt macht eine Art … Evolution durch.«

Sie fragte sich, ob es damals so gewesen war, als alles begonnen hatte: Nicht *Am Anfang war das Wort*, nein. *Am Anfang war die Zeit.* Die Zeit musste vor dem Leben entstanden sein, kein Leben konnte letztendlich existieren ohne Zeit. *Wir brauchen mehr Licht?* Nein, dachte sie. *Wir brauchen mehr Zeit.* Sie hatte nie Zeit gehabt, für nichts. Und nun hatte sie Zeit geschaffen. Sie rollte sich auf dem Bett zusammen, eingehüllt von einer seltsamen Zärtlichkeit, einem Muttergefühl für jene Welt, die sich langsam entwickelte.

Irgendwo in dieser werdenden Welt war ein Spaziergänger unterwegs, den der Sturm auf dem Dach ihres Leuchtturms abgesetzt hatte. Ein Spaziergänger mit einer leicht schiefen Nase, den sie nicht kannte, obwohl sie das Gefühl hatte, sie müsste ihn kennen. Aber woher?

Vielleicht, dachte sie, war es unwichtig. Vielleicht kam er nicht zurück.

Warum tat es so weh, das zu denken?

Sie erwachte in einem goldenen Morgen, sonnenblumengolden, untypisch für November. Doch als sie die Rüschengardinen beiseiteschob und aus dem Fenster sah, fiel das goldene Morgenlicht durch graue Novemberwolken. Es war immer noch Herbst.

Sie sah an sich hinab und stellte fest, dass sie statt eines Schlafanzugs einen Bettbezug trug. Das Laken war vom Bett verschwunden, sie hatte auf der kahlen Matratze gelegen. Sie fror. Einen Moment lang befürchtete sie, ihre Kleider lägen nass auf dem Boden, doch sie hingen über einem Stuhl neben dem Bett, so trocken und ordentlich, wie sie sie dorthin gehängt hatte. Sie musste im Schlaf, im Traum das Bett abgezogen haben ... Nur wo war das Laken?

Noch immer in den Bettbezug gewickelt, suchte sie das ganze Ferienhaus danach ab. Es war nirgends zu finden. Nada konnte sich des Gefühls nicht erwehren, dass irgendwo da draußen jemand in diesem Laken spazieren ging.

Schließlich duschte sie heiß, zog sich an und ging wieder hinunter. Die Erde in den Töpfen auf den Fensterbrettern war feucht wie von frischem Regen. So undicht konnten die Fenster doch nicht sein ... Sie blickte hinaus. Nein. Es sah nicht aus, als hätte es geregnet und gestürmt. Nicht hier. In ihrem Traum hatte es geregnet. Aber woher kam dann die Feuchtigkeit in den Tassen und Töpfen? Hatte sie nachts die Blumen gegossen, im Schlaf, ohne es zu merken?

Es war jedenfalls gut, dachte sie, dass sie gegossen worden waren.

Auf dem Einbautisch der Einbauküche stand noch der Eimer mit Rosas Heringen.

Sie trug ihn nach draußen zu dem kleinen Tisch vor der Tür und beschloss, Kaffee und eingelegte Heringe zu frühstücken. Es war nicht wirklich perverser als Kaffee und Aspirin und wahrscheinlich gesünder. Als sie drinnen Kaffee gemacht hatte und mit der Kanne wieder herauskam, saß jemand auf der Bank. Zuerst erschrak Nada. Doch es war kein Mann mit einer langen und etwas schiefen Nase. Es war Rosa, die den Hund zu ihren Füßen mit Heringen fütterte.

»Sie haben doch nichts dagegen«, sagte sie, als Nada die Kaffeekanne auf den Tisch stellte. »Es sind so viele Heringe.«

»Ja«, sagte Nada. »Nein. Schön, dass Sie da sind.«

Sie holte eine zweite Tasse und merkte, dass sie wirklich meinte, was sie gesagt hatte. Rosa Friemann in dem goldenen Morgenlicht am Tisch sitzen zu sehen, war wie ein Geschenk. Sie war so ... normal, so wirklich. Ja, sie war auf ihre eigene Weise viel wirklicher als alles, was Nada in ihrem bisherigen Leben begegnet war, wirkli-

cher als Lichtinstallationen in Restaurants, wirklicher als Zeitungs-
interviews, wirklicher als abstrakte Bilder an weißen Wänden.

»Waren Sie beim Leuchtturm?«, fragte Rosa.

Nada nickte zwischen zwei Bissen Hering. Sie hatte nicht gewusst, wie hungrig sie war. Wie hungrig nach Heringen.

»Sie haben gesagt, er wäre kein Motiv für eine Postkarte«, sagte
sie, kauend. »Aber ich finde, eigentlich ist er genau das.«

»Vielleicht«, meinte Rosa. »Die Touristen, im Sommer, die foto-
grafieren ihn vielleicht. Wir gehen nicht gerne hin, wir hier von
Nimmeroog …« Ihre Stimme verlor sich in der kalten Morgenluft.
Sie streichelte den Hund.

»Das ist mir aufgefallen«, sagte Nada. »Marilyn hat auch gesagt,
ich soll nicht hingehen. Ich habe sie im Watt getroffen. Sie stand mit
den Hosenbeinen im Schlick, obwohl sie rote Gummistiefel trug.«

»Marilyn?«, fragte Rosa. »Marilyn Monroe?« Dann lachte sie,
und ihr Lachen war wie alles an ihr – normal und wirklich. »Sie
meinen Annegret?«

»Ja. Rosa … ich meine, Frau Friemann. Ich begreife so viele
Dinge nicht.«

»Rosa ist schon in Ordnung.« Sie gab dem Hund noch einen
Hering. Dann sah sie Nada an. Ihre Augen waren wasserblau, aber
nicht kalt, und es war, als könnte Nada Wellen darin sehen, die
Wellen einer Sturmflut, die um einen Leuchtturm brandeten. In der
Sturmflut schwammen vergangene Tränen. »Natürlich begreifen
Sie nicht«, sagte sie. »Armes Mädchen.«

»Gibt es denn eine Erklärung? Für alles?«

Rosa schüttelte langsam den Kopf. »Ich glaube nicht«, antwortete sie. »Für Annegret gibt es eine Erklärung. Ich meine, dafür,
dass sie mit den Beinen im Schlick steht. Und es gibt eine Erklärung
dafür, dass wir selten zum Leuchtturm hinausgehen.« Sie seufzte.
»Wir sprechen nicht gerne darüber.«

Nada wartete, die Kaffeetasse mit beiden Händen umklammert.
Wahrscheinlich, dachte sie, würde Aike Friemann jetzt nach Rosa
rufen. Oder Marilyn-Annegret Fessel käme vorbei und würde Rosa
nach Eiern für einen Kuchen fragen. Oder ein Meteorit würde vom

Himmel fallen und Rosa erschlagen, und in jedem Fall bliebe Nada ohne Erklärungen zurück.

Es fiel, erstaunlicherweise, kein Meteorit vom Himmel.

»Vor ein paar Jahren kam einer her«, sagte Rosa leise, »den keiner von uns kannte. Wir dachten, er wäre ein gewöhnlicher Tourist, obwohl wir uns wunderten, dass er im November kam. Wie Sie. Und abends. Wie Sie. Er hatte kein Gepäck, nur eine Einkaufstüte in der Hand. Und er sprach nicht, nickte nicht, schüttelte den Kopf nicht, sah keinen an. Stand bloß vor unserer Tür. Ich weiß nicht mal mehr, ob er geklingelt hat. Aike meinte, er wäre taubstumm. Na ja, irgendwo musste er schlafen, und ich habe ihm den Schlüssel zum blauen Haus gegeben. Ich meine: zum Ferienhaus Ihrer Eltern. Vielleicht, dachten wir, war er mehr als taubstumm, vielleicht war er aus einem Heim für merkwürdige Leute fortgelaufen und auf das nächstbeste Schiff gestiegen. Er war jung, so jung wie Sie. Am nächsten Tag, dachte ich, rufe ich die Polizei an und frage, ob irgendwo ein junger Mann vermisst wird, der etwas seltsam ist. Aber am nächsten Morgen war er fort. Annegret hat gesehen, wie er gegangen ist, in Richtung Leuchtturm. Nachts. Sie ist ihm ein Stück gefolgt, hat sie gesagt, und dass sie ihn gefragt habe, ob er zum Leuchtturm gehe, und er habe genickt. Ich weiß nicht, ob das stimmt, das mit dem Nicken. Wir sind dann zusammen zum Leuchtturm hinausgegangen, Merten und Annegret Fessel und ich, an dem Morgen. Dort haben wir die Einkaufstüte gefunden und darin ein Paar rote Gummistiefel, Größe siebenunddreißig. Ich weiß noch genau, dass es siebenunddreißig war, denn natürlich fragten wir uns, was ein junger Mann von ungefähr einem Meter neunzig mit Gummistiefeln Größe siebenunddreißig tut. Nun, er tat gar nichts mit ihnen. Er war fort.« Sie streichelte den Hund, der die Vorderpfoten auf die Bank stützte. »Bei der Polizei gab es keine Vermisstenanzeige. Na, die Leute von der Fähre erinnerten sich an den Mann, und auch ein paar Leute in Dünen hatten ihn gesehen. Wir waren irgendwie erleichtert. Jedenfalls hatten wir ihn uns nicht eingebildet.« Sie seufzte. »Es war November, wie gesagt. Das Meer war kalt. Es fror in diesem Jahr früh zu, schon in den ersten Dezembertagen. Eine Weile sind wir noch zum Leuchtturm rausgegangen und haben dort herumgestanden und gewartet. Aber der junge Mann ist nie zurückgekommen.« Sie seufzte.

Das weiche Etwas in Nada zog sich schmerzhaft zusammen, rollte sich zu einem kleinen Ball und wollte sich die Ohren zuhalten.

»Sie meinen …«, fragte Nada, »… er ist tot?«

»Das Meer hat ihn mitgenommen«, sagte Rosa. »Er ist hergekommen, um sich vom Meer mitnehmen zu lassen. Um etwas zu beenden. Ich denke, es war sein Wille, und wir hätten ihn nicht daran hindern können. Annegret, sie … sie will es nicht wahrhaben. Sie wird Ihnen sagen, er werde wiederkommen, wenn Sie sie fragen. Sie wird Ihnen sagen, man habe die Leiche nie gefunden.«

Nada trank einen Schluck Kaffee. »Hat man denn?«

»Der Kaffee ist ja schon völlig kalt«, sagte Rosa.

Sie hatte recht, er war kalt, kalt wie Meerwasser, kurz bevor es zufriert.

»Marilyn hat gesagt, sie habe ihn geliebt. Diesen fremden Mann.«

Rosa lachte, unfroh. »Ja, Marilyn. Sie wollte immer so dringend jemanden lieben. Jemanden, der es auch schwer hatte. Wie sie.« Sie stand auf und zog ihre Regenjacke zurecht, halb schon zum Gehen gewandt. Der Hund lief auf den Weg vor den drei Häusern hinaus und hob das Bein am Gartentor der Fessels. Im Haus erklang das Lachen eines kleinen Kindes. »In Wahrheit«, sagte Rosa, »liebt Annegret ihren Mann. Das ist ihr Problem.«

»Er schlägt sie«, sagte Nada.

Rosa sah über die Häuser zum Horizont. »Vielleicht.«

»Vielleicht?«

»Wissen Sie, Sie haben doch gefragt, ob es eine Erklärung gibt. Für alles. Da ist *eine* Sache, für die es keine Erklärung gibt. Eine neue Sache.«

»Ja?«

»Merten Fessel hat mich heute gefragt, weshalb das Leuchtfeuer jetzt brennt, obwohl der Turm immer noch abgeschlossen ist.«

»Das – wie?«

»Das Leuchtfeuer. Im Turm. Seit gestern Nacht kreist es wieder.«

Und da dachte Nada etwas Merkwürdiges: So, dachte sie, du hast es also geschafft. Du bist herausgekrabbelt von dort, wo du in der Tiefe in mir wohnst, auf deinen leisen, weichen, schimmernden Pfoten, und hast das Leuchtfeuer angezündet. Du magst Symbole. Aber all dies war selbstverständlich Unsinn.

Im Lichthaus Süd war Winter, dreihundertfünfundsechzig Tage im Jahr. Frank stand mitten zwischen den Tischen, drückte seine Finger an die Schläfen und versuchte, zu denken. Morgen Abend fand die Eröffnungsfeier des Lichthauses Nord statt. Es war nicht leicht, sie ohne Nada zu organisieren. Er hatte versucht, eine Liste der Dinge zu machen, die noch erledigt werden mussten, so wie Nada es tat, aber immer, wenn er sich hinsetzte, um an der Liste weiterzuschreiben, dachte er nur an Nada und nicht an die Liste.

Er sah vor sich, wie sie den Raum durchquerte, einen Strauß Blumen in der Hand, der nicht zu ihren effektiven, eiligen Schritten passte. Ihre kleine, schmale Gestalt strahlte so viel Energie aus, dass er manchmal in den letzten Jahren geglaubt hatte, ein elektrisch blaues Pulsieren in der Luft um sie herum zu sehen, ein gefährliches Pulsieren wie das Knistern einer Hochspannungsleitung. Er dachte an ihre akkurat gebügelten weißen Blusen, die gebügelten Hosen, das stets perfekt sitzende Jackett. An ihre Art, Aspirin mit schwarzem Kaffee hinunterzuspülen. An ihr Gesicht, ihm gegenüber am Tisch.

Das Lichthaus Süd, in dem Frank stand, war leer, es war gerade zehn Uhr vormittags. Frank versuchte, das leere Lichthaus Süd mit dem leeren und neuen Lichthaus Nord zu vergleichen, um herauszufinden, was im Lichthaus Nord noch fehlte. Er wusste natürlich, was. Sie.

Die Gästeliste war geschrieben, die Presse eingeladen, die Speisekarte tausendmal durchgesprochen und inzwischen auch gedruckt, der Wein nach vielen Telefonaten geliefert ... Die Blumen, dachte Frank. Er hatte weder die Nummer noch die Adresse der richtigen Gärtnerei gefunden. Er würde die Blumen selbst kaufen müssen. Es war lächerlich, aber irgendwie auch beruhigend – eine Aufgabe, die ihn davon abhielt, sich zu viele Sorgen zu machen.

»Winter«, flüsterte er und ließ seine Finger über eine glatte weiße Tischdecke gleiten.

In einigen der weißen Vasen standen Zweige mit roten Beeren, in anderen weiße Lilien, ihre Blütenblätter durchzogen von hauchdünnen rosafarbenen Streifen. Die Helligkeit hier war die Helligkeit eines Wintertags unter blauem Himmel, eine gleißende Helligkeit, auf der man eislaufen konnte. Wenn im Lichthaus Süd Winter war, dachte Frank, musste im Lichthaus Nord Frühling sein. Natürlich, die Hyazinthen. Es war eine seltsame Logik, Winter im Süden, Frühling im Norden, eine Logik, die zu Nada Schwarz passte.

Warum tat es weh, an sie zu denken? Es hatte immer wehgetan, an einer merkwürdigen Stelle tief in seinen Eingeweiden, schon damals in der Schule. Hinter Nadas Effektivität hatte stets diese unerklärliche Dunkelheit gelauert, eine Spur, die zu etwas führte, das geschehen war, vor langer, langer Zeit. Er hatte sie immer retten wollen.

»Was für eine unsinnige Idee«, sagte Frank laut. »Jemanden zu retten, der nicht gerettet werden will. Vor etwas, das keiner von uns beiden kennt.«

Er würde Blumen kaufen. Arme voller Frühlingsblumen.

6

An ihrem dritten Tag auf Nimmeroog begann Nada Schwarz zu schreiben. Keine Liste diesmal. Sätze. Sie stolperte zunächst, sie musste erst lernen, wie man Sätze schreibt, sie war wie ein Kind, das laufen lernt. Listen waren so viel einfacher, knapper, präziser. In der verschlungenen Länge von Sätzen spiegelte sich die ganze nebelige Ungewissheit der Realität.

Aber wenn sie diese Ungewissheit in Worte fasste, wenn sie sie vor sich sah, konnte sie vielleicht die Fakten herausfiltern und in ein Schema fassen, zusammensetzen wie ein Schärtenbang oder eine Moppe. Und am Ende würde sie wieder eine Liste haben, einfach, knapp und präzise, eine Liste von Antworten, von Wahrheiten und Auflösungen.

Sie hatte den Verdacht, dass es in Wirklichkeit das schimmernde Weiche in ihr war, das Sätze schreiben wollte, aber sie versuchte, nicht darüber nachzudenken. Sie fand einen Stift und einen alten Schreibblock in einer der Schubladen, riss die ersten Seiten heraus, die ein Kind bekritzelt hatte – ein sorgloses, listenloses Ferienkind –, und warf sie in einen Papierkorb mit gehäkelter Randeinfassung. Dann ging sie mit dem Block an den Strand, setzte sich in den Sand, in zwei T-Shirts, Hemd, Pullover und Windjacke, und schrieb.

Die Wendeltreppe war schmal und steil. Das Geländer, das die Stufen von der Tiefe trennte, bestand aus dünnem, kaltem Metall. Durch die Fenster des Turms sah das graue Meer herein.

Sie schrieb sehr klein, damit alles, was sie geträumt hatte, auf die Seiten des Blocks passte. Denn es würde noch mehr kommen, sie war sich sicher, mehr, das sie aufschreiben musste, um es zu begreifen. Es war eine neue Sorte von Fleißarbeit, und in Fleißarbeiten war sie gut.

Doch der Stift wurde schwer in ihrer Hand vor Müdigkeit, schwer wie ihre Augenlider, sie hatte die ganze Nacht Leute von Dächern geholt und Dinge zusammengebaut, und schließlich fielen ihr die Augen zu. Der Stift und der Block rutschten aus ihrer Hand in den Sand.

Nada Schwarz schlief. Sie schlief in ihre Windjacke gehüllt, während in winzigen Tümpeln noch winzigere Fische einem winzigen Tod oder einer winzigen Rettung entgegensahen. Sie schlief, während Spaziergänger vorüberkamen, die sie Dinge hätte fragen können – eine Spaziergängerin mit roten Gummistiefeln, ein Spaziergänger, der ein Fernglas trug, ein Spaziergänger, der nicht spazieren ging, sondern in einem Rollstuhl fuhr, obwohl das auf dem Sand unerträglich mühsam schien. Der Rollstuhl stand lange neben ihr, und der Spaziergänger darin sah aufs Meer hinaus, zum Horizont, während Nada schlief. Er schien über sie zu wachen. Dann war er wieder fort.

Als Nada erwachte, war das Wasser längst zurückgekommen, hatte die winzigen Tümpel gefüllt und die Felsen am Fuß eines verschlossenen Leuchtturms erreicht. Es hatte die Hosenbeine einer blonden jungen Frau durchnässt und war bis kurz unter den Rand der grünen Anglerstiefel eines Mannes gestiegen, der jetzt durch das Fernglas sah. Es hatte die Nase eines Hundes benetzt, und jemand hatte Kiefernzapfen hineingeschleudert, in einem plötzlichen Anfall lange aufgehobener Wut auf das Meer. Unter den Fingernägeln der Person mit den Kiefernzapfen hätte man Reste von Gartenerde entdecken können und winzige Stücke der Haut von Blumenzwiebeln, wenn man genau hingesehen hätte. Das Meer sah nie so genau hin.

»Ich weiß nicht«, hatte eine andere Person zu dieser Person gesagt, »ob es gut ist, was du tust. Was wir tun. Wenn sie …«

Und die andere Person hatte den Finger auf die Lippen gelegt, weit nördlich der Stelle, an der Nada geschlafen hatte.

»Am Anfang war die Zeit«, flüsterte sie. »Lassen wir ihr Zeit.«

Nada stand benommen auf und schüttelte den Sand aus ihren Gedanken. Es musste längst Nachmittag sein. Sie war eiskalt. Sie joggte ein Stück den Strand entlang, um warm zu werden, und schließlich verfiel sie in ihren gewohnten raschen, effektiven Schritt, der jedem Vorbeikommenden anzeigte, dass sie ein Ziel hatte und nicht aufgehalten werden wollte. Nicht, dass sie jemanden traf, alle Bewohner Süderwos schienen vom Erdboden verschluckt zu sein, oder einfach, dachte sie, zu Hause. Es tat gut, sich zu bewegen. Es tat gut, alles aufgeschrieben und geschlafen zu haben. Sie fühlte sich frisch und neu und in der Lage, begreifbare Gründe für unbegreifliche Geschehnisse zu finden.

Es musste einen begreifbaren Grund für das Licht im Leuchtturm geben. Eine Fernsteuerung. Jemand hatte in einer weit entfernten Zentrale auf dem Festland entschieden, dass der erloschene Leuchtturm von Nimmeroog wieder … nun, leuchten sollte, jemand hatte irgendwo auf einen Knopf gedrückt. Sie würde das überprüfen. Sie würde einen Weg ins Innere des verschlossenen Turms finden und sich die Lampe ansehen, den Schaltmechanismus, und alles wäre erklärbar. Und der Leuchtturm, da war sie sich sicher, wäre von innen kein bisschen so wie der Leuchtturm in ihrem Traum.

Als sie bei dem Turm ankam, dämmerte der November bereits, der Goldanteil im Licht war auf unter null gesunken, und die Temperatur schien ihm nachzueifern. Der Wind war schneidend kalt. Nada pustete auf ihre Finger und verfluchte sich dafür, dass sie keine Handschuhe mitgenommen hatte. Sie würde sich in Dünen welche besorgen. Oder welche von Rosa leihen, selbst gestrickte, bodenständige, graubraune Wollhandschuhe.

Jemand stand beim Leuchtturm und sah aufs Meer hinaus. Ein Mann. Er trug Anglergummistiefel und dunkle Regenkleidung, ein Fernglas und eine Umhängetasche, aus der die zusammengeklappten Beine eines Stativs ragten. Nada dachte an die Ikea-Möbel. Vielleicht handelte es sich gar nicht um ein Stativ, sondern vielmehr um einen STÄLZ oder einen STÄNDERAL.

Der Mann war groß und schlank und hatte kurzes dunkles Haar. Sein Profil vor dem noch hellen Himmel, auf dem der Sonnenuntergang ein letztes Mal hochkochte, kam Nada bekannt vor. Er ist es, dachte sie. Er ist aus meinem Traum in die wirkliche Welt gefallen oder zurückgefallen, denn wenn er es war, der damals zum Leuchtturm ging und nie wiederkam … Sie fragte sich, woher er die Sachen hatte, die er trug, musste aber zugeben, dass es eine gute Idee gewesen war, das Bettlaken gegen Regenkleidung einzutauschen.

Sie war jetzt ganz nahe. So nahe, dass sie seine Jacke fast hätte berühren können.

Wie hieß er? Richtig, Nil.

In ihr regte sich der plötzliche Wunsch, von ihm in den Arm genommen zu werden, ein abstruser Wunsch, nur zurückzuführen auf die Kälte natürlich.

»Hallo«, sagte sie, kaum hörbar.

Der Mann drehte sich um. Es war nicht Nil. Es war einfach ein Mann, ein Mann mit einem Profil. Die meisten Männer haben Profile. Und eine Menge Männer haben kurzes dunkles Haar.

»Hallo«, erwiderte er und lächelte, ein wenig überrascht. »Ich habe Sie gar nicht kommen hören. Ich war zu vertieft.«

»Ah«, sagte Nada.

Es war ihr unangenehm, dass sie zu einem fremden Mann einfach »Hallo« gesagt hatte, distanzlos, wie ein Kind. Ein Kind in roten Gummistiefeln.

Dieser Mann glich dem aus ihrem Traum schon allein deshalb nicht, weil er viel besser aussah, selbst in der Dämmerung wurde das beinahe schmerzhaft deutlich. Sein Gesicht war windgezeichnet, wetterbeschrieben, sonnenverbrannt, seine Augen hell und flink wie Gedanken, und sein dunkles Haar verfärbte sich an den Schläfen silbern: eine intelligente, leicht melancholische, welterfahrene Silbernheit, die Nada an den Geschmack von Bitterschokolade erinnerte.

»Sie frieren«, sagte der Mann. »Sie zittern.« Er zog seine Regenjacke aus und hielt sie ihr hin.

»Ich habe schon eine Regenjacke an«, sagte Nada.

»Zwei sind wärmer als eine. Ich friere nicht so leicht. Ich brauche sie im Grunde nur, wenn es regnet, und es regnet nicht.«

»Nein«, sagte Nada.

Seine Jacke roch nach dem Meer, nicht auf eine brackige, algige, sondern auf eine angenehme Weise.

»Ich hielt Sie für jemand anderen«, murmelte Nada. »Zuerst. Jemanden, der hier verschwunden ist, vor Jahren. Ich dachte beinahe, er wäre wieder aufgetaucht.«

»Der Taubstumme. Der hier ins Wasser gesprungen ist. Nein,

der bin ich nicht. Kann sein, dass wir uns ein wenig ähnlich sehen. Er war auch groß, hatte dunkles Haar … Sie sind nicht von hier. Woher kennen Sie die Geschichte?«

»Rosa hat sie mir erzählt«, antwortete Nada. »Rosa Friemann. Ich wohne in Süderwo, in dem blauen Ferienhaus.«

Der Mann nickte. »Sie sind das. Ach so. Ich habe das Licht gesehen, im Fenster.«

Er kam vermutlich aus Dünen. Sie konnte ihn fragen, ob es dort Handschuhe zu kaufen gab. Sie fragte etwas anderes.

»*Ist* er denn ins Wasser gesprungen?«, fragte sie. »Rosa hat nichts davon gesagt, dass er gesprungen ist.«

»Es ist natürlich schwer zu beweisen«, sagte der Mann.

In diesem Moment versank der letzte Lichtstreifen hinter dem Horizont, und es wurde sehr dunkel. Sekunden später begann eine andere Sorte von Lichtstreifen, sich über das Wasser zu tasten, ein Lichtstreifen, der direkt über ihnen begann. Nada zuckte so heftig zusammen, dass der Mann eine Hand auf ihren Arm legte.

»Es ist nur der Leuchtturm«, sagte er beruhigend.

»Ja«, flüsterte Nada. »Ich weiß. Aber er war … er war doch nicht mehr … aktiv.«

Es klang, als spräche sie von einem Vulkan, und beinahe kam es ihr so vor: als könnte der Leuchtturm ausbrechen, als könnte er Feuer spucken und alles verschlingen, sie und den Mann mit den Anglerstiefeln, die Insel, die ganze Welt – in einer einzigen, grellgelben Sekunde, nach der es nur noch absolute Dunkelheit geben würde.

»Seit gestern Nacht leuchtet er wieder«, erklärte der Mann. Seine Hand lag noch immer auf ihrem Arm. »Ich bin hergekommen, um es mir von Nahem anzusehen. Es ist seltsam. Die Tür ist noch immer verschlossen.«

»Gibt es keine Fernsteuerung?«

»Ich glaube nicht.«

»Und – kann man die Tür aufbrechen? Oder durch ein Fenster klettern?«

»Man müsste eines einschlagen.« Er lächelte, sie hörte es in seiner Stimme.

113

Dann lassen Sie uns genau das tun, wollte Nada sagen, doch es war womöglich besser, es nicht zu sagen, egal, wie silbern die Schläfen des Mannes waren. Vielleicht war er der Bürgermeister von Dünen oder der einzige Polizist der Insel. Nada verschob das Einschlagen des Fensters. Es war ohnehin besser, den Leuchtturm tagsüber zu betreten, wenn man etwas sah.

»Kommen Sie«, meinte der Mann. »Es ist zu dunkel hier draußen. Ich bringe Sie nach Hause.«

Sie ließ sich von ihm zurück nach Süderwo führen und fühlte sich in der Dunkelheit auf einmal geborgen, so als könnte ihr in seiner Gegenwart nichts passieren. Er erzählte ihr von den Inseln, den ganzen Weg lang, von den Tieren und Pflanzen und den Gezeiten, er wusste eine Menge darüber, er sprach wie ein Buch.

Nada erzählte ihm von den Lichthaus-Restaurants in Berlin und von ihrer Arbeit, und er sagte, wenn er das nächste Mal in Berlin sei, werde er einen Tisch in einem der Lichthäuser reservieren. Es war ein gutes, normales Gespräch ohne Seltsamkeiten, ein intelligentes Gespräch zwischen vernünftigen, intelligenten Erwachsenen, die ihre Hosenbeine nicht in den Schlamm hängen und sich nicht vom Sturm auf Leuchtturmdächer tragen ließen. Rosa war freundlich zu ihr, dachte Nada, aber auch Rosa sagte seltsame Dinge – und mit Rosa hätte sie sich nie auf eine irgendwie intellektuelle Weise unterhalten können. Sie begann, sich zu fühlen, als wäre sie wieder in ihrer Wohnung in Berlin, während sie mit dem Mann sprach. Nur auf eine bessere Art und Weise, in einer besseren Version ihrer selbst. Ausgeschlafener.

Sie hatte die Kontrolle über sich selbst zurückgewonnen. Das schimmernde, weiche Etwas in der Tiefe hatte sich verkrochen. Ha.

Er brachte sie bis zur Tür des blauen Hauses, altmodisch besorgt. Oder gab es wirklich einen Grund, nachts nicht allein auf Nimmeroog herumzulaufen? Einen Grund, der im Unterholz saß und schrie – oder einen, der andere Lebewesen dazu brachte, dass sie schrien? Sie weigerte sich, darüber nachzudenken. Nicht heute Nacht.

»Danke«, sagte sie zu dem Mann, gab ihm die Regenjacke zurück und bat ihn nicht herein, nicht heute Nacht.

»Schlafen Sie gut.«

»Das werde ich«, sagte er. »Ich habe mich lange mit niemandem mehr so … vernünftig … unterhalten. Die Insel ist ein wenig einsam. Es fehlt an den richtigen Gesprächspartnern.« Als er seine Umhängetasche zurechtrückte, sah sie, dass etwas Weißes heraushing, etwas wie ein Zipfel von Stoff. Er bemerkte ihren Blick.

»Ein Laken«, sagte er und lachte. »Ein Bettlaken.«

Sie krallte sich an den Türrahmen, dessen Kante sich schmerzhaft in ihre Handfläche drückte. »Ein … Bettlaken?«

Er nickte. »Ich habe es gefunden. Draußen beim Leuchtturm. Es muss von irgendeiner Leine dorthin geweht sein. Ich werde herumfragen, wem es gehört.«

»Mir, glaube ich«, sagte Nada leise. »Oder besser: Rosa Friemann. Es befand sich auf dem Bett, in dem ich zurzeit schlafe.«

»Ach«, sagte der Mann und reichte ihr das Laken. »Na dann. Wenn Sie es noch einmal waschen und trocknen, machen Sie es lieber mit Wäscheklammern fest.«

»Ja«, flüsterte Nada. »Ja, das werde ich. Wäscheklammern. Natürlich.«

Sie schloss die Tür etwas schneller als geplant, damit er nicht sah, wie sich ihr Gesicht in reine, verzweifelte Verwirrung auflöste.

An diesem Abend versuchte Nada nicht, das Einschlafen hinauszuzögern. Sie wusste, dass sie träumen würde. Sie konnte sich genauso gut darauf vorbereiten. Sie legte einen Kugelschreiber und eine Packung Schwarzbrot in ihren Reiserucksack, den Rest von Rosa Friemanns Heringen, ihre Regenjacke und ein Glas Nescafé. Schließlich setzte sie den Rucksack auf und kletterte ins Bett, angezogen diesmal. So lag sie auf dem Bauch, auf dem Bettlaken, und wartete auf den Schlaf. Wenn der Mann mit dem Bettlaken wieder auftauchte, gäbe es dann zwei Bettlaken in ihrem Traum?

Sie würde ihn eine Menge Dinge fragen. Sie würde ihn fragen, ob er vor Jahren nach Süderwo gekommen und zum toten Leuchtturm hinausgewandert war, ohne mit jemandem zu sprechen. Sie würde ihn fragen, ob er sich tatsächlich umgebracht hatte. Und sie würde

ihn fragen, weshalb er sich jetzt in ihrem Traum befand. *Weshalb.*
Weshalb war überhaupt eine weitreichende Frage, eine Frage, die
die ganze Welt umspannte, ähnlich wie die Zeit …

Sie erwachte davon, dass das Telefon klingelte, griff im Halb-
schlaf nach dem Hörer und sagte, ohne die Augen zu öffnen: »*Ich
weiß es nicht.* Ich weiß, es ist dunkel, ich weiß, es gibt keine Tür, ich
weiß, du hast Angst. Aber ich weiß nicht, weshalb –«

»Nada?«, fragte eine Stimme im Telefon. »Bist du das?«

Es war nicht das Kind. Sie öffnete die Augen. Sie lag noch immer
in dem Bett in dem blauen Ferienhaus. Natürlich, deshalb hatte sie
das Telefon mit geschlossenen Augen gefunden, das Telefon auf
dem Nachttisch.

»Frank.«

»Ja.«

»Ich bin … ich war … ich dachte, ich träume. Ich scheine allerdings wach zu sein.«

»Ganz genau weiß man es natürlich nicht«, sagte Frank.

»Warum rufst du mich mitten in der Nacht an?«

»Es ist zehn. Du gehst gewöhnlich nicht vor eins ins Bett. Ich
habe es schon vorher versucht …«

»Ich war spazieren.«

»Das ist gut.« Frank atmete tief durch. »Du gehst spazieren.«

»Ist es wegen der Eröffnung des Lichthauses Nord? Ist etwas
schiefgegangen? Muss ich etwas retten? Etwas regeln? Mit einem
Lieferanten oder einem Koch oder einem Reporter …« Sie unterbrach sich selbst. »Frank? Warst du in meiner Wohnung?«

»Warum?«

»Warst du da?«

»Ja, ich … ich habe den Schlüssel, wie du weißt, ich … ich habe
nach der Nummer deiner Eltern gesucht …«

»Lag ein zu junger Reporter in meinem Bett, der Zeitungsartikel
über die Dinge schrieb, die mir auf dieser Insel passieren?«

»Nada«, sagte Frank und atmete noch einmal tief durch. »Ich
mache mir Sorgen. Es ist gut, dass du spazieren gehst. Nur … vielleicht bist du da draußen zu allein. Vielleicht wäre es gut …«

116

Sie lachte. »Du hast es dir anders überlegt. Gib's zu, alles geht drunter und drüber, und du möchtest, dass ich zurückkomme. Jetzt sofort. Du brauchst mich.«

»Selbstverständlich brauche ich dich«, antwortete Frank, doch das Seufzen war noch in seiner Stimme. »Nicht wegen der Lichthäuser. Wer dachtest du, bin ich? Ehe ich mich gemeldet habe? Du hast gesagt, du wüsstest, dass es dunkel ist und dass es keine Tür gibt, aber du wüsstest nicht ... Mit wem hast du gesprochen?«

»Mit einem Kind«, sagte Nada. »Es will, dass ich ihm helfe. Ich kann keinem helfen. Es ruft trotzdem weiter an. Es ist in diesem Raum, in dem es nur ein Telefon gibt, sonst nichts, nicht mal eine Tür. Und es hat Angst, natürlich.«

»Oh«, sagte Frank.

»Es ist alles sowieso gar nicht wahr«, fügte Nada schnell hinzu. »Es ist nur ein Traum, den ich träume. Ich habe doch gesagt, ich dachte, das Telefon klingelt im Traum.«

»So«, sagte Frank. Er klang nicht überzeugt. Nada war auch nicht überzeugt. Nicht mehr. »Wo bist du?«, fragte er. »Liegst du tatsächlich schon im Bett?«

»Ja. Mit einem Rucksack auf dem Rücken.« Sie lachte. »Wie in der ersten Nacht. Da war es vor Erschöpfung. Jetzt ist es ein geplanter Rucksack.«

»Nada, ich rufe an, weil –«, sagte Frank.

Und da legte sie auf. Es reichte. Sie hatte ihm schon zu viel erzählt, zu viel preisgegeben. Es war sicher besser, dass sie aufgelegt hatte, ehe sie anfing, von einem eigensinnigen schimmernden Etwas zu erzählen, das langsam in ihr emporkroch und sich Sorgen um Blumenzwiebeln machte oder um Männer auf Leuchtturmdächern ...

Sie wollte gar nicht wissen, warum Frank anrief. Und dann wusste sie es. Plötzlich. Sie hörte sich selbst wieder alle Worte sagen, die sie gesagt hatte: der Reporter in ihrem Bett. Das Kind am Telefon. Der Rucksack, mit dem sie schlafen ging. *Frank dachte, sie wäre krank.* Vielleicht wollte er sie in eine Klinik stecken, in der sie ihr erklären würden, es gäbe keine Leuchttürme. Vielleicht hatten sie dort Medikamente gegen die Dunkelheit.

»Dann würde ich sie nehmen«, flüsterte sie ins Dämmerlicht des blauen Ferienhauses. »Wenn ich etwas schlucken könnte, und die Dunkelheit wäre fort. Die Dunkelheit in dem Raum ohne Ausgang, in dem das Kind eingesperrt ist. Die Dunkelheit im Wald, wo etwas schreit. Die Dunkelheit in Marilyns schlammigen Hosenbeinen. Es ist immer die Dunkelheit. Und ich habe sie nie vertrieben, sie ist da, auch in den Lichthäusern, sie liegt unter dem Tageslicht und lauert, und wenn man auch nur eine Minute Zeit hat, an sie zu denken, kommt sie hervorgekrochen ... *Am Anfang ist die Zeit.* Auch am Anfang allen Unglücks. Man darf keine Zeit haben.«

»Nein?«, fragte jemand hinter ihr.

Sie öffnete die Augen, obwohl sie nicht bemerkt hatte, dass sie sie geschlossen hatte.

Sie lag nicht mehr allein im Bett. Ein anderer Körper lag hinter ihr, lag zu dicht, lag an ihren Rücken geschmiegt, ein warmer, größerer Körper. Sie setzte sich abrupt auf. Es war der Mann mit der leicht schiefen Nase. Erleichtert stellte sie fest, dass auch er seine Kleider wieder trug.

Er setzte sich ebenfalls auf. »Warum darf man keine Zeit haben?«

»Was tun Sie in meinem Bett?«, fragte Nada ärgerlich. Ärgerlich, vor allem, über sich selbst. Darüber, dass sie sich einen winzigen Moment lang gefreut hatte, ihn zu sehen.

Er zuckte die Schultern. Er hatte leicht vorgebeugte Schultern wie jemand, der sich oft bückt oder oft zusammenzuckt oder der einfach zu groß ist, um aufrecht stehend mit anderen Leuten zu sprechen.

»Es ist das einzige Bett hier«, antwortete er. »Als ich zurückkam, lagen Sie schon darin. Und Sie sahen aus, als wäre Ihnen kalt. Es *ist* kalt. Zu zweit ist es wärmer.«

Nada stand auf und schüttelte sich. »Ich lege keinen Wert auf Zweisamkeiten irgendeiner Art«, erklärte sie entschieden. »Temperaturell oder sonst wie. Es ist mein Bett. Ich war zuerst hier.«

»Ihr Bett, Ihr Leuchtturm, Ihr Traum«, sagte der Mann.

Ach nein, er hatte ja einen Namen. Nil. Es störte sie beinahe, dass er diesen Namen besaß, es war zu persönlich, als »Nil« an ihn zu denken, »der Mann« war viel besser. Es war wie »der Reporter«

oder »der Weinlieferant«. Weniger gefährlich. Persönliche Beziehungen waren gefährlich, das weiche Etwas in ihr konnte sich an solchen Beziehungen festbeißen und weiterwachsen, und am Ende würde es sie auffressen. Wer persönliche Beziehungen zuließ, ließ zu, dass sie kaputtgingen. Dass man ihm wehtat.

»Schönes Wetter«, sagte der Mann mit dem Namen und trat an eines der Fenster. »Etwas stürmisch vielleicht, immer noch.«

»Es gibt kein Wetter hier«, bemerkte Nada schnippisch. Dann merkte sie, dass er recht hatte. Sonnenlicht lag auf dem Wasser, durchzogen von Wolkenschatten, und die Wellenkämme glänzten wie Fischrücken.

»Ehe Sie kamen, gab es nicht einmal Zeit«, sagte sie. »Sie schleppen alles ein. Gestern dachte ich noch, ich hätte die Zeit gemacht … auf irgendeine Weise. Aber wahrscheinlich haben Sie sie eingeschleppt.«

Er lachte. »Und wer hat mich eingeschleppt?«

»Ich bestimmt nicht«, sagte Nada rasch. Sie merkte selbst, wie kindisch sie sich verhielt. Als wäre sie wieder ein kleines Mädchen mit roten Gummistiefeln, das ärgerlich mit dem Fuß aufstampfte.

»Warum rote Gummistiefel?«, fragte sie.

»Rote Gummistiefel?«

»Sie haben ein Paar rote Gummistiefel in einer Plastiktüte beim Leuchtturm liegen lassen. Damals, vor ein paar Jahren. Bevor Sie verschwunden sind.«

Er drehte sich vom Fenster zu ihr und knetete wieder seine Nase, nachdenklich. »Ich bin verschwunden?«

»Jemand ist verschwunden. Jemand, der aussah wie Sie. Groß, kurzes dunkles Haar.«

Natürlich war es lächerlich, eine Menge Männer, sie hatte das schon zuvor gedacht, waren groß und hatten kurzes dunkles Haar. Zum Beispiel der andere Mann, der mit den Silberschläfen, der das Bettlaken gefunden hatte. Vermutlich waren es in Wirklichkeit drei verschiedene Männer. Oder … oder nur einer?

»Hieß denn der Jemand so wie ich? Nil?«

»Das weiß ich nicht«, sagte sie ungeduldig. »Er hat nichts gesagt.«

119

»Aber Sie haben ihn gesehen.«

»Ich? Nein. Ich war nicht dabei. Ich bin erst seit ein paar Tagen hier. Die anderen Leute auf der Insel haben ihn gesehen, Marilyn, die eigentlich Annegret Fessel heißt, und Rosa Friemann. Und Merten Fessel. Und wahrscheinlich Aike Friemann und der Hund. Rosa hat mir von dem Mann erzählt. Er ist zum Leuchtturm hinausgegangen und verschwunden, und alles, was er hinterlassen hat, war eine Plastiktüte mit roten Gummistiefeln, Größe siebenunddreißig.«

»Oh«, sagte Nil.

In diesem Moment klingelte das Telefon. Nada fluchte zwischen zusammengebissenen Zähnen und rannte die Wendeltreppe hinunter. Das Klingeln kam aus einem der Kartons. Als sie ihn öffnete, fand sie darin jedoch kein kleines schwarzes Telefon. Vielmehr fand sie die Teile eines kleinen schwarzen Telefons. SPRÄCHSER stand auf dem Karton. Nada schüttelte den Kopf. Sie entfaltete die Anleitung, hockte sich auf den Boden und begann, das Telefon zusammenzubauen, während es weiterklingelte. Aus dem Augenwinkel sah sie, wie Nil die Wendeltreppe herunterkam, mit langen Schritten den Raum durchquerte und die Tür öffnete.

»Was ist?«, zischte Nada. »Gehen Sie wieder spazieren?«

»Ja«, sagte Nil. »Es ist wundervolles Licht. Ich werde mir das Meer ansehen.«

»Viel Spaß«, knurrte Nada, und, als er bereits außer Hörweite war: »Kommen Sie ja nicht auf die Idee, mir zu helfen! Es wäre ja auch zu viel verlangt, die Tür zu schließen …«

In dem Moment, in dem sie das Telefon fertig zusammengebaut hatte, hörte es auf zu klingeln. Nada hieb mit der Faust auf den Fußboden. Es lag noch immer Kartonpappe darauf, und ihre Faust hinterließ einen Abdruck der Wut im Karton. Wenn sie nicht mit Nil geredet hätte, dachte sie, hätte sie es geschafft, ehe das Klingeln verstummt war. Er war schuld, nur er.

Sie stellte den Sprächser auf einen großen Karton, holte den Stift aus dem Rucksack und begann, auf der Rückseite der Bauanleitung eine Möbelliste zu erstellen. Sie brauchte den ganzen Vormittag dazu, es waren eine Menge Kartons, und viele musste sie ein paarmal drehen und wenden, ehe sie den Namen der darin befindlichen Unmöbel entdeckte. Sie kam auf hundertundzwölf noch zusammenzubauende Gegenstände.

Sie war dabei, den ersten der hundertundzwölf Kartons zu öffnen, als es direkt hinter ihr ans Fenster klopfte. Nada zuckte zusammen, und eine Ecke des Kartons riss ein. Das Kind, dachte sie. Es hat einen Ausweg gefunden.

Es war nicht das Kind. Es war Nil. Er lächelte und winkte, und kurz darauf stand er in der Tür. Nada hielt das abgerissene Stück Pappe noch in der Hand.

»Hervorragend«, knurrte sie, »jetzt ist der Karton hinüber.«

»Oh«, sagte Nil. »Das tut mir leid. War es ein spezieller Karton, an dem Sie besonders hingen?«

»Sie machen sich lustig über mich«, stellte Nada fest. »Es war ein Ikea-Karton, das wissen Sie genau. Er enthält ein DARLEBÖNT.«

»Oh«, sagte Nil wieder.

Nada explodierte. »Sagen Sie nicht immer Oh! Das ist ja schlimmer als Marilyns Ach! Weshalb haben Sie ans Fenster geklopft? Weshalb sind Sie hier?«

»Diese Frage habe ich schon einmal beantwortet«, sagte Nil freundlich. »Ich weiß es nicht. Geklopft habe ich, weil ich gerade am Fenster vorbeikam. Und weil mir einfiel, dass ich Sie fragen könnte, ob Sie etwas zu essen haben.«

»Ob ich etwas zu essen habe.« Nada schüttelte den Kopf. »Ich habe etwas zu essen, ja, aber ich habe keine Zeit, es zu essen! Ich habe, vor allem, eine Aufgabe. Hier gibt es hundertundzwölf –«

»Sie sollten etwas essen«, beharrte Nil. »Wo ist es denn?«

»Da drin.« Sie deutete auf den Boden, wo der Rucksack lag. »Es geht Sie nichts an, ob ich etwas esse. Sie hören sich schon an wie Frank.«

Nil hatte die Heringe und das abgepackte Schwarzbrot gefunden und grinste.

»Prima«, sagte er. »Belegte Brote zum Selbstzusammenbauen. Vermutlich sind es keine belegten Brote, sondern Höringerstüllen.«

»Nun fangen Sie bloß nicht an, auch noch Humor zu haben«,

sagte Nada. Der Humor machte ihn sympathischer, als sie zulassen konnte, und deshalb sagte sie: »Ich hasse Leute mit Humor. Ich habe keine Zeit für Humor. Bauen Sie die Höringerstüllen draußen zusammen und lassen Sie mich in Ruhe. Man kommt zu nichts hier, zu *gar nichts*!«

Nil nickte stumm und verschwand, mit Brot und Heringen, ihrem Brot und ihren Heringen. Diesmal schloss er die Tür. Er hatte nicht einmal angedeutet, dass er ihr mit den Möbeln helfen könnte.

»Ich hasse Sie«, sagte Nada zu der geschlossenen Tür und spürte, wie das kleine, weiche Etwas sie von innen biss, um sie für diese Lüge zu bestrafen. Sie verjagte es und baute den Darlebönt auf, obwohl man seine Einzelteile, schoss es ihr durch den Kopf, gut als Brotbretter hätte benutzen können. Als Ganzes besaß er keine Funktion. Nada machte mit einer MÖNZE und einem FEUNSCHÖFEL weiter und stellte eine DOPPEL-FRIPSE auf. Sie hatte keine Ahnung, wozu ein Mensch, der bei klarem Verstand war, eine Doppel-Fripse brauchte, schon eine einfache Fripse genügte, um an der Frage nach ihrem Zweck zu verzweifeln.

Ihre Hände zitterten. Sie musste wirklich etwas essen. Die Sonne draußen sank in die Strandwüste, wühlte sich dort irgendwo ein, um zu schlafen, sorglos, und nur Nada gönnte man keine Ruhe. Verflucht, irgendein fremder Mann hatte ihre Vorräte aufgegessen, und sie hatte den ganzen Tag gearbeitet und keine einzige Pause gemacht. Sie stürmte hinaus, und da saß er im Sand, der fremde Mann, und sah aufs Meer. Als wäre das Meer schön! Als hätte man Zeit, es einfach anzusehen!

Tränen traten ihr in die Augen, sie stapfte durch den Sand auf den fremden Mann zu und sah beinahe die roten Gummistiefel an ihren Füßen. Sie war als Kind so durch den Sand gestapft, sie erinnerte sich jetzt: genauso unsinnig wütend auf irgendetwas, ein in den Sand gefallenes Eis oder eine zerbrochene Muschel.

»Sie!«, schrie sie und blieb vor dem Mann stehen. »Sie! Sie …« Aber ihr fiel nichts mehr ein.

»Setzen Sie sich«, sagte er, und sie war einfach zu müde und zu hungrig, um stehen zu bleiben.

Er reichte ihr wortlos ein Brot mit Hering, er hatte also doch nicht alles aufgegessen, und als sie hineinbiss, liefen die Kindertränen bereits. Und der Hering, ohnehin salzig, saugte das zusätzliche Salzwasser auf wie ein Taschentuch. Nada hatte nicht gewusst, dass Heringe sich zum Aufsaugen von Tränen eigneten. Sie stellte sich vor, wie sie in der Apotheke Heringe statt Taschentücher verkauften und wie ein Herr zu einer Dame sagte: Hier, darf ich Ihnen einen Hering reichen, um Ihre Tränen zu trocknen ... Beinahe erlag sie der Versuchung, sich mit dem zweiten Hering die Nase zu putzen.

Nil sagte die ganze Zeit über nichts, er sah ihr beim Essen zu und verbreitete eine Art großes, wohlwollendes Schweigen. Als Nada zwei Heringe und drei Scheiben abgepacktes Schwarzbrot gegessen hatte und irgendwo in ihr das Kleine, Weiche leise zu schnurren begann, klingelte das Telefon.

»Oh nein«, flüsterte sie und sah Nil durch den Schleier ihrer Kindertränen hinweg an. »Ich kann nicht mehr. Ich kann dieses Telefon jetzt nicht suchen. Es ist bestimmt wieder sonstwo, in einem Karton oder auf dem Dach ...«

»Keineswegs«, sagte Nil. »Es ist hier.«

Er griff in den Novembersand, wühlte ein wenig darin und zog den kleinen schwarzen Apparat heraus. Nada schluckte ihre letzten Tränen herunter. Dann nahm sie den Hörer ab.

»Schwarz?«

»Schwarz?«, fragte das Kind, so unsicher wie beim letzten Mal. »Warum sagen Sie immer schwarz?«

»Weil das mein Name ist«, antwortete Nada. »Mein Nachname. Schwarz.«

»Wie ... wie heißen Sie mit Vornamen?«

»Nathalie. Nada.«

Das Kind schwieg eine Weile. »Nein«, sagte es schließlich. »Das kann nicht sein.«

»Wieso nicht?«, fragte Nada irritiert.

»Die Tür ist immer noch nicht da«, sagte das Kind. »Früher, wissen Sie, da war eine da, ich glaube, das habe ich noch nicht erzählt? Aber sie ist verschwunden.«

»Wie der Mann mit den roten Gummistiefeln«, sagte Nada.

»Es gab einen Mann mit roten Gummistiefeln?«

»Ja. Er hat sie in einer Tüte vor dem Leuchtturm vergessen. Rote Gummistiefel, Größe siebenunddreißig.« Sie sah Nil von der Seite an, während sie das sagte. Er blickte wieder aufs Meer hinaus, ohne zu reagieren. Entweder hatte er wirklich nichts mit dem verschwunden Mann zu tun, oder er war ein guter Schauspieler. Oder er erinnerte sich nicht an das, was geschehen war. *Vergiss, was geschehen ist…*

»Größe siebenunddreißig«, wiederholte das Kind. *»Ich* habe siebenunddreißig.«

Es knackte in der Leitung, und die Verbindung wurde unterbrochen. Nada schloss kurz die Augen, um ihre Wut über das unzuverlässige Telefon verdunsten zu lassen. Da klingelte es erneut.

»Wir waren bei den Gummistiefeln«, sagte Nada in den Hörer, noch immer mit geschlossenen Augen.

»Gummistiefeln?«, fragte Frank.

Als sie später am Morgen in der kleinen Küche saß und Kaffee trank, ärgerte sie sich noch immer über sich selbst. Warum hatte sie abgehoben? Die Antwort war einfach, weil sie nicht gewusst hatte, dass es Frank war und dass schon wieder Morgen war und sie schon wieder wach.

Ich habe angerufen, weil, hatte Frank gesagt. Weil ich dir sagen wollte, dass ich dich besuche. Ich fahre morgen. Deine Eltern machen sich auch Sorgen.

Meine Eltern, dachte Nada, haben ein blaues Ferienhaus auf Nimmeroog, in dem sie seit dreißig Jahren nicht waren, sie sollten sich Sorgen über den Zustand des Hauses machen, nicht über meinen. Niemand hatte das Recht, sich Sorgen über den Zustand von Nathalie Schwarz zu machen. Sie kam schon klar, sie war immer klargekommen. Sie trank noch zwei Tassen schwarzen Kaffee und schrieb ihren Traum auf, ihre Hand zitternd vor Wut. *Größe siebenunddreißig,* schrieb sie, *ich habe siebenunddreißig.*

Dann goss sie die grünen Spitzen in den Töpfen, die heute ein wenig größer waren. Sie mögen mich, dachte sie, sie freuen sich, dass ich sie gieße, und ich freue mich, dass sie mich mögen. Alle Blumentöpfe standen jetzt auf demselben Fensterbrett, dem mit dem meisten Sonnenlicht. Es war eine gute Idee gewesen, sie umzustellen.

»Moment«, sagte Nada laut. »Es war nicht meine Idee. Ich habe die Töpfe nicht umgestellt.«

Hatten die Blumentöpfe sich selbst umgestellt? Sie schüttelte den Kopf, ließ den Schreibblock in der Küche liegen und warf sich in den Wind, um einen klaren Kopf zu bekommen. Sie joggte den ganzen Weg zum Leuchtturm hinaus. Die Tür war nach wie vor verschlossen.

»Verdammt!«, rief Nada und trat gegen die Backsteinmauer. »Lass mich da rein! Lass mich dieses abstruse Rätsel lösen, damit ich Frank erklären kann, dass ich nicht übergeschnappt bin! Er hat kein Recht, herzukommen und so zu tun, als wäre ich krank! Ich habe sein ganzes Scheißleben neu organisiert, kann er mich nicht *ein Mal* in Ruhe lassen? Vielleicht habe ich die Vergangenheitskisten und den anderen Schrott in der Kneipe wegorganisiert, vielleicht habe ich Mark wegorganisiert, und das war nicht gut, aber das ist verflucht noch mal kein Grund …«

Sie hörte auf, gegen die Mauer zu treten. Ihr Fuß schmerzte. Etwas Kleines, Schimmerndes in ihr gähnte und streckte sich, und dann lachte es ein kleines, schimmerndes Lachen. Es lachte über ihre kindische Wut. Sie verfluchte die Stoffturnschuhe, die in Berlin zum guten Ton gehörten, auf Nimmeroog jedoch eher in den Abfall. Es wäre besser gewesen, rote Gummistiefel anzuhaben. Sie zog die Schuhe aus.

»Wenn ohnehin alle denken, ich sei übergeschnappt«, sagte sie, »kann ich genauso gut übergeschnappte Dinge tun.«

Und mit einem profunden Trotz vergrub sie ihre Turnschuhe im Novembersand. Die Socken steckte sie in die Tasche. Irgendwie fühlte sie sich hinterher erleichtert. Sie betrachtete den Turm einen Moment lang, und zum ersten Mal kam ihr der Gedanke, dass sie noch nie durch seine Fenster gesehen hatte. Das war sehr dumm.

Sie drückte die Nase an eine der Scheiben – und blickte gegen die Rückseite eines altersgewellten Stücks Pappe. Sie rannte zum nächsten Fenster – ebenfalls Pappe. Oder waren dies die Kartons, deren Rückseiten sie von draußen sah? In ihrem Traum standen vor zwei der vier Fenster Ikea-Kartons. Die beiden übrigen Fenster waren inzwischen freigeräumt, weil sie den Inhalt der Kartons zusammengebaut hatte. Hier, im wirklichen Leuchtturm, konnte man durch keines der vier Fenster sehen.

»Es bedeutet etwas«, sagte Nada laut. »Alles bedeutet etwas.«

»Das glaube ich nicht«, sagte jemand hinter ihr.

Nada fuhr herum. Ein paar Meter entfernt lehnte Marilyn-Annegret an der roten Wand des Turms. Der Wind schlang ihren grauen Wollmantel eng um ihren Körper, und die Sonne funkelte in ihrem hellen Haar. Sie sah aus wie ein Bild aus einem Kleiderkatalog. Nur dass die Leute in Kleiderkatalogen selten ein blaues Auge haben. Obwohl ihr Auge schon weniger blau war als beim letzten Mal, die Farbe des Flecks um das Auge herum ging jetzt eher ins Grünliche. Beinahe wünschte Nada, Marilyn hätte die lächerlich große Sonnenbrille getragen.

»Ich glaube nicht, dass alles eine Bedeutung hat«, wiederholte sie. »Es ist andersherum. Nichts hat eine Bedeutung.«

»Passt Aike Friemann wieder auf Ihre Kinder auf?«

»Hm-mm. Er mag Kinder. Mit den Erwachsenen redet er fast nie.«

»Warum habe ich Aike noch nie gesehen?« Nada trat auf Marilyn zu, und Marilyn wich an der Backsteinwand entlang zurück. »Gibt es einen Aike Friemann?«

Marilyn zuckte die Achseln. »Gibt es eine Insel namens Nimmeroog?«

»Natürlich«, erwiderte Nada ungeduldig. »Sie weichen meinen Fragen aus. Alle auf dieser Insel weichen meinen Fragen aus. Warum tragen Sie die roten Gummistiefel aus meiner Kindheitserinnerung?«

Marilyn sah auf die Stiefel hinab. »Ich habe kleine Füße«, sagte sie.

Nada verschränkte die Arme und wartete, bis Marilyn wieder aufsah. Der Wind blies ihr die Haare aus der Stirn, und Nada entdeckte eine Narbe dort, als wäre Marilyn vor längerer Zeit gegen eine Tischkante gestoßen oder eine Treppe hinuntergefallen.

»Die Stiefel waren in der Tüte«, sagte Marilyn. »Sie gehörten niemandem mehr.«

»Es sind die Gummistiefel, die der Mann dagelassen hat, der sich umgebracht hat, oder?«

Marilyn schüttelte heftig den Kopf. »Es sind die Gummistiefel, die der Mann dagelassen hat, der verschwunden ist.«

Nada nickte, betont nachsichtig. »Natürlich.«

»Ich wollte eine Erinnerung an ihn haben, verstehen Sie? Und ich wollte, dass er mich erkennt, wenn er wiederkommt. An den Stiefeln. Ich bin die Einzige, mit der er gesprochen hat. Nein, nicht gesprochen, aber er hat genickt. Ich habe ihn gefragt, ob er zum Leuchtturm geht ...«

»Was ist im Leuchtturm?«, fragte Nada. »Waren Sie schon einmal drin?«

»Nein. Ich bin seit zehn Jahren hier, und er war immer abgeschlossen. Komisch ... jetzt ist wieder ein Licht da.«

Sie trat unerwartet einen Schritt auf Nada zu, streckte ihre Hand aus und griff nach Nadas Hand wie damals im Watt. Dann führte sie Nadas Fingerspitzen an ihre Stirn. Nada spürte die Narbe dort.

»Da ist dieser Wald, auf dem Weg nach Dünen«, wisperte Marilyn. Ihre Finger waren eiskalt. »Haben Sie dort etwas schreien hören?«

»Und wenn es so wäre?«, flüsterte Nada.

»Merten sagt, er hört etwas. Einen Vogel. Er sagt, es ist ein Vogel. Ich habe ihn noch nie gehört. Er sagt, ich bin dumm. Er hat recht, ich habe keine höhere Schulbildung, ich war Verkäuferin, ehe ich ihn geheiratet habe. Er ist klug. Er ist Forscher. Er ist so anders als ich.«

Sie sprach leise, und Nada beugte sich näher, um sie zu verstehen, die Hand noch immer in Marilyns Hand, an Marilyns Stirn, über der Narbe.

Einen Moment standen sie so, ganz still. Dann ließ Marilyn Nadas Hand los, drehte sich um und ging mit schnellen Schritten davon, vom Meer fort, ihre roten Gummistiefel unsichtbar im Heidekraut.

Nada brauchte einen Augenblick, um sich zu sammeln. Als sie Marilyn nachging, fand sie sie nicht wieder. Sie hatte nicht erwartet, sie zu finden.

Am Abend fuhr Nada noch einmal mit dem Rad nach Dünen. Sie brauchte mehr Proviant für ihren Traum, für sich und Nil. Und Frank würde am nächsten Morgen kommen. Sie hatte beinahe nichts zu essen im Haus. Als sie durch den winzigen Supermarkt beim Fähranleger ging und Dinge in den Plastikkorb des Marktes legte, sah sie wieder den Reporter vor sich, der in ihrem Bett lag und eine weitere Überschrift zu einem Foto tippte. Fett gedruckt, wie immer.

Nada Schwarz barfuß beim Einkaufen, in der Hand eine Packung eingelegte Heringe, die sie mit ins Bett nehmen wird. Unter dem Foto stand:

Während sich die Managerin der Lichthäuser dagegen wehrt, als psychisch krank angesehen zu werden, legt sie Vorräte an, die sie in einem Traum zu brauchen glaubt. Nach eigenen Angaben hat sie ihre Turnschuhe bei einem toten Leuchtturm vergraben, der aus mysteriösen Gründen vor zwei Tagen wieder zum Leben erwacht ist. Nada Schwarz vermutet, dass dies mit einem geträumten Sturm und dem Auftauchen eines ihr unbekannten Mannes auf dem Dach zu tun hat …

Der Supermarkt schloss, nachdem sie ihn verlassen hatte. Als hätte er nur für sie existiert. Draußen war es jetzt dunkel. Sie fand den Dynamo an dem geliehenen Fahrrad und war erleichtert.

Doch der Dynamo half wenig. Der weiße Lichtkreis der Fahrradlampe vor ihr zitterte wie ein ängstlicher Vollmond. Der Abendwind flüsterte überall in der Heide. Sie zwang sich, sich nicht umzusehen, sie hatte das Gefühl, dass jemand hier war, dass jemand sie beobachtete, doch natürlich war das lächerlich.

Sie fuhr schnell, so schnell sie konnte, die Einkäufe in ihrem Rucksack schlugen bei jeder Unebenheit im Weg schmerzhaft gegen ihren Rücken, da war irgendeine scharfkantige Dose – die Kiefern steckten die Köpfe zusammen und schienen auf sie zu zeigen. Die Büsche kauerten sprungbereit, und komplizenhafte Wolken verbargen alle leuchtfähigen Himmelskörper.

Der Wald begann kurz vor Süderwo. Wenn sie den Wald erreichte, sagte Nada sich, wäre sie schon fast da. Sie sah seine schwarze Silhouette näher kommen und trat noch rascher in die Pedale, es würde nur Sekunden dauern, zwischen den Bäumen durchzufahren … Aber die Dunkelheit dort, das wusste sie, war noch dunkler als hier draußen, es war eine Dunkelheit von ganz anderer Qualität. Sie wünschte, sie hätte die Augen schließen können, doch der Weg machte im Wald zwei Kurven. Der Lichtkreis des Dynamos tastete sich über den Boden und führte sie zwischen die Stämme hinein.

Sie fuhr um die erste Kurve. Der Wald schwieg bis auf ein gelegentliches Windrascheln.

Sie näherte sich der zweiten Kurve. Und da knackte etwas vorne am Fahrrad, etwas schleifte. Sie hielt an und sah im verglimmenden Licht der Lampe gerade noch, dass es das Schutzblech war, es hatte sich gelöst und war in die Speichen des vorderen Rads geraten. Sie stieg ab, bemüht ruhig, und tastete nach dem Blech. Ein funktionierender Dynamo war eine schöne Sache. Wenn ein Fahrrad stand, nützte er wenig.

Nada stand in vollkommener Schwärze, sie konnte nicht einmal das Vorderrad mit den Händen drehen, um den Dynamo in Gang zu bringen und etwas zu sehen, denn gerade das Vorderrad ließ sich nicht drehen. Ihr Fuß fand den Fahrradständer nicht, und so hielt sie das Rad mit einer Hand fest und bog das Blech mit der anderen zurück, doch es gehorchte ihr nicht, entglitt ihr wieder und wieder – sie klemmte sich den Vorderreifen zwischen die Beine. Versuchte es mit beiden Händen. In diesem Moment begann es vor ihr, links vom Weg, im Unterholz zu schreien.

Der Schrei begann leise, steigerte sich dann, brach ab und steigerte sich weiter. Es war genau wie beim ersten Mal. Schrille, unbändige Angst schrie ihr aus dem Wald entgegen, Todesangst, ein Hilfeschrei.

Ihr Körper gefror. Sie hob die Hände, um sich die Ohren zuzuhalten, das Fahrrad rutschte ihr weg, verkeilte sich zwischen ihren Beinen und riss sie mit sich zu Boden. Dort blieb sie liegen, reglos, und hörte ihren eigenen Atem, gehetzt und flach. Dann war das Schreien so laut, dass es ihren Atem übertönte. Sie versuchte, doch noch aufzustehen, aber ihre Jacke hatte sich irgendwo verhakt. Das Schreien kam näher. Jetzt war es direkt neben ihr, nur noch getrennt von Nada durch ein paar Äste …

Etwas würde dort aus dem Unterholz brechen. Etwas, das sich vielleicht auf der Flucht befand, das vielleicht schon halb tot war, etwas, das sie im Dunkeln nicht sehen würde, das aber dadurch nicht weniger schrecklich wäre.

Nada kniff die Augen fest zu und presste die Hände auf die Ohren. Vielleicht war dies das Ende.

Vielleicht würden sie am nächsten Morgen hier auf dem Weg ihre Leiche finden, und Frank wäre umsonst hergefahren. Auf einmal wünschte sie, er wäre früher gekommen. Er hätte sie daran gehindert, alleine nachts durch den Wald zu fahren. Er hätte sie überredet, mit ihm nach Berlin zurückzukehren, in das sterile, spiegelnde Tageslicht der Tageslichtlampen im Lichthaus Nord. Selbst wenn das Licht die Dunkelheit nur überdeckte, so war man doch sicher dort, und das Schreien war unter den Fußboden verbannt, in die letzten Hinterräume der alten Kneipe. Dort zwischen der Erinnerung an schimmelige Kartons und Familienfotos schrie es, plötzlich war sie sich sicher, aber man konnte es nicht hören, nicht in den vorderen Räumen der Restaurants. Da war zu viel Licht.

»Wir brauchen … noch mehr … Licht«, flüsterte sie.

Doch um sie war nur Dunkelheit.

Dunkelheit und Angst.

Das wiedergefundene Licht des Leuchtturms erhellte das Meer, weit, weit entfernt. Ein Berliner Turnschuh schwamm darin auf einer Welle.

Frank schloss die Tür mit dem Fuß und legte den letzten Strauß Blumen auf einen der Tische. Dann wischte er sich den Schweiß mit einem Taschentuch von der Stirn und atmete tief durch, atmete den Duft von Hunderten von Blumen. Er hatte acht Mal zum Wagen gehen müssen, um alle Blumen hereinzutragen. Aus der Küche drangen die Geräusche stählern präziser Vorbereitungsarbeit.

Um Punkt sieben würden sich die Türen des Lichthauses Nord für die Welt öffnen, würden die Welt hereinlassen, die Novemberwelt; ihr Zuflucht gewähren in den hell erleuchteten Nischen und Winkeln eines weißen Traums von ewigem Frühling. Um vier Uhr morgens würde Frank in einen Zug in Richtung Norden steigen, mittags wäre er auf der Insel. Bei *ihr*.

Wie dunkel es draußen schon war! Hier war es nicht dunkel. Hier würde es nie dunkel sein. Selbst während eines Stromausfalls blieb es in den Lichthäusern hell, das Notaggregat sprang sofort an, es dauerte nicht einmal eine Sekunde, Frank hatte es im letzten Winter erlebt, als Bauarbeiten direkt neben dem Lichthaus Süd die Leitungen ein paarmal lahmgelegt hatten. Einmal war Nada dabei gewesen, und in jener Nicht-einmal-Sekunde, in der es also doch dunkel gewesen war, hatte sie nach seiner Hand gegriffen.

Er erinnerte sich daran, während er Narzissen und weiße Tulpen in eine Vase stellte. Es war wichtig, die Blumen einzeln in die Vase zu stellen, die Stängel mussten sich im Wasser überkreuzen, damit die Blüten oben einen gleichmäßigen Strauß bildeten, Nada hatte es ihm erklärt.

Er spürte ihre Hand noch auf seiner, in jenem Bruchteil an Dunkelheit. Er wechselte zur nächsten Vase, mehr Tulpen, rot diesmal, rote und violette Ranunkeln.

Es war schwierig gewesen, im November Frühlingsblumen zu bekommen, aber alles war möglich, sie flogen die Blumen aus Afrika ein, in mehrere Lagen Eis gepackt. Er stellte sich die Flugzeuge vor, die durch die Nacht über dem Ozean flogen, um den Frühling hier in dieses Licht zu tragen. Die Nacht über dem Ozean … Nadas Hand auf seiner … die Dunkelheit.

Sie hatte Angst vor der Dunkelheit. Panische Angst. Dieselbe

Angst, die Kinder im Dunkeln haben, doch ihre Angst schien mit ihr selbst gewachsen zu sein, erwachsen geworden. Deshalb brauchte sie all dieses Licht.

»Und deshalb funktionieren die Lichthäuser«, flüsterte Frank. »Weil sie *alle* Angst haben. Sie haben alle Angst vor der Dunkelheit. Vielleicht nicht so sehr wie Nada, aber in ihrem Inneren ist diese Angst.«

Er setzte sich an einen Tisch und versuchte, die Bedeutung seiner Worte zu fassen. Die Dunkelheit im Leben der Leute war nicht unbedingt eine optische Dunkelheit –

»Im Leben der Leute«, flüsterte er. »Und in meinem Leben?«

Er stand wieder auf und legte die Handflächen an eine der weißen Wände, als könnte er die Helligkeit in sich aufnehmen, aufsaugen, eins mit ihr werden … Er schloss die Augen. Er war ganz in Licht gehüllt, in den Geruch nach Frühling, in Wärme und Sicherheit.

In diesem Moment hörte er den Schrei. Einen durchdringenden, sich steigernden, angsterfüllten Schrei wie den Todesschrei eines Tieres. Er wusste, dass er ihn nicht wirklich hörte, das Schreien war in seinem Kopf, er bildete es sich nur ein. Dennoch erkannte er die Stimme. Es war Nada, die schrie.

Er öffnete die Augen. Alles war still. Sein Blick fiel auf den Strauß blauer Hyazinthen, den Nada mitgebracht hatte. Alle Hyazinthen waren tot. Er sah zu dem Tisch hinüber, auf dem der Rest der Blumen lag, in ihren Kokons aus hellem Seidenpapier, bereit, in Vasen gestellt zu werden. Er hatte ein Vermögen für die Blumen bezahlt.

Er ging durch das Meer aus duftendem Tageslicht und öffnete die stählernen Schwingtüren, hinter denen die Küche lag.

»Machen Sie Schluss hier!«, sagte er, und noch einmal, lauter, um sich über das Geklapper an Töpfen und Pfannen hinweg bemerkbar zu machen: »Machen Sie Schluss! Wir sagen die Eröffnung ab. Nein, wir verschieben sie. Um ein paar Tage. Eine Woche vielleicht, ich weiß nicht. Ich muss weg. Jetzt sofort. Ich werde den nächsten Zug nach Hamburg nehmen.«

7

Wir brauchen mehr Licht.
Da war Licht. Viel Licht. Grelles Licht. Vielleicht war dies ein
Licht jenseits des Endes. Sie öffnete die Augen und blinzelte. Das
Licht schien direkt in ihr Gesicht.
»Frau Schwarz?«
»Ja«, wisperte sie. »Ja.«
Sie glaubte einen Moment lang, es wäre die Stimme des Kindes
am Telefon, doch es war die Stimme eines Mannes, tief und beru-
higend. Sie kannte diese Stimme, war aber zunächst nicht sicher,
woher. Offenbar hatte sie die Hände von den Ohren genommen.
Das Schreien war verstummt.
Zwei Arme befreiten sie vom Gestell des Fahrrades und zogen
sie hoch, das Licht schien jetzt nicht mehr direkt in ihr Gesicht,
und sie erkannte den Besitzer der Stimme.
Es war der Mann mit den Anglerstiefeln und den silbernen Schlä-
fen, der Mann, der Nil ähnlich sah, ohne ihm ähnlich zu sehen. Das
grelle Licht kam aus den Scheinwerfern eines schwarzen Jeeps, der
auf dem Weg stand.
»Was ist passiert?«, fragte er. »Sind Sie hingefallen?«
Nada sah auf das Fahrrad und das verbogene Schutzblech hin-
unter.
»Ja«, sagte sie. »Ja, ich bin hingefallen.« Hatte er sie mit den
Händen über den Ohren gefunden? »Es war so dunkel«, sagte sie.
»Ich habe mich irgendwie in diesem Fahrrad ... verheddert.«
Sie versuchte, ihn anzulächeln.
»Wir nehmen es mit«, sagte er. »Das Fahrrad.«
Er hob es auf, als wöge es nichts, trug es um den Jeep herum und
legte es in den Kofferraum. Danach hielt er Nada die Beifahrertür
auf, und sie kletterte hinauf in die Sicherheit des Autos wie an Land.
Ehe er losfuhr, sah er sie noch einmal an. Dann streckte er eine
Hand aus und fuhr über ihre Wange. Sie sah im Licht der winzigen

Innenlampe, dass seine Hand feucht war. Blut, dachte sie, ich bin immerhin gestürzt – es war kein Blut.

»Sie haben ja geweint«, sagte er.

»Bitte«, sagte sie, »fahren Sie los. Dieser Wald … Ich habe Angst vor diesem Wald.«

Der röhrende Motor des Jeeps war das schönste Geräusch auf der Welt. Sie ließen den Wald hinter sich, nur die Heide umgab sie noch, und vor ihnen lag Süderwo, Minuten entfernt.

»Etwas schreit«, flüsterte Nada. Sie wusste nicht, ob er sie über das Dröhnen des Motors hinweg hörte, doch er hörte sie.

Er nickte. »Es ist ein Vogel«, sagte er.

»Eine Menge Leute scheinen zu glauben, es wäre ein Vogel«, antwortete sie und dachte an Marilyns Mann. »Aber ich bin mir nicht sicher …« Auf einmal wollte sie ihm alles erzählen, alles erklären, den Traum, das Telefon, Frank – alles.

Er hielt den Jeep genau vor dem blauen Haus an. Sie griff nach seiner Hand, wie Marilyn nach ihrer gegriffen hatte, doch Nada hatte keine Narbe, über die sie seine Finger führen konnte.

»Danke«, flüsterte sie. »Danke, dass Sie mich mitgenommen haben. Ich weiß nicht, was sonst passiert wäre, ich …«

»Es ist in Ordnung«, sagte er. »Man darf ruhig vor einem Vogel Angst haben. Jetzt wissen Sie ja, dass es nichts weiter ist.«

Draußen zogen die Wolken beiseite und gaben die Sterne frei, nutzlose Geiseln. Ihre Hand lag noch immer in seiner. Sie rutschte ein wenig auf ihrem Sitz zur Mitte und lehnte sich hinüber, lehnte sich an ihn.

»Sie sind eiskalt«, sagte er und legte einen Arm um sie. Er war warm.

»Ich werde nicht schlafen können«, flüsterte Nada. »Ich werde an das Schreien denken. An den Vogel. Im Wald. Erzählen Sie mir etwas von den Inseln. Bitte. So wie neulich. Sie wissen so viel darüber.«

Er legte seinen Kopf auf ihren, und als er sprach, spürte sie seinen Atem in ihrem Haar.

»Die Inseln …«, begann er. »Die Inseln sind Orte voller Raum. Die Leute, die herkommen, suchen den Raum. Und das Licht.«

Nein, dachte sie. Manche suchen auch die Dunkelheit. Doch sie schwieg. »Die Menschen, die hier wohnen, sind anders«, fuhr er fort. »Die meisten. Der Raum ist für sie nichts Besonderes. Der Wind. Das Wasser. Sie sprechen über den Hering oder die Fahrpläne der Schiffe. Mich haben Heringe nie interessiert, ich wollte schon als Kind andere Dinge wissen. Dinge herausfinden. Forschen. Und jetzt tue ich es. Ich war lange fort, aber ich bin zurückgekehrt. Diese Inseln sind ein Paradoxon, wer hier lebt, ist gleichzeitig frei und eingesperrt. Frei in dem endlosen Raum um die Inseln, und eingesperrt auf den Inseln. Selbst die Vögel ... sie sind so unglaublich frei dort oben, und doch müssen sie zurückkehren auf die Inseln, um zu brüten. Das ist es, was mich fasziniert. Die Freiheit und das Eingesperrtsein ... Verstehen Sie, was ich meine?«

»Ich denke«, sagte sie. In ihr knurrte das winzige, weiche Etwas, und sie trat es, damit es still war.

»Niemand hier versteht es«, sagte er. »Sie verstehen nur den Hering.«

Nada fühlte seine Hand, die über ihr Haar strich, und sah zu ihm auf. Sie sah sein Gesicht nur schemenhaft in einem Stück Laternenlicht, das von irgendwoher in den Jeep fiel. Sie sah genug, um ihn zu küssen.

Als sie die Tür des blauen Hauses schloss, viel, viel später, röhrte der Motor des Jeeps draußen noch einmal auf. Doch der Jeep fuhr nicht weit, ehe er schwieg. Sie erinnerte sich vage, den Wagen schon einmal gesehen zu haben, geparkt ... War das hinter Rosa Friemanns Haus gewesen? Wohnte der Mann hier?

Und dann, unter der Dusche, wusste sie es auf einmal.

Sie hatte ihn nicht nach seinem Namen gefragt. Der Kuss im Jeep, ein unendlich langer Kuss, war der schönste, oder der einzig wirkliche, in ihrem Leben gewesen. Jetzt wusste sie, wen sie geküsst hatte. Das Wasser der Dusche blieb süß, obwohl sie erwartete, dass es wieder salzig würde, salzig wie Tränen. Sie duschte in Tränen. Marilyns Tränen. Aber Marilyns Tränen bestanden aus Süßwasser. Es ist nur ein Vogel, hatte er gesagt. Merten Fessel.

Sie hatte den Mann geküsst, der schuld an Marilyns Narbe war. Und sie würde ihn wieder küssen, sie war bereit dazu, sie konnte nichts dagegen tun. »Wir sind die Bösen«, flüsterte sie. »Die Kalten. Die Herzlosen. Die Klugen. Vielleicht gehören wir zusammen. Wir sind auch einsam, aber niemand wird das verstehen. Frank, Frank ist einer von den Guten, den Warmherzigen, den Freundlichen, Dummen. Frank liebt mich. Er glaubt, dass er mich liebt.«

Sie ertrug die Freundlichkeit des warmen Süßwassers nicht mehr, sie stellte die Dusche auf eiskalt, bis sie ihren Körper nicht mehr spürte. Erst dann trocknete sie sich ab und ging ins Bett, angezogen, den Rucksack mit den Essensvorräten auf dem Rücken. Ich hasse, dachte sie. Ich hasse alle. Ich hasse mich. Sie schloss die Augen.

Das Telefon klingelte.

Diesmal wartete sie, bis sie ganz sicher war, auf welcher Seite der Realität sie sich befand. Die Decke über ihr war weiß, und darin befand sich eine Luke. Die Luke zu dem Raum mit dem Licht. Sie hatten sie beim letzten Mal offen gelassen. Das Klingeln kam von dort oben.

Sie würde das Bett also wieder senkrecht stellen müssen. Verdammt. Überhaupt – wieso war sie hier, in dem Raum mit dem Bett? War sie nicht am Strand gewesen, als sie die Augen geschlossen hatte?

»Ich beginne, zu viele Gemeinsamkeiten mit dem Telefon zu entwickeln«, sagte sie laut und stand auf. »Ich befinde mich an einem Ort, und wenn ich mich suche, finde ich mich nicht wieder, weil ich plötzlich ganz woanders bin.«

Wenigstens war *er* nicht da – Nil. Das Telefon klingelte mit gewohnter Hartnäckigkeit. Sie ging zum Fenster, um hinauszusehen, und dabei fiel sie beinahe über etwas, das auf dem Boden lag. Eine Leiter. Eine sehr lange hölzerne Leiter. Die Leitersprossen waren etwas unregelmäßig angebracht und die Querhölzer aus einzelnen kürzeren Latten zusammengenagelt. Es war alles in allem die unordentlichste Leiter, die Nada Schwarz je gesehen hatte, und in ihrer

Karriere in den Lichthäusern hatte sie eine Menge Leitern gesehen: Leitern, auf die Leute stiegen, um Lampen anzubringen, Leitern von Malern und Maurern, Leitern, an die sie selbst sich dekorativ gelehnt hatte, um sich fotografieren zu lassen. Auf einer der Leitern, einer Klappleiter, die die Eigenschaft hatte, bei zu heftigen Bewegungen eine Art Wanderung seitwärts anzutreten, hatte sie in einem kristallklaren Winter und einem fotogenen Minirock Sex mit einem Restaurantkritiker gehabt. Es war damals notwendig erschienen. Sie waren ganz allein im Lichthaus Ost gewesen, kurz vor dessen Eröffnung, sie erinnerte sich nicht an seinen Namen oder daran, wie er ausgesehen hatte, nur an die Seitwärtsbewegung der Klappleiter. Er hatte eine gute Kritik geschrieben.

Diese Leiter, die unordentliche Leiter, war gerade lang genug, um auf ihr die Luke zu erreichen, als hätte jemand sie eigens dafür angefertigt.

Das Telefon klingelte noch immer.

Nada begann, die Leiter hinaufzuklettern. Unvollständig eingeschlagene Nägel ragten ihr entgegen, und sie fragte sich, ob jemand die Leiter aus einer Ansammlung kaputter Stühle oder Tische gemacht hatte… ein Kind. Aber nein, das Kind war am anderen Ende der Telefonleitung.

Oder gab es noch ein Kind?

Oben fiel ein Sonnenstrahl durchs Fensterglas, und sie sah einen Moment lang nichts als wirbelnde Staubkörner. In diesem Moment brach das Klingeln ab.

Nada hieb ärgerlich mit der Faust in die Luft. Sie traf etwas Weiches, Nachgiebiges und erschrak. Und dann legte der Staub sich, das Licht legte sich mit ihm auf den Dielenboden, und Nada sah, wer vor ihr stand. Der Mann. Nil. Er hielt das Telefon in der Hand.

»Es ist für Sie«, sagte er. »Kein Grund, mich zu schlagen, Sie bekommen es ja schon.«

Er reichte ihr den kleinen schwarzen Apparat wie eine bissige junge Katze.

»Hallo?«, sagte Nada hinein. »Hier Schwarz?«

»Gut, dass ich das Telefon wiedergefunden habe«, sagte das Kind. »Ich habe noch etwas gefunden. In der Dunkelheit. Einen Schuh.«

»Einen Gummistiefel?«

Sie sah, wie Nil zur Lichtanlage in der Mitte des Raumes ging und mit der Hand darüberfuhr. Seltsam, es wirbelte kein Staub von dem riesigen Scheinwerfer auf, er strahlte blank im Sonnenlicht wie frisch poliert. Nada konnte sich nicht vorstellen, dass Nil ihn poliert hatte. Sie konnte sich überhaupt nicht vorstellen, dass er irgendetwas Sinnvolles tat.

»Nein«, sagte das Kind. »Es ist ein Turnschuh. Er ist mir zu groß. Und er ist voller Sand. Ich habe meine Hand hineingesteckt, in den Sand, es ist Sand wie am Strand, mit kleinen Stücken von Muscheln. Es war schön, den Sand zu fühlen. Als wäre man mit der Hand in einer anderen Welt ... ohne Dunkelheit ... wo alles gar nicht passiert ist. Wo Niente noch da ist und ...«

»Warte, ganz langsam. Welche Farbe hat der Turnschuh?«

»Das weiß ich nicht!«, schluchzte das Kind. »Es ist doch dunkel!«

»Und wer ist ...«, begann Nada. Doch da knackte es in der Leitung, und die Verbindung brach ab. Nada sah auf ihre bloßen Füße hinab. »Es hat meinen Turnschuh gefunden«, sagte sie kopfschüttelnd. »Aber nur den einen. Ich habe beide vergraben, neben dem Turm, aber es hat nur einen gefunden.«

»Sie haben Ihre Turnschuhe vergraben?«, fragte Nil. Ein Lächeln hing in seinem Mundwinkel. »Das ... passt gar nicht zu Ihnen.«

»Es geht Sie nichts an, was ich mit meinen Turnschuhen tue«, erwiderte Nada schnippisch. »Sagen Sie mir lieber, weshalb ich im Bett war, obwohl ich am Strand eingeschlafen bin.«

Er nahm ihr das Telefon aus der Hand, legte den Hörer auf und stellte es auf die Lichtanlage.

»Na ja, es war nicht gerade gemütlich da draußen am Strand«, sagte er sanft. »Ich hielt es für besser, Sie hineinzutragen. Ich habe Sie aufs Bett gelegt.«

»Und sich daneben, wette ich.«

»Nein«, sagte er. »Es wäre wärmer gewesen, aber Sie ziehen es ja vor, zu frieren. Ich habe unten auf einem Stapel Kartons geschlafen. Kartons isolieren ganz gut.«

»Und dann fiel, ehe ich aufwachte, eine Leiter vom Himmel«, sagte Nada. »Oder nein, lassen Sie mich raten, sie wurde angespült.« Er schüttelte den Kopf. »Keineswegs. Ich habe sie gebaut. Sie haben lange geschlafen.«

»Ich schlafe nie lang!«

»Gut, in diesem Fall bin ich früh aufgestanden. Jedenfalls dachte ich, es wäre praktisch, eine Leiter zu haben, um ins Obergeschoss zu kommen.«

Ein schrecklicher Verdacht stieg in Nada auf. »Woraus ... haben Sie die Leiter gebaut?«

»In einem der Kartons waren Nägel. Und an der Wand stand so etwas wie ein Regal mit merkwürdigen Klappfächern, die nach beiden Seiten aufgingen. Das Holz reichte nicht ganz, ich habe noch ein paar kleinere Gegenstände verbaut ...«

Nada starrte ihn fassungslos an. »Sie haben ... die Ikea-Möbel ... zerstört?«

»Nun, ich habe sie umfunktioniert«, meinte er. »Zu einer Leiter. Einer SPRÖSS-STEJGSE, wenn Ihnen das lieber ist.«

Sie legte die Hände an die Wangen, unfähig, zu glauben, was sie hörte. »Sie. Haben. Meine. Ikea. Möbel. Zerstört.«

Er zuckte hilflos mit den Schultern. »Es hat sich auf jeden Fall gelohnt. Sehen Sie aus dem Fenster. Man sieht beinahe bis hinter den Horizont.«

»Es war ein Schärtenbang«, sagte Nada tonlos. »Das mit den Klappen. Es war ein Schärtenbang.«

Damit drehte sie sich um und kletterte die Leiter hinunter, rannte die Wendeltreppe hinab und stürzte sich auf den erstbesten Karton, rasend vor Wut, um ein JULMÖ zusammenzubauen.

Sie schlief unruhig. Ab und zu zuckte sie mit den Fingern der rechten Hand, drehte das Handgelenk, ballte die Hand zur Faust, als hielte sie einen unsichtbaren Imbusschlüssel. Ihre Lider flatterten, und ein paarmal dachte er, sie würde aufwachen. Er fragte sich, was sie träumte.

Sie lag auf dem Rücken, genau in der Mitte des Bettes, auf dem weißen Laken, ohne Decke. Sie war vollkommen angezogen, obgleich barfuß, und dennoch war es, als wäre sie nackt. Im Schlaf war sie so hilflos. Schwach. Ausgeliefert. Ihrem Traum ausgeliefert. Der Stuhl, auf dem er saß, war unbequem, er saß schon zu lange dort. Die kleine Schwarzwalduhr zeigte sechs Uhr morgens. Als er den Raum betreten hatte, hatte sie ein Uhr nachts gezeigt. Ein paarmal war er aufgestanden, um hinunter in die Küche zu gehen und einen Schluck Wasser zu trinken. Ein Stift lag dort auf der kahlen, kalten Arbeitsfläche, ein Stift, mit dem Nada vielleicht eine Liste geschrieben hatte. Aber er hatte nirgends eine Liste gefunden. Er hatte gesucht, natürlich. Er wollte wissen, was mit ihr geschah.

Er streckte die Hand aus, um ihr Haar zu berühren, hielt inne und ließ die Hand wieder sinken. Nein. Es reichte, sie einfach anzusehen. Sie wirkte erschöpft, ihre Augen gezeichnet von dunklen Schatten, das schmale Gesicht noch schmaler als sonst. Ein Muskel neben ihrem linken Mundwinkel zuckte. Sie war noch immer schön. Aber er wusste, dass sie nicht ewig schön bleiben würde. Sie würde verwelken wie eine Blume, die vergessen hat, ihre Wurzeln nach Wasser auszustrecken, eine Blume, die nur nach oben und niemals nach unten wuchs, nur dem Licht entgegen und nicht in die Dunkelheit. Sie würde alt sein, ehe sie alt war. Er hatte mehr Angst um sie als je zuvor.

Und sie hatte ebenfalls Angst, er wusste es, auch wenn sie es nicht zugab. Sie lebte in dieser Angst, von dieser Angst, all ihre Energie entsprang aus ihrer Angst: einer unbestimmten, grausamen Angst, die ihn schaudern ließ. Sie hatte etwas mit der Dunkelheit zu tun. Mit dem Ausgeliefertsein. Mit dem Verlust der Kontrolle.

Sie musste alles unter Kontrolle haben, um sicher zu sein, die Restaurants, die Journalisten, den Erfolg, ihn. Da war etwas Weiches in all ihrer Härte, etwas Winziges, Schimmerndes, manchmal sah er es in ihren Augen, unter der schroffen Oberfläche, ein Stück einer anderen, lange vergessenen, verlorenen Nada. Sie hatte es beinahe getötet.

Es gab einen Grund dafür.

Etwas war geschehen, vor langer Zeit, das sie zu dem gemacht hatte, was sie war. Etwas, an das sie sich womöglich nicht erinnerte. Er war hier, um es herauszufinden. Wenn es ihm gelang, dachte er, konnte er sie vielleicht doch retten.

Er betrachtete ihren angezogenen nackten Körper und dachte wieder »Ich liebe dich« und konnte sich nicht vorstellen, mit ihr zu schlafen. Es war unmöglich. Er hatte mit Frauen geschlafen, damals, mit sechzehn oder siebzehn Jahren: katastrophale und peinliche Szenen, an die er nicht gerne dachte. Er streckte die Hand noch einmal aus, schob behutsam Nadas Pullover und ihr Hemd hoch und legte die Hand auf ihr Brustbein; spürte, wie sich der Knochen unter dem Pullover beim Atmen hob und senkte, sorgfältig bedacht, ihre Brüste selbst nicht zu berühren. Ihr Körper weckte in ihm ein Verlangen und gleichzeitig eine klamme, eisige Angst, die ihn zittern ließ.

Und für einen Moment begriff er Nadas Angst, jene Angst vor dem Unbekannten, dem in der Dunkelheit Verborgenen.

Er zog die Hand weg und ging hinunter, um im kalten Novembermorgenlicht draußen zu rauchen. Im Nachbarhaus saß Aike Friemann mit seinem Hund im Garten und rauchte auch, die Wollmütze tief in die Stirn gezogen. Seine hagere, gebeugte Gestalt war halb versunken in Decken, in die er gehüllt war, die Augen lagen hinter einer dicken Hornbrille verborgen, als müsste er seinen Blick schützen vor der Welt. Sie nickten sich schweigend zu.

Armer, alter Mann, dachte Frank und hasste den Gedanken, weil er so gönnerhaft war. *Armer, alter Mann.* Aike hatte Frank den Schlüssel gegeben, gestern Nacht, als Rosa Friemann schon geschlafen hatte. Der Hund legte seinen großen müden Kopf auf Aikes Knie und schloss die Augen.

Frank sah, wie der Nebel über der Insel aufstieg, wie er sich vom Boden löste und eine erstaunlich normale Welt enthüllte.

Als Nada erwachte, stand ein Stuhl neben ihrem Bett, obwohl sie sich absolut sicher war, ihn nicht dorthin gestellt zu haben. »Du bist kein Telefon«, sagte sie vorwurfsvoll zu dem Stuhl. »Weshalb tauchst du an einem Ort auf, an den du nicht gehörst?« Sie stellte sich unter die Dusche und versuchte, die Müdigkeit fortzuspülen, die die durchwachte Nacht hinterlassen hatte. Die Müdigkeit ließ sich nicht fortspülen, sie klebte hartnäckig an ihrer Haut, und schließlich gab sie auf. Sie würde wieder am Strand schlafen. Am Strand schien der Traum sie nicht einholen zu können. Sie verließ das Bad, um sich anzuziehen, Hose und Pullover über dem Arm.

Neben dem Kampferbett stand Frank.

Nada ließ die Kleider fallen vor Schreck. Franks Anwesenheit wirkte so unpassend, dass sie sich einen Moment lang fragte, ob er wirklich da war.

»Du bist auch kein Telefon«, sagte sie. »Weshalb tauchst *du* an einem Ort auf, an den du nicht gehörst?«

Das kleine weiche Etwas in ihr machte einen freudigen Satz wie ein Hund, und sie riss es zurück. Langsam ging ihr dieses Etwas wirklich auf die Nerven. Sie hatte nicht vor, sich zu freuen, weil Frank da war.

»Ich hatte angerufen«, sagte Frank. Er sah genauso aus wie immer, er trug seinen gewöhnlichen Anzug und seine Brille und seinen Bauchansatz und diesen Frank-Blick, der immer ein wenig entschuldigend wirkte. Jetzt war jedoch etwas Neues in dem Frank-Blick, etwas Starres, leicht Panisches. Sie sah an sich hinab. Ach so. Sie war nackt.

»Verzeihung«, sagte Frank, wandte sich ab und trat an eines der Fenster mit ihren Rüschenvorhängen.

Auf dem Fensterbrett reckte sich eine werdende grüne Pflanze in einer Kaffeetasse dem frühen Tageslicht entgegen. Nada ertappte sich bei einem Lächeln und schüttelte dann verwirrt den Kopf. Hatten die Pflanzen nicht alle unten gestanden? War einer von ihnen nachts aufgefallen, dass das Licht oben doch besser war?

»Ich … ich hatte nicht vor, dich zu erschrecken, oder … ich weiß, ich sollte erst mittags da sein. Aber das Schiff … Ich bin schon seit letzter Nacht hier.«

Sie schlüpfte in ihre Sachen. »Es wird eine Hyazinthe.«

»Wie bitte?«

»Die Pflanze in der Kaffeetasse. Vor dir. Ich sehe jetzt, dass es eine Hyazinthe wird. Blau, wahrscheinlich. Sie wird schön sein. Ich habe sie gepflanzt.« Wer hatte das eigentlich gesagt? Sie selbst oder dieses entnervend emotionale Etwas in ihr? »Frank? Wie bist du reingekommen?«

»Aike Friemann hat mir den Schlüssel gegeben.«

»Aike? Nicht Rosa?«

Er nickte, noch immer mit dem Rücken zu ihr.

»Das ist seltsam«, murmelte Nada. »Ich war bisher im Zweifel, ob es Aike Friemann *gibt*. Ich habe ihn noch nie gesehen.«

Frank lachte. »*Ich* habe ihn gesehen.«

Nada nickte. Aber sie war sich nicht sicher, ob sie ihm glaubte.

»Lass uns frühstücken«, sagte sie.

Frank hatte ein Brot mitgebracht und Kaffee, Eier und Senf, eingeschweißten Lachs und Marmelade.

»Es ist nicht so, dass ich hungere«, sagte Nada. »Oder dass es hier nichts gibt. Ich meine: Hast du auch Klopapier im Gepäck?«

»Nada –«

»Du glaubst, dass ich krank bin«, fuhr sie fort. »Und du wunderst dich, dass ich im November an einem Gartentisch vor dem Haus frühstücke.«

»Nada –«

»Du willst mich zurückholen. Du willst mich zu einem Arzt schicken.«

Er antwortete nicht, und so schwiegen sie eine ganze Weile; frühstückten schweigend. Franks Marmelade schmeckte nach Feinkostgeschäft und nach Berlin, ihr war nie vorher aufgefallen, wie laut Berliner Marmelade war. Dem Brot fehlte Sand, und es war zu weich. Es war, dachte Nada, wie die Turnschuhe. Man sollte es vergraben und sehen, wo es wieder auftauchte. Sie riss sich zusammen und erwähnte das nicht.

»Deine Eltern machen sich Sorgen«, sagte Frank schließlich. »Sie haben mir die Telefonnummer gegeben.«

»Warum haben sie mich dann nicht selbst angerufen?«

Er zuckte die Schultern und suchte nach seinen Zigaretten.

»Ich dachte«, sagte Nada, »sie hätten die Nummer nicht mehr. Die und die Nummer von Friemanns nebenan. Sie haben nie bei Friemanns angerufen, weißt du. Sich nie nach dem Haus erkundigt. Warum sind sie all die Jahre nicht hergekommen? Haben sie dir das gesagt?«

Er schüttelte den Kopf.

»Sie wollten nicht, dass ich herfahre«, sagte Nada.

»Sie wollten, dass *ich* fahre«, sagte Frank. »Sie haben Angst, Nada. Vor irgendetwas haben sie Angst. Etwas, das mit der Insel zu tun hat. Am liebsten wäre es ihnen, wenn ich dich tatsächlich mit zurücknehmen würde. Aber du bist erwachsen, ich zwinge dich zu nichts. Ich bin nur gekommen, um dich zu sehen.«

»Das hast du ja jetzt«, sagte Nada. »Du kannst also wieder abfahren.«

»Nada –«

»Du hast mir Urlaub gegeben. Zwei Wochen. Die zwei Wochen sind noch nicht vorbei.«

Er nickte. Holte Luft. Versuchte, etwas zu sagen. Seine Hand, die die Zigarette hielt, zitterte.

»Du … weißt natürlich, weshalb ich in Wirklichkeit hier bin.«

Er sah den Weg zwischen den drei Häusern entlang, um sie nicht ansehen zu müssen. Sie folgte seinem Blick, um ihn nicht ansehen zu müssen. Auf dem Weg lag etwas. Etwas wie ein Schuh.

»Weißt du noch, was ich am Bahnhof gesagt habe?«

Nada seufzte. »Ich hatte gehofft, ich hätte mich verhört.«

»Ich werde es noch einmal sagen –«

»Bitte nicht. Bitte sag es nicht.«

»Ich liebe dich.«

Sie kniff die Augen zusammen. *War* es ein Turnschuh? *Ihr* Turnschuh?

»Ich liebe dich.«

Die Farbe stimmte.

»Ich liebe dich.«

»Hör auf damit! Das ist lächerlich. Und es ergibt keinen Sinn. Ich bin eine Frau.«

»Ich weiß, dass es keinen Sinn macht«, erwiderte er leise. »Ich wünschte, es wäre anders. Aber man kann nichts dagegen tun. Hast du nie jemanden geliebt?«

»Nein«, sagte sie fest, und im gleichen Moment kam Rosas Hund um die Ecke geschossen, packte den Schuh mit den Zähnen und verschwand in Friemanns Garten, wo er den Schuh vermutlich vergraben würde. Genau wie Nada es getan hatte. Sie fragte sich, wo er das nächste Mal auftauchte und ob es etwas bedeutete.

Nichts bedeutet etwas, hatte Marilyn gesagt.

»Das glaube ich nicht«, sagte Frank ganz leise. »Jeder Mensch liebt.«

»Ich nicht«, antwortete Nada und stellte einen imaginären Fuß auf den Schwanz des weichen Etwas, damit es nicht auf die Idee kam, zu widersprechen. »Frank, sieh es ein. Ich bin effektiv, ich bin fleißig, ich bin die Managerin deiner Restaurants, aber ich bin niemand, den man lieben sollte. Ich bin kalt.« Sie streckte ihre Hand über den Tisch und berührte seine. »Fühlst du, wie kalt ich bin?«

»Nein«, sagte er und hielt ihre Hand einen Moment lang fest.

Sie zog sie weg. Sie hatte das seltsame Gefühl, dass er recht hatte. Dass sie einmal eine andere Person geliebt hatte, in einer Zeit lange vor Franks dunkler Kneipe. Doch sie erinnerte sich nicht.

»Okay. Wenn du mich wirklich … liebst. Würdest du dann zwei Dinge tun, um die ich dich bitte?«

Er sah sie an, sein Gesicht eine Mischung aus offener Frage und Kaffeebart.

»Erstens – würdest du mir zuhören, wenn ich dir alles erzähle, was geschehen ist, seitdem ich hier bin?« Frank nickte langsam.

»Zweitens – würdest du mit mir aufs Wasser hinausfahren? Falls wir ein Boot auftreiben können?«

»Was willst du auf dem Wasser? Im November?«

»Hinter den Horizont sehen«, antwortete Nada und lächelte. »Wenn man ganz still ist, ist es möglich. Ich habe das Gefühl, wir finden dort etwas. Möglicherweise nur die Postkarte, die ich dauernd wieder verliere ...«

Er drückte die Zigarette in der Kaffeetasse aus. »Wer hat sie geschrieben?«

»Ich bin mir nicht sicher. Nil?«

»Wer ist Nil?«

»Auch da«, antwortete Nada, »bin ich mir nicht sicher.«

Er hörte ihr zu. Er hörte ihr zu, während sie über Nimmeroog wanderten, über die Dünen, durch die Heide und am Strand entlang, über das Watt, wo die winzigen Fische starben. Er hörte ihr zu, während sie durch den Schlick wateten, hörte ihr zu, als das Wasser zurückkehrte, und schließlich hörte er ihr zu, während sie im Sand beim Leuchtturm mit den bloßen Zehen Muster zeichnete. Er sagte nichts über die markante Abwesenheit ihrer Schuhe. Er hörte ihr zu.

Sie merkte, wie merkwürdig alles war, was sie erzählte: der Turm, die vorübergehende Abwesenheit von Zeit und die noch andauernde Abwesenheit von Landschaft, die Anrufe des Kindes, die Ikea-Möbel, der Mann auf dem Dach.

Und nachdem sie alles, alles erzählt hatte, fühlte Nada sich leer und ausgelaugt, aber nicht erleichtert. Es war ein Gerücht, dachte sie, dass das Erzählen die Last von einem nahm. Es ließ einen die eigene Last nur durch die Augen des anderen sehen.

Sie schwiegen lange und blickten gemeinsam zum Horizont hinaus, hinter den sie nicht sehen konnten.

»Eins habe ich noch vergessen«, sagte Nada schließlich. »Da waren Muscheln. Ganz zum Schluss. Als ich hinausging. Nachdem ich den letzten Flügel der KLÄPPER-FLORTJE aufgebaut hatte. Da waren Muscheln am Strand. Kleine weiße Muscheln. Die meisten waren zerbrochen, wie hier. Verstehst du?«

Er sah sie fragend an.

»Sie kommen«, sagte sie eindringlich. »Die Dinge kommen. Erst die Zeit, dann das Wetter, jetzt die Muscheln. Und irgendwo ist auch das Schiff, in dem Nil auf dem Meer trieb, ehe er vom Sturm aufs Dach geweht wurde. Es ist bis hinter den Horizont geschwommen, in meinem Traum. Ich muss wissen, ob es hier auftaucht. Ich muss es einfach wissen. Ob es eine Verbindung gibt. Zwischen der Welt in meinem Traum und dieser.«

Frank seufzte. »Gut, fahren wir hinaus. Aike Friemann hat ein Motorboot.«

Rosa fragte nicht, weshalb sie im November mit Aikes Boot hinausfahren wollten. Sie sagte nur, Aike hätte sich hingelegt und sie wüsste nicht, wo der Schlüssel zum Motorschloss wäre. Sie müssten warten, bis er aufwachte.

»Du solltest dich auch hinlegen«, sagte Frank. »Du siehst unendlich müde aus.«

»Ja«, sagte Rosa, »und wir beide trinken einen Tee, bis Aike aufwacht. Dann können Sie Nada abholen. Armes Mädchen, haben Sie überhaupt geschlafen?«

»Ach«, sagte Nada vage.

In Friemanns Vorflur hing ein Bastelkalender mit einem Kinderbild. Darauf war ein Leuchtturm, schön, rot-weiß gestreift, mit Buntstiften ausgemalt. Nada dachte an Marilyns Kinder, auf die Aike Friemann ab und zu aufpasste. Vielleicht hatte der kleine Junge den Leuchtturm gemalt. Sie fragte sich, ob dieser kleine Junge je bei dem nicht gestreiften, backsteinernen, leicht schiefen Leuchtturm gewesen war. Sie spürte Rosa Friemanns Hand auf ihrer Schulter.

»Wir sehen Sie in einer halben Stunde«, sagte sie mit freundlichem Nachdruck und schob Nada zur Tür hinaus.

»Bitte«, sagte Rosa und setzte den Wasserkessel auf. »Erzählen Sie mir von ihr.«

»Was wollen Sie wissen?«, fragte Frank und drehte die Teetasse in den Händen, die Rosa vor ihn gestellt hatte. Sie war weiß, und jemand hatte etwas ungeschickt versucht, Blumen darauf zu malen. Er dachte an die Blumen im Lichthaus Nord, die noch immer in Seidenpapier auf einem Tisch lagen.

Rosa setzte sich ihm gegenüber. »Wer ist sie? Wer ist Nada Schwarz?«

»Ich dachte«, sagte Frank langsam, »das könnten Sie mir sagen.«

»Nein.« Sie schüttelte den Kopf. »Ich kann Ihnen sagen, wer sie war, als sie sieben Jahre alt war. Aber das ist lange her.«

»Sie erinnert sich nicht«, sagte Frank.

Rosa nickte. »Ich weiß.«

»An was erinnert sie sich nicht?«

»Das Wasser kocht«, sagte Rosa.

Im Dachzimmer des blauen Hauses stand Nada einen Moment da und sah die große, weiche Fläche des kampferduftenden Bettes an. Schlafen. Die Augen schließen und sie am besten nie wieder öffnen. Keine Möbel mehr zusammenbauen. Keine Dinge organisieren. Nie mehr frieren, nie mehr schwarzen Kaffee und Aspirin …

Sie wusste, was passieren würde, sobald sie sich aufs Bett legte. Sie würde im Leuchtturm aufwachen. Es war unmöglich, hier im Haus zu schlafen und wirklich zu schlafen. Was stimmte nicht mit diesem Haus? Warum wechselten die Pflanzen ihre Plätze? Wollten sie Nada etwas sagen?

Sie kochte den stärksten Kaffee, der zubereitbar war, ohne dass der Löffel beim Umrühren darin stecken blieb, und trank ihn im Stehen in der kleinen Küche. Auf der Arbeitsplatte lag der Stift, mit dem sie ihre Träume auf den Block geschrieben hatte. Der Block fehlte. Sie wusste genau, dass sie ihn hiergelassen hatte. Er war in keiner der Schubladen, nicht im Kühlschrank und nicht im Wohnzimmer. Auch der Block benahm sich wie ein Telefon. Nada ertappte sich dabei, wie sie still stand und lauschte, ob er irgendwo klingelte, damit sie dem Ton nachgehen konnte.

Sie musste den letzten Traum aufschreiben. Jetzt, wo sie damit angefangen hatte, die Träume aufzuschreiben, musste sie weitermachen. Sie durchwühlte die Schubladen im Haus nach Papier, fand aber keines. Die meisten Schubladen waren leer. In einer lag, ganz hinten in der Ecke, eine vom Wasser rund geschliffene Glasscherbe. Nada nahm sie heraus und hielt sie gegen das Licht, sie war milchig blau, die Farbe von blauen Hyazinthen.

Sie legte die Glasscherbe auf den Tisch, gab ihre Suche nach Papier auf und goss die Blumen. Man konnte beinahe schon sehen, was aus ihnen wurde, und eine kindisch aufgeregte Vorfreude machte sich in Nada breit. Da waren höchstwahrscheinlich vier Narzissen und zwei Krokusse, und dort vielleicht eine Hyazinthe. Sie strich ermutigend über die zögernden Knospen. Was das im Kochtopf werden würde, konnte sie noch nicht erkennen. Zum Gießen benutzte sie ein großes Wasserglas, und etwas Wasser floss daneben, auf die Fensterbank. Zum Glück hatte sie Papier unter die Töpfe gelegt …

Papier, dachte sie, Papier, auf das ich schreiben könnte. Nein. Das Papier war bereits beschrieben. Und plötzlich konnte sie sich nicht mehr erinnern, es dorthin gelegt zu haben. Das Blatt Papier, auf dem die Schrift jetzt langsam zerrann, hatte an einer Seite vorgestanzte Löcher wie für eine Spiralbindung.

Nada sah genauer hin.

Doch, die Schrift auf dem Papier war ihre. *Es ist so dunkel*, las sie. *Es gibt keine Tür. Ich habe überall gesucht.*

»Aha«, sagte Nada. »Ach so.«

Und beinahe begann sie, zu lachen. War sie denn blind gewesen? Hier waren sie, all ihre eng beschriebenen Blätter, all ihre Erinnerungen an den Traum, nebeneinander auf dem Fensterbrett ausgelegt. Sie rannte nach oben. Auch dort lagen Blätter unter den Gefäßen, um vorbeifließendes Wasser aufzufangen. Manche hatten bereits Wasserflecken, die Schrift war unleserlich geworden wie die Schrift auf einer Postkarte, die sie vor einer Ewigkeit bekommen hatte. Oder vor ein paar Tagen.

Nada stand mitten im Raum und schüttelte den Kopf. Und endlich begann sie sich zu ärgern. Frank. Es musste Frank gewesen sein. Warum glaubte Frank, Papier unter ihre Blumen-Tassen legen zu müssen? Es war ihre Sache, ob die Fensterbretter beim Gießen nass wurden. Es ging ihn nichts an. Er hatte die Blätter aus dem Block gerissen und ihre Aufzeichnungen zerstört.

Sie fand den Rest des Blocks schließlich unter der Hyazinthe, die die Farbe der Glasscherbe haben würde, wenn sie blühte. Zum Glück war der Block nicht nass.

Hatte Frank ihre Aufzeichnungen gelesen? Hatte er nur so getan, als erzählte sie ihm etwas Neues, vorhin, am Strand?

Sie setzte sich auf das Kampferbett und begann, den dritten Traum aufzuschreiben. *Da war kein Staub auf der Lampe im Leuchtturm*, schrieb sie. *Als hätte jemand sie poliert …*

Sie war beinahe fertig, da sagte Frank hinter ihr: »Du schläfst also nicht.«

Nada fuhr herum. »Was soll das? Das mit dem Block?«

»Block?«

Sie hielt ihn hoch. »Du hast ihn zerrissen. Um etwas unter die Töpfe zu legen.«

»Ich –«

»Was hast du da in der Hand?«

»Den Schlüssel«, erwiderte er verwirrt. »Den Schlüssel zum Bootsmotor. Es ist dumm, hat Aike gesagt, im November hinauszufahren. Gefährlich. Aber wir müssen es selber wissen. Das Boot liegt im Heidekraut, wegen der Flut, er meinte, wir finden es nicht allein …«

Jetzt hörte Nada, dass unten im Flur jemand unruhig hin und her ging, jemand wartete, um ihnen das Boot zu zeigen. Aike. Nada vergaß die Sache mit dem Block, sprang auf, schnappte ihre Jacke und war vor Frank an der Tür. Draußen stand Marilyn. Sie hatte keine Sonnenbrille auf, ihr blaues Auge war beinahe verheilt, aber sie trug einen Schal, der ihren Hals bis zum Kinn bedeckte. Nada betete still, dass sie ihn anbehielt.

»Gehen wir«, sagte Marilyn.

»Sie … Sie zeigen uns Aikes Boot?«, fragte Nada, während sie ihr folgten, einen der schmalen Pfade entlang, die die Insel durchzogen wie ein Spinnennetz. Marilyn trug einen Benzinkanister.

150

Es passte nicht zu ihrer zierlichen, blondlockigen Gestalt, einen Benzinkanister zu tragen. Aber sie trug auch rote Gummistiefel. Das Licht ließ ihren Ehering wieder glänzen. Nur der Stein darin glänzte nicht, ein milchig weißer und irgendwie dunkler Punkt.

»Wer passt diesmal auf Ihre Kinder auf?«

»Wieder Aike«, antwortete Marilyn, ohne sich umzudrehen. »Rosa ist mit dem Hund draußen. Hier.«

Sie bückte sich und zog einen Strick aus der Heide. Das Boot war so sehr mit seiner Umgebung verschmolzen, dass Nada es von selbst nie bemerkt hätte, die Heide war an seinen Seiten hoch- und hineingewuchert, Sand hatte sich darin gesammelt, und der Motor sah nicht aus, als wäre er in den letzten Jahren benutzt worden.

»Er ... fährt nicht oft damit hinaus, ja?«, fragte Nada.

»Nie«, sagte Marilyn. »Er kann es nicht mehr. Aber der Motor ist intakt.« Sie stellte den Kanister hinein und sah zu, wie Frank und Nada ihre Hosenbeine hochkrempelten und das Boot ins Wasser zogen. Der Motor ließ sich geduldig befestigen und befüllen. Nada stellte mit einer Mischung aus Beruhigung und Beunruhigung fest, dass auch zwei Paddel im Boot lagen. Das Meer trug mehr Wellen als am Vormittag.

»Haben Sie keine Schuhe?«, fragte Marilyn.

»Sie hat sie am Strand vergraben«, sagte Frank.

Marilyn nickte. »Es ist nicht gut, ohne Schuhe hinauszufahren«, sagte sie.

Dann sah sie Nada eine Weile an, sah ihr ins Gesicht, als suchte sie Ersatzschuhe darin, und Nada kniff unwillkürlich die Lippen zusammen, denn vielleicht suchte Marilyn auch die Spuren eines Kusses. Marilyn streckte die Hand aus, die Hand mit dem Ring, als wollte sie wirklich Nadas Lippen berühren. Doch sie ließ sie wieder sinken und bückte sich, um ihre Gummistiefel auszuziehen. Dabei verrutschte ihr Schal, und als sie sich wieder aufrichtete, sah Nada die Fingerabdrücke auf der Haut ihres Halses – rechts und links je fünf Fingerabdrücke, dunkelblau.

Marilyn zog den Schal zurecht und nickte zu den Gummistiefeln hinunter. »Nehmen Sie die.«

Sie trug Socken unter den Gummistiefeln, silbergraue seidene Socken, die zu Marilyn passten, nicht jedoch zu Gummistiefeln. Jetzt standen ihre kleinen, hübschen Füße silbergrau und seiden im Sand wie Fische.

»Ich kann doch nicht in *Ihren* Gummistiefeln …«, begann Nada.

»Es sind nicht meine«, sagte Marilyn, und etwas Hartes, Kantiges war in ihrer Stimme, etwas, das Nada sonst nur in ihrer eigenen Stimme hörte. »Er hat sie da gelassen, erinnern Sie sich?«

»Der Mann, der sich …«

»Der verschwunden ist.«

»Ich habe Schuhgröße neununddreißig«, meinte Nada.

»Sie werden passen«, sagte Marilyn. »Manche Dinge wachsen mit.«

Damit drehte sie sich um und ging zurück, den Pfad entlang, wurde eins mit der Heide wie zuvor das Boot.

Die Gummistiefel passten, der Größenaufdruck auf der Sohle musste verkehrt sein. Innen waren die Stiefel angeraut und mattweiß, und als Nada den linken Gummistiefel anzog, bemerkte sie Flecken in dem Weiß, etwas unterhalb des Stiefelrandes. Braune Flecken mit dunklem Rand. Tee, Saft, Schlamm? Oder Blut? Sie sah auf. Frank stand noch immer mit hochgekrempelten Hosenbeinen im Wasser und hielt das Boot für sie fest.

»Komm«, sagte er.

Sie nickte. Sie sagte nichts über den Stiefel. Doch während sie in Aike Friemanns winziges Motorboot stieg, formten sich in ihrem Kopf braune Fragen mit dunklen Rändern. War es Marilyns Blut, das in den Stiefel getropft war – oder waren die Flecken schon da gewesen, als der Mann die Stiefel beim Leuchtturm abgestellt hatte? Und wenn ja, war es sein Blut oder das Blut eines anderen Menschen? Hatten die Blutflecken etwas damit zu tun, weshalb er verschwunden war?

Und vielleicht, auf einem unangenehmen Umweg, mit ihr selbst?

Sie riss am Anlasser, und der Motor ließ sich ohne Probleme starten, nach Jahren im technischen Koma eine Unmöglichkeit, die sie dankbar und kommentarlos hinnahmen. Das kleine Holzboot hob seinen Bug aus dem Wasser, nahm Witterung auf und fand den Horizont als Ziellinie. Nada zwang es auf eine schräge Bahn, ein wenig nach rechts, nach Norden.

»Ich will den Horizont dort erreichen, wo der Leuchtturm steht!«, rief sie über das Dröhnen des Motors hinweg.

Frank hob resigniert die Hände und nickte. *Wie du willst. Es ist ohnehin Unsinn.* Während das Boot an Fahrt gewann und der eisige Wind ihre Finger starr werden ließ, dachte Nada darüber nach, was sie gesagt hatte. *Den Horizont dort erreichen, wo der Leuchtturm steht.* Den Horizont, den jemand sah, der sich im Leuchtturm befand. Was war dort? Ein Turnschuh? Ein Bootswrack? Die Leiche des jungen Mannes? Ein schwimmendes Postamt, das verwässerte Ansichtskarten verschickte?

Ohnehin gab es kein »dort« auf dem Meer, alles schwappte unaufhörlich ineinander, nichts blieb gleich. Und selbst wenn ihre wahnsinnige Theorie stimmte – wenn Nils Boot über den Horizont ihres Traumes geschwommen war, um in der wirklichen Welt aufzutauchen –, so war das vor ungefähr zwölf Stunden geschehen. Sie würde es jetzt nicht mehr dort finden. Die Zeit, die seit Kurzem in beiden Welten existent war, hatte es fortgetragen.

Nada fror. Sie wechselte die Steuerhand, um ihre eisigen Finger in der Jackentasche zu wärmen. Das Meer bestand aus stählernen Wellen, blaugrau glänzend, gefühllos.

»Frank?«, schrie sie gegen den Lärm des Motors an.

Er drehte sich um, sein schütteres Haar zerzaust, seine Brille ein wenig verrutscht. Erst jetzt fiel ihr auf, dass er über seinem Anzug Rosa Friemanns Jacke trug. Die Gischt hatte seine Brille beleckt, und er nahm sie ab und steckte sie ein, blinzelnd. Er sah so hilflos aus ohne Brille, nackt wie ein neugeborener Maulwurf – ein Maulwurf in Anzug und Regenjacke.

»Was?«, schrie er.

»Kannst du steuern? Dann kann ich sehen, ob ich etwas entdecke! Auf den Wellen!«

Sie wusste nicht, ob er sie verstanden hatte, der Motor zerhackte ihre Worte, und der Wind trug sie davon und ertränkte sie in den

Wellen. Aber Frank nickte und kam nach hinten geklettert, vorsichtig in seiner maulwürfigen Nacktblindheit.

»Kannst du genug sehen?«, rief Nada. »Um zu steuern?«

Er nickte wieder. »Ich kann nur nicht lesen!«, rief er. »Wenn Schilder kommen, musst du sie mir vorlesen!«

»In Ordnung!«, rief sie. »Es gibt sowieso nur ein Schild. Es steht ›Horizont‹ darauf!«

Frank lachte, und sie merkte, dass sie beinahe auch lachte. Es wäre schön, dachte sie, mehr zu lachen. In einem anderen Leben, in dem es lustigere Dinge gab. Sie wehrte sich nicht, als er ganz kurz den freien Arm um sie legte und sie an sich drückte, für einen Bruchteil eines Bruchteils eines Augenblicks. In diesem Bruchteil wünschte sie mit aller Kraft, dass er glücklich wurde. Nicht mit ihr. Ohne sie. Irgendwo, mit irgendwem.

Dann kletterte sie über die Mittelbank nach vorne in den Bug und versuchte, in den grauen Wellen etwas zu finden.

Als sie sich umdrehte, sah sie den Leuchtturm. Sein Lichtauge glühte nicht, es war noch zu hell dafür, und beinahe war sie enttäuscht. Der Wind nahm zu, zerrte an ihrem Haar und warf auch ihr Gischt ins Gesicht, und sie musste sich mit beiden Händen am Bug festhalten. Sie spürte, wie die Temperatur in ihrem Inneren sank. Dann begann der Leuchtturm hinter ihnen zu verschwinden. Er versank im Meeresgrau, langsam, aber stetig. Nada blinzelte. Und verstand. Es war die Erdkrümmung. Der Leuchtturm verschwand hinter dem Horizont.

»Frank!«, schrie sie. »Frank! Langsamer! Wir sind da! Wir sind am Horizont!«

Frank drosselte den Motor.

»Mach ihn ganz aus«, sagte Nada, »und leg das Boot seitwärts. Nur wenn man ganz still ist, kann man bis hinter den Horizont sehen.«

Der Motor verstummte, und nur noch der Wind strich um sie herum, denn der Wind schwieg nie. Irgendwo schrie eine Möwe. Nada schlang die Arme um ihren zitternden Körper. Sie suchte die Wellen mit zusammengekniffenen Augen ab, und obwohl die

Wellen kein Geheimnis preisgaben, wuchs in Nada die Gewissheit, dass sie eines hüteten.

Etwas war hier, ganz nahe. Aike Friemanns Boot trieb auf der Horizontlinie entlang. Es trieb, sie fühlte es, in die richtige Richtung. Ihr eiskalter Körper hörte auf zu zittern, sie saß jetzt ganz ruhig.

Wenn sie nur gewusst hätte, was sie suchte!

Das Boot stand beinahe still.

Nur die Wellen hoben es und ließen es wieder fallen, in einem meditativen Rhythmus, der die Müdigkeit in Nadas Kopf zurückrief. Einem Rhythmus, der sie beinahe einschläferte und den Faden zu realen Dingen wie dem Land oder der Zeit dünn werden ließ.

Zur Rechten, auf der Landseite, trieb die Markierungsboje eines Fischernetzes, keine wirkliche Boje, eine einfache Styroporkugel. Das war das Einzige, was es hier draußen zu sehen gab: eine einsame, schaukelnde rote Kugel auf den stahlgrauen Wellen. Sie war ganz nah, rot wie die Gummistiefel, die Nada trug. Ein schwarzes Tau verband sie mit dem Fischernetz in der Tiefe, ein schwarzes Tau, das in die Schwärze des Meeres hinunterführte. Und dann sah Nada, dass sich an diesem Tau etwas verfangen hatte. Unterhalb der Boje.

Sie sah ein Schimmern dort im Wasser, ein buntes und unwirkliches Schimmern. Blau, weiß, grün, golden.

Nada sah die Farben überdeutlich, in denen es schimmerte, doch sie sah nicht, was es war. Auf einmal war sie wieder sehr wach. Ein Fisch? Konnte das Ding unter Wasser ein Fisch sein? Nein, das Netz, in dem sich die Fische fingen, befand sich viel weiter unten. Falls um diese Jahreszeit überhaupt ein Netz an der Boje befestigt war.

Nada streckte den Arm aus und griff ins Wasser, doch das Schimmern ließ sich nicht fangen, entglitt ihr. Da war jetzt ein seltsames Rauschen in ihrem Kopf. Sie hörte, dass Frank ihren Namen sagte, aber seine Stimme schien weit weg. Sie beugte sich vor, verdammt, sie kannte dieses Ding, sie hatte es schon gesehen, irgendwo, blau, grün, weiß, gold … Wo? Schließlich stand sie auf, in Aike Friemanns schaukelndem Boot balancierend, mitten im

Rauschen eines Sturms, den es nur in ihrem Kopf gab, und ihr Blick fiel für einen Moment auf die roten Gummistiefel an ihren Füßen. Da durchzuckte etwas wie ein Blitz sie, oder nein, kein Blitz: ein Bild. Mehrere. Eine rasche Abfolge von Bildern. Rote Gummistiefel. Kinderhand. Sand. Noch eine Kinderhand. Drei Paar Kinderhände, die die Gummistiefel vergraben. Ein letzter Fleck Rot. Eine Blume, auf den Berg aus Sand gesteckt wie ein Fähnchen. Füße im Wasser, drei Paar Füße. Grün-blau-weiß-golden: glitzernd in einem Lichtstrahl, Glitzern wie von Juwelen, eine Hand, Kinderhand, ausgestreckt – Ende.

Nada löste ihren Blick von den Stiefeln, und da merkte sie, dass das Meer nicht länger stahlgrau war. Es war rot, viel röter als die Boje, dunkelrot wie Blut. Die Wellen, die an die Bordwand schlugen, schienen dick und zähflüssig. Es *war* Blut. Das Meer war ein Meer aus Blut. Sie fragte sich, ob es aus ihrem linken Gummistiefel geflossen war.

Frank sagte wieder etwas, doch Frank war so unwichtig geworden, dass es ihn kaum noch gab. Sie musste den schimmernden Gegenstand retten, ehe eine der roten Wellen ihn von der Leine riss, an der er sich verfangen hatte, und ihn für immer mit sich in die Tiefe zog. Das Rauschen in Nadas Kopf wurde lauter und lauter, es war, als müsste sie bersten …

»Ich kann niemanden retten!«, flüsterte sie. »Nichts und niemanden!«

Und dann streifte sie die Gummistiefel ab und sprang.

Das Meer, das sie aufnahm, war nicht aus Blut. Es war aus Wasser, eiskalt und salzig. Sie musste sich das Blut eingebildet haben. Ihre Hand streifte das bunte Schimmern, ihre Finger schlossen sich darum und zogen, doch die Leine hielt es fest, und die Wellen drückten Nada unter Wasser. Sie öffnete die Augen, spürte das schmerzhafte Brennen des Salzes und hielt sie dennoch offen. Und jetzt, unter Wasser, sah sie, was sie in der Hand hielt: Es war eine Kette aus unregelmäßig geformten Glasperlen. Nein. Eine Kette aus Scherben, rund geschliffen vom Meer. Grünes Glas, blaues Glas, gold-braunes Glas, weißes Glas.

Das Salzwasser wirkte wie eine Lupe, sie sah die Kette und ihre Teile überdeutlich, ein einfacher Bindfaden hielt die Scherben zusammen. Irgendwie hatte sich ein Teil der Kette an der Leine des Fischernetzes festgehakt. Nada zog kräftiger, und die Schnur riss.

Die Glasscherben ergossen sich ins Meer wie eine Explosion von Farben, regneten hinab wie bunte Tropfen, glommen auf in dem Licht, das durch die Wasseroberfläche fiel, und erloschen wieder, fort, für immer verloren in der Schwärze unter Nada. Eine kalte Verzweiflung packte sie, sie schwamm den Scherben nach, hinunter, hinunter, streckte die Hand – und bekam eine Scherbe zu fassen, eine einzige. Sie war klein, annähernd rund und milchig weiß. Die übrigen Scherben waren in der Tiefe verschwunden, in die auch das Tau führte.

Nada griff mit der freien Hand danach. Doch was ihre Finger umfassten, war kein Tau, sondern ein glattes schwarzes Kunststoffkabel. Ein altes Telefonkabel.

Sie begann, sich daran entlangzuziehen, stetig abwärts, dem Weg der Scherben nach, gegen die Kraft des Auftriebs, während das Licht um sie immer spärlicher wurde. Am Grunde des Meeres, das wusste sie, gab es kein Licht. Und niemand wusste, was sie dort finden würde.

Da geschah etwas Seltsames.

Sie fiel aus der Realität, fiel aus dem Jetzt und Hier, das Rauschen in ihrem Kopf verstummte abrupt, und sie landete in einem Bett.

»Nada«, sagte eine Stimme, ganz nahe. »Warst du die ganze Zeit hier?«

Es war sehr merkwürdig, denn dies war die Stimme ihrer Mutter. Nada lag tief unter mehreren Decken verkrochen, versteckt, ihre Hand um etwas Kleines, Hartes gekrallt. Die milchig weiße Glasscherbe. Das Bett roch nach Kampfer.

»Nada?« Sie wusste, wenn sie hierbliebe, würde sie alles erfahren, alles würde sich auflösen, sich aufklären. Sie war nicht sicher, ob sie den Mut hatte, zu bleiben. Das Bett war sehr groß, und sie war sehr klein. Sie war angezogen, aber klatschnass. Sie war ein Kind.

»Nada!«, schrie Frank. Er stand jetzt im Boot. »Nada!«

Sie tauchte nicht wieder auf, sie war in den Wellen verschwunden wie ein Traum, den er nur geträumt hatte, als hätte es sie nie gegeben. Als hätte es sie nur gegeben, weil jemand behauptet hatte, es gäbe sie. Alles, was sie hinterlassen hatte, war ein Paar rote Gummistiefel.

»Nada!« Er schrie noch einmal.

Unsinn. Natürlich gab es sie. Es war November, und sie war dort unten im Meer. Und er würde sie herausholen, verflucht. Er zog seine schwarzen Stadtschuhe aus und sprang ihr nach.

8

Sie spürte, wie eine Hand nach ihr zog, und sie merkte, dass es nicht die Hand ihrer Mutter war. Es war der Griff eines Mannes. Er zog sie aus der Dunkelheit heraus, in die sie gefallen war, aus der Erinnerung. Und sie war erleichtert, sich nicht erinnern zu müssen. Sie fragte sich, wer es war, der sie gepackt hatte. Vielleicht Nil. Vielleicht kam sie jetzt auf der anderen Seite heraus, in ihrem Traum. Natürlich, das Telefonkabel hatte dorthin geführt, auf irgendeine obskure, unbegreifliche Weise … Sie würde also wieder mit nassen Kleidern im Leuchtturm landen, sie würde sich wieder in ein Bettlaken wickeln müssen. Dennoch freute sie sich darauf, Nils Gesicht mit der leicht schiefen Nase zu sehen. Sie hatte ihn beinahe vermisst seit dem letzten Traum.

Sie ließ sich von ihm aus dem Wasser ziehen, ohne sich zu wehren, aber auch ohne ihm zu helfen. Sie konnte sich nicht bewegen. Sie war zu kalt. Er zog sie in ein Boot, und Nada hoffte wirklich, dass er das Boot nicht aus zerstörten Ikea-Möbeln zusammengenagelt hatte. Sie öffnete die Augen.

Es war nicht Nil. Es war Frank. Und das Boot gehörte Aike Friemann.

»Bist du … völlig übergeschnappt?«, fragte Frank, keuchend. Sein schütteres Haar klebte an ihm wie das Fell eines ertrunkenen Tieres, und er starrte sie an, wütend.

»Was hast du dir dabei gedacht?«

Nada stellte fest, dass er nicht nur fragte, sondern schrie. *Frank schrie sie an.* Es passte nicht zu Frank, zu schreien.

Und dann schrie er natürlich den Satz, der ihr so peinlich war.

»Ich liebe dich!«, schrie er, der schlotternde, brillenlose Frank in seinen durchweichten Anzughosen und Rosa Friemanns Regenjacke. »Ich liebe dich! Und ich lasse nicht zu, dass du einfach ins Wasser springst und … verschwindest!«

Verschwindest. War sie dabei gewesen, zu verschwinden? Endgültig?

»Was wolltest du dort?«, schrie Frank. »Wolltest du den Weg
gehen, den der Mann gegangen ist, von dem du erzählt hast? Der
hergekommen ist, um sich umzubringen?«

Sie schüttelte den Kopf. Ihr war zu kalt, um Worte zu formen.
Alles, was sie tun konnte, war, die Hand auszustrecken und ihre
Finger ein klein wenig zu öffnen. Ihm die Kette aus Glasscherben
zu zeigen, die sie noch immer in der Hand hielt. Oder war es eine
einzige Scherbe? Sie wusste es nicht mehr. Frank beugte sich vor.

»Algen«, sagte er. »Warum ... was bedeutet das?«

In Nadas Hand lag ein grüner Strang aus Blasentang. Die runden grünen Kugeln der Pflanze glichen entfernt rund geschliffenen
Scherben. Sie schüttelte den Kopf, verwirrt.

»Sehen wir zu, dass wir an Land kommen«, sagte Frank, blau-
lippig, und wandte sich ab, um den Motor zu starten. Nada sah ihm
zu, wie er am Anlasser zog, wieder und wieder, doch der Motor gab
nicht das kleinste Geräusch von sich.

»Scheiße!«, rief Frank. »Was ist das denn? Er hat doch vorhin
funktioniert! Hier stimmt irgendwas nicht!« Jetzt war seine Stimme
nicht mehr ärgerlich, sondern panisch. »Hier stimmt doch gar
nichts!«, schrie er. »Ein Motor, der jahrelang nicht benutzt wurde,
springt auf Anhieb an ... bringt uns bis zum Horizont ... und
dann ... Benzin scheint noch drin zu sein ...«

Nada versuchte zu sprechen, aber ihr Mund weigerte sich, Worte
zu formen. Sie griff nach einem der Paddel, und Frank verstand und
griff nach dem anderen, während er weiterfluchte. Der Wind war
ablandig, und jede Welle warf das Boot zurück hinaus, auf einen
weiteren Horizont zu: Nach Norden.

»Es nützt nichts!«, schrie Frank. »Nada, es nützt nichts! Wir
brauchen den Motor!«

Es war ein verlockender Gedanke, die Schultern zu zucken
und das Paddel ins Boot zu legen, sich damit abzufinden, dass das
Meer gewonnen hatte. Auf einmal hatte sie keine Lust mehr, sie
war erschöpft, sie verstand nicht, was mit ihr geschah oder mit der
Welt um sie, vielleicht hatte Frank recht, und sie wurde verrückt,
vielleicht wäre es das Beste, einfach aufzugeben. Diese Welt zu

160

verlassen. Angeblich war es kein so schlechter Tod, zu ertrinken. Wie der Mann, den sie nie gefunden hatten. Oder? Hatten sie ihn gefunden? Rosa hatte nur gesagt, Marilyn würde glauben, man hätte ihn nicht gefunden.

Wenn man ertrank, würde natürlich alles noch kälter werden, sehr, sehr kalt, aber irgendwann wäre auch das vorüber … Sie sah Frank an, und das weiche helle Etwas in ihr riss mit scharfen Krallen an ihrem Herzen, um sie zur Vernunft zu bringen. Du kannst das nicht!, sagte es. Du kannst das nicht für Frank entscheiden! Es hatte recht. Sie musste zusehen, dass sie an Land kamen. Er sah nicht aus, als fände er den Gedanken verlockend, hier draußen einen Schlussstrich zu ziehen – er sah aus, als wollte er auf dem schnellsten Weg zurück nach Berlin, zurück ins erklärbare Neonlicht der Geschäftsreklame und das ebenso erklärbare Licht der Lichthäuser.

Und dieses eine Mal ließ sie seinen Wünschen den Vortritt. Sie versuchte sich zu erinnern, was anders gewesen war, als Frank den Motor zu Beginn ihrer Fahrt gestartet hatte. Nein. Er hatte ihn nicht gestartet. Sie hatte es getan. Sie kroch nach hinten, griff nach dem Anlasser und zog. Nichts geschah. War noch etwas anders gewesen? Gab es einen Choke, den man drücken oder ziehen musste? Gab es – irgendetwas? Sie ging in Gedanken alles durch, was geschehen war, als sie losgefahren waren: Sie hatte Marilyns Stiefel angezogen, war ins Boot gestiegen, hatte den Anlasser betätigt … Irre, dachte sie. Das ist irre. Das kann es nicht gewesen sein. Aber sie musste es versuchen. Sie kroch zurück, schlüpfte in die Stiefel und versuchte es noch einmal.

Der Motor sprang an, ohne zu stottern. Sie sah die Erleichterung auf Franks Gesicht, sie war größer als sein Erstaunen. Er würde seine Fragen verschlucken, und Nada war froh darüber, denn sie kannte die Antworten nicht. Zufall, hätte sie vielleicht gesagt. Eine Abnormalität der Technik. Glück.

Aike Friemanns altes Boot durchkämmte die grauen Novemberwellen wie ein trotziges Kind, der Leuchtturm wurde größer, ihm wuchs eine sandige Küste – und schließlich konnte Nada Kiefern erkennen, Kiefern und Hausdächer. Irgendwo, weit weg, verließ eine weiße Fähre den Ort Dünen. Möwen kreisten über dem Strand, und Nada entdeckte einen Mann mit einem Fernglas. Merten Fessel. Als sie näher kamen, nahm er das Glas von den Augen und ging davon, vielleicht hatte er gar nicht das Boot beobachtet, sondern irgendeinen Vogel. Eine Gestalt in einem dicken Pullover führte am Strand ihren Hund spazieren, blieb jetzt stehen und winkte. Rosa Friemann. Sie winkte mit beiden Armen, wie ein Lotse, und Nada steuerte das Boot direkt auf sie zu.

Rosa winkte weiter, bis sie den Strand erreichten. Sie sprangen beide ins Wasser, sie waren ohnehin nass, und Rosa sah kopfschüttelnd zu, wie sie das Boot an Land zogen. Der Hund riss an der Leine.

»Was um alles in der Welt haben Sie angestellt?«, fragte Rosa. »Sie sind ja ganz nass.«

»Tatsächlich«, sagte Frank mit einem bitteren Grinsen, das nicht zu seinem Anzug passte. »Ihre Jacke ist auch nass«, fügte er hinzu. »Ich werde sie aufhängen …«

»Ich mache mir keine Sorgen um meine Jacke«, sagte Rosa. »Ich mache mir Sorgen um Sie. Ich werde mitgehen und ein Feuer im Ferienhaus machen.«

»Wir können selbst –«, begann Frank.

»Ja, ja«, sagte Rosa. »Sie können alles selbst, ein Boot steuern und auf eine Jacke aufpassen und überhaupt alles, das sehe ich ja.«

Der Hund schnupperte an den roten Gummistiefeln, die Nada noch immer trug. Sie sah Rosas Blick und wollte etwas erklären, doch da waren noch immer keine Worte in ihrem Mund. Sie fand sie einfach nicht, sie dachte Gedanken und konnte sie nicht in Buchstaben verpacken, in Laute, in Sprache. Lag es nur an der Kälte?

Rosa ging mit raschen Schritten voraus, wie ein Hütehund, der seine Herde ins Trockene bringt. Ihr Hund jedoch drehte sich ab und zu misstrauisch nach der Herde um und hatte ein Glitzern von Zweifel in den Augen. Vielleicht dachte er, Nada hätte Marilyn die Stiefel gestohlen. Vielleicht wusste er mehr über die Geschichte dieser Stiefel als Nada, vielleicht sogar mehr als Marilyn. Wie lange war es her, dass der Mann, der vielleicht Nil gewesen war, beim Leuchtturm verschwunden war? Hatte es den Hund zu diesem Zeitpunkt schon gegeben?

Als Nada und Frank eine halbe Stunde später in trockenen Kleidern vor einem Feuer im Wohnzimmer des blauen Hauses saßen, legte der Hund sich neben sie und sah mit ihnen zusammen in die Flammen. Rosa kochte in der Ferienhausküche Kaffee. Im Wohnzimmer war es still, nur das Knacken des Feuers füllte den Raum, und Nada dachte wieder an das Café, in dem man ihr Waffeln gegeben hatte und zu freundlich zu ihr gewesen war. Dieses Wohnzimmer mit seinen Rüschengardinen und seinen Sofakissen und seinen Spitzendeckchen war wie das Café, es erstickte einen in knetgummiartiger Gemütlichkeit, man versank darin und bekam Angst, nicht mehr hochzukommen. Angst, nachzugeben, aufzugeben, auszuruhen. So wie draußen im Meer.

Sie löste die silberne Kette und ließ die neblig weiße Scherbe durch ihre Finger gleiten. Ihr Mund weigerte sich immer noch, Buchstaben zu sinnvollen Gebilden zusammenzusetzen. Sie musste Rosa fragen. Sie musste Rosa so viele Dinge fragen. Nach den Glasscherben. Und danach, ob Marilyn recht hatte. Ob sie den Körper des Mannes von damals wirklich nie gefunden hatten. Frank saß neben ihr und sah zu, wie ihre Finger mit der Glasscherbe spielten. Er sagte nichts, sah nur ihre Finger an, seine ganze untersetzte Gestalt ein einziger Ausdruck von Sorge. Oder von Angst.

Schließlich kam Rosa aus der Küche, ein Tablett mit dampfenden Teetassen in den Händen, und Nada öffnete den Mund und zwang sich doch noch, Worte zu formen. Ein Wort zunächst, es war gar nicht leicht, es begann mit N…

»Nn… Ni… Nil.«

Frank sah auf. »Nada? Hast du etwas gesagt?«

»Nil«, wiederholte Nada und sah Rosa an. »Ich wollte das schon lange fragen. Hieß er so?«

»Gott sei Dank«, sagte Frank.

»Wie?«

163

»Gott sei Dank, dass du wieder sprichst.«

Er streckte die Hand aus und zog sie mit erstaunlicher Kraft zu sich hinüber, und sie kämpfte gegen seine Umarmung und verlor die Kette, hörte das winzige Geräusch, mit dem sie zu Boden glitt, hörte das Hecheln des Hundes – sah, wie er seine Zähne um das Silber schloss.

»Nein!«, rief sie, schüttelte Frank ab und kam auf die Beine.

»Halt!«, rief Rosa. »Hund! Bleib!«

Der Hund rannte quer durchs Wohnzimmer auf die Haustür zu, die Kette noch immer im Maul. Nada versuchte, ihn zu fassen zu bekommen, doch er schlüpfte vor der Haustür zwischen ihren Beinen hindurch, raste noch einmal durchs Wohnzimmer und verschwand durch die angelehnte Tür in die Küche. Nada schüttelte den Kopf und ging langsam zur Küchentür. Was auch immer der Hund mit ihrer Kette vorhatte, jetzt hatte er sich selbst eine Falle gestellt.

»Komm, komm!«, lockte sie, öffnete die Tür und sah in die Küche. Die Küche war leer. Nada öffnete die Hintertür. Draußen war kein Hund zu sehen. Vielleicht war er schon zwischen den immergrünen Büschen am Rande des Gartens verschwunden … Nein, sagte sie sich. Er konnte ja schlecht selbst die Tür geöffnet und hinter sich wieder geschlossen haben.

Rosa Friemanns Hund war *mitten aus der Küche verschwunden* und mit ihm Nadas Silberkette samt dem Stück Glas, rund und abgeschliffen vom Meer.

Dem einzigen Gegenstand, der sie ihr ganzes Leben lang mit Nimmeroog verbunden hatte.

»Ja«, sagte Rosa im Wohnzimmer leise. »So hieß er.«

Der Hund kam nicht zurück. Rosa sprach über sichere und belanglose Dinge, während sie den Tee tranken. Über das Wetter. Über Heringe. Nada dachte an Merten.

»Der Hund«, begann sie schließlich, »das tut mir leid. Ich wollte nicht, dass er verschwindet. Ich … weiß nicht einmal, wie er heißt.«

»Meistens sage ich Hund zu ihm«, erklärte Rosa. »Es ist gut, die

164

Dinge beim Namen zu nennen. Auch wenn sie leben. Gerade dann. Er taucht schon wieder auf.«

»Aber wo ist er?«, fragte Frank.

Rosa zuckte mit den Schultern. »Irgendwo.«

Nada folgte ihrem Blick und merkte, dass er auf der mattblauen Glasscherbe ruhte. Sie lag noch immer auf dem Wohnzimmertisch, zwischen den Tassen.

»Sie war in einer leeren Schublade«, sagte Nada. »Ganz hinten. Es scheint eine Menge Scherben zu geben auf Nimmeroog.« Sie nickte mit dem Kopf zu Rosas Handgelenk, zu dem Armband mit der grünen und der blauen Scherbe.

»Ja«, sagte Rosa und strich mit dem Zeigefinger über die Scherben, plötzlich nachdenklich. »Ja, es gibt eine Menge Scherben auf Nimmeroog. Aber nicht nur hier, wissen Sie. Es gibt eine Menge Scherben überall.«

»Wer macht den Schmuck daraus?«, fragte Frank.

Rosa zuckte wieder die Schultern. »Niemand.«

»Niemand?«

»Ich habe das Band selbst durch diese Scherben gefädelt. Es ist lange her.«

»Aber die Löcher ... Wie sind die Löcher hineingekommen?«, fragte Nada. »Haben Sie die Scherben so am Strand gefunden – mit Löchern?«

»Nein«, sagte Rosa und streifte den Ärmel ihres Pullovers über das Armband. »Ich habe sie gar nicht am Strand gefunden, nicht ich. Diese beiden Scherben sind ein ... eine Erinnerung an jemanden. Ehrlich gesagt weiß ich nicht, wie die Löcher hineinkommen. Die Person, die sie mir geschenkt hat, hat es mir nicht erzählt. Und jetzt ist es zu spät, sie zu fragen.«

Nada nickte. Sie wollte fragen, was mit der Person geschehen war. Aber sie fragte nicht. »Rosa«, sagte sie stattdessen. »Meine Eltern ... Sie sind nicht gestorben.«

»Was?«, fragte Frank. »Natürlich nicht! Ich habe mit deiner Mutter telefoniert, sie klang sehr lebendig.«

»Ja«, sagte Rosa. »Nein. Ich weiß.«

»Sie … wussten das?«, fragte Nada. »Aber ich dachte, Sie dächten, ich wäre hier, um nach dem Haus zu sehen. Weil sie tot sind.«
Rosa stand auf und stellte die leeren Tassen auf das Tablett. »Ich weiß nicht, wozu Sie hier sind. Ich weiß vielleicht, warum. Aber nicht, wozu.«

»Um … etwas zu finden«, sagte Nada.

»Oder um sich zu verlieren«, murmelte Frank.

»Ich denke, ich gehe jetzt besser«, sagte Rosa. »Aike wird sich wundern, wo ich bleibe.«

»So.« Frank legte mehr Holz aufs Feuer. »Jetzt, wo du wieder sprichst: Erkläre es mir. Erkläre mir, warum du ins Wasser gesprungen bist.«

Er hatte selten so entschlossen geklungen. Nada sah die Flammen im Kamin an. Die Funken, die dort vom Holz aufstoben, erinnerten sie an die schimmernden bunten Glasstückchen unter Wasser.

»Da war ein Telefonkabel«, sagte sie. »Ich meine, auf den ersten Blick sah es aus wie das Tau eines Fischernetzes, aber es war ein Telefonkabel. Es führte vielleicht auf die andere Seite. In meinen Traum. Nur, ehe ich dort ankam … war da eine Erinnerung. Sie war in der Mitte zwischen hier und dort … Und an dem Kabel hing eine Kette aus Scherben. Ich wollte die Kette befreien, aber sie ist zerrissen –«

»Da war kein Telefonkabel«, unterbrach Frank sie. »Es war ein Tau. Und da war keine Kette. Nada. Wir könnten tot sein.«

»Das ist nicht der Punkt«, sagte Nada.

Er schüttelte den Kopf und stand auf. »Ich mache Abendessen. Es ist schon dunkel.«

Sie folgte ihm in die kleine Küche, die Küche ohne Hund, und kletterte auf den alten Barhocker in der Ecke. Wirklich, draußen kroch die frühe Novemberdunkelheit über die Insel.

»Ich bin die Köchin«, sagte Nada. »Eine der besten. Erinnerst du dich?«

»Du kochst schon lange nicht mehr. Du organisierst nur noch.«
Er begann, Kartoffeln zu schälen, und sie sah ihm zu. Der Bar-

hocker war unbequem, aber sie begann, die Perspektive zu mögen. Es fühlte sich gut an, zu sitzen und jemand anderem zuzusehen, der arbeitete, ohne dass man zu ihm aufsehen musste. Zu gut. Natürlich war das wieder dieses Weiche in ihr, das die Perspektive mochte. Es war noch ein Stück gewachsen, es war jetzt so groß, dass man es nicht mehr ignorieren konnte.

»Wir sollten Barhocker an der Theke haben«, sagte Nada. »Im Lichthaus Nord.«

»Ich hatte welche«, sagte Frank. »In der alten Kneipe. Du hast sie zum Sperrmüll gestellt.«

Sie nickte. »Was ist das in der weißen Plastiktüte?«

»Heringe«, sagte er.

Und sie sah ihm weiter zu, während er die Heringe ausnahm und Bratkartoffeln briet und aus irgendwelchen dubiosen Zutaten Salat herstellte. Er arbeitete völlig ineffektiv, jeder Handgriff hätte auf andere Weise schneller gehen können. Früher, dachte sie, hätte es sie wahnsinnig gemacht, ihm zuzusehen. Inzwischen berührte es sie nicht, es ging sie nichts an, es war unwichtig. Wichtiges schien es nur noch jenseits der Schlafgrenze zu geben, in dem Leuchtturm mit dem schwarzen Telefon.

Sie trug die Teller hinüber ins Wohnzimmer. Auf dem Tisch lag noch immer die mattblaue Scherbe.

Frank stellte zwei Flaschen Wein auf den Tisch und öffnete die erste. Lichthauswein. Eingeflogen aus Afrika.

»Der Lieferant hat es also doch noch geschafft«, sagte Nada.

Sie versuchte, das Licht im Wein zu schmecken, die Sonne. Früher hatte sie gedacht, sie könnte es. Jetzt war da keine Sonne mehr, es war einfach Wein, teurer Wein, da war nie Sonne gewesen. Frank trank die erste Flasche Wein beinahe allein. Er trank ein wenig zu schnell, dachte sie, als müsste er sich Mut antrinken, aber das war seine Sache.

Am Ende der Flasche, nach dem Essen, holte er seine Zigaretten heraus und drehte eine von ihnen zwischen den Fingern.

»Draußen«, sagte sie.

Er nickte. »Ich weiß. Ich …« Er schien sich an der Zigarette festzuhalten. »Ich habe die Eröffnung des Lichthauses Nord abgesagt.«

Sie setzte das Glas ab und starrte ihn an. »Du hast … was?«

»Die Eröffnung abgesagt. Es gibt noch keinen neuen Termin.«

»Frank – weißt du, wie lange und wie hart ich dafür gearbeitet habe, dass das Lichthaus Nord an dem Datum eröffnet werden kann, an dem es eröffnet werden sollte? Mit dem größtmöglichen Aufwand an Presse? Weißt du, was ich alles getan habe?«

»Mit einem zu jungen Reporter geschlafen«, sagte Frank und sah weg.

»Mein Gott, Frank.« Sie stand auf und öffnete die zweite Flasche. Auf einmal war sie wütend. Sie ließ den Weinkorken ihre Wut spüren. Sie leerte das Glas auf ex. »Bist du deshalb hier? Um mir Vorwürfe wegen eines Reporters zu machen? Weißt du, wie viele … Nein. Es geht dich nichts an. Und es hat auch nichts mit dem Lichthaus zu tun, gar nichts.«

»Es geht mich nichts an«, wiederholte er und füllte beide Gläser wieder, langsam, bedächtig. Diesmal machte die Bedächtigkeit seiner Bewegungen sie tatsächlich wahnsinnig. »Natürlich geht es mich nichts an.«

Sie schnappte ihr Glas und trat damit vor den Kamin. »Was willst du? Von mir? Was erwartest du?«

»Ich bin nicht gekommen, weil ich etwas erwarte«, sagte Frank. »Ich bin gekommen, weil ich mir Sorgen mache. Deshalb habe ich die Eröffnung abgesagt. Wenn ich erst nach der Eröffnung gekommen wäre, wäre ich frühestens mittags hier gewesen. Und du wärst alleine mit Aike Friemanns altem Boot hinausgefahren.«

»Ja«, sagte sie einfach. »Und niemand hätte mich unterbrochen bei … Ich war auf dem richtigen Weg, dort unten im Meer.«

Jaul nicht, fügte sie hinzu, an das weiche Etwas in sich gewandt. Ich höre dich genau. Halt den Mund und lass mich in Ruhe. Hau ab.

»Auf dem richtigen Weg?«, fragte Frank. »Zur anderen Seite, ja? Du hast mich gefragt, was ich will, aber was willst du denn? Bist du hierhergekommen, um die Seiten zu wechseln? Um uns alle allein zu lassen und zu verschwinden?«

»Euch alle.« Nada lachte. Ein trockenes, freudloses Lachen.
»Wen denn? In wessen Leben bin ich wichtig? Frank. Nein. Ich
wollte nicht dort unten bleiben, um zu sterben. Ich wollte bleiben,
um mich zu erinnern. Ich war auf dem Weg zur Wahrheit, nicht
zum Tod.« Himmel, dachte sie, wie pathetisch.

»Und wenn«, fragte Frank, »es das Gleiche ist?«

Sie stellte das Glas aufs Kaminsims und sah ihn an.

»Morgen um neun geht die Amrumer Fähre. Man muss anrufen,
damit sie einen hier aufsammelt. Du solltest gehen, Frank.«

Er schüttelte den Kopf. »Nein! Lass mich bleiben! Ich kann
ganz unauffällig hier sein, im Hintergrund. Ich lasse nicht zu, dass
du noch einmal ins Wasser springst oder irgendwelchen anderen
Unsinn anstellst. Ich lie–«

Sie unterbrach ihn, sie konnte es nicht mehr hören. »Was war
damals mit Mark? Ist er meinetwegen gegangen?«

»Ich weiß nicht.« Frank zuckte die Schultern. »Möglich. Es ist
nicht so, dass es danach niemanden gab. Aber du warst immer etwas
anderes, du warst immer auch da … Vielleicht ist deshalb keiner
von den anderen geblieben.«

Sie hob die Scherbe vom Tisch auf und drehte sie im Licht der
Flammen. Die Scherbe hatte ein Loch, wie um eine Kette hindurch-
zufädeln. Jemand hatte sie am Strand gefunden und mit einem sehr
dünnen Bohrer ein Loch hineingebohrt, genau wie in die Scherbe,
die Nada um den Hals getragen hatte. Rosas Armband … ihre Silberkette … die Kette mit dem Bindfaden … Wenn sie endlich etwas
herausfinden wollte, brauchte sie Ruhe. Raum. Schlaf. Was sie nicht
brauchte, war Frank.

»Fahr zurück nach Berlin«, sagte sie. »Eröffne das Lichthaus
Nord. Alles ist bereit dafür.«

»Alles ist bereit, ja.« Er war schon wieder dabei, Wein nach-
zugießen, er trank noch immer zu schnell. »Die Tischdecken, die
Speisekarte, die Blumenvasen. Was soll ich dort, zwischen Tischdecken und Blumenvasen? Das sind nur Dinge, unwichtige Dinge,
hart, kalt und gefühllos …«

Sie trat an den Tisch und sah ihn an, er saß noch immer auf dem

Sofa, und sie sah zu ihm herab, sah auf ihn herab. »Das bin ich auch«, sagte sie leise. »Hart. Kalt. Gefühllos.«

»Nein«, sagte er. »Das bist du nicht. Du hast immer nur so getan. Aber seitdem du hier bist –«

»Was?«, fauchte sie. »Seitdem ich hier bin, bin ich netter? Verstehe, wir befinden uns also in einem Entwicklungsroman –«

»Du hast eine andere Seite«, sagte Frank sanft und stand auf, kam um den Tisch herum, zu ihr. »Du hast Blumenzwiebeln in Kaffeetassen gepflanzt …«

»Das war nicht ich«, sagte Nada und legte so viel Schroffheit in ihre Stimme wie möglich. Die Schroffheit schmerzte beinahe. »Das war Rosa Friemann.«

Auf gewisse Weise stimmte das sogar, denn wer hatte die Blumenzwiebeln auf ihr Fensterbrett gelegt, wenn nicht Rosa?

Frank schüttelte den Kopf, zog seine Jacke über und ging hinaus, die Zigarette in der Hand. Sie hörte das Feuerzeug draußen klicken. Sie folgte ihm nicht.

Einen Moment stand sie am Fenster, vor den Tassen, in denen die grünen Blätter und Knospen immer rascher ins Leben drängten. Ich empfinde nichts für diese Blumen, sagte sie sich. Sie sind mir vollkommen gleichgültig. Es war verrückt, sie zu pflanzen. Ich könnte sie hinausstellen und erfrieren lassen. Es schmerzte, das zu denken.

Draußen glomm die Spitze von Franks Zigarette in der Dunkelheit, glomm wie diese merkwürdige Liebe, die er für sie empfand und die sie nicht verstand. Und auf einmal wusste sie, was sie tun musste, damit er ging.

Als er wieder hereinkam, stand sie noch immer vor dem Fenster mit den lautlos wachsenden Frühlingsblumen. Sie wandte ihm den Rücken zu. Ihre Kleider lagen auf dem Sofa. Sie war nackt.

»Nada«, flüsterte Frank, und sie hörte, wie er näher kam, seine Schritte ein wenig unstet; wie er hinter ihr stehen blieb. »Das … ist nicht der Grund, aus dem ich hier bin. Du hast mich nicht verstanden. Ich bin nicht hier, um …« Wie schwer es ihm fiel, die Dinge beim Namen zu nennen! »… um mit dir zu schlafen«, sagte er.

170

»Ich weiß«, sagte sie.

Dann drehte sie sich um und küsste ihn und hörte das weiche Etwas in sich wieder winseln, weil dies verkehrt war. Verdammt noch mal, sie tat es ja, weil es verkehrt war. Er küsste nicht gut. Er war unsicher. Ganz anders als Merten. Dann wurde er sicherer, und vielleicht küsste er doch gut, nur auf andere Weise – ihre Hände fanden die Knöpfe seines Hemdes, wanderten abwärts und fanden einen Gürtel, den sie öffneten, routiniert und doch ein wenig verwundert über sich selbst. Frank riss sich los und taumelte einen halben Schritt zurück. Nur einen halben.

»Ich ... ich weiß nicht, ob das richtig ist«, flüsterte er, außer Atem.

»Nichts ist richtig«, sagte sie. »Nie. That's life.«

»Nein.« Er schüttelte den Kopf, heftig. »Das ist nicht wahr ... Es gibt Dinge, die richtig sind, mehr, als du denkst ...«

Nadas Hände nahmen ihre Arbeit des Öffnens von Verschlüssen wieder auf, und sie spürte Franks Herzschlag unter ihren Fingerspitzen. Er raste wie ihr Herzschlag damals unter der Berührung der Postkarte.

Seltsam, dachte sie, hier ist ein Mensch, der mich liebt, ich liebe ihn nicht, ich liebe niemanden, und ich werde ihn wegschicken, ich werde ihn möglicherweise nie wiedersehen.

»Ich kann nicht«, wisperte Frank. »Hör mir zu, ich kann das nicht ...«

»Stell dir vor, ich wäre Mark. Oder ... irgendjemand.«

»Nada.« Er lachte ein hilfloses, halb ersticktes Lachen. »Ich kann mir nicht vorstellen, dass du irgendjemand anderes bist als du selbst ... So betrunken bin ich nicht ...«

Aber du bist betrunken, dachte sie, ziemlich. Er taumelte weiter zurück, und dann stand er vor ihr, nackt, mitten im Raum, im Licht des Kamins. Das Licht spiegelte sich in seinen Brillengläsern und fing sich in seinem schütteren Haar wie ein Versehen, selbst seine Erektion schien ein Versehen zu sein, unpassend, grotesk. Mitleid, dachte sie, war ein so herablassendes Wort.

Er streckte die Hände aus, abwehrend, als sie auf ihn zuging, er schüttelte den Kopf … Sie gab ihm keine Chance. Armer Frank. Du bist zu nett zu mir, dachte sie. Immer gewesen. Deine Nettigkeit macht mich grausam. Deshalb muss ich dich loswerden, verstehst du das nicht? Sie nahm die abwehrend ausgestreckten Hände und zog ihn mit sich hinunter auf den Teppich, und dort gab er auf. Er war zu betrunken, um sich weiter zu wehren. Sie kniete sich vor ihn, griff um sich herum und drückte ihn gegen sich, sie wollte sein Gesicht mit den Brillengläsern nicht sehen, sie wollte kein Mitleid mehr empfinden. Sie fasste mit einer Hand zwischen ihren Beinen durch nach hinten und führte ihn in sich hinein, die ganze Sache hatte etwas von einem Nachhilfekurs, er wusste nicht, wohin mit seinen eigenen Händen. Sie roch den Lichthauswein in seinem Atem. Sie diktierte die Bewegung, während sie die Schatten auf dem Teppichboden beobachtete, die Schatten der Körper im Licht der Flammen. Sie spürte, dass auch sie nicht ganz nüchtern war. Und auf einmal verwandelte sich das Bild vor ihren Augen. Und sie sah etwas anderes.

Die Schatten waren die Schatten von Kindern. Sonnenschatten auf Sand. Sie schloss die Augen, um besser zu sehen. Jetzt sah sie die Kinder wirklich, nicht nur ihre Schatten, es waren drei, und sie hielten sich an den Händen. Sie trugen alle Schals und Regenjacken, und eines hatte rote Gummistiefel an den Füßen. Sie lachten. Sie liefen im Kreis um eine Sandburg, schneller und schneller. War das eine Erinnerung?

Auch die Bewegung in der Realität war schneller geworden, sie ging jetzt nicht mehr von Nada aus, sondern von Frank, er hielt sich an ihren Schultern fest, sie spürte seine Finger dort, schmerzhaft in ihre Haut gebohrt, und dann stießen sie gegen den Wohnzimmertisch, und Nada hörte die Flasche fallen. Oder die Flaschen, sie war sich nicht sicher. Sie öffnete die Augen und sah einen Regen aus Scherben. Die Flaschen mussten gegeneinandergefallen und dabei zerbrochen sein, die Scherben ergossen sich im Feuerschein auf den Teppichboden, wie die Scherben der Kette sich ins Meer ergossen hatten. Aber diese Scherben hatte das Meer nicht glatt und rund geschliffen, die Scherben hier hatten neue, scharfe Kanten.

Nada setzte sich halb auf, wandte den Kopf und begegnete einem Gesicht, das die Brille verloren hatte, einem verzerrten Gesicht mit geschlossenen Augen, dem Gesicht eines Menschen, der nichts von der Außenwelt bemerkte. Sie hätte etwas sagen können. Ihn in die Realität zurückholen. Sie sagte nichts. Und gleich darauf drückte er sie zurück auf den Boden, mehr durch Zufall ein wenig weiter seitlich jetzt. In die Scherben. Sie lag mit beiden Unterarmen und einem Oberschenkel in den Resten der Flaschen, auf sich Franks ganzes Gewicht, sie versuchte, ihren Kopf hochzuhalten, und dann dachte sie, dass es eigentlich egal war, und ließ ihre Stirn auf den scherbenübersäten Teppichboden sinken.

Frank presste sie mit jeder Bewegung in die scharfen Kanten des Glases, und sie spürte, wie sie in ihre Haut schnitten. Sie biss die Zähne zusammen. Sie hatte dies hier begonnen, sie würde es durchziehen. Sie schloss die Augen wieder. Es gab Leute, dachte sie, die taten solche Dinge absichtlich, Leute, die Spaß an Schmerzen hatten. Sie verstand diese Leute nicht.

Sie war schwächer, als sie angenommen hatte. Es sind nur Scherben, dachte sie, es sind nur Schnitte in der Haut, und das, was über meine Arme läuft, ist nur Blut aus oberflächlichen Gefäßen, es ist nichts Gefährliches, ich werde es überleben, ich werde – im Moment des maximalen Schmerzes geschah etwas Unerwartetes: Sie fiel zurück in ihre Erinnerung. Sie wusste, dass es eine Erinnerung war, obwohl die drei lachenden Kinder verschwunden waren.

Es war jetzt absolut dunkel. Sie hörte ein leises Rauschen, wie von Wasser, das durch eine schmale Öffnung rinnt. Und Stimmen, die Kinderstimmen, die eben noch gelacht hatten.

»Das Meer kommt herein«, sagte eine der Stimmen, die eines Jungen. »Es steigt. Das ist die Flut.«

»Es wird weitersteigen«, sagte eine Mädchenstimme. »Und dann … Es ist alles meine Schuld …« Die Stimme brach ab, erstickt von der eigenen Verzweiflung. »Ich werde hochklettern«, sagte sie dann. »Jetzt.«

»Warte«, flüsterte eine dritte Stimme, und Nada wusste, dass dies ihre eigene Stimme war. »Da ist etwas. Etwas ist in der Dunkelheit.« Und dann schrie jemand.

In diesem Moment wich die Dunkelheit auf einen Schlag.

Nada merkte, dass sie wieder frei war. Das Gewicht, das sie zu Boden gedrückt hatte, war nicht mehr da. Sie öffnete die Augen. Das Feuer im Kamin loderte hoch. Sie sah die Scherben vor sich glänzen, sah die roten Flecken auf dem blauen Teppichboden; den Rest aus der zweiten Weinflasche, vermischt mit ihrem Blut. Ein paar der Scherben hatten sich in die Haut an ihren Unterarmen gedrückt. Sie begann mit einem seltsamen Gefühl von Distanz, das Glas zu entfernen.

»Um Gottes willen«, flüsterte Frank, sehr, sehr leise. »Um Gottes willen.«

Nada drehte sich zu ihm um, griff an ihre Stirn und fasste in Blut. Sie versuchte zu lächeln.

»Die Flaschen –«

Er fand seine Brille wieder, und sie sah das Entsetzen in seinem Gesicht.

»Ich … das wollte ich nicht …«, stammelte er. »Um Gottes willen, Nada, das wollte ich nicht.«

Er kniete neben ihr auf dem Boden, anzuglos, kleiderlos, hilflos, und auf einmal verbarg er das Gesicht in den Händen. Seine bloßen Schultern zuckten. Er weinte. Schließlich nahm er die Hände vom Gesicht und begann, die größeren Scherben aufzusammeln, mit hektischen, fahrigen Bewegungen, während die Tränen weiter über sein Gesicht liefen. Sie sah ihm dabei zu, ohne zu helfen. Die Innenflächen ihrer Hände brannten. *Es gibt zu viele Scherben*, dachte sie. *Wir brauchen mehr Licht. Wir brauchen mehr Zeit.*

Er gab es auf, die Scherben aufzuheben, fand irgendwo ein Papiertaschentuch und drückte es auf den größten Schnitt an ihrem rechten Unterarm, um das Blut zu stillen, das noch immer aus dem Schnitt sickerte – vielleicht, dachte sie, würde sie ihn so in Erinnerung behalten, nackt, verschwitzt, weinend, verschmiert von ihrem Blut, hilflos.

In diesem Moment öffnete sich die Haustür. Hatte sie doch geschrien? War der Schrei überhaupt nicht Teil ihrer Erinnerung gewesen, sondern Teil der Realität? Hatte Rosa es drüben gehört? »Gehen Sie weg, Rosa!«, sagte Nada, ohne sich umzudrehen. »Wir kommen schon klar! Es ist nichts passiert. Es war ein Unfall.« Sie sah, wie Frank versuchte, sich klein zu machen, sich aufzulösen, zu verschwinden. Sie selbst wollte Rosas fragendem Blick ebenso wenig begegnen. So blieb sie auf dem Boden sitzen, der Tür den Rücken zugekehrt, und wischte sich mit ihrem T-Shirt das Blut von den Händen. Es musste aussehen, als hätten sie ein Schwein geschlachtet. Schließlich schloss sich die Tür wieder. Nada hörte, wie sich draußen Schritte entfernten. *Wir kommen schon klar*, dachte sie.

Was für eine Lüge. Sie kamen überhaupt nicht klar, Frank und sie. Die Luft zwischen ihnen war zerbrochen wie die Flaschen, da war nichts Heiles mehr, nichts, das repariert werden konnte. Sie war zu weit gegangen. Sie hätte dies niemals beginnen dürfen. Sie hatte ihn gezwungen, etwas zu tun, das er nie getan hätte, wenn er nüchtern gewesen wäre, sie hatte ihn dazu gebracht, ihr wehzutun, und er hatte es nicht gewollt.

Das weiche Etwas in ihr verbiss sich so fest in ihrem Herzen, dass sie einen Moment lang keine Luft bekam. Dann drehte es sich um und rollte sich zusammen, es wog Tonnen dort in ihr, es war wirklich zu groß geworden, und es schien beschlossen zu haben, nicht mehr mit ihr zu reden.

»Frank«, sagte sie, »versprichst du mir, dass du die Fähre morgen Früh nimmst?«

Er nickte.

Und dann lag sie in dem großen Bett, das unverändert seinen Kampferduft verströmte, lag auf dem Rücken, bemüht, sich nicht zu bewegen. Jeder Schnitt schien einzeln wehzutun. Sie hatte die Wunden gewaschen und Frank verboten zu helfen, sie hatte ihn aus dem Bad geworfen, ein noch immer betrunkenes, noch immer weinendes Stück Elend, das sie nicht gebrauchen konnte, während sie die letzten feinen Glassplitter mit einer Pinzette aus ihren Händen zog.

Sie hätte nie gedacht, dass eine Flasche in so viele Teile zerbrechen könnte.

Sie hätte nie gedacht, dass irgendetwas in so viele Teile zerbrechen könnte. Eine Flasche oder die Luft oder das Leben. Im Bad gab es nichts, um die Wunden zu desinfizieren, und schließlich hatte Frank, die wieder-angezogene Version von Frank, in der Küche nachgesehen.

Auf der Anrichte hatte er eine Flasche Strohrum gefunden. Besser als nichts. Nada konnte sich nicht erinnern, die Flasche zuvor in der Küche gesehen zu haben. Sie hatten auch Pflaster in der Küche gefunden, im Hängeregal mit den Gläsern, ein erstaunlicher Ort für Pflaster. Als hätte jemand sie vor Minuten dort platziert, jemand, der Bescheid wusste …

Sie atmete den Kampferduft ein. Frank schlief jetzt unten auf dem Sofa. Neben dem Fleck auf dem Teppichboden, dem Fleck aus Blut und Wein. Sie hatte ihm angeboten, hier zu schlafen, in diesem Bett, es war groß genug, aber selbst betrunken hatte er genug von seiner Würde wiedergefunden, um den Kopf zu schütteln. Er hatte gelacht, als sie den Vorschlag gemacht hatte, und sein Lachen war mitleiderregender gewesen als seine Tränen, mitleiderregender als die ganze erbärmliche Vorstellung, ein Lachen bitter wie Kaffeesatz.

»Oh nein«, hatte er gesagt, seine Zunge noch immer schwer vom Wein. »Glaub nicht, dass ich das tue. Wenn du verschwinden willst … in deinem Traum von diesem Leuchtturm … glaub nicht, dass ich dir dabei zusehe. Bleib du schön allein mit deinen Schnitten und deinem ganzen Irrsinn … Du allein und ich allein … So hast du es doch gewollt.«

Sie schloss die Augen. Ja, so hatte sie es gewollt. Alleine bleiben. Ihr letzter Gedanke galt aus merkwürdigen Gründen Rosa Friemanns verschwundenem Hund.

Das Telefon klingelte. Er fuhr hoch. Er brauchte einen Moment, um sich zu orientieren. Er lag, vollständig angezogen, auf einem

Sofa. Auf dem Tisch glänzten im Mondlicht die grünen Scherben einer Flasche. Und eine abgeschliffene, kleinere Scherbe, mattblau. Er fühlte sich wieder erstaunlich nüchtern.

Das Telefon klingelte noch immer. Das Kind, dachte Frank. Es musste das Kind sein, von dem Nada erzählt hatte. Das Kind, das aus einem dunklen Raum ohne Fenster und Türen anrief. Aber selbstverständlich gab es dieses Kind nicht, es war nur ein Traum, und er war sich inzwischen sicher, dass es der Traum einer kranken Person war. Er fragte sich, ob die Flaschen wirklich vom Tisch gefallen waren. Vielleicht hatte sie nachgeholfen. Er fand das Telefon zwischen den Tassen und Schalen mit den Frühlingstrieben.

»Ja?«

»Schwarz«, sagte jemand am anderen Ende der Leitung.

»Nada?«, fragte Frank ungläubig.

»Nein«, sagte die Stimme. »Ich bin Nadas Mutter. Frank? Spreche ich mit Frank?«

»Ja«, sagte Frank. »Ach so. Ich … ich habe Ihre Stimme nicht gleich erkannt. Warum rufen Sie mitten in der Nacht an?«

»Es ist erst elf. Gewöhnlich schläft sie nie vor eins. Ich habe ihr immer gesagt, dass sie mehr schlafen muss, aber sie wollte nie auf mich hören. Wir dachten, Sie würden anrufen, sobald Sie dort sind.«

»Es kam etwas dazwischen«, sagte Frank.

»Wie … wie geht es ihr? Geht es ihr gut?«

»Nein«, antwortete Frank. Er wusste, dass es grausam war, das zu sagen, er hätte Nadas Mutter beruhigen sollen, doch er konnte es nicht. Nicht mehr. Vielleicht hatte Nadas Grausamkeit auf ihn abgefärbt.

»Wir sind mit Aikes Boot hinausgefahren«, sagte er, »und sie hat im Wasser eine Kette aus Glasscherben gesehen. Eine Kette, die es nicht gab.«

»Ach –«, sagte Nadas Mutter. »Aike … Ja, er hatte ein Boot … Er hat die Kinder manchmal mitgenommen, damals.«

»Frau Schwarz«, sagte Frank erschöpft. »Ich weiß nicht, was Nada nicht mehr weiß, aber sie weiß es nicht mehr. Sie weiß nicht, dass sie schon einmal hier war.«

»Nein. Es ist besser so.«

»Ich bin mir nicht sicher«, antwortete Frank. »Sie beginnt damit, sich zu erinnern. Wer ist Nil?«

Frank hörte im Hintergrund die Stimme eines Mannes. Nadas Vater. Nadas Mutter sprach kurz mit ihm, doch Frank verstand nichts, sie musste die Hand über das Telefon gelegt haben. Dann war sie zurück.

»Hat sie sich an Nil erinnert?«

»Ich glaube«, sagte Frank.

»Es nützt nichts, sich an Nil zu erinnern. Nil ist tot. Sagen Sie ihr das.«

»Dass Nil tot ist?«

»Dass es nichts nützt.«

»Aber –«, begann Frank.

Da spuckte das Telefon ihm ein hektisches Besetztzeichen ins Ohr. Er suchte die Nummer von Nadas Eltern und rief zurück, doch das Besetztzeichen blieb hartnäckig in der Leitung. Nadas Mutter hatte den Hörer nicht aufgelegt. Auf ihre Weise, dachte er, war sie genau wie Nada. Genauso stur. Genauso irrational und genauso rational. Er fragte sich, ob er ihr jemals begegnen würde.

Als er ins Wohnzimmer zurückkehrte, sah er den Hund.

Er saß im Feuer, mitten in den Flammen, Nadas Silberkette mit der Scherbe noch immer zwischen den Zähnen. Frank schüttelte den Kopf und sah noch einmal hin. Natürlich saß kein Hund im Feuer.

9

Sie erwachte vom Morgenlicht, das durch die Fenster des Turms fiel. Es war schön. Einen Moment lang blieb sie einfach still liegen und sah es an und fragte sich, wie es wäre, wenn sie hier wäre, um Ferien zu machen. Wenn es keine Ikea-Möbel gäbe und kein Telefon und keinen Mann, der erwartete, dass sie etwas zu essen mitbrachte, obwohl er ihr bei nichts half. Sie könnte ins obere Stockwerk klettern und aufs Meer hinaussehen, den ganzen Tag, und einfach gar nichts tun. Gedanken nachhängen, für die sie nie Zeit gehabt hatte.

»Aber es *gibt* die Möbel«, sagte sie laut und stand auf. »Und es gibt das Telefon, und es gibt den Mann.«

Auf der Liste, die sie unten in einen Kartonfalz gesteckt hatte, standen für diesen Tag (oder diese Nacht?) ein BEKKT, eine NIMMSE, ein LINALÖNSER und ein SCHRÖTERA. Das Schrötera befand sich in einem der ganz großen Pakete und würde im Zusammenbau ungefähr so lange dauern wie fünf Moppen. Die Moppe war klein und handlich, sie bestand lediglich aus drei Schubladen und einem Kasten, wobei man den Kasten nur so aufstellen konnte, dass die Schubladen sich nach unten öffneten. Eine Moppe war so etwas, dachte Nada, wie ein Ikea-Atom, die kleinste zusammenbaubare Einheit, geeignet, anderes nach ihr zu bemessen.

Das Schärtenbang hatte fünfzehn Moppen gedauert. Und Nil hatte es zerstört.

Als sie das dachte, öffnete sich die Tür des Leuchtturms. Er stand davor, natürlich, wer sonst. Er streckte ihr das Telefon entgegen.

»Für Sie.«

Nada hatte es gar nicht klingeln hören. Sie nahm nur den Hörer. Sollte er ruhig dastehen und den kleinen schwarzen Apparat eine Weile halten, irgendetwas konnte er schließlich auch mal tun.

»Schwarz?«

»Ich habe etwas festgestellt«, sagte das Kind. »Etwas Neues. Ich kann den Wind hören. Er heult. Draußen. Jenseits der Wand muss es ein Draußen geben, wo Wind weht.«

»Gibt es noch etwas?«, fragte Nada. »Etwas wie ein Rauschen? Von … Wellen?«

Das Kind schien zu lauschen. »Ich bin mir nicht sicher. Vielleicht. Manchmal stehe ich im Wasser. Manchmal muss ich schwimmen. Eine Zeit lang, bis das Wasser wieder sinkt. Habe ich das nicht erzählt?«

»Nein«, sagte Nada. Sie versuchte, nicht daran zu denken, wie es war, in einem dunklen Raum allein zu sein, der plötzlich unter Wasser stand. »Warte. Wenn das Wasser hereinkommt, muss es irgendeine Öffnung geben.«

»Es gibt Ritzen«, sagte das Kind. »In der Mauer. Das kann man fühlen. Die Mauer ist alt, da sind Zwischenräume zwischen den Steinen …« Es seufzte. »Aber es kommt kein Licht durch.«

»Ritzen«, wiederholte Nada. »In der Mauer … Wie kann Wasser durch die Ritzen kommen, wenn kein Licht durchkommt?«, fragte Nada. Die Verbindung brach ab. Sie starrte den Hörer in ihrer Hand an.

»Sand«, sagte Nil.

»Sand?«

Er nickte. Seine leicht schräge, lange Nase gab dem Nicken etwas Ernstes und gleichzeitig irgendwie Lächerliches, als wäre er eine Puppe, der jemand eine schiefe Nase gegeben hatte, damit sie ernst wirkte. »Da muss Sand vor den Ritzen sein. Wasser sickert durch, Licht nicht. Wasser folgt der Schwerkraft.«

»Tun Sie nicht so gebildet«, sagte Nada ärgerlich, knallte den Hörer auf die Gabel und ließ ihn mit dem Apparat stehen, während sie sich dem Zusammenbau der Nimmse zuwandte. Er hatte natürlich recht, dachte sie, während sie Holzplatten zusammensteckte und Schrauben festdrehte. Sand. Vor der Mauer, hinter der das Kind eingesperrt saß, gab es Sand, und manchmal sickerte Wasser hindurch.

Die Nimmse wurde dreieckig. Sie stand nicht. Sie war zu nichts gut. Sie war nicht einmal hübsch. Nada starrte sie feindselig an, woraufhin sie umfiel und Nada sich beim Versuch, sie aufzufangen, die Finger irgendwo einklemmte.

Sie fluchte, richtete sich auf und sah aus einem der Fenster. Sie sah Sand. Und Wasser. Ein kaltes Kribbeln lief über ihren Nacken. Vielleicht war das Kind ganz in der Nähe. Sie stellte die Nimmse auf einen Karton und ging hinaus. Ihre bloßen Füße versanken im Sand. Womöglich war es der gleiche Sand, der die Ritzen in der Mauer bedeckte, in dem das Kind saß – seit Monaten, seit Jahren, dort, in der absoluten Dunkelheit. Sie war nie weiter vom Leuchtturm weggegangen. Vielleicht sollte sie das tun. Vielleicht gab es irgendwo in der Strandwüste einen unterirdischen Raum, eine Art Bunker, ein schreckliches Überbleibsel aus einem Krieg ... Welchem Krieg? Fand dies nicht alles in ihrem eigenen Kopf statt? Sie ging den Strand entlang, doch ihre Schritte waren zögernd. Sie wollte das Kind gar nicht finden. Sie hatte Angst.

Sie war froh, als sie beinahe über Nil stolperte, der so still saß, dass sie ihn übersehen hatte. Er hielt eine Angel, und neben ihm lagen ein paar leere Ikea-Kartons.

»Was machen Sie da?«, fragte Nada.

»Angeln«, sagte er.

»Ja.« Sie seufzte, ungeduldig. »Das sehe ich. Aber was haben Sie mit meinen Kartons vor? Und woher haben Sie die Angel?«

»Sie lehnte oben an der Lichtmaschine. Und mit den Kartons wollte ich ein Feuer machen, um die Fische zu braten. Sie sehen, es ist alles rational erklärbar.«

»Rational«, wiederholte sie kopfschüttelnd. »Alles. Sand.«

Neben ihm lagen vier kleine silberne Fische, sie entdeckte sie erst jetzt. Er tat also tatsächlich *ein Mal* etwas Nützliches. Moment, dachte sie. *Es gibt Fische.* Es gibt Fische in dieser Welt. Es gibt immer mehr. Sie setzte sich neben ihn und tat ein Mal nichts Nützliches, saß nur da und sah mit ihm zusammen aufs Meer, so wie sie mit Frank zusammen ins Feuer gesehen hatte. Aber es fühlte sich ganz anders an.

»Nil«, begann sie nach einer Weile. »Bitte sagen Sie mir – wo bin ich, wenn ich nicht hier bin?«

»Wie?«

»Wenn ich hier einschlafe und drüben aufwache, in der wirklichen Welt – bin ich dann fort?«

Er schüttelte den Kopf, überrascht. »Nein. Sie schlafen. Sie träumen. Sie träumen die wirkliche Welt, nehme ich an.«

»Wie kann ich Dinge daraus mitbringen? Heringe? Materialisieren sie sich plötzlich, während ich hier schlafe?«

Er zuckte mit den Schultern und blickte wieder aufs Meer hinaus. »Ich weiß nicht. Ich habe nicht zugesehen. Es gibt Dinge, die müssen geschehen, während niemand zusieht.« Er zog an der Angel, zog gegen einen Widerstand und sprang auf, um sie einzuholen. Nada stand ebenfalls auf.

»Ich habe noch nie eine Angel gehalten«, sagte sie. Er lächelte und gab sie ihr.

»Sie müssen an der Kurbel drehen. Drehen Sie, rasch. Ehe er sich losreißt.« Er beobachtete sie, während sie kurbelte, die Angelschnur schien unendlich lang zu sein, es dauerte eine Ewigkeit, den Fisch näher zu holen. »Sind Sie sicher, dass Sie noch nie eine Angel gehalten haben? Als Kind vielleicht?«

»Keine Ahnung. Warum?«

»Sie hatten rote Gummistiefel an. Sie waren sieben Jahre alt.«

»*Bitte?*«

»Da ist etwas, an das ich mich erinnert habe. Gerade eben. Es ist nur ein Fetzen. Vielleicht kommen irgendwann andere Fetzen hinzu … Jetzt haben Sie ihn gleich. Den Fisch.«

Sie zog die Angelschnur mit einem letzten Ruck aus dem Wasser. Es war kein Fisch, der an ihrem Ende hing. Es war ein Turnschuh. Ein Berliner Turnschuh aus zu leichtem Stoff. Nada ließ sich in den Sand fallen und fluchte.

»Sie sind also wieder da«, murmelte sie. »Beide. Einen hat das Kind gefunden, und einer ist hier. In der wirklichen Welt habe ich sie vergraben. Wie kommen sie hierher?«

»So, wie alle Dinge in einen Traum kommen«, sagte Nil. »Sie haben sie hierhergeholt. Sie sind es doch, die träumen.«

»Aber wie kommen *Sie* dann hierher? Heißt das, dass ich Sie

182

kannte? In der wirklichen Welt? Aber wenn ich die wirkliche Welt nur träume …«

»Vielleicht macht das keinen Unterschied«, sagte er. »Welche Welt Sie träumen, meine ich. Aber wissen Sie … als Sie die Angel hielten, damals … da saß ich neben Ihnen. Aike hat uns gezeigt, wie man es macht. Ich war sieben. Wie Sie.«

»Das war … vor dreißig Jahren.«

»Kann sein.« Er zuckte die Schultern, nahm ihr die Angel aus der Hand und sah sie einen Moment lang nachdenklich an. »Das Pflaster an Ihrer Stirn«, begann er. »Und an Ihrer linken Hand …«

Sie krempelte die Ärmel des alten Hemdes hoch. Ihre Unterarme waren mit Pflastern verklebt wie nach einem merkwürdigen medizinischen Test. Sie dachte, er würde fragen: »Was ist passiert?« Doch er nickte nur, seltsam, wieso nickte er?

»Sie haben also ausgereicht.«

»Sie haben … ausgereicht? Die Pflaster? Wie meinen Sie das? Wissen Sie denn, was geschehen ist?«

Plötzlich wurde sie misstrauisch. »Haben Sie uns zugesehen? Irgendwie, ich weiß nicht, aus meinem Kopf heraus?«

»Es gibt Dinge, die müssen geschehen, ohne dass jemand zusieht«, sagte er. »Und es gibt zu viele Scherben … Passen Sie in Zukunft mit den Scherben auf. Ich werde noch einen Fisch fangen. Ich sage Ihnen Bescheid, wenn ich genug für ein Essen habe.«

Sie musterte ihn, die Augen zusammengekniffen, prüfend, auf eine Erklärung wartend. Doch sie wartete umsonst. Da drehte sie sich um und ging mit ärgerlichen Schritten zum Leuchtturm zurück, einen nutzlosen Berliner Turnschuh in der Hand.

Was hatte er gemeint? Warum sagte er es ihr nicht? Warum sagte er ihr *nichts*? Er hatte sich an einen Fetzen erinnert … Sie glaubte ihm nicht, da war mehr. Er wusste etwas, das sie *nicht* wusste, und er wollte es ihr nicht sagen. Als sie die Tür zum Leuchtturm öffnete, fiel ihr ein, dass sie den Strand hatte entlanggehen wollen, um nach einem alten Bunker zu suchen. Sie würde morgen suchen. Morgen reichte völlig aus.

Sie öffnete die Tür zum Leuchtturm. Mitten zwischen den

Ikea-Kartons lag Rosa Friemanns Hund in einem Sonnenfleck und schlief. Sie hatte es ja geahnt. Sie ging auf die Knie und streichelte sein zotteliges sandfarbenes Fell, und seine Beine begannen zu zucken, als würde er im Traum rennen, auf der Jagd nach einem Kaninchen. Oder einem Vogel, tief, tief im dunklen Wald, einem Vogel, der schrie und der vielleicht kein Vogel war.

»Träumst du, Hund?«, flüsterte sie. »Träumst du von der wirklichen Welt?«

Neben dem Hund lag ihre Silberkette mit dem Anhänger, der nebelweißen Glasscherbe, die das Meer vor langer Zeit rund geschliffen hatte. Sie hob die Kette behutsam auf und betrachtete sie eine Weile. Beinahe war sie sicher, dass die Scherbe daran ein Teil der Bindfadenkette gewesen war, die sie unter Wasser gefunden hatte. Genau wie die blaue und die grüne Scherbe an Rosa Friemanns Armband. Schließlich ließ sie den silbernen Verschluss der Kette in ihrem Nacken zuschnappen und wandte sich den Ikea-Kartons zu, aber da rief Nil von draußen etwas über Heringe.

Als sie viel später in der Realität erwachte, hatte Nada noch den Geschmack von über Ikea-Kartons gebratenem Fisch auf der Zunge. Es war ein rauer, rauchiger Geschmack, ein wenig schräg, wie Nils Nase. Sie hatten den Fisch zusammen gegessen, ohne über Erinnerungsfetzen oder Gummistiefel zu sprechen. Sie hatten gar nicht viel gesprochen. Und schließlich hatte sie sich auf die eine Seite des Bettes im ersten Stock des Turms gelegt, während draußen in der Dämmerung das tastende Licht übers Wasser glitt. Und Nil hatte sich auf die andere Seite gelegt. Es gab genug Abstand zwischen ihnen. So waren sie eingeschlafen – als wäre es ein Ritual in einer sehr seltsamen Sorte von Alltag.

Sie streckte den Arm aus, hier, in der Wirklichkeit. Die andere Bettseite war leer. Sie setzte sich auf. Die Helligkeit, die durch die Spitzengardinen des Ferienhauses fiel, war verschwommen und grau. Die Kuckucksuhr zeigte Viertel vor sechs.

Nada zog sich an und sog jedes Mal scharf die Luft durch die Zähne ein, wenn sie an eine der Schnittwunden kam. Sie brannten noch immer. Sie ging hinunter ins Wohnzimmer, wo Frank auf dem Sofa noch schlief, zusammengerollt und in eine Wolldecke gewickelt. Sie zog die Decke ein wenig beiseite. Es war nicht Frank, der unter der Decke lag. Es war Rosas Hund.

»Sag mal«, fragte Nada, »schläfst du in jeder Welt?«

Der Hund öffnete ein Auge, gähnte und sprang schwerfällig vom Sofa. Er folgte Nada auf schläfrigen Pfoten in die Küche, und sie gab ihm die Reste des Abendessens und sah zu, wie er sie hungrig verschlang. Er konnte nichts dafür, dass sie von ihm geträumt hatte. Er hatte sich irgendwo in der Küche versteckt, in einer Ecke, die sie nicht kannte, einem Winkel, den sie trotz der winzigen Übersichtlichkeit der Küche übersehen hatte … und nachts war er herausgekommen, voll schlechtem Hundegewissen, weil er ihre Kette mit dem Anhänger gestohlen und irgendwo in eine dunkle staubige Ecke verschleppt hatte. Es war nichts Unheimliches an diesem Hund, er war einfach ein Hund.

Und Nadas Traum war einfach ein Traum.

Auch Frank hatte sich nicht in Luft aufgelöst, er hatte ihr einen Zettel hinterlassen, der am Kühlschrank klebte.

Bin spazieren, stand darauf. *Zu diesem Leuchtturm. Frank.*

Alles war rational erklärbar. Nil hatte das gesagt. Nil, den sie nur träumte.

Ihre Jacke hing draußen über der Bank, getrocknet im Nachtwind, salzstarr. Sie schlüpfte hinein und lockte den Hund aus dem Haus, ehe sie die Tür abschloss.

»Geh«, sagte sie. »Geh nach Hause. Rosa wartet sicher schon auf dich. Und Aike, Aike auch.«

Im Haus der Fessels brannte Licht, sie hörte eine helle Kinderstimme und Gelächter. Zum ersten Mal fragte sie sich, warum sie Marilyns Kindern nie draußen begegnete. Gab es einen Grund dafür, dass Kinder in Süderwo nicht draußen spielten?

Natürlich, du Idiotin, sagte sie stumm zu sich selbst. Der Grund heißt November. Alles ist rational erklärbar. Ein tiefes Lachen mischte sich jetzt in das hohe Kinderlachen, und dieses zweistimmige Lachen klang lange in ihren Ohren nach, während sie durch die frühe Heide wanderte. Es hörte sich so sehr nach einer glücklichen Familie an, einer Familie, die gemeinsam beim Frühstück saß, im warmen Licht einer niedrigen Lampe, und sich die Nacht mit Cornflakes und Milch aus dem Hals spülte. Einer Familie mit einer hübschen jungen Mutter und einem windgestählten Vater, der nach seinem Morgenkaffee hinausging in die Natur, bewaffnet mit Fernglas und Notizbuch ...

Sie dachte an Marilyns Sonnenbrille.

Sie fragte sich, ob Merten beim Frühstück die Zeitung las oder ein Vogelbestimmungsbuch. Sie wusste, dass er jedenfalls nicht mit Marilyn sprach, denn mit Marilyn konnte er nicht sprechen, außer vielleicht über Hering. Sie begriff die Dinge nicht, sie wusste nichts, sie war eine hübsche, junge Mutter – sie war ihm nicht gewachsen. Sie, Nada, sie war ihm gewachsen. Mit ihr konnte er sprechen.

Er tat hinter gut verschlossenen Türen Sachen, von denen sie nichts wissen wollte.

Sie würde ihn wieder küssen.

Er schlug seine Frau.

Sie hätte gerne andere Dinge mit ihm angestellt, als ihn nur zu küssen.

Er hinterließ Fingerabdrücke auf Marilyns Hals.

Sie fragte sich, ob der Sand am Strand geeignet war ...

Er war verheiratet und hatte zwei Kinder und schlug seine Frau.

Sie würde ihn herumkriegen, ganz sicher, und der Sand wäre weich. Er war der Erste, den sie wirklich herumkriegen wollte.

Das Licht an diesem Morgen war nicht golden. Es lag auf dem Leuchtturm wie eine graue Vorahnung, und weiße Nebelfetzen krochen vom Meer heran, die sich um den Fuß des Turms schlangen. Nada war sich einen Moment nicht sicher, ob sie sich in ihrem Traum befand oder in der Realität. Aber für den Traum *gab* es zu viel. Es gab die Kiefern und das Heidekraut und das Strandgras, es gab den winzigen Umriss einer Fähre auf dem Wasser, beinahe verschluckt vom Nebel, und es gab verwischte Spuren im Sand.

Die Spuren endeten beim Leuchtturm. Frank war nicht da. Sie

ging um den Turm herum, blieb auf den Felsen direkt am Wasser stehen und ließ ihren Blick bis zum Horizont wandern. Der Horizont jedoch fehlte. Der Nebel hatte ihn jetzt ganz verschlungen, er drängte mit Macht heran, wuchs und dehnte sich wie ein unbekanntes weißes Gewächs, griff mit langen Tentakeln nach den Felsen, nach Nadas Füßen – sie machte kehrt und ging zurück zur Vorderseite des Turms, wo noch immer kein Frank war.

»Tu das nicht«, sagte sie leise. »Tu das bloß nicht. Bleib jetzt nicht für immer verschwunden und tauch stattdessen in meinem Traum auf. Es wird langsam voll dort. Nil … und die Fische … und der Hund … Da ist kein Platz mehr für dich, Frank, hörst du? In meinem Kopf ist kein Platz für dich.«

Sie strich mit zwei Fingern über das verwitterte Holz der Leuchtturmtür. Sie könnte, dachte sie, Merten Fessel fragen, ob er ihr half, die Tür aufzubrechen. Sie musste wissen, was dahinter war, im Leuchtturm dieser Welt, im Leuchtturm der Realität. Sie hatte Angst davor, es herauszufinden, genauso, wie sie Angst hatte, das Kind zu finden. Oder den Vogel, der im Wald schrie. Doch sie musste es tun.

Vielleicht hatte auch Frank versucht, die Tür zu öffnen. Seine Spuren, schwer zu erkennen im Sand, schienen ganz in der Nähe der Tür aufzuhören. Nada legte die Hand auf die alte Klinke, wie sie es schon zuvor getan hatte, spürte das kalte Metall unter den Fingern – und erstarrte. Die Klinke gab nach. Der Leuchtturm war nicht länger verschlossen. Sie öffnete die Tür einen Spalt breit, langsam, zögernd.

»Frank?«, fragte sie.

Er stand mitten in dem runden Raum und sah ihr entgegen. Er sah zerknittert aus, kleiner als sonst und irgendwie weiter weg.

»Nada«, sagte er.

Sie nickte. »Ich.«

Die Luft zwischen ihnen war noch immer voller unsichtbarer Scherben. Nada öffnete den Mund, um etwas zu sagen, etwas über die Scherben, die Flaschen, die Nacht – sie sagte nichts.

Der Raum war leer. Völlig leer. Es standen keine Kartons vor den

Fenstern. Jemand hatte große Stücke von brauner Pappe dagegen-genagelt, durch deren Ritzen das Licht in diffusen Fäden rann. Das war es also, was sie von außen gesehen hatte, Stücke von Pappe. Es *gab* eine Wendeltreppe.

»Warst du oben?«

Frank nickte. »Ein leerer Raum. Genau wie hier.«

»Kein Bett?«

»Kein Bett. Nichts.«

»Und – gibt es eine Luke in der Decke?«

Er nickte wieder. »Man muss ja irgendwie hinaufkommen, zum Leuchtfeuer.«

»Natürlich«, sagte sie.

Sie rannte die Treppe hinauf, ohne stehen zu bleiben. Er hatte die Wahrheit gesagt, der Raum war leer. Hier gab es keine Pappe vor den Fenstern, nur das Meer. Der Nebel bedeckte es jetzt ganz, und womöglich existierte es auch nicht mehr, womöglich gab es nur noch den Nebel, unter dem das Wasser sich in diesem Moment in etwas anderes, in Unvorstellbares verwandelte …

Die Luke befand sich an der gleichen Stelle wie in ihrem Traum. Eine lange Leiter führte hinauf, eine ganz gewöhnliche Leiter, nicht aus den Stücken von Möbeln gebaut. Nada kletterte hinauf und fand auch dort den Nebel, es war, als drängte er durch das umlaufende Fensterglas herein. Die Lichtanlage mit ihren merkwürdig geschachtelten Linsen stand still, aber sie hörte ein leises Summen wie von verborgener, wartender Elektrik. Wenn es dunkel war, würden die Linsen sich drehen, und der Leuchtturm würde leuchten, würde den Schiffen den Weg leuchten, dort unten.

Warum leuchtete sie jetzt nicht, im Nebel? Wenn sie ferngesteuert war, musste doch jemand auf dem Festland wissen, dass es neblig war um Nimmeroog … Im Lichthaus Süd hing die Reproduktion eines Caspar-David-Friedrich-Bildes, der *Wanderer über dem Nebelmeer*, doch sicherlich hatte Friedrich nicht dies hier gemeint, es gab keinen Leuchtturm auf dem Bild, und darauf war ein romantisiertes Nebelmeer und ein romantisierter Wanderer, in heldenhaft nachdenklicher Pose von hinten rechts.

Sie hatte das Bild nie gemocht, Frank hatte es aufhängen wollen; sie wusste noch, wie sie gesagt hatte: Dann häng doch gleich einen röhrenden Hirsch bei Sonnenuntergang daneben. Und das hatte er getan, er hatte einen röhrenden Hirsch mit Goldrahmen erstanden und danebengehängt, und noch eine ganze Reihe anderer solcher Bilder, und alle hatten es für Ironie gehalten. Niemand hatte je erfahren, dass dieses eine Bild, das Nebelmeerbild, keine Ironie von Frank gewesen war.

»Nada«, sagte er. Sie zuckte zusammen. Er stand hinter ihr. »Was siehst du an? Es gibt nur Nebel.«

»Ich sehe den Nebel an«, sagte Nada. Und, nach einer Weile: »Es sind eine Menge Dinge darin. Eine Glaskette und die Gummistiefel. Eine durchweichte Postkarte. Ein Fernglas. Die Dinge liegen unter dem Nebel, in einer unfassbaren Dunkelheit, verlorene Dinge. Sogar ihre Bedeutung ist verloren gegangen. Sie sind lange her.«

»Deine Mutter hat angerufen«, sagte Frank. »Gestern, um elf. Ich glaube, sie wartet darauf, dass du dich meldest.«

»So, jetzt ruft sie also doch selber an. Statt meine Telefonnummer nur an andere Leute weiterzugeben.«

Nada wandte den Blick nicht vom Fensterglas. Sie hörte den Bruch in ihrer Stimme. Eben, als sie über den Nebel gesprochen hatte, war sie ganz anders gewesen, weicher, wie der Nebel selbst. Jetzt war sie wieder hart und kalt. Es war besser so.

»Du hast die Kette wiedergefunden«, sagte Frank.

Sie fuhr herum. »Wie?«

»Deine Silberkette.«

Sie griff sich an den Hals und spürte die rund geschliffene Scherbe zwischen den Fingen. Sie fror auf einmal. Es war nicht möglich. Nicht rational erklärbar. Dinge konnten leicht von der Wirklichkeit in einen Traum rutschen – natürlich: Nil hatte nach den Pflastern gefragt, als hätte er sie ins Hängeregal gelegt, weil *Nada* es so träumen wollte. Der Hund war im Traum aufgetaucht, weil *Nada* sich an den Hund aus der Realität erinnert hatte. Aber wie konnte etwas vom Traum in die Wirklichkeit rutschen? Sie hatte die Kette im Traum um ihren Hals gelegt, nur im Traum.

»Die Fähre«, sagte Frank. »Es ist gleich sieben. Wenn wir uns beeilen …«

Sie gingen die Wendeltreppe ohne ein Wort hinunter.

»Wie hast du es gemacht?«, fragte Nada. »Wie hast du die verschlossene Tür des Leuchtturms geöffnet?«

Er zuckte die Schultern. Er sah sie noch immer nicht an. »Ich wusste nicht, dass sie verschlossen war. Das hast du nicht erzählt. Vielleicht lag es daran. Dass ich es nicht wusste.«

Merten Fessel brachte Frank zur Fähre. Es erschien Nada bezeichnend, dass Merten es tat, obgleich es natürlich Zufall war. Niemand hatte es geplant, geplant hatten sie, zu Fuß zu gehen. Es war genug Zeit. Sie sprachen kaum auf dem Weg vom Leuchtturm nach Süderwo, und der Weg dehnte sich und war länger als sonst, er schien statt einer Stunde fünf zu dauern, fünf Stunden Schweigen. Womöglich lag es am Nebel. Sie gingen am Wasser entlang, keiner von ihnen hatte Lust, sich zu verlaufen. Oder vielleicht, dachte Nada, hatten sie sich längst verlaufen, auf andere, gravierendere Art in einer anderen, nicht ganz so sichtbaren Sorte Nebel.

Sie hatte die Tür des Leuchtturms mit großer Sorgfalt geschlossen, und ein irrationaler Teil von ihr fragte sich, ob sie sich noch einmal öffnen ließe und ob in diesem Fall der gleiche Raum dahinter läge. Sie wartete vor dem blauen Ferienhaus, während Frank drinnen seine Sachen zusammensammelte und bei dem Fährunternehmen anrief, damit sie Nimmeroog um neun Uhr anliefen.

Vor dem Nachbarhaus stand Marilyn und hängte Wäsche auf, mitten im Nebel. Die weißen Schlieren verwoben sich mit ihren blonden Locken, flossen um ihre Arme und strichen um ihre Beine wie schmusende Katzen, sie schmiegten sich an Marilyn, und die Frage, ob es sinnvoll war, bei Nebel Wäsche aufzuhängen, wurde überflüssig, denn der Nebel schien Marilyn zum Spielen herausgerufen zu haben. Nada sah ihren Ring wieder glänzen, obwohl die Sonne nicht schien; der Stein darin war nebelweiß wie Nadas Glasscherbe. Eine kleine Hand krallte sich an den Saum von Marilyns knielangem dunkelgrauen Kleid, und weiter unten in der weißen

Suppe hing neben Marilyns schwarzen Strumpfhosen vermutlich ein Kind an der Hand. Das kleinste Kind trug sie in einem Tuch vor dem Bauch, in einem Tuch ganz aus Nebel – nein, dachte Nada, natürlich war das Tuch aus Stoff, aus weißem Stoff.

Sie wurde sich bewusst, dass sie noch immer Marilyns rote Gummistiefel an den Füßen hatte, oder die Gummistiefel, die Marilyn gefunden hatte. Sie sah nicht, was Marilyn für Schuhe trug, ihre Füße verschwanden in einer dicken Bodenschicht aus Nebel, und vielleicht trug sie nur sein wattiges Weiß.

Jetzt sah sie auf, sah Nada einen Moment in die Augen, und Nada fragte sich, was sie wusste. Ob sie wusste, dass der Motor nicht angesprungen war. Ob sie wusste, dass Nada am Horizont eine Glaskette gefunden hatte. Und ein Telefonkabel, von dem Frank behauptete, es wäre nicht da gewesen. Ob sie wusste –

»Der Leuchtturm!«, rief Nada. »Er ist offen!«

Marilyn nickte langsam. Dann ging sie durch das Gartentörchen und kam durch den Nebel herüber zu Nada, gefolgt von dem Kind, das an ihrem Saum klebte.

»Das dachte ich mir«, antwortete sie.

»Sie ... dachten es sich?«

»Ja. Das Licht ist heller geworden. Jede Nacht heller. Nur ein wenig. Ich glaube nicht, dass die anderen es gemerkt haben. Rosa und Aike ... Aike geht ja sowieso kaum vor die Tür ... Und Merten, Merten hat es sicher nicht gemerkt.«

»Die Stiefel«, sagte Nada. Sie zeigte auf ihre Füße. »Ich trage noch immer die Stiefel.«

»Behalten Sie sie«, sagte Marilyn. »Sie gehören zu Ihnen.« In ihrer Stimme lag eine Art Bitterkeit, die für Gummistiefel unangemessen schien, als spräche Marilyn über ein Kind oder einen Mann. »Solange Sie hier sind«, fügte sie hinzu, und die Bitterkeit war plötzlich gewichen. »Es ist nicht mehr lange.«

»Ja«, sagte Nada. »Nein. Ich weiß noch nicht.«

Marilyn nickte stumm. *Ich* weiß es, sagte ihr Nicken. Sie wollte, dass Nada ging. Sie wollte es so sehr, dass sie es glaubte, so sehr, dass Nada beinahe Angst vor ihr bekam. Marilyn streichelte den

Kopf des Babys, das an sie geschmiegt schlief, und der Nebel, der um ihre Hände spielte, gab neben dem Ring ein Stück Handrücken frei, auf dem Nada zwei quer verlaufende dunkelrote Striemen sah. Brandwunden. Marilyn bemerkte ihren Blick.

»Ich habe mich am Topf verbrannt«, sagte sie.

»Ach«, sagte Nada.

»Die Wäsche«, sagte Marilyn. Dann drehte sie sich um und kehrte zurück zu ihrem Tanz mit den Nebelschwaden und Mertens Hemden.

»Wir sollten gehen«, sagte Frank.

Nada hatte nicht gemerkt, dass er hinter sie getreten war. »Wir haben nicht mal gefrühstückt«, sagte sie.

»Nein«, sagte er. »Hast du Hunger?«

Sie schüttelte den Kopf. Und sie gingen los in Richtung Dünen, noch immer schweigend, verstrickt in Gedanken, die den anderen nichts angingen, und in die Frage, was der andere dachte.

Frank fragte nicht: »Was wird jetzt?« Und Nada antwortete nicht: »Ich weiß es nicht.« Sie fragte nicht: »Werde ich je wieder für dich arbeiten?« Und er sagte nicht: »Ich kann die Lichthäuser nicht ohne dich führen.«

»Vielleicht doch«, erwiderte Nada nicht. »Vielleicht kannst du es. Es wäre seltsam, wenn ich da wäre. Wir würden immer an die Scherben denken. Ich würde immer wissen, dass du mich liebst, und du würdest wissen, dass ich es weiß und dass es nicht sein kann und –«

»Ich wünschte trotzdem, du kämst zurück«, sagte Frank nicht.

»Es ist besser, dich trotz allem ab und zu zu sehen. Wir müssen nie über das sprechen, was auf Nimmeroog geschehen ist.«

»Das scheint eines der Probleme zu sein, die es mit dieser Insel gibt«, meinte Nada nicht. »Dass nicht darüber gesprochen wird, was dort geschieht. Oder geschehen ist. Oder geschehen wird.«

»Steig mit mir auf diese Fähre«, bat Frank nicht. »Fahr mit mir zurück zum Festland. Ich habe Angst. Etwas wird passieren, wenn du hierbleibst. Sprich mit deinen Eltern. Aber tu es vom Festland aus. Hier ist der Nebel so dicht … Du könntest darin verloren gehen wie die anderen verlorenen Dinge …«

»Und wenn ich das will?«, fragte Nada nicht. »Wenn es besser so ist?«

Als sie in ihrem Nicht-Gespräch so weit gekommen waren, betraten sie das kleine Wäldchen, durch das der Weg sich wand. Bis dorthin verlief er gerade, und danach verlief er gerade, aber zwischen den Bäumen wand er sich noch immer, als wäre es ihm unangenehm, den Wald zu durchqueren. Der Nebel hing so kompakt zwischen den Bäumen, dass man nicht zwischen sie hineinsehen konnte.

Nada blieb stehen.

»Warte«, sagte sie. »Frank. Der Wald. Etwas ist dort. Etwas schreit dort. Nachts. Wenn ich alleine bin. Es ist ein panischer Schrei, der sich immer weiter steigert … wie ein Todesschrei. Ich mag diesen Nebel nicht. Ich wünschte, es wäre heller.«

»Ehe ich nach Süderwo gekommen bin«, sagte Frank langsam, »da habe ich jemanden schreien hören.«

Sie sah ihn einen Moment an. Sie begriff nicht, wovon er sprach.

»Hier?«, fragte sie. »Hier, im Wald?«

»Nein. Im Lichthaus Nord. Ich glaube, es war ein Traum, ich muss kurz eingenickt sein. Der Schrei war nur in meinem Kopf. Hier im Wald habe ich nichts gehört. Ich bin nachts durchgegangen, als ich ankam, und es war ziemlich dunkel. Aber geschrien hat nichts. Der Wald war ganz still.«

»Merten Fessel sagt, das im Wald ist ein Vogel. Vielleicht schreit er nur manchmal.«

»Merten«, sagte Frank. »Fessel.«

»Mein Nachbar. Marilyns Mann. Er ist Ornithologe. Frank – was ist es wirklich? Es ist kein Vogel, oder? Ist es etwas, was ich mir einbilde?«

»Man kann es vermutlich nur herausfinden«, sagte er langsam, »wenn man in den Wald geht und nachsieht.«

»Nein«, sagte sie. Und, nach einem Moment des Überlegens: »Würdest du das tun? Mit mir in den Wald gehen? Jetzt?« Er nickte.

»Hast du keine Angst?«

»Doch«, sagte er. »Aber ich lie–«

193

Sie legte ihm einen Finger auf den Mund. »Ich wünschte, du könntest aufhören, diesen Satz zu sagen«, wisperte sie.

Und dann nahm sie den Finger von seinem Mund und fasste ihn an der Hand, obwohl es wehtat, weil in ihrer Handinnenfläche noch immer ein tiefer Schnitt verlief. Sie spürte, dass er die Hand zurückziehen wollte. Sie ließ ihn nicht.

»Komm«, flüsterte sie. »Komm.«

Und das weiche Etwas in ihr stand auf und drehte sich langsam um, es schien zu überlegen, ob es doch wieder mit ihr sprechen sollte. Sie spürte, dass es sich die ganze Zeit über Sorgen um Frank gemacht hatte. Es war froh über seine Hand in ihrer.

Das hohe braune Gras am Wegesrand knisterte, als sie hindurchgingen, und Nada merkte, dass es voll Raureif war. Der Raureif war ihr zuvor nicht aufgefallen. Vielleicht gab es ihn nur hier, vielleicht hielt sich die Nacht im Wald länger. Äste knackten jetzt unter ihren Gummistiefelsohlen, leise nur, das Geräusch halb verschluckt vom Nebel. Neben ihnen ragten die Baumstämme auf wie dunkle Säulen zwischen hellen Bettlaken in einer surrealen Theateraufführung, wie schwarze Schornsteinschlote, die in ihrem eigenen weißen Rauch erstickten. Nada hielt Franks Hand ganz fest, und sie gingen durch den Nebelwald wie zwei Kinder in einem Märchen. Aber Märchen, dachte Nada, endeten stets grausam und nur zum Schein gut, Märchen waren voll von Rache und Folter und völlig leer von Verzeihen. Die böse Stiefmutter musste auf glühenden Sohlen tanzen, die Hexe wurde verbrannt, dem Wolf der Bauch bei lebendigem Leibe aufgeschnitten und mit Steinen gefüllt. Es musste in Märchen eine Menge Schreie geben, lang anhaltende, verzweifelte, gequälte Schreie wie den im Wald. Jetzt war alles still. Still wie der Tod.

»Es nützt nichts«, flüsterte Nada. »Wir sehen nichts. Gar nichts. Frank.«

Sie wollte an seiner Hand ziehen. Da war keine Hand mehr in ihrer. Sie war allein. Wann hatte er sie losgelassen? Oder hatte sie ihn losgelassen? Sie tastete um sich, fand nur Äste und musste sich zwingen, ruhig zu bleiben. Die Zweige der Bäume schienen nach ihr zu greifen, verhakten sich in ihrer Kleidung und bissen sich fest.

»Ich gehe jetzt zurück«, sagte sie laut. »Zurück zum Weg.« Doch obwohl sie laut sprach, hörte sie ihre Worte nicht. Auch die Äste knackten nicht mehr unter ihren Sohlen, der Nebel war hier im Wald so dick, dass er jedes Geräusch tilgte. »Frank!«, rief sie. Laut, lauter.

Und sie schmeckte das Wort in ihrem Mund, doch akustisch existierte es nicht. Sie setzte einen Fuß vor den anderen, die Hände tastend ausgestreckt – Wanderer über dem Nebelmeer, Wanderer im Nebelmeer – war es das, was das Bild zeigte – etwas, das nicht darauf dargestellt war? Der Weg des Wanderers durch den Nebel, nachdem er von seinem Felsen heruntergestiegen war, auf dem er gestanden und es betrachtet und es gefürchtet hatte? Sie sehnte sich danach, auf einem modernen harten Restaurantstuhl zu sitzen, in einer Flut aus Tageslicht, und das Bild anzusehen, sicher und warm.

Sie roch die Blumen des Lichthauses, es musste das Lichthaus Ost sein, das mit den Herbstblumen in den weißen Vasen, denn was sie roch, war der Duft von Rosen. Sie blieb stehen. Sie roch die Rosen tatsächlich. Ganz nah. Sie bückte sich, tastete … und fühlte Blütenblätter. Fühlte Dornen. Sie hob eine der Rosen auf, fand eine zweite, und dann kniete sie im Novemberwald, mitten in nicht mehr ganz frischen, langstieligen Rosen. Novemberrosen.

Warum legte jemand im November Rosen in den Wald? Für Sekunden glaubte Nada, etwas zu hören, etwas wie Schritte, und fuhr hoch. Doch alles war unverändert still.

Sie stand auf und ging langsam weiter. Sie war sich nicht sicher über die Richtung. Wenn sie immer geradeaus ging, würde sie irgendwo auf einen Waldrand stoßen, der Wald war winzig. Aber wenn sie im Kreis ging, war er unendlich. Und auf einmal verstand sie die Bedeutung der Stille. Wenn jetzt etwas schrie, ganz nah, würde sie es nicht hören. Der Schrei wäre ein erstickter, ein lautloser. Vielleicht schrie es, ganz nah, direkt vor ihr, vielleicht war sie im Begriff, mit dem zusammenzustoßen, was schrie, nur hörte sie es nicht. Sie hörte nicht einmal ihren eigenen Atem. Als sie das dachte, blieb sie stehen. Das war unmöglich.

Manche Dinge hörte man von innen, über die Knochenleitung, nicht durch die Luft. Wenn sie ihren eigenen Atem nicht hörte, lag es nicht am Nebel. Sie war taub. Sie erinnerte sich an den Moment im Lichthaus Nord, in dem sie taub gewesen war, Hörsturz, hatte Frank gesagt, aber dies hier waren keine Sekunden, es waren Minuten, womöglich Stunden, sie wusste nicht, wie lange sie schon unterwegs war. Es gab Leute, die nach einem Hörsturz nie wieder etwas hörten. Sie ballte die Hände zu Fäusten und versuchte, ganz ruhig zu atmen. Sie hörte nichts, sie sah nichts, nichts außer Nebel, die Welt war verloren gegangen, oder sie selbst war verloren gegangen, genau wie Frank es gesagt hatte. Sie begann zu rennen, Äste schlugen ihr ins Gesicht, sie war froh, den Schmerz zu spüren, irgendetwas zu spüren, sie stolperte, rappelte sich wieder auf, rannte weiter, und jetzt war die Panik da, die Panik, die sie jagte und kalt in ihren Nacken atmete. Das Schreien war *hier*, auch wenn sie es nicht hörte; sie wusste es, sie fühlte es, es war ganz nah, es rannte neben ihr her durch den Wald, unhörbar und unausweichlich, unaussprechlich, unerträglich. Und es gab kein Licht aus einem Leuchtturm, das ihr einen Ausweg zeigen konnte. *Nada Schwarz*, schrieb der Reporter, *auf der Flucht.* Darunter war ein verschwommenes schwarz-weißes Bild voller Nebelschlieren, voller Astfinger, zwischen denen man undeutlich ihr angstverzerrtes Gesicht sah, Nada Schwarz, auf der Flucht, auf der Flucht vor was?

Der Wald war jetzt zu dicht, sie konnte nicht länger rennen, kämpfte sich nur noch mühsam durchs Gebüsch vorwärts. Feuchte Blätter legten sich auf ihr Gesicht. Das Schreien, das sie nicht hören konnte, war nur noch Atemzüge weit entfernt. Und dann packte eine Hand sie am Arm, eine suchende, verzweifelte Hand, die sich an ihr festklammerte wie eine Klette.

Das Kind, dachte Nada. *Das Kind ist hier im Wald.*

»Nein«, flüsterte sie. »Nein. Ich kann niemanden retten.« Aber die Hand war keine Kinderhand, es war die Hand eines Erwachsenen, der Arm war der Arm eines Erwachsenen, er riss sie näher, und plötzlich hörte sie wieder. Sie hörte den Schrei. Gellend, schmerzhaft, furchterfüllt, schrecklich. Kurz darauf fiel sie zusammen mit der anderen Person durch eine Grenze. Unter ihr war kalter Sand.

Unter ihr war kalter Sand – der Sand eines Sandweges. Der Nebel war nicht mehr so dicht. Sie schnappte nach Luft und rappelte sich hoch.

»Frank«, sagte sie.

Er nickte. »Ja.«

Natürlich. Natürlich war es Frank, Franks Hand, Franks Arm. Da war nichts anderes gewesen, nur der Wald und der Nebel und Frank, der sich ebenfalls darin verirrt hatte. Jetzt hatten sie beide den Weg wiedergefunden, durch Zufall, das war alles. Er zog sie auf die Beine und drückte sie an sich, und sie war froh über seinen lebendigen, warmen, wirklichen Körper.

»Aber der Schrei«, flüsterte Nada. »Er war da. Obwohl es nicht Nacht ist.«

»Du«, wisperte Frank. »Du hast geschrien.«

»Ich?«

Er nickte und fuhr sich übers Gesicht, um ein paar nasse Blätter daraus zu entfernen. Dabei verwischte er etwas Dunkles an seiner Stirn.

»Du blutest«, sagte Nada.

Frank betrachtete seine Hand. »Muss einer der Äste gewesen sein«, sagte er.

Es klang wie eine Lüge. Nada wollte etwas darüber sagen, doch in diesem Augenblick bohrten sich zwei Autoscheinwerfer durch den Nebel. Sie zog Frank beiseite. Das Auto hielt.

»Merten«, sagte Nada.

Er stieg aus und musterte Frank und sie mit einem Kopfschütteln. »Was ist mit Ihnen passiert?«

Nada fuhr sich durchs Haar. Es waren kleine Äste darin und Rindenstückchen. »Wir … hatten uns ein wenig verirrt«, antwortete sie. »Im … Nebel.«

Merten nickte. »Kein Wetter für Spaziergänge. Soll ich Sie irgendwohin mitnehmen?«

»Eigentlich wollten wir nach Dünen, zur Fähre um neun«, erklärte Frank.

»Das wird knapp«, sagte Merten. »Man kann nur hoffen, dass sie verspätet ist wegen des Nebels.«

Er öffnete die Hintertür und danach die Beifahrertür, eine irgendwie altmodische Geste der Höflichkeit, die Nada rührte, obwohl sie nicht dazu neigte, gerührt zu sein. Sekunden später verließ der schwarze Jeep den Nebelwald, Frank auf der Rückbank, auch das eine Geste – zwei Männer, die zu höflich waren. An Franks Anzug klebten Blätter, sie sah es, als sie sich kurz zu ihm umdrehte. Er presste einen Anzugärmel gegen die Wunde an seiner Stirn, die noch immer blutete. Es war beinahe die gleiche Stelle, dachte Nada, an der sie selbst ein Pflaster trug, über dem Schnitt einer Glasscherbe.

Merten sagte nichts über Franks Wunde oder Nadas Pflaster. Er sagte gar nichts, er fuhr, viel zu schnell. Die Uhr des Jeeps zeigte zwölf Minuten nach neun. Wie lange waren sie im Wald gewesen? Stunden? Es blieb keine Zeit für einen wirklichen Abschied, keine Zeit für Fragen und Antworten.

Alles, was bis jetzt nicht ausgesprochen worden war, würde nicht ausgesprochen werden.

»Ruf deine Eltern an«, war alles, was Frank sagte, und das hatte er schon einmal gesagt.

Merten hielt direkt am Kai, und Frank sprang hinaus und hechtete auf die Gangway der Fähre, an einem kopfschüttelnden Mann in dickem Regenzeug vorbei, der sie direkt nach ihm einzog. Nada hörte Wortfetzen, »Glück gehabt« und »Verspätung« und »Wetter«.

Frank winkte von der Reling aus. Neben ihm stand eine Handvoll anderer Leute, die den Zurückbleibenden an Land winkte, Leute, die aufs Festland fuhren, um einzukaufen, oder Leute, die einen Besuch gemacht hatten, die in gemütlichen, hell erleuchteten Räumen mit ihren Freunden Waffeln gegessen und Tee getrunken hatten und Nimmeroog im Nebel romantisch fanden und geheimnisvoll, auf eine gute und märchenhafte Art. Leute, die nichts von der Grausamkeit der Märchen wussten. Nichts von Schreien im Wald. Und nichts von Luft, die in einem blauen Ferienhaus zerbrochen war.

Als die Fähre beinahe im Nebel verschwunden war, hielt Nada die Hände vor den Mund und rief: »Denk an das Licht!« Sie rief, so laut sie konnte. »Du brauchst Licht, viel Licht! So viel, dass niemand die Dunkelheit unter den Tischen bemerkt!«

Sie sah sich um, merkte, dass einige Leute sie anstarrten, und zuckte die Schultern.

»Er eröffnet ein Restaurant«, sagte sie erklärend und merkte, dass etwas über ihr Gesicht lief. Es schmeckte nach Meerwasser. Sie weinte. Das war doch schon wieder dieses … *Ding*, das sie nicht verstand. Es schmiegte sich von innen an sie, weich wie eine Katze, warm und freundlich, und nahm ihr jeden Schutz gegen die Tränen.

Was heißt denn hier Ding?, flüsterte es. Das bist du selbst. Du weinst. Du bist ich. Ich bin du. Du bist überhaupt nicht hart und kalt, die Schale ist dabei, sich aufzulösen, und du kannst den Prozess jetzt nicht mehr aufhalten … Jemand legte eine Hand auf ihre Schulter.

»Frau Schwarz«, sagte Merten.

»Nada«, sagte Nada, unfähig, ihre Tränen zu stoppen. »Ich heiße Nada. Ich … ich werde ihn nicht wiedersehen. Es …«

Merten reichte ihr ein Taschentuch, ein altmodisches Stofftaschentuch mit einem winzigen aufgestickten Vogel. Vielleicht hatte Marilyn den Vogel gestickt.

»Verzeihung«, sagte Nada. »In Berlin hätte ich niemals geweint, weil ich jemanden nicht wiedersehe. Ich weiß nicht, was mit mir los ist.«

»Sie zittern«, sagte Merten. »Es ist kalt. Es wäre vielleicht eine gute Idee, einen Kaffee zu trinken.«

»Aber …«, sagte Nada.

»Ich habe Annegret versprochen, einzukaufen«, fuhr Merten fort. »Und das werde ich tun. Sie warten hier. Und danach gehen wir den Kaffee trinken.«

»Ja«, sagte Nada.

Sie blieb einfach am selben Fleck stehen und sah aufs Meer hinaus, das man nicht einmal sehen konnte, und zitterte und wartete. Sie wartete nicht auf Merten. Sie wartete darauf, dass die Tränen und das Zittern aufhörten. Die Fähre war längst im Nebel verschwunden.

Sie fragte sich, ob der Nebel nie mehr wegziehen würde. Sie fragte sich, wann die nächste Ebbe käme, sie kam jeden Tag später; vielleicht würde der Nebel dann einfach absinken und das Wasser ersetzen, für immer, und ein weißes waberndes Meer aus winzigen Tropfen würde Nimmeroog umgeben, ein Meer, über das keine Fähren mehr fahren konnten.

Merten kam wieder, ohne den Jeep, und sie ließ sich von ihm fortführen wie ein Kind. Erst als sie auf einem hässlichen Caféstuhl saß, neben einem Fensterbrett voller weißrosa Porzellanmuscheln und vergilbten Plastikrosen, hörte sie auf zu zittern und zu weinen. Er stellte eine große Tasse schwarzen Kaffee und einen Teller mit einem Matjesbrötchen vor sie.

»Nicht die beste Zusammenstellung«, sagte er und lächelte sie an. Das weiße Haar an seinen Schläfen war jetzt so weiß wie der Nebel.

»Ich scheine davon zu leben«, sagte Nada. »Hering und Kaffee.«

Er trank seinen eigenen Kaffee und sah ihr zu, wie sie ihren trank, und fragte noch immer nichts. Er sprach über Vögel. Er sprach über alle Vögel der Insel, die verschiedenen Möwen und Seeschwalben und Wattläufer, deren Verhalten er studierte, von Berufs wegen, weil ihn das Verhalten aller Lebewesen schon interessierte, seit er ein Kind gewesen war. Es sei, sagte er, ein großes Rätsel, warum Lebewesen taten, was sie taten. Auch die Menschen. Insbesondere die Menschen. Er sah Nada dabei an und lächelte wieder, und dann sprach er von den Fischen, die die Vögel fraßen. Nada fragte, ob sie schwarzen Kaffee dazu tranken, und er lächelte und lächelte, geduldig, beinahe väterlich, bis die Erinnerung an den Schrei und den Wald blasser wurde. Bis Nada vergaß, dass ihre Arme voller Pflaster waren.

»Ich nehme Sie mit nach Hause«, sagte er. Natürlich meinte er nur, dass er sie mit zurück nach Süderwo nehmen wollte, aber es klang verlockend, es klang, als würde er sie ganz mit nach Hause nehmen wie eine streunende Katze, die er gefunden hatte, oder, in seinem Fall, einen verletzten Vogel.

»Ja.« Nada nickte. »Ja.«

Als sie wieder auf dem Beifahrersitz des Jeeps saß, sah er sie einen Moment lang an, ehe er den Motor startete. »Ich dachte, Sie würden auch wegfahren. Mit der Fähre. Zusammen mit Ihrem Freund.«

»Er ist nicht mein Freund«, sagte Nada. »Er ist – er war – mein Arbeitgeber. In Berlin.«

»Aber Sie werden nicht mehr für ihn arbeiten?«

Nada schüttelte den Kopf.

»Was werden Sie dann tun? Wenn Sie von hier weggehen?«

»Ich weiß es nicht«, antwortete Nada. »Ich weiß es wirklich nicht.«

Merten erweckte den Jeep zum Leben und fuhr langsam die wenigen Straßen durch Dünen, wo die Leute in ihren niedrigen Häusern auf den nächsten Waffeln essenden Besuch warteten.

»Ich bin froh, dass Sie noch hier sind«, meinte er, den Blick jetzt auf die Straße gerichtet. Sie betrachtete die braunen flauschigen Streifen seines Strickpullovers und hätte sich gerne an ihn gelehnt.

»Neulich, ich –«

»Ja«, sagte er. »Natürlich hätten wir das nicht tun sollen. Wegen Annegret. Ich hätte Sie nicht küssen dürfen. Das wollten Sie doch sagen?«

»Nein«, sagte sie.

Er hielt den Jeep an, auf freier Strecke, lange vor dem Wald.

»Nein?«

»Nein«, flüsterte sie. »Das wollte ich nicht sagen.«

Sein Wollpullover war auch von Nahem angenehm flauschig. Er klaubte die restlichen Zweige aus ihrem Haar. Er roch nach Sicherheit und Nordseewind und Wirklichkeit. Nur ein paar verkrüppelte Kiefern sahen durch das Autofenster herein. Er küsste noch genauso gut wie beim ersten Mal. Im Kofferraum des Jeeps lag neben Klopapier, Tomaten und Saftflaschen eine Großpackung

Windeln. Das weiche Etwas in Nada hatte den Schwanz eingezogen und knurrte. Sie fuhren schweigend weiter. Sie hatten nicht länger als eine Minute gehalten, und doch schien es Nada, als wären Stunden vergangen, genau wie im Wald, Stunden in einem einzigen Kuss.

Als er in Süderwo vor dem blauen Haus anhielt und sie ausstieg, kam sie sich vor wie ein dummer Teenager. Sie schloss die Haustür hinter sich und atmete tief durch.

»Marilyn«, sagte sie laut. »Annegret Fessel.« Es half nichts, ihren Namen zu sagen. »Wir sind die Bösen«, sagte Nada.

Das hatte sie schon einmal gedacht. Doch die Märchen gingen nicht gut aus für die Bösen; Prinzessin Marilyn mit ihrem Goldhaar würde Königin werden, und ihre böse Schwester würde einen entsetzlichen Tod sterben, zusammen mit dem Ungeheuer, das die Prinzessin gefangen hielt.

Sie dachte an die Brandwunde auf Marilyns Handrücken und an die Kinder und daran, dass an den Schnitten auf ihren eigenen Armen nur sie selbst schuld war, und sie fluchte lange und laut. Sie konnte es sich nicht vorstellen. Sie konnte sich nicht vorstellen, wie Merten mit seinem weichen Wollpullover und seiner altmodischen Höflichkeit, Merten mit seiner Liebe zu den Inseln und ihrer Natur, mit seiner Sehnsucht danach, alles zu erforschen, mit seinem Fernglas und seinen zoologischen Bezeichnungen – wie Merten Fessel irgendjemandem etwas zuleide tat. Vielleicht stimmte es gar nicht.

Er war einsam, er brauchte einen Gesprächspartner, dessen Verstand auf der gleichen Ebene arbeitete wie sein eigener, jemanden, der seine Zeit nicht nur mit Wäschewaschen und Kindern und dem Besticken von Taschentüchern verbrachte.

Nada versuchte, ihn aus ihrem Kopf zu verbannen. Auf dem Küchentisch, neben der Flasche Strohrum, lagen der Block und ein Stift. Sie konnte sich nicht erinnern, die beiden Dinge dorthin gelegt zu haben, aber vermutlich hatte sie es nur vergessen. Sie schob Mertens Kuss beiseite, setzte sich an den Wohnzimmertisch und schrieb in ordentlichen kleinen Buchstaben ihren letzten Traum auf. Dann holte sie das Telefon, das sich erstaunlicherweise ganz leicht finden ließ, stellte sich vor das Fenster mit den Tassen voller Erde und wählte die Nummer ihrer Eltern.

Die grünen Spitzen der Blumen hatten sich noch ein wenig weiter ans Licht geschoben; eine der Knospen sah man schon ganz deutlich, es würde eine Tulpe werden. Rot. Das Telefon klingelte so lange, dass sie hoffte, es wäre niemand zu Hause.

»Schwarz?« Es war jemand da. »Schwarz? Hallo?«

Nada lauschte dem Nachhall, den die Stimme ihres Vaters in der Telefonleitung hinterließ. Sie betrachtete die roten Gummistiefel an ihren Füßen. Sie hatte vergessen, sie im Haus auszuziehen. Sie dachte, dass sie ihren Vater fragen sollte. Einfach so, aus dem Blauen heraus – weißt du etwas über rote Gummistiefel? Über einen Leuchtturm? Über einen dunklen Raum ohne Fenster und Türen?

»Hallo, mit wem spreche ich? Hallo?«

Sie holte tief Luft. Doch sie wusste nicht, wie sie beginnen sollte. Es war alles zu verworren.

»Sie haben die Nummer der Familie Schwarz gewählt«, sagte ihr Vater und spulte die Zahlen auswendig herunter, rasch und maschinell, sie hatten diese Nummer schon gehabt, als Nada ein Kind gewesen war, sie war nie geändert worden. Er wiederholte die Zahlen. Er gab nicht auf. Er wusste, dass jemand ihm zuhörte.

»Mit wem hatten Sie denn geplant zu sprechen?«

Nadas Mund war trocken. Sie hatte zu lange nichts gesagt. Sie dachte an den allerersten Anruf im Leuchtturm, in ihrem Traum, bei dem das Kind nur in den Hörer geatmet hatte. Jetzt verstand sie das Kind. Sie holte noch einmal Luft, fuhr mit der Zunge über ihre Zähne und schaffte es, den Mund zu öffnen.

Doch ehe ihre Lippen ein Wort formen konnten, sagte ihr Vater noch einmal: »Hallo?« Und dann, ganz plötzlich: »Nil?«

Nada schloss den Mund wieder und hielt den Atem an. Beinahe hätte sie das Telefon fallen lassen.

»Niklas?«, fragte ihr Vater, verunsichert. »Niklas, bist du das?«

Sie hörte jetzt die Stimme ihrer Mutter im Hintergrund, leise, verwaschen, dann näher und deutlicher.

203

»Er ist tot«, sagte sie sanft. »Du weißt, dass er tot ist. Erinnere
dich doch.«

»Niklas?«, fragte Nadas Vater in den Hörer, beharrlich, beinahe
störrisch. »Niklas Heimlicht?«

»Er kann uns nicht mehr anrufen«, sagte Nadas Mutter. Und
dann legte jemand den Hörer auf.

Nada blieb einen Moment sitzen und starrte die Knospe der
roten Tulpe an, das Telefon noch in der Hand. Niklas Heimlicht.
Sie kannte diesen Namen. Sie konnte sich nicht erinnern, woher,
aber sie kannte ihn, sie hatte ihn schon gehört, irgendwann, früher.
Und Nil war also eine Abkürzung von Niklas. Ja. Natürlich.

»Nil und Nada«, sagte sie. »Sie waren niemals Niklas und Nathalie gewesen, sondern immer Nil und Nada, Nichts. *Sie* hatte rote
Gummistiefel. Sie fuhren mit den Fahrrädern in den Wind hinaus,
jeden Tag, und die Sonne schien, und …« Woher waren diese Worte
gekommen? Sie schüttelte den Kopf, suchte mehr Worte und fand
keine. »Nil und Nada«, murmelte sie noch einmal. »Nil und Nada.«

Und plötzlich wusste sie es. Nicht, was es mit Nil und Nada auf
sich hatte, sondern etwas anderes. Sie knallte das Telefon auf die
Kommode und sprang auf.

Sie wusste, wo das Kind war.

Ein dunkler Raum ohne Fenster und Türen. Ein Raum ohne
Ecken. Egal, wie lange man an der Wand entlangging, da waren
keine Ecken. Die Lösung war ganz einfach.

»Der Raum ist rund«, sagte Nada laut. »Er ist rund wie die
Räume im Leuchtturm. Und bei Flut dringt das Wasser durch die
Wand. Der Raum befindet sich im Leuchtturm. Unter dem Leucht-
turm.«

Sie nahm das Fahrrad. Der Nebel war dabei, sich zu verziehen, sie
fand den Weg durch die Heide ohne Probleme. Sie brauchte nicht
einmal eine halbe Stunde. Als sie ihre Hand auf die Klinke legte, war
das Zittern zurückgekommen, das gleiche Zittern, das sie am Kai
von Dünen gepackt hatte. Wenn eine Luke da war und eine Leiter,
die in einen Keller führte, dann würde sie hinuntersteigen müssen.
Damit das Schreien aufhörte. Damit der Traum vom Leuchtturm

aufhörte. Damit sie wieder ein normales Leben führen konnte. Es würde dunkel sein dort unten, sehr dunkel, dunkler als alle Dunkelheit der Welt zusammengenommen. Sie fühlte sich nicht bereit dazu, in diese Dunkelheit hinabzugehen. Aber sie würde nie bereit sein.

Sie sah sich um. Sie war sehr allein. Sie war immer allein gewesen, hatte immer alles allein getan, alles alleine bewältigt. In diesem Moment wünschte sie zum ersten Mal, jemand wäre bei ihr. Merten. Am besten Merten. Er würde über ihre Angst lächeln und die Tür zum Leuchtturm für sie öffnen, sie aufhalten, damit sie hindurchgehen konnte, höflich und altmodisch, und drinnen würde er –

»Begreif es, Idiotin«, zischte sie sich selber zu. »Er ist nicht hier. Und vermutlich ist es sogar besser so.«

Sie schloss die Augen, versuchte, sich innerlich zu stählen – was für ein dummer Ausdruck – und riss die Tür mit einem Ruck auf. Der Raum dahinter war noch immer leer. Nur vor seinen Fenstern lag jetzt eine weite glitschige Fläche ohne Nebel und ohne Wasser. Das Meer war gegangen und hatte nur das Watt zurückgelassen, feucht glänzend wie ein neugeborenes Kind. Wenn man jetzt bis zum Horizont ginge, dachte Nada, könnte man dort eventuell ein Telefonkabel finden. Oder, wenn Frank recht hatte, nicht.

Ein paar Möwen stelzten gedankenverloren durch den schmierigen Glanz; suchten die verbliebenen Tümpel nach kleinen, hilflosen Fischen ab. Ein Sonnenfleck fiel durch eines der Fenster auf den Boden. Und in diesem Sonnenfleck –

In diesem Sonnenfleck fand Nada keine Luke. Sie fand nirgendwo eine Luke. Es gab keine. Sie ließ sich auf die Knie nieder und kroch über den ganzen Boden. Die Stellung erinnerte sie unangenehm an Dinge, die in dem blauen Ferienhaus geschehen waren, aber sie fand nichts. Schließlich begann sie, wütend mit beiden Fäusten auf den Boden zu hämmern. Sie fühlte sich betrogen, wie jemand, der bereit war, zu sterben, und den man auf dem Richtblock freilässt und ihm sagt, alles sei nur ein großer Spaß gewesen.

»Ich wollte es tun!«, schrie sie. »Ich wäre hinuntergestiegen! Ich will, dass es aufhört! All diese seltsamen Sachen, sie sollen aufhören! Es ist nicht gerecht!« Sie wusste, dass sie sich benahm wie ein Kind, doch das war ihr egal; sie schrie Leute an, die nicht hier waren, weil es sie nicht gab, und auch das war egal. Sie musste irgendjemanden anschreien. »Von mir aus *ist* es gerecht! Es ist völlig gerecht, ich habe es nicht besser verdient, ich bin eine von den Bösen, bitte, aber das macht es nicht besser! Das macht es – nicht – besser!«

Ihre Finger schmerzten. Der Boden war hart. Sie hämmerte weiter darauf, spürte seinen unpersönlichen, holztoten Widerstand – und plötzlich fiel ihr etwas auf. Sie hämmerte weiter – und lauschte. Das Hämmern besaß einen Klang. Es war nicht dumpf, es wurde nicht durch den Boden unter den Brettern geschluckt, die Bretter schwangen.

Unter ihnen befand sich ein Hohlraum. Wie der Hohlraum einer riesigen Trommel. Vielleicht, dachte Nada, lagen die Bretter einfach auf Balken auf, vielleicht waren da nur ein paar Zentimeter Luft zwischen Strand und Brettern. Aber es hörte sich nicht nach ein paar Zentimetern an. Es hörte sich nach Metern an, nach einer großen dunklen Tiefe. *Es gab einen Keller.*

Nur war er nicht von hier aus zu erreichen, nicht durch eine Luke, wie sie geglaubt hatte. Der Zugang musste sich außen befinden, außen in der Mauer. Es hat eine Tür gegeben, hatte das Kind gesagt, früher ...

Nada sprang auf und rannte zurück nach draußen, und dort begann sie mit bloßen Händen, den Sand aufzugraben. Er war kalt und feucht von den tausend winzigen Tropfenzungen des vergangenen Nebels, sie stieß auf Steine und Muscheln und brach sich die Fingernägel ab, die vor einer Unendlichkeit in Berlin sorgfältig gefeilt und lackiert gewesen waren und hier nicht mehr wichtig. Sie begann direkt neben der Tür zum unteren Raum zu graben, grub an der Mauer entlang nach unten, und die Mauer verwandelte sich von Backstein in Naturstein.

Nada kam nur langsam voran, in Bruchteilen von Bruchteilen von Metern, doch je tiefer sie kam, desto mehr nasser Sand fiel in

Klumpen von oben in die Grube, die sie schuf. Das ganze Vorhaben war von vornherein sinnlos, sie wusste es. Sie konnte nicht aufhören. Sie machte die Grube größer, breiter, scharrte weiter an der Wand entlang, zur Seite, wer sagte ihr, dass die Tür zum Keller sich unter der Tür zum Erdgeschoss des Turms befand? Sie konnte überall sein. Sie konnte metertief liegen. Nadas Schnittwunden waren wieder aufgegangen, auch ihre Fingerspitzen bluteten, und ihre Knie schmerzten. Das Meer kehrte zurück und brachte eisigen Wind mit, eisiger als zuvor – sie achtete nicht darauf, sie verlor den Überblick über die Zeit, sie grub wie in Trance –

Und dann fand sie etwas. Keine Tür. Etwas Hartes, Metallenes: einen Blechstreifen mit vier Rillen, zwei an jedem Rand, ein wenig verbogen und mit abgebrochenen Schweißstellen in der Mitte. Nada legte ihn beiseite. Als Nächstes fand sie einen kleinen runden Gegenstand mit einem Hebel, der in sein hohles Inneres führte. Und Nada verstand.

»Eine Fahrradklingel«, flüsterte sie. »Und – ein Schutzblech.«

Sie legte beides oben auf den trockenen Sand, stieg wieder in ihre Grube und arbeitete weiter, Worte vor sich hin wispernd. »Sie fuhren mit den Fahrrädern in den Wind hinaus, jeden Tag, und die Sonne schien ...«

Nach und nach fand sie immer mehr Teile von Fahrrädern und reihte sie oberhalb ihres Grabens auf wie die Teile eines Dinosaurierskeletts. Es waren zwei Räder, Kinderfahrräder, verbeult und verbogen, verrostet und zerfressen von Zeit und Gezeiten, von Salz und Sand. Sie hatten etwas von Grabbeigaben, und Nada schauderte, als sie das dachte. Es war, als fände man auf der Autobahn nahe bei einem Unfallort einen Kinderschuh. *Niklas*, sang es in ihrem Kopf, *Niklas Heimlicht, Nil und Nada, er kann uns nicht mehr anrufen, du weißt, dass er tot ist. Erinnere dich doch. Erinnere dich.*

»Ich will mich ja erinnern!«, schrie sie in den eisigen Wind. »Aber woran denn? *Woran?*«

Der Wind trug ihre Worte fort, und hinter ihr hallten sie wider, jedoch nicht als Worte, sondern als das Bellen eines Hundes. Nada fuhr herum. Oben, am Rand der Grube, stand Friemanns Hund und sah zu ihr hinunter.

»Du weißt alles«, sagte Nada, »nicht wahr? Warum weißt du alles, und ich weiß nichts? Du bist nur ein Hund, und ich bin Nada Schwarz, Managerin der erfolgreichsten Restaurantkette Berlins, und trotzdem – du warst dabei, als er hergekommen und ins Wasser gegangen ist, nicht wahr? Du hast es gesehen! *Ist* er denn ertrunken? Ist er wirklich tot?«

Da drehte der Hund sich um und trottete davon, den Strand entlang, und Nada schüttelte den Kopf.

Sie grub weiter. Wenn sie die Tür fände, dachte sie, würde sie alles verstehen. Ihre Hände waren taub vor Kälte, ihre blutigen Fingerspitzen verkrustet mit Sand. Vielleicht, dachte sie, grub sie auch, um das kleine weiche Ding in sich zu betäuben, das mit seinen scharfen Krallen unaufhörlich an ihr riss, seit sie Frank auf die Fähre geschickt hatte. Seine Krallen erinnerten sie an die Scherben der Nacht mit Frank, und wenn sie lange genug grub und die Tür fand, würde es vielleicht in ihr erfrieren und aufhören, so wehzutun.

Sie grub und grub und grub, und die großen, kalten Natursteine des Fundaments gaben noch immer nicht preis, ob sie einen Kellerraum verbargen.

»Es ergibt gar keinen Sinn, einen Keller unter einen Leuchtturm zu bauen«, sagte sie laut.

»Ergibt es Sinn«, fragte jemand, »einen Leuchtturm *über* einen Keller zu bauen? Licht über Dunkelheit.«

Als Nada sich diesmal umdrehte, stand am Rand des Grabens jemand Neues. Dort stand Marilyn, in ihrem kurzen dunkelgrauen Kleid und ihren schwarzen Strumpfhosen, die Füße in hohen Männerstiefeln. Mertens Stiefel, dachte Nada. Besaß Marilyn keine eigenen Schuhe?

Offenbar passte Aike Friemann wieder auf ihre Kinder auf. Nada sah Marilyn unscharf, ihre blonden Locken leicht verzerrt wie in einem gebogenen Spiegel.

»Nada Schwarz«, sagte Marilyn. »Managerin der erfolgreichsten Restaurant-Kette in Berlin.«

Und dann zog sie mit quälend langsamen Bewegungen ihr dunkelgraues Kleid aus. Ihre Figur zitterte und wölbte sich noch immer wie in einem Zerrspiegel. Sie löste die Haken ihres BHs und streifte die Strumpfhosen ab, und Nada dachte: Sie muss doch frieren, sie muss noch viel mehr frieren als ich.

»Was soll das?«, fragte sie. »Warum tun Sie das?«

Marilyn antwortete nicht. Sie streifte ihre Unterhose ab und ließ sie zu den übrigen Kleidern in den kalten Sand gleiten, und einen Moment lang stand sie vollkommen nackt da.

Sie war wirklich hübsch, doch wenn ihre Umrisse noch weiter verschwammen, würde sie sich auflösen, Nada war sich sicher.

»Hören Sie auf damit!«, rief sie. »Hören Sie auf, sich aufzulösen!«

»*Sie* frieren«, sagte Marilyn. »Sie sehen nicht mehr richtig, weil Sie zu sehr frieren.«

Nada versuchte, aufzustehen. Sie kam nicht auf die Beine. Sie spürte ihren Körper kaum noch vor Kälte. Winter, dachte sie, es wird Winter. Marilyn drehte sich um. Über ihren Rücken liefen Dutzende dünner roter Streifen. Nadas Augen tränten vom kalten Wind, sie konnte nicht sagen, ob die Striemen die Spuren von Schlägen waren oder Verbrennungen wie die an Marilyns Handrücken. Marilyn drehte sich schweigend zurück und zog sich wieder an. Danach verschwand sie über den Strand, genau wie der Hund verschwunden war. Nada schüttelte den Kopf, verständnislos oder nicht bereit, zu verstehen, und grub mit ihren tauben Händen weiter.

Es begann jetzt, dunkel zu werden. Die Zeit war also nicht ganz verloren gegangen. Nichts, dachte Nada, erwies sich in der realen Welt als unerklärlich. Ein Hund, der alleine spazieren ging, eine junge Frau, die sich auszog, ein paar verrostete Fahrradteile, ein Leuchtturm, der über eine Fernsteuerung nach Jahren wieder angeschaltet worden war – das alles war nicht unmöglich. Die unmöglichen Dinge geschahen nur in ihrem Traum.

Als sie sich das nächste Mal umdrehte, stand wieder jemand anderer oben am Rand des Grabes. Hatte sie »des Grabes« gedacht?

Des Grabens, es musste des Grabens heißen. Am Rand des Grabens stand ein Mann. Sie konnte ihn kaum erkennen, diesmal lag es an der Dämmerung. Er war groß und kräftig. Er trug einen Strickpullover.

»Nada«, sagte er.

»Merten«, sagte sie.

Einen Bruchteil eines Bruchteils eines Moments hatte sie gedacht, es wäre Nil, und etwas in ihr war erleichtert gewesen. Aber Nil lebte nur in ihrem Traum, sie durfte das nicht vergessen, in der Wirklichkeit war er tot, ertrunken im Novembermeer. Merten bückte sich und hob etwas auf, es hing von seiner ausgestreckten Hand wie ein totes Tier. Marilyns BH. Und ihre Unterhose. Sie hatte ihre Unterwäsche nicht mitgenommen.

Nada stützte sich mit den sandigen, wunden Händen am Stein der Mauer ab und versuchte, endlich aufzustehen, aus der Grube zu klettern – sie wollte nicht zu Merten aufsehen. Was seltsam war; es hatte sie weniger gestört, zu Marilyn aufzusehen. Sie versuchte, Mertens Gesicht zu erkennen, doch es verschwamm vor ihren Augen. Sie schaffte es nicht, zu Merten hochzuklettern. Ihr kam der Gedanke, dass er vielleicht nicht real war, dass keiner von ihnen real war, weder der Hund noch Marilyn noch Merten, dass ihr erfrorenes, erschöpftes Hirn sich diese Besucher nur einbildete. Sie hatte den ganzen Tag über nichts gegessen als ein Matjesbrötchen, und es war November, und sie grub seit Stunden eine Tür aus, die es nicht gab.

Sie wollte zu Merten oder Mertens Erscheinung sagen, dass es nicht so war, wie er dachte, falls er dachte, was sie dachte, dass er dachte, dass sie und Marilyn miteinander – war es das, was Marilyn gewollt hatte?

Seine Gestalt war riesenhaft vor dem wabernden Abendlicht des Himmels.

»Es gibt etwas, das ich klarstellen möchte«, sagte er, und seine Stimme war freundlich wie immer, am ehesten traurig. »Es ist nicht so, wie du denkst, falls du denkst, was ich denke, dass du denkst.«

Nada sackte zurück auf die Knie, ihre Beine waren zu erfroren, sie schaffte es nicht, länger zu stehen.

»Ich bin kein Ungeheuer. Es ist nicht wahr. Es ist nicht wahr, dass ich meine Frau schlage.«

»Ha«, sagte Nada. Sie war nicht mehr fähig dazu, lange Sätze zu sagen wie: »Ich weiß, dass es falsch ist, aber es ist mir womöglich egal, ob du sie schlägst, und ich würde hier und jetzt mit dir schlafen, wenn mir nicht so kalt wäre.«

»Ha« war alles, was sie sagen konnte, ein verächtlicher, ungläubiger Laut, vielleicht wahrer als alles andere.

»Ich schlage sie *nicht*«, wiederholte Merten. »Ich habe nie die Hand gegen sie erhoben.« Er ließ den BH fallen, und der BH rutschte den Abhang hinunter und landete direkt vor Nada im Sand, ein schwarzer Spitzenumriss auf dunkelgrauem Sand. »Es ist ein großes Rätsel«, sagte Merten leise, »warum Lebewesen die Dinge tun, die sie tun. Und was sie in Extremsituationen tun. Ein ganzes Forschungsgebiet.«

Er hatte das schon einmal gesagt … Nada sah den BH an. Die Spitzeneinfassung war ein Gespinst aus feinen Eisblumen. Winter. Als sie aufblickte, war Merten fort. Es gab, dachte Nada, eine winzige Chance, den Bruchteil eines Bruchteils … dass er die Wahrheit sagte.

Dass er sie nicht schlug.

»Aber wer«, flüsterte Nada, ihre Worte schleppend, mühsam, »wer … tut es … dann?«

Nachdem Merten gegangen war, grub sie nur noch sehr langsam. Sie sah nichts mehr. Ihre Hände arbeiteten automatisch. Die Dunkelheit hüllte sie ein, über dem Horizont ging irgendwo groß ein Mond auf, der beinahe voll war, und schließlich tauchte eine vierte Figur am Rand von Nadas Grube auf, eine Figur, die den Mond verdeckte und sein Licht ausschloss. Nada war zu weit weg von der Wirklichkeit, um zu erschrecken.

Die Figur stand eine Weile da, und auch sie, dachte Nada, würde etwas sagen oder tun, das Nada nicht begriff, um dann wieder zu verschwinden. Doch die Figur tat etwas anderes. Sie hockte sich hin und rutschte hinunter in den Graben. Sie erkannte die Figur nicht, auch nicht im Mondlicht, alles verschwamm wieder vor ihren

211

Augen, und sie spürte, wie ihr Kreislauf endgültig wegsackte. Die Figur packte Nada unter den Achseln und schleifte sie den sandigen Abhang hoch, schleifte sie über den Strand … Wohin, wollte Nada fragen, wohin bringen Sie mich? Doch stattdessen schloss sie die Augen.

Zwei kräftige Arme legten sie auf etwas, das vielleicht ein Fahrrad war, etwas, das geschoben wurde. Rosa, dachte sie, es musste Rosa Friemann sein, die das Rad schob. Auf einmal war ihr warm, viel zu warm, sie spürte eine Ader an ihrer Schläfe pulsen, und sie spürte ihr Herz. Es schlug sehr, sehr langsam. Irgendwo hinter ihnen wanderte das Licht eines Leuchtturms über das Meer.

Zu einem ungewissen Zeitpunkt begriff Nada, dass sie im Bett lag. Sie trug ihre nassen Kleider nicht mehr, sie trug einen trockenen, zu großen Schlafanzug, und jemand hatte eine Decke über sie gebreitet. Da war eine altmodische Gummiwärmflasche an ihren Füßen und eine zweite in ihrem Rücken, die Wärme ließ den Kampfergeruch des Bettes zu einer Wolke werden, die sie einhüllte wie eine zweite Bettdecke. Sie hörte, dass ihre Zähne aufeinanderschlugen, obwohl sie schwitzte.

Es war nicht ganz dunkel im Raum, der Mond schien herein und warf die Schatten der wachsenden Pflanzen auf dem Fensterbrett an die Wand gegenüber. Beinahe kam es ihr vor, als könnte sie die Pflanzen wachsen sehen, *meine* Pflanzen, dachte sie, zum Glück geht es ihnen gut, zum Glück geht es irgendjemandem gut – sie schoben sich langsam aus der Erde, Millimeter um Millimeter, und die Hyazinthe öffnete eine erste glasblaue Blüte …

Als sie erwachte, war es Tag. Ihr Kopf dröhnte, als hätte sie einen Kater, sie nieste ein paar Mal, ehe sie sich aufsetzte. Aber sie fühlte sich nicht mehr schwindelig oder fiebrig. Am Fenster stand ein Mann und sah hinaus, und da es keine Möbel im Raum gab, wusste sie, wie die Nase des Mannes aussah. Sie lächelte, als sie diesen Satz dachte.

»Niklas«, sagte sie. »Niklas Heimlicht.«

Er drehte sich um und lächelte mit seiner schiefen Nase. Sein

Lächeln war nicht so schön wie das von Merten, es war eigentlich gar nicht schön, es war ein wenig verunglückt. Zum ersten Mal dachte sie, dass er vielleicht nicht mit dieser Nase geboren worden, sondern in etwas wie eine Schlägerei oder einen Unfall geraten war. Das weiche Etwas in ihr hob den Kopf und schien zu lauschen. Es freute sich, Nil zu sehen.

»Ja«, sagte er. »So heiße ich.«

»Ich dachte, Sie wissen nicht, wie Sie mit vollem Namen heißen.«

Nada schlug die Decke beiseite.

»Ich habe mich erinnert«, sagte Nil. »Nil ist nur eine Abkürzung.«

»Nil und Nada«, sagte Nada. »Sie waren niemals Niklas und Nathalie gewesen, sondern immer Nil und Nada, nichts. Sie hatte rote Gummistiefel. Sie fuhren mit den Fahrrädern in den Wind hinaus, jeden Tag, und die Sonne schien, und –«

»Und?«

»Das ist alles. Alles, woran ich mich erinnere. Ich habe mich plötzlich daran erinnert, gestern. Ich …«

Sie brach ab und ging zum Fenster, um mit ihm zusammen hinauszusehen. Sie wollte sich darüber ärgern, dass er ihr nichts erklärte, obwohl er vielleicht etwas wusste. Wenn auch er sich erinnert hatte. Woran hatte er sich erinnert? Nur an Bruchstücke, Sätze, so wie sie? Auf seinem verunglückten Gesicht lag ein so heller Glanz, dass sie ihren Ärger vergaß. Er zeigte nach draußen. Das Fenster, vor dem sie standen, sah nicht aufs Meer, sondern auf die unendliche leere Strandwüste. Nur war sie nicht mehr unendlich und leer.

»Guck!«, sagte Nil, in einer Mischung aus Erstaunen und kindlicher Freude. »Die Kiefern sind wiedergekommen. Sie haben die Heide mitgebracht und das Gras. Alles kehrt zurück, die ganze Welt, die wir verloren hatten. Wir werden sie wiederfinden.«

Der Mond war beinahe voll. Er betrachtete ihn einen Moment lang, ehe er die Tür zum Lichthaus Nord aufschloss. Er fragte sich, ob Nada in diesem Moment den gleichen Mond sah, meilenweit entfernt. Mehr als Meilen, eine ganze Welt entfernt, Lichtjahre. Er betrat das Restaurant, legte den Hauptschalter um und kniff die Augen zusammen.

Er hatte es nicht so hell in Erinnerung. Es tastete sich zu einem der Stühle hin, blind vom grellen Licht wie ein Maulwurf, blind wie ohne seine Brille, wie auf dem Boot mit Nada und im Wohnzimmer des blauen Hauses. Die Erinnerung kam ihm jetzt unwirklich vor. Als hätte jemand ihm von all dem nur erzählt, als hätte er es nicht selbst erlebt. War er tatsächlich vor sechsunddreißig Stunden in die eiskalte Novembernordsee gesprungen, um Nada herauszuziehen? Hatte er sie in einem nebeligen Stück Wald verloren und dann darin wiedergefunden, panisch, schreiend und um sich schlagend? Hatte er auf einem Teppich voller Glasscherben mit ihr geschlafen? Er wollte nicht daran denken. Er kam sich nackt vor in all dem Licht.

Aber seine Augen hatten sich jetzt daran gewöhnt, und er sah sich um. Die Blumen lagen nicht unausgewickelt auf einem Tisch, wie er gedacht hatte. Das Küchenpersonal musste sie in die weißen Vasen gestellt haben. Um Frank war Frühling.

Die Tulpen waren aufgegangen, streckten ihre Stiele aus den Vasen hinaus, gierig nach dem Tageslicht. Er wusste, dass Tulpen weiterwuchsen, nachdem man sie abgeschnitten hatte. Er hatte die Tatsache nie begriffen. Auf einem der Tische glänzte ein Stapel frischer, nie benutzter Speisekarten. Er musste einen neuen Termin für die Eröffnung festsetzen. Alles neu organisieren. Er sah wieder vor sich, wie Nada am Hafen stand, hörte die letzten Worte, die sie gerufen hatte: »Denk an das Licht! Du brauchst Licht, viel Licht, damit man die Dunkelheit unter den Tischen nicht bemerkt!«

Er bückte sich und sah unter den Tisch. Auch unter dem Tisch war es hell, das Tageslicht reichte überall hin. Aber natürlich hatte sie etwas anderes gemeint, und zum ersten Mal hatte er das Gefühl, dass etwas im Lichthaus – in den Lichthäusern – nicht stimmte. Etwas war verkehrt. Er stand auf und begann, zwischen den weiß gedeckten Tischen hin und her zu gehen. Er kam nicht darauf, was es war, das nicht stimmte.

Doch auf einmal war ihm kalt. Der Umschlag lehnte noch immer an der Vase, in der Nadas Hyazinthen verwelkt waren. Einer der Köche hatte die Blumen weggeworfen, jetzt standen Narzissen in der Vase, strahlend gelb wie kleine Frühlingssonnen, duftend, schön.

Frank nahm den Umschlag mit Nadas Namen und der Adresse des Restaurants darauf. Natürlich war er noch immer leer, Frank drehte ihn zwischen den Fingern, dann steckte er ihn in die Tasche. Er hätte ihn nie öffnen sollen. Er hätte ihn wegwerfen sollen, gleich, als er ihn aus der Post gezogen hatte. Wenn er ihn nicht geöffnet hätte, wäre nichts von dem passiert, was passiert war.

Dann wäre Nada jetzt hier, irgendwo in Berlin, sie würde von Termin zu Termin hetzen, keine Zeit für ein privates Gespräch mit irgendjemandem haben, nicht einmal für ihre Eltern, aber manchmal, am Abend, würde sie sich zu einer Besprechung mit ihm in einem der Lichthäuser treffen, einen Strauß Blumen im Arm. Sie wäre nicht glücklich, und er wäre nicht glücklich, doch sie wären zu zweit unglücklich, und das wäre besser als nichts. Es war immer so gewesen, über Jahre.

Und er hätte nie gemerkt, dass in den Lichthäusern etwas verkehrt war.

Auf einmal sehnte er sich nach der Dunkelheit der Stadt vor der Tür.

10

Als Nada die Wendeltreppe zum Erdgeschoss des Leuchtturms hinunterging, kam es ihr vor, als wären Jahre vergangen, seit sie hier gewesen war.

In der realen Welt war zu viel geschehen. Frank. Und der Nebelwald. Und Merten. Und Marilyn ohne Kleider.

Hier war nichts geschehen, gar nichts. Die Ikea-Möbel standen noch immer da und schienen sie anzusehen, erwartungsvoll, die bereits zusammengebauten etwas ratlos.

»Es muss ein seltsames Gefühl sein, wenn man nicht weiß, wozu man da ist«, sagte sie. Nil war hinter ihr die Treppe heruntergekommen. Er fuhr mit der Hand die hölzerne Rundung eines QUARTENFJOL entlang. »Wissen Sie denn, wozu Sie da sind?«

»Sicher«, sagte Nada. »Ich bin hier, um die Möbel zusammenzubauen. Und um eine Tür zu finden. Es muss eine Tür zum Keller geben, wo das Kind sitzt. Das anruft, Sie wissen schon.«

»Das Kind – sitzt im Keller?«, fragte Nil und betrachtete die Moppe.

»Das ist eine Moppe«, sagte Nada.

»Ach«, sagte Nil.

»Ich dachte zuerst, es könnte eine Luke geben«, erklärte Nada, plötzlich froh, ihm Dinge erklären zu können. »Es gab keine. Die Tür muss sich außen befinden. Aber ich bin nicht weit genug gekommen mit dem Graben. All diese sinnlosen Fäden ... Sie müssen irgendwie zusammenführen.«

»Ach«, sagte Nil wieder.

»Sagen Sie nicht immer Ach!«, rief Nada. Ihre Freude, ihn zu sehen, wich der alten Ungeduld. »Sie, Sie gehören auch zu den sinnlosen Fäden! Der Umstand, dass Sie aufs Dach geweht wurden! Und dass Sie nichts über sich wussten! Jetzt haben Sie plötzlich sogar einen Nachnamen! Und Sie haben meine Eltern angerufen. Früher, ehe Sie ertrunken sind.«

Nil hob die Augenbrauen in aufrichtigem Erstaunen. »Ach«, sagte er.

Nada schnaubte. »Jedenfalls weiß ich, wozu ich da bin«, wiederholte sie und riss die Tür auf. Es gab keinen Graben. Sie fluchte. Natürlich, sie hatte nicht im Traum gegraben, sondern in der Realität. Sie würde noch einmal von vorne anfangen müssen.

»Wozu sind *Sie* denn da?«, fragte sie ärgerlich.

»Ich glaube, zu nichts«, erwiderte Nil nachdenklich. »Ich glaube, es kommt nicht darauf an, wozu man da ist, sondern, was man tut.«

»Wie bitte?«

Sie ging zurück nach drinnen und fand die Liste der Möbel, die sie noch zusammenbauen musste. Sie würde die Liste ändern. Sie würde sich die Zeit einteilen zwischen Graben und Möbelzusammenbauen. Für die Zeiteinheit von fünf Moppen würde sie bauen, danach für drei Moppen graben; insofern würde sie schneller bauen als graben, und falls die Tür erst existieren *konnte*, wenn sie mit allen Möbeln fertig war, wäre es daher sinnvoll, zuerst die Möbel fertigzustellen ...

»Ja, es kommt darauf an, was man tut«, meinte Nil hinter ihr.

»Nicht darauf, eine Bestimmung zu erfüllen, verstehen Sie? Ich könnte zum Beispiel, von höherer Stelle aus, die Bestimmung haben, einen rot-weiß gestreiften Dauerlutscher zu erfinden, stattdessen aber etwas ganz anderes tun. Etwas, das mir besser gefällt. Dann wäre der Dauerlutscher nicht mehr wichtig, da ich ihn ja nicht erfunden hätte, es wäre nur noch wichtig, was ich stattdessen täte.«

»Zum Beispiel?«, fragte Nada verwirrt.

»Zum Beispiel sehe ich mir jetzt die Kiefern an«, erklärte Nil und ging nach draußen. »Sie sind schön. Ich habe die Dinge vermisst, all diese verlorenen Dinge.«

»Kiefern sind keine Dinge«, knurrte Nada, während sie einen Karton mit einer VIENSKE öffnete. »Kiefern sind Pflanzen. Merten Fessel weiß vermutlich, welcher Familie und Unterart sie angehören.« Sie sah auf. »Und Sie hätten die Tür ruhig hinter sich schließen können.«

Sie sah Nil zwischen den Kiefern und der neu existenten Heide hindurchspazieren, ohne Eile, ohne Ziel.

»Einen rot-weiß gestreiften Dauerlutscher zu erfinden«, wiederholte sie und schüttelte den Kopf. Es waren kindliche Worte, nein, es waren die Worte eines Kindes. Als wäre er als Kind verloren gegangen und hätte sich dann später wiedergefunden, im Körper eines Erwachsenen. »Ich habe ihn als Kind gekannt«, sagte sie zu sich selbst. »Ich *muss* ihn als Kind gekannt haben. Nil und Nada. Die Sonne schien, wir fuhren mit Fahrrädern in den Wind hinaus, und ich hatte rote Gummistiefel ... Die Stiefel, die Niklas Heimlicht als Erwachsener mit nach Nimmeroog gebracht hat, in einer Plastiktüte, waren meine.« Sie sah auf ihre Füße hinab. »Sie sind immer noch meine«, verbesserte sie sich. »Sie passen mir noch. Ich begreife nichts. Ich begreife gar nichts. Woher kommt das Blut?«

Sie seufzte und begann, eine SIBERLINE zu bauen, die drei Ecken besaß, jedoch keine Kanten. Selbst die Geometrie schien hier (oder bei Ikea) nicht zu funktionieren. Schließlich ließ sie die Siberline auf dem Karton eines LEIERMÖRTS stehen, ging hinaus und grub.

Sie fand auch hier keine Tür. Sie fand gar nichts. Sie grub und baute abwechselnd, genau nach Plan, und selbstverständlich klingelte zwischendurch das Telefon, oben unter der Bettdecke, und sie sagte dem Kind, dass es in einem runden Kellerraum festsaß, aber sie konnte nicht verstehen, was das Kind sagte, die Leitung war gestört. Und sie baute und grub weiter, baute und grub, vielleicht würde es bis in alle Ewigkeit so weitergehen. Sie würde niemals mit allen Möbeln fertig werden und niemals die Tür zum Keller finden, und die Anrufe des Kindes würden niemals aufhören.

»Es ist wie mit Sisyphus«, sagte Nil.

Nada sah auf. Es war nicht Nil. Es war Rosa.

»Ich bringe Ihnen heiße Suppe«, sagte sie, und erst da merkte Nada, dass sie im Bett saß, in mehrere Kissen gestützt, im Dachschlafzimmer des blauen Ferienhauses.

»Heiße Suppe ist gut, wenn man krank ist«, erklärte Rosa. Nada nahm die Suppenschale dankbar in beide Hände, eine weiße Suppenschale, bemalt mit kleinen blauen Fischen. Seltsam, egal, wie oft sie sich sagte, es könnte nicht sein, die Suppe hatte den Geschmack von Hering und Kaffee. Rosa fühlte ihre Stirn. »Das Fieber ist wiedergekommen …«

»Sisyphus«, wiederholte Nil.

Nada schüttelte den Kopf. Sie saß nicht im Bett in dem blauen Haus. Sie hockte vor einer gerade fertiggestellten MIEMSE, einer Art Lampe ohne Glühbirnenfassung, und Nil stand im Türrahmen. »Sie bauen und bauen, aber keines dieser Möbelstücke hat einen Sinn, und Sie werden unendlich lange brauchen. Ich habe mir die Dinger angesehen. Man kann sie nicht benutzen. Zu gar nichts.«

»Sie existieren, das reicht«, beharrte Nada. »Deshalb muss man sie zusammenbauen. *Ich* muss sie zusammenbauen. Und außerdem ist mir neu«, fügte sie schnippisch hinzu, »dass Sisyphus Ikea-Möbel zusammengebaut hat. Ich dachte, er wäre damit beschäftigt gewesen, diesen Stein zusammenzubauen. Ach, nein. Den Berg hinaufzurollen. Sie bringen mich ganz durcheinander.«

»Natürlich«, sagte Rosa. »Das war er. Beschäftigt mit einem Stein.« Sie nahm Nada die leere Suppenschüssel und den Löffel aus der Hand und drückte sie sanft zurück in die Kissen.

»Sind sie nicht schön?«, fragte Nil.

Sie blinzelte. Er kniete neben ihr und hielt zwei kleine Kiefern-zapfen zwischen Daumen und Zeigefinger.

»Hören Sie auf damit!«, rief Nada. »Hören Sie auf, ständig zu verschwinden und wieder aufzutauchen!«

»Zu verschwinden?«, fragte Nil. Er runzelte die Stirn, was seine Nase noch ein wenig schiefer machte, und streckte die Hand aus, um Nadas Stirn zu fühlen. »Sie haben ja Fieber.«

»Und ich dachte«, murmelte Nada, »ich wäre nur in der Realität krank.«

»Das sind Sie«, sagte Rosa und steckte die Decke um sie fest. »Sie sind in der Realität ziemlich krank.«

»Sie sollten sich hinlegen«, sagte Nil.

»Ich liege doch!«, schrie Nada, aber es war nicht wahr, sie saß zwischen den Ikea-Möbeln auf dem Boden.

»Ich bringe Sie nach oben«, sagte Nil. »Schlafen Sie eine Weile. Sie sollten auch die Gummistiefel ausziehen. Sie lagen heute Morgen mit Gummistiefeln im Bett.« Er half ihr auf die Beine und zog sie in Richtung Treppe.

»Nein!«, rief Nada. »Es sind noch so viele Möbel auf der Liste! Und ich muss weitergraben! Wenn ich es nicht tue, wird es keiner tun!«

»Sie meinen, ich sollte graben«, stellte Nil fest. »Von mir aus. Haben Sie eine Schaufel?«

Sie schüttelte den Kopf, sah auf ihre Hände hinab und merkte, dass sie verbunden waren.

»Lassen Sie die Bandagen schön, wo sie sind«, mahnte Rosa. »Ihre Fingerspitzen müssen heilen. Und die Schnitte in Ihren Handflächen auch.«

»Rosa«, wisperte sie erschöpft. »Rosa, ich kann das nicht mehr. Es … flackert. Die Realität und mein Traum … Ich bin keine fünf Minuten in einem von beiden … Hilf mir!« Sie hatte das *Sie*, hatte alle Distanz irgendwo im Fieber verloren.

»Sollen wir einen Arzt holen? In Dünen gibt es einen Arzt.«

»Nein. Eine Schaufel!«, flüsterte Nada. »Ich brauche keinen Arzt. Ich brauche eine Schaufel!«

Nil trug sie beinahe die Treppen hinauf, sie hatte plötzlich keine Kraft mehr, sich zu sträuben. Oben drückte er sie sachte auf die Matratze.

»Eine Schaufel«, sagte Rosa.

Sie stand neben Nadas Bett und hatte tatsächlich eine Schaufel in der Hand, einen Spaten vielmehr, das richtige Werkzeug zum Ausheben von Graben und Gruben und Gräbern. Nada griff danach wie nach einem Rettungsring, zog den Spaten zu sich ins Bett und merkte, wie die Realität wieder mit ihrem Traum verschmolz. Wenn sie weiter so rasant die Seiten wechselte, würde sie den Verstand verlieren, alles drehte sich um sie, und ihr Kopf schmerzte so sehr, dass sie nicht sicher war, ob sie es noch länger aushalten konnte. Sie drückte den Spaten mit einer Hand an sich und streckte die andere aus.

»Halt mich fest!«, flüsterte sie. »Bitte, halt mich fest, damit ich bleiben kann!«

Sie hatte den Satz zu Rosa gesagt, Rosa, die sie behandelte wie ein krankes Kind. Und Rosa hielt sie fest.

Ja. In dieser Nacht saß Rosa Friemann auf einem unbequemen Stuhl neben dem Bett eines Kindes, das erwachsen geworden war. Sie wiegte das Kind in ihren Armen, und sie weinte. Ihre Tränen fielen auf die blaue und die grüne Glasscherbe an ihrem Armband und auf die milchweiße Glasscherbe an Nadas Hals, und sie dachte an einen Sommer vor dreißig Jahren, an das helle Lachen von Kindern, daran, wie Aike mit ihnen in dem Boot hinausgefahren war, ein junger, ungebrochener Aike voller Lieder und Verse und Ideen. Er hatte Muscheln gesammelt mit den Kindern und abends in der Dunkelheit Feuer am Strand gemacht und Geschichten erzählt, und Rosa hatte Butterbrote geschmiert für ihre Exkursionen und Rucksäcke gepackt. Was war von ihnen geblieben, dachte Rosa, von ihr und Aike? Eine bedeutungslose dicke, ältliche Frau mit einer Regenjacke, die Heringe einlegte und Kaffee kochte und um andere Leute weinte, und ein Mann, der seine Beine in drei Lagen von Wolldecken wickelte, wenn er draußen in seinem Rollstuhl die Wege entlangfuhr, mühsam die Räder mit den Armen anschiebend, einer, den die Inselbewohner stets nur von ferne sahen, weil er von Nahem nicht gesehen werden wollte, seit zwanzig, nein, seit fünfundzwanzig Jahren.

Und was war von dem Kind geblieben, das Rosa damals gekannt hatte? Vor dreißig Jahren war es fortgegangen, fortgebracht worden, und nun, ein ganzes Leben später, war diese junge Frau wiedergekommen.

Sie strich ihr das schweißnasse, fiebernasse Haar aus der Stirn und lauschte ihrem schweren Atem. Diese bissige, kalte junge Frau, dachte sie, diese unglückliche junge Frau, die gar nicht mehr so jung war, ein ganzes Leben alt, diese Frau, die ein ganzes Leben in Berlin gelassen hatte, um zurückzukehren und zu suchen, was dem ganzen Leben gefehlt hatte. Das verlorene Kind.

»Denk nicht, es wird besser, wenn du mit Merten Fessel in die Kiste steigst«, wisperte sie. »Denk nicht, wir wissen nichts davon, wir wissen es alle, nicht nur der Hund. Wir wissen, was geschehen wird, auch Annegret. Und du weißt nicht einmal, was geschehen *ist*. Oder was geschieht, jeden Tag. Annegret und ihr Mann haben nichts mit deiner Geschichte zu tun, sie haben ihre eigene Geschichte … Sie können dir nicht helfen. Ich weine um sie, wenn ich nicht schlafen kann, ich, eine bedeutungslose dicke, ältliche Frau mit einer Regenjacke und einem Hund. Ich weine, so wie damals, als ich die Scherben in ihrer Hand gefunden habe … blau und grün … ein Andenken.«

Sie hielt einen Moment inne und lauschte, sie hatte gedacht, sie hätte Schritte gehört, unten im Haus, aber vielleicht hatte sie keine gehört.

»Aike, Aike konnte nicht weinen«, flüsterte sie. »Und deshalb konnte er auch nicht mehr gehen. Aber ich weine, wie alle bedeutungslosen dicken, ältlichen Frauen in Regenjacken, ich habe damals so viel geweint, dass es nur noch Flut gab um Nimmeroog und keine Ebbe mehr. Später, fünfundzwanzig Jahre später, als der Junge zurückkam und ins Wasser hinausging … da habe ich auch geweint. Es muss so kalt und einsam sein da draußen in den Wellen, im November. Und die Polizei hat so viele Fragen gestellt. Ich war es, Nada. Ich habe seinen Körper identifiziert. Ich habe Rosen auf sein Grab gelegt, auf dem Festland. Und dann bin ich zurückgekehrt und habe Heringe eingelegt und Kaffee gekocht und geweint.«

Sie sah auf. Da waren doch Schritte gewesen. »Spiel nicht Verstecken mit mir«, sagte sie. »Komm rein. Sie schläft.«

Ja, Nada schlief. Sie schlief fest, irgendwo zwischen den Welten, der realen und der irrealen, zwischen zwei Leuchttürmen, zwischen zwei Dunkelheiten. Vielleicht schlief sie auch in ihrem Traum, auch im Leuchtturm. In irgendeiner Welt legte Nil sich neben sie, um sie zu wärmen, wie er es schon einmal getan hatte. Damals war sie wütend geworden, als sie es erfahren hatte. Sie würde wieder wütend werden. Sie war Nada Schwarz, und sie glaubte, sie bräuchte niemanden, der sie wärmte. Glaubte sie das noch?

»Früher«, flüsterte Nil. »Früher haben wir auf diesem Bett gesessen und uns Geschichten erzählt. Du hattest dieselben roten

Gummistiefel, du hast sie manchmal verliehen … An dem Tag, an dem … an dem wir uns verloren haben … da hattest nicht du die Stiefel an, sondern …« Er brach ab.

Manche Worte konnte er immer noch nicht sagen. Er hatte fünfundzwanzig Jahre lang überhaupt nicht gesprochen, ehe die Worte langsam zurückgekrochen waren, eines nach dem anderen, und manche waren immer noch nicht da. Er erinnerte sich nur vage an die fünfundzwanzig Jahre ohne Berührungspunkte mit anderen Menschen. Ein Leben hinter einer Mattglasscheibe. Seine Eltern waren da gewesen, die ganze Zeit, sie mussten mit ihm gesprochen haben. Er konnte sich nicht erinnern, was sie gesagt hatten, er hatte ihre Worte gehört, aber keines von ihnen verstanden. Manchmal hatte er das Telefon seiner Eltern genommen und Nadas Nummer gewählt. Und geschwiegen.

»Und dann war da dein Bild«, flüsterte er. »Dein Bild in der Zeitung. Ich glaube, meine Eltern wollten nicht, dass ich es sehe. Sie wollten die Vergangenheit immer fernhalten, sie dachten, das wäre eine Lösung. Ich habe das Bild trotzdem gesehen. Du, mitten in einem riesigen weißen Raum voller weiß gedeckter Tische, voller Licht, voller Blumen. Du hattest die Arme verschränkt, du hast nicht gelächelt. Ich habe dich sofort erkannt. Eis, habe ich gedacht, ich weiß es noch, das war das Wort: Eis. *In was für eine Eiswelt bist du da geraten?* Auch um den Hals trugst du ein Stück Eis, aber natürlich war es eine Glasscherbe, rund geschliffen vom Meer. Als ich die Scherbe sah, wusste ich plötzlich, dass ich zurückgehen musste. Zurück zum Leuchtturm. Dass ich hinauswollte, ins Wasser, weit, weit hinaus … und diese Welt hinter mir lassen, zu der ich den Kontakt ohnehin verloren hatte.«

Er merkte, dass er sich an Nadas schlafendem Körper festhielt, um nicht in der Erinnerung ein zweites Mal zu ertrinken; es reichte, einmal dort hinauszuschwimmen, ins Novembermeer. Er dachte an das erste Wort, das er ausgesprochen hatte, seine stümperhaften Versuche, einen Laut zu formen: »Naa… Naaaa…da.«

Etwas drückte gegen seinen Hüftknochen, und er griff in seine Hosentasche, zog es heraus und betrachtete es eine Weile. Es war ein Schlüssel. Am Schlüsselring hing, an einem Bindfaden, eine sorgfältig durchbohrte Glasscherbe, braun-golden, rund geschliffen vom Meer.

Der Morgen war blau, blau und verschwommen wie ein Aquarell-bild. In Nadas Händen befand sich ein Spaten. Sie blieb eine Weile ganz still liegen und lauschte auf das Geräusch des Windes vor den Fenstern. Irgendwo sehr weit weg klingelte ein Telefon. Sie war im Leuchtturm. Neben ihr lag Nils schlafender Körper, und auf dem Bettrand war eine Reihe von Kiefernzapfen und Muscheln aufgereiht, die Sammlung eines Kindes.

»Das bist du«, flüsterte sie und stand auf. »Du bist wie ein Kind. Vielleicht, weil du so lange mit niemandem geredet hast.«

Er lag auf der Seite, eine Hand unter dem Kopf, auch das eine kindliche Geste, den anderen Arm ausgestreckt. In der offenen Handfläche waren Spuren von Blut. Nada beugte sich über seine Hand und betrachtete sie genau. Es gab keine Wunde in dieser Hand. Und dann begriff sie. Es war ihr Blut.

Hier, im Traum, trug sie keine Bandagen um die Hände, denn im Traum gab es keine Rosa, die Bandagen wickelte und Suppe kochte. Ihre Finger waren wund und verletzt, und Nil musste ihre Hand gehalten haben, nachts. Sie schluckte. Sie ließ das weiche Etwas in sich gar nicht erst zu Wort kommen, sonst hätte sie vielleicht geweint. Sie würde so tun, als hätte sie die Hand nicht bemerkt, sie wollte keine Gespräche über Hände führen, die festgehalten wurden – von Marilyn, von Frank, von Nil.

Eine Weile stand sie einfach so da, lauschte auf das Klingeln des Telefons und versuchte herauszufinden, ob sie noch krank war. Das Fieber schien verschwunden zu sein, und sie fühlte sich den Um-ständen entsprechend ganz anständig, abgesehen davon, dass ihre Fingerspitzen brannten und die Schnittwunden schmerzten und ihr Magen knurrte. Es verwunderte sie nicht wirklich, dass neben dem Bett ein weißer Plastikeimer mit eingelegten Heringen, eine Kanne Kaffee und zwei Tassen standen. Rosa musste sie dorthin gestellt haben, in der realen Welt …

Nada nahm den Spaten und ging die Wendeltreppe hinunter. Ihr Kopf war wieder klar. Sie wusste jetzt, was sie tun würde.

»Ich werde graben«, sagte sie laut. »Es hatte keinen Sinn mit den Händen, aber heute werde ich wirklich graben. Heute werde ich die Tür finden. Ich werde das Kind befreien, und ich werde alle Möbel zusammenbauen, ohne Unterbrechung diesmal. Wenn ich das alles getan habe, werde ich mit ziemlicher Sicherheit aufwachen. Ich werde meine Eltern anrufen, ich werde Rosa für alles danken und eine Annonce schreiben, um das blaue Ferienhaus zu verkaufen. Ich werde Nimmeroog verlassen. Ich werde keinen von ihnen je wiedersehen, weder Rosa noch Marilyn noch Merten – noch Nil. Ich werde nicht zurück nach Berlin gehen. Ich werde etwas Neues anfangen, irgendwo anders, ohne Frank. Es ist an der Zeit, allen vagen und schwammigen, ungreifbaren Dingen ein Ende zu setzen.«

Sie lauschte ihren Worten noch eine Zeit lang nach. Es waren gute und handfeste Worte, Worte, die zu ihr passten, viel besser als sinnlose Wanderungen in einem Nebelwald oder Sätze wie »Halt mich fest«. Es war ihr unangenehm, daran zu denken, dass sie das gesagt hatte, es war schlimmer als Franks »Ich liebe dich«. *Halt mich fest.* Lächerlich. Niemand konnte sie festhalten. Sie war stark genug, sich selbst festzuhalten, sie war stärker als die anderen, viel stärker. Sie war Nada Schwarz.

Verdammt, sie hatte beinahe ein Leben lang daran gearbeitet, Nada Schwarz zu werden und zu sein.

Rosas Spaten lag gut in der Hand. Sie grub unter der Vordertür des Leuchtturms zwei Meter in die Tiefe, fand nichts und schaufelte den Sand zurück, damit die Tür wieder benutzbar war. Dann ging sie nach drinnen und hakte auf ihrer neuen Liste die Worte »unter der Vordertür« ab. Sie baute eine LILALÖSE und einen kleinen MINSELMJÖLK zusammen, grub östlich neben der Vordertür zwei Meter in die Tiefe, fand nichts und hakte »direkt östlich neben der Vordertür« ab, als Nil die Treppe herunterkam. Er trug eine Kaffeetasse in einer Hand und einen Hering in der anderen.

»Ich habe mich entschlossen, endlich mit den Dingen fertig zu werden«, erklärte Nada. »Jetzt, mit dem Spaten, geht das Graben gut voran, und ich werde auch die Möbel zu Ende zusammenbauen, ohne noch einmal in die Realität zu verschwinden. Diese Geschichte muss abgeschlossen werden. Je schneller, desto besser.«

»Sie werden also gehen.« Er nickte. »Sie verlassen den Traum.«

»Und Nimmeroog«, fügte Nada hinzu. »Helfen Sie mir mit dem Graben?«

»Gestern«, sagte er, »haben Sie mich geduzt.«

»Gestern war ich krank«, sagte Nada. »Helfen Sie mir. Auch mit den Möbeln. Zu zweit geht es schneller.«

Er stellte die Kaffeetasse ab und legte den Hering hinein. Sein Gesicht hatte etwas Gequältes.

Und dann bückte er sich über einen Karton und begann, mit einer gewissen Verzweiflung ganz plötzlich zu lachen. »Es ist ein SCHEEXEBOL!«, sagte er laut. »Da drin ist ein Scheexebol!«

»Ich weiß nicht, was daran lustig sein soll«, erwiderte Nada und steckte zwei Metallstreben ineinander.

»Nichts«, sagte Nil. »Es ist nur … Meine Güte, es ist wirklich zu rein gar nichts da! Es hat vier Beine … aber wenn ich sie anschraube … dann kann es immer noch nicht stehen, denn zwei zeigen nach oben und zwei nach unten, und … Was ist das Grüne hier?« Seine Stimme ertrank in verhaltenem Kichern, es war das Kichern von jemandem, der eigentlich traurig ist und dessen Traurigkeit in ein abstruses, übertriebenes Gegenteil umschlägt. Es irritierte Nada maßlos.

»Denken Sie nicht über den Sinn nach.« Sie sprach betont ruhig. »Bauen Sie es einfach zusammen.«

Er begann zu schrauben, doch er kicherte die ganze Zeit weiter. »Das Grüne hier ist ganz labberig«, murmelte er. »Irgendwie aus Plastik … und da ist ein Stück senffarbener Plüsch in Form einer Klobürste …«

Das Telefon klingelte. Nada sah sich um. Es war nirgendwo zu sehen. Das Klingeln kam von draußen. Sie riss die Tür auf und rannte dem Ton nach, hinunter zum Wasser. Im Augenwinkel sah sie, dass Nil ihr folgte, mit großen, langsamen Schritten. Das Telefon wurde eben angespült. Nada bückte sich danach und riss den Hörer an ihr Ohr.

»Hallo?«

»Das Wasser!«, sagte das Kind. »Das Wasser kommt wieder! Es steigt. Es steigt jetzt höher als bisher.« In seiner Stimme lag mehr Angst als je zuvor. »Es ist so kalt ... Ich werde wieder darin schwimmen müssen.«

»Moment«, sagte Nada. »Das Wasser ist so hoch, dass du schwimmen kannst?«

»Ja«, antwortete das Kind. »Beim vorletzten Mal war es so hoch, dass ich die Decke mit den Fingerspitzen berühren konnte, und beim letzten Mal mit der ganzen Hand ... Es sinkt natürlich wieder, dann ist nur noch die Dunkelheit da, aber es kommt zurück ... und ich glaube, es steigt jedes Mal höher. Irgendwann wird es so hoch sein, dass kein Platz mehr ist unter der Decke, und dann ...«

Dann wird es ertrinken, dachte Nada. Das Kind wird ertrinken. Vielleicht schon bei der nächsten Flut.

»Wir graben«, sagte sie ins Telefon. Ihre Stimme zitterte. »Hab keine Angst, wir graben. Wir holen dich aus der Dunkelheit. Wir finden die Tür.«

»Wenn ihr sie findet, ist es bestimmt zu spät«, flüsterte das Kind. »Ich bin so allein ... Früher war ich nicht allein, früher ...« Seine Stimme wurde von Schluchzern erstickt, und Nada drückte den Hörer dichter an ihr Ohr, als könnte sie die Worte damit deutlicher machen. »Früher waren noch andere Kinder da. Zwei.«

»Was ist mit ihnen passiert?«, fragte Nada.

In der Leitung knackte es. Stille. Nada ließ das Telefon in den Sand zu ihren Füßen fallen, die Fäuste geballt. »Shit«, sagte sie.

»Wie bitte?«, fragte Nil.

»Es wird sterben«, flüsterte Nada. Und jetzt stolperten ihre Worte plötzlich übereinander vor Hektik, fielen ineinander, waren beinahe nicht verständlich. »Es wird, es wird ertrinken, wenn wir die Tür nicht finden, wir müssen uns beeilen, wir müssen schneller sein als die Flut, wir müssen, Nil, wir müssen, ich muss ...« Sie merkte, dass sie begonnen hatte, im Kreis zu gehen, während sie sprach, immer um das altmodische schwarze Telefon herum, das lautlos langsam im Schlick versank. »Irgendwo muss doch eine Tür sein, denn wie ist das Kind sonst da hinuntergekommen? Und die Möbel, irgendetwas haben die Möbel damit zu tun, wie sollen wir sie rechtzeitig fertigkriegen, es sind so viele ...«

»Ich bin mir nicht sicher, dass die Möbel etwas damit zu tun haben«, sagte Nil.

»Natürlich«, fauchte Nada, »sonst wären sie nicht da.«

Sie stoppte ihren Kreisweg, kniff die Augen zusammen und starrte den Leuchtturm an. Er lehnte sich auf den größten der Felsen, die ihn vom Wasser trennten, beim tiefsten Wasserstand würde man den Fuß des großen Felsens sehen. Der Fels bildete nur einen Teil der Mauer, aber es war, als würde der Leuchtturm daraus emporwachsen.

»Irgendwo ist diese Tür«, wiederholte sie. »Und eine Treppe, die hinunterführt. Jemand hat die Treppe später mit Sand zugeschüttet ... Ist Ihnen je aufgefallen, dass der Leuchtturm schief ist?«

Er nickte. »Natürlich. Wie meine Nase.«

»Was ist mit Ihrer Nase passiert?«

Er öffnete den Mund, schloss ihn wieder und zuckte in einer hilflosen Geste die Schultern. Dann drehte er sich um und ging zurück zum Turm. Sie folgte ihm.

»Sie *wissen* doch etwas!«, rief Nada. »Sagen Sie es mir endlich!«

Er zog den Spaten aus dem Sand und trat einen Schritt von der Mauer des Leuchtturms zurück. Dann legte er den Kopf in den Nacken und sah am Leuchtturm empor, konzentriert. Vielleicht erinnerte er sich an etwas. An eine Tür. Erinnern Sie sich schneller!, wollte Nada rufen. Sie war dabei, den letzten Rest Geduld zu verlieren, und ihre Geduld war von Anfang an nicht besonders groß gewesen.

Schließlich schulterte er den Spaten, ging um den Turm herum, zu der Seite, zu der er sich neigte, westlich der Vordertür, und dort steckte er den Spaten wieder in den Sand.

»Hier«, sagte er. »Graben Sie hier.«

In diesem Moment gab es drinnen im Turm ein lautes Krachen.

Sie rannten gleichzeitig zum nächsten Fenster. Zwischen den Kartons lag eine große, unförmige Gestalt, die die Beine in die Luft streckte, als wäre sie eben vom Himmel gefallen. Zuerst dachte Nada, es wäre ein Mensch, doch dann sah sie, dass es sich um ein beinahe fertig zusammengebautes Möbelstück handelte. Mehrere Teile waren abgebrochen, das Holz war gesplittert und ein Metallstück hoffnungslos verbogen.

»Das Scheexebol«, sagte Nil. »Oder der Scheexebol, oder sogar die. Ich dachte mir schon, dass sie umfallen würde.« Er zog ein grünes labbriges Stück Plastik aus seiner Tasche und hielt es hoch. »Das ist an einem der Gelenke abgerissen, als ich das Ding umdrehen wollte. Vermutlich hat es etwas Wichtiges zusammengehalten.«

Nada starrte den grünen Plastiklappen an. Sie starrte Nil an, der den Plastiklappen anstarrte, mit komisch gerunzelter Stirn. Er sah aus, als würde er gleich wieder anfangen zu lachen. Und da explodierte sie. Es war zu viel. Es war einfach zu viel.

»Sie machen alles kaputt!«, schrie sie. »Alles! Es ist wie mit der Leiter, die Sie aus den Möbeln gebaut haben, Sie haben sie einfach zerstört, ohne mich zu fragen! Ich, ich tue immer alles und erledige alles, und Sie laufen herum und sammeln – Kiefernzapfen!« Sie spuckte ihm das Wort ins Gesicht wie Gift. »Vielleicht *können* wir die Tür überhaupt nicht finden, wenn nicht alle Möbel heil und fertig sind, vielleicht ist es jetzt schon unmöglich, wegen Ihrer Leiter! Sie nehmen überhaupt nichts ernst! Das Kind wird sterben, falls wir die Tür nicht finden, und Sie, Sie haben gesagt, Sie helfen mir, aber jetzt haben Sie diese Scheexe… dieses Ding auch noch kaputt gemacht!«

»Das war nicht meine Schuld«, sagte Nil. »Es *konnte* nicht stehen, ich habe es Ihnen gleich gesagt. Zwei Beine zeigten nach oben und zwei nach unten. Ich habe es gegen einen Karton gelehnt –«

»Dann hätten Sie es eben nicht dagegenlehnen dürfen!«, schrie Nada. »Und Sie hätten aufpassen müssen, dass dieses grüne … dieses … Teil *nicht* abreißt! Und Sie weigern sich, mir dabei zu helfen, mich zu erinnern!«

»Nada«, sagte er und nahm ihre Hand. »Erinnern musst du dich selbst.«

»Ich habe Ihnen das Du nicht angeboten«, sagte Nada. Sie sah seine Hand an, ein Friedensangebot. Sei du bloß ruhig, sagte sie zu dem Weichen in sich. Sie wollte seine Hand nicht in ihrer haben, sie wollte kein Friedensangebot, sie riss an der Hand, und eine der tausend kleinen Schürfwunden platzte auf. Die Finger, die sie ihm wegzog, waren wieder blutig.

»In dem Gummistiefel!«, fauchte sie. »In dem Gummistiefel ist auch Blut! Wessen Blut ist es? Meines? Ihres? Das einer dritten Person? Einer Person, die einer von uns umgebracht hat? Aber wir waren Kinder, wir können nicht …« Er stand da und schwieg. »Sie haben meine Eltern angerufen. Früher.« Er schwieg. »Sie wissen, wer Aike ist und weshalb er nicht mit mir redet.« Er schwieg. »Sie wissen, wer oder was im Wald schreit.« Er schwieg. Sie packte ihn an den Schultern und schüttelte ihn. »Reden Sie!«, schrie sie, so laut sie konnte, damit der Satz zu ihm durchdrang. »Reden Sie endlich mit mir!«

Er machte einen Schritt zurück, schweigend, beinahe ängstlich. »Warum haben Sie die Postkarte geschrieben?«, schrie Nada. »Das haben Sie doch, oder? Warum haben Sie mich hergeholt und sich in meine Träume geschlichen? Was wollen Sie? Ich meine … Vielleicht hatten wir früher einmal etwas miteinander zu tun, viel früher, aber im Gegensatz zu Ihnen bin ich erwachsen geworden! Ich habe gelernt, was es bedeutet, erwachsen zu sein, dass es bedeutet, zu leiden und auszuhalten, zu arbeiten und noch mehr zu arbeiten. Dass es keine Zeit gibt, um Kiefernzapfen zu sammeln! So wie Sie! Ich will das Kind retten, damit das Telefon nicht mehr klingelt, und danach will ich weg, weg, weg, ich will Sie nie wiedersehen, ich will nie mehr von Ihnen träumen, begreifen Sie das?«

Sie ließ ihn los, nein, sie stieß ihn zurück, auf seiner linken Schulter klebte ihr Blut.

»Nein, das begreifen Sie nicht«, flüsterte sie. Ihr Flüstern war kälter und schneidender als ihr Schreien, sie hörte es selbst. Es gefror in ihrem Mund zu kleinen, scharfen Eiskristallen. »Sie begreifen gar nichts«, flüsterte sie. »Nur dass die Kiefern schön sind und die Muscheln am Strand. Sie sind ja nicht mal ein … ein richtiger Mensch.

Sie gehören nicht in einen Leuchtturm, Sie gehören in ein Heim. Ein Heim mit einem eingezäunten Garten, in dem Sie den ganzen Tag mit den anderen großen Kindern zusammen Blätter sammeln können. Vermutlich wären Sie glücklich dort. Sie verstehen ja nicht einmal, was ich sage!«

Für einen Moment sahen sie sich an. Und Nada sah, wie seine Augen sich veränderten. Sie wurden kalt wie die Eiskristalle in ihren Worten.

»Doch«, sagte Nil. »Doch, das verstehe ich sehr gut. Es tut mir leid, dass ich die Karte geschrieben habe. Vergessen Sie sie.«

Damit drehte er sich um und ging. Er ging mit seinen langen Schritten über den Strand davon, am Meer entlang, ohne stehen zu bleiben. Sie sah ihm nach, noch immer keuchend vor Ärger, seine Gestalt wurde in der Ferne kleiner und kleiner, verlor an Bedeutung ... Er ging rasch. Und sie hatte das Gefühl, dass er nicht wiederkommen würde. Wo er gestanden hatte, lag nur noch eine abgerissene grüne Gummilasche.

Sie ging zurück zu der Stelle, an der der Spaten im Sand steckte. Das Wasser war gestiegen. Der Leuchtturm neigte sich genau in ihre Richtung, unbeweglich in seiner leichten Schräglage. Es war nur die Bewegung der Wolken, die es aussehen ließ, als fiele er auf Nada zu. Sie zog am Griff des Spatens. Und erwachte.

Die Schwarzwalduhr zeigte sieben. Nada war allein. Sie stieg aus dem Bett und zog die Spitzenvorhänge beiseite. War es sieben Uhr abends oder morgens, noch oder schon dunkel?

»Wir brauchen mehr Licht ...«, murmelte sie.

Die Erde in den Tassen und Schalen auf dem Fensterbrett war feucht. Rosa musste die Blumen gegossen haben, oder sie hatten sich einmal mehr selbst gegossen. Eine erste Blüte der blauen Hyazinthe hatte sich geöffnet. Wie schön sie war.

Wenn man nur so daliegen könnte, dachte Nada, und an die Schönheit einer Hyazinthe denken und sonst nichts tun ...

Der Duft erinnerte sie an das Lichthaus Nord. Da war ein schwacher Streifen Helligkeit im Westen: also Abend. Aber sie konnte unmöglich wieder zu Bett gehen. Sie wollte nicht weiterträumen, sie hatte ein für alle Mal genug davon. Sie schüttelte die Bettdecke auf und legte sie zusammen, und dabei fiel ihr ein Kiefernzapfen vor die Füße. Als hätte Nil tatsächlich auf diesem Bett gesessen.

»Unsinn«, sagte Nada laut, hob den Zapfen auf, ging nach unten und warf ihn in den Küchenmüll unter der Spüle, beerdigte ihn im Kaffeesatz der vergangenen Tage. Sie war immer noch wütend auf Nil. Warum hatte er ihr nicht gesagt, woran er sich erinnert hatte? Sie fragte sich, ob sie glaubte, was sie ihm an den Kopf geworfen hatte. Dass er in ein Heim gehörte. Sie hatte nichts gegen Leute in Heimen, und es war politisch inkorrekt, sie als Schimpfwörter zu benutzen. Sie war nie politisch korrekt gewesen.

»Wie unsinnig«, sagte sie zu sich selbst. »Wie unsinnig, wütend auf jemanden zu sein, den man nur träumt! Es ist ganz logisch, dass er mir nichts erzählen kann, was ich vergessen habe. Er ist eine Figur meiner Phantasie, der echte Nil ist lange tot. Der Nil in meinem Traum kann nur das sagen, was ich ihn sagen lasse. Er ist eine Verbindung in meinem Gehirn.« Sie schüttelte den Kopf. »Aber wenn es etwas gibt, das ich vergessen habe, müsste es irgendwo noch gespeichert sein, als Einsen und Nullen. Und ich könnte es wiederfinden. Eine Figur in meinem Traum könnte es wiederfinden. Er hätte es mir sagen können.«

Sie betrachtete die Bandagen an ihren Fingern. »Ich werde verrückt«, sagte sie leise.

Sie suchte den Block, den sie zuletzt auf dem Wohnzimmertisch gesehen hatte. Er lag nicht auf dem Wohnzimmertisch, sie fand ihn erst, als sie zurück nach oben ging, in das Zimmer mit dem Bett. Er lag unter dem Bett. Ein lächerliches Versteck. Wenn der Block sich verstecken wollte, dachte sie, wie das Telefon in ihrem Traum, hätte er sich etwas Besseres einfallen lassen können.

Die ersten bekritzelten Kinderseiten, die irgendwann irgendein Ferienkind hinterlassen hatte, waren immer noch da, diese Seiten hatte niemand herausgerissen, um sie unter Blumentassen zu legen. Nada blätterte sie weg und begann, ihre unsinnige Wut in Buchstaben zu verpacken.

»Denk nicht, ich komme zurück«, schrieb sie. »Ich träume nicht mehr von dir. Dir und dem Kind. Ihr könnt ja miteinander telefonieren, ihr könnt euch gegenseitig wahnsinnig machen in eurer unverständlichen Welt da draußen, in eurem kahlen Leuchtturm voller sinnloser Möbel. Wenn ihr in meinem Kopf seid, bitte, bleibt dort. Ich habe irgendeine Sorte von Erinnerungen an rote Gummistiefel in meinem Kopf verloren, ich kann *euch* genauso gut darin verlieren, irgendwo hinten in einer Ecke begraben, wo ich euch nie mehr wiederfinde. Ich schreibe diesen letzten Traum nur auf, weil ich damit angefangen habe, die Träume aufzuschreiben. Und das ist das Ende der ganzen Geschichte.«

Sie hörte unten im Haus etwas wie Schritte und zuckte zusammen. Nil, dachte sie. Er ist hier. Er ist hier, um mir doch noch zu sagen, was er mir nicht sagen wollte. Natürlich war das unmöglich ... Angestrengt lauschte sie in die Dämmerung auf der Holztreppe, doch die Schritte waren verstummt. Sie machte Licht, nahm den Block und den Stift und ging die Treppe hinunter.

Nein, es war niemand da. Niemand außer ihr selbst. Sie war allein, so wie sie es immer gewesen war und immer hatte sein wollen.

Sie schrieb ihren Traum am Wohnzimmertisch auf, vor dem Kamin, in dem seit Franks Abfahrt kein Feuer mehr gebrannt hatte, schrieb und schrieb und blieb allein ... und dann sagte jemand direkt hinter ihr ihren Namen.

»Nada?«

Sie fuhr auf, mitten im letzten Satz. Es war Merten.

»Ich habe gar nicht gehört, wie sich die Haustür geöffnet hat«, sagte sie und merkte, dass sie plötzlich lächelte. »Oder ... das hört sich jetzt komisch an ... bist du vorhin schon hier herumgeschlichen?«

Er runzelte die Stirn. »Herumgeschlichen? Nein. Geht es dir besser?«

»Ich denke ja«, antwortete Nada. »Ich habe sehr lange geschlafen. Rosas Suppe hat natürlich auch geholfen. Und der Kaffee und der Hering, den sie nebens Bett gestellt hat.«

Merten nickte. »Allerdings war das nicht Rosa.«

»Wie?«

»Der Kaffee und der Hering. Das war ich.«

Nada spürte ein seltsames Kribbeln in sich. »Du – warst hier?«

Er nickte. »Rosa hat mich gebeten, nach dir zu sehen. Sie war einkaufen, in Dünen, Aike war mit dem Hund draußen ... und sie sagte, sie ließe dich ungern allein. Es ist natürlich ihr Hering gewesen, ich ... kenne mich nicht aus mit dem Einlegen von Heringen. Jedenfalls habe ich eine Weile neben dir gesessen. Du hast im Schlaf gesprochen.«

»Was habe ich gesagt?«

»›Ich habe mich so bemüht ... dich zu vergessen‹«, sagte Merten. »Irgendwas in der Richtung. ›Ich habe mich so bemüht, dich zu vergessen, aber jetzt bist du wieder da.‹ Wen wolltest du denn vergessen?«

»Du bist neugierig«, sagte Nada. »Ach, irgendwen. Ich weiß nicht mehr. Es ist mir wohl gelungen, das mit dem Vergessen.« Als sie Merten in die Küche folgte, wo er zur Abwechslung keinen Hering, sondern Brot aus einer Tüte auspackte, hatte sie ein merkwürdiges Gefühl. Dieser Satz.

Sie hatte den Satz in ihrem Traum nicht gesagt.

»Vielleicht war es auch nicht jemand, sondern etwas«, sagte Merten. »Hast du dich bemüht, *etwas* zu vergessen? Etwas, das geschehen ist?«

Sie nickte. »Wo du es jetzt sagst ... ja. Ja, es war wohl etwas, das geschehen ist. Vielleicht bin ich hierhergekommen, um mich zu erinnern. Aber jetzt will ich es nicht mehr. Von mir aus soll es vergessen bleiben.«

»Hm«, sagte Merten. »Vermutlich ist das besser so. Ich habe ein frisches Brot mitgebracht. Das mit den Heringen war gestern, du könntest also langsam wieder etwas essen.«

»Ist Rosa schon wieder einkaufen?«

Er schüttelte den Kopf. »Nein. Traust du mir nicht zu, dass ich von selbst herkomme, um zu sehen, wie es dir geht?«

Eine Weile saß Nada an ihrem eigenen – oder beinahe eigenen – Küchentisch und aß mit ihren bandagierten Fingern Butterbrote, die Merten für sie schmierte, und trank noch mehr Kaffee. Die Welt auf Nimmeroog schien aus heißem Kaffee und kaltem Wasser zu bestehen.

Während sie aß, sah sie ihn an. Seine silberweißen Schläfen waren noch weißer geworden, weiß wie Schnee. Der Winter war nah. Sie wollte ihn fragen, ob er wirklich beim Leuchtturm gewesen war und mit ihr gesprochen hatte, ob er wirklich Marilyns BH aufgehoben hatte, ob er wirklich gesagt hatte, es wäre nicht wahr, dass er sie schlug. Sie wollte ihn fragen, ob sie sich all dies eingebildet hatte. Sie fragte nicht.

»Ich soll dir von Annegret gute Besserung sagen«, sagte Merten und goss Kaffee nach. »Sie ist mit den Kindern in Dünen, eine Freundin besuchen.«

Es erschien Nada erstaunlich, dass Marilyn-Annegret Freundinnen besaß, aber natürlich, dachte sie, warum sollte sie keine besitzen.

»Spät für einen Besuch«, sagte Nada.

Merten zuckte die Achseln. »Das kommt darauf an«, erwiderte er und lächelte jenes Lächeln, das ihn noch viel besser aussehen ließ als ohnehin schon. »Annegrets Freundin hat auch einen kleinen Sohn. Manchmal fährt Annegret mit unseren Kleinen hin, und sie übernachten dort. So wie heute. Es ist ein großes Abenteuer. Für Kinder ist alles ein Abenteuer.« Er stand auf. »Na dann ... schlaf dich weiter gesund.«

»Ich *bin* gesund«, sagte Nada, »und ich *habe* bis eben geschlafen.« Sie schob den Teller mit dem letzten Butterbrot weg und ging ins Wohnzimmer, trat ans Fenster, sah hinaus, ohne hinauszusehen, damit er hinter sie treten konnte. Er trat hinter sie. Eine Weile standen sie so da und betrachteten gemeinsam ihr Spiegelbild in der Scheibe.

Genau so, dachte Nada, hatte sie mit Nil am Fenster des Leuchtturms gestanden. Sie verbannte Nil gewaltsam aus ihren Gedanken. Er würde ihr niemals die Wahrheit erzählen, er würde weiter Kiefernzapfen und Muscheln sammeln. Sollte er sammeln. Wie kam es nur, dass sie noch immer so wütend auf ihn war? Sie war nie, nie

in ihrem Leben so wütend auf einen anderen Menschen gewesen.
Sie hatte nie, nie der Existenz eines anderen Menschen so viel Bedeutung beigemessen …

»Ich gehe jetzt«, sagte Merten, sein warmer Atem in ihrem Nacken.

»Sieht nicht so aus«, sagte Nada.

Dies war nicht das Fensterbrett mit den Blumen, es war ein anderes, eines voller Nippesfiguren. Sie strich mit dem Zeigefinger über eine weiße Porzellankatze, ihr glatter Rücken flauschig vor altem Staub. Da waren noch mehr Figuren: ein Fischer mit einem winzigen Fisch, der von einem Stück Draht baumelte, eine dicke Frau in einem Strandkorb, ein getrockneter Seestern. Die Schwarzwalduhr schlug halb acht.

Nada hob ihre Hand ins Licht, das aus der niedrigen Wohnzimmerlampe strömte, und pustete den Staub von ihrer bandagierten Fingerspitze.

»Stehen auf euren Fensterbrettern auch solche Dinge?«, fragte sie leise.

»Ja«, antwortete Merten, genauso leise. »Sie gehören Annegret.«

Er fand das Ende der Bandage an Nadas rechter Hand, von Rosa sorgfältig festgesteckt, löste die Sicherheitsnadel und begann, den weißen Stoff abzuwickeln, mit langsamen, bedachten Bewegungen. Nada sah ihm dabei zu. Es war wie ein Kuss. Nein. Es war, als berührte er nicht ihre Hand, sondern ihren ganzen Körper. Sie reichte ihm die linke Hand, und er befreite auch sie von ihrem Verband, von ihren Fesseln, dachte Nada, Merten Fessel, ein Entfesselungskünstler, und sie lächelte, als sie das dachte. Ihre Wut wurde klein und unwichtig, Nil wurde klein.

Merten führte ihre Hand zum Mund, und seine warmen Lippen umschlossen ihre verletzten Fingerspitzen für einen Moment, ließen sie wieder los und formten eine Frage: »Spürst du das?«

Sie nickte.

Das kleine schimmernde weiche Ding in Nada wollte ihre Hand wegziehen, es sagte: Das ist Merten Fessel, Marilyns Mann. Es fauchte und kämpfte in ihr …

236

»Gut«, sagte Merten. »Dann ist den Nerven nichts passiert. Und spürst du das?«

»Das auch«, flüsterte sie. Sie trat dem kleinen weichen Ding auf den Schwanz, und es jaulte und trollte sich in eine dunkle Ecke. »Sieht aus, als wären meine Finger nicht ganz erfroren«, wisperte sie. »Sieht aus, als –«

Er legte seinen eigenen Finger an ihre Lippen. Und in einem Regen aus Nippesfigürchen und Schwarzwalduhrziffern, aus Staubflocken und Licht aus der niedrigen Lampe und Spitzendeckchen und konservierter, eingelegter Vergangenheit fielen sie hinab auf das zu weiche Sofa, vor dem kein Kaminfeuer brannte. Ihr wurde bewusst, dass sie seit Tagen die gleichen Kleider trug, vermutlich roch sie nach Hering und Kaffee, doch es gab Schlimmeres, und die Kleider trug sie jetzt nicht mehr, sie lagen auf dem Boden, und Merten hatte das Licht gelöscht.

Sie wünschte, er hätte es angelassen, sie brauchte mehr Licht zum Atmen, sie hatte Angst in der Dunkelheit. Aber jetzt war Merten da, ganz nah, und sie sagte sich, dass ihre Angst unsinnig war.

»Sei vorsichtig«, flüsterte sie. »Ich habe eine Menge Schnitte von Glasscherben ... an den Unterarmen ... und einen dort, am Oberschenkel ... ja, da ...«

Sie sah seinen Körper in dem wenigen Licht, das aus der Küche hereindrang. Das Sofa schien unter ihr zu schmelzen, und sie schloss die Augen. Halt mich fest, bitte halt mich fest, damit ich bleibe. Sie hätte diesen Satz gleich zu ihm sagen sollen, er war verschwendet gewesen an Nil – hatte sie ihn zu Nil gesagt? Egal, wie viel Bedeutung Nils Existenz in einem Traum hatte: Es gab keinen Nil. Nil war tot. Seit Jahren. Merten war lebendig und hier und hielt sie fest.

Und alles, was er tat, war gut, war besser als das, was sie kannte; all ihre bedeutungslosen Eintagsmänner in der kahlen Wohnung in Berlin verblassten und verließen ihre Erinnerung beschämt. Sie sah mit geschlossenen Augen, wie sie in die Sofaritzen krochen, winzigen Käfern gleich, wie sie strampelten und verschwanden.

Ganz oben auf der Sofalehne saß der junge Reporter, auch er nur noch so groß wie ein Käfer, auch er unwichtig, aber er sträubte sich noch gegen sein Schicksal. Er hielt eine winzige Kamera und filmte die Körper auf dem Sofa, um den Streifen irgendeiner billigen Internetseite anzudrehen, versehen mit einer weiteren fetten Überschrift. Nada wischte ihn mit einem nachsichtigen Lächeln beiseite, und er fiel hinters Sofa, in den Staub, zu den Scherben der Nippesfiguren. Es tat ihr beinahe leid um den Film, den sie vielleicht später gerne gesehen hätte, sie war sich seiner Ästhetik sicher – das verhaltene Küchenlicht würde im richtigen Winkel auf die richtigen Geraden und Kurven von Haut fallen, würde die richtigen Schatten werfen, würde die richtigen Orte finden, um Feuchtigkeit glänzen zu lassen, golden, würde in Schweißperlen glitzern und Bewegungen nachmalen, feuchte goldene Bewegungen. Sie öffnete die Augen, um die goldenen Bewegungen selbst zu sehen, doch das Licht hatte sich geändert. Es war immer noch schön, doch jetzt auf eine harte weiße Art, es war kalt, und sie krallte sich an Merten fest, um nicht zu zittern.

Sie lagen nicht mehr auf dem Sofa. Sie lagen draußen im Watt, im Schlick, dessen Feuchtigkeit sich mit der ihren vermischte. Der Wind strich übers Watt, es war ein scharfer Winterwind, der Mondschein auf seinen Schwingen trug. Harten weißen Mondschein.

Nada setzte sich auf.

»Merten«, flüsterte sie. »Was ist geschehen?«

Er antwortete nicht. Er fügte die Tatsache, dass sie saß, in seine Choreografie ein, schmiegte sich an ihren Rücken, ganz anders als Frank, und als sie sich nach ihm umdrehte, merkte sie, dass er die Augen geschlossen hatte.

»Wir sind im Watt«, flüsterte sie. »Etwas ist verkehrt, etwas …« Sie verstummte und lauschte.

Da war ein Gluckern, ein Rauschen von ferne. Das Wasser kam. Jetzt, nachts? War dies heute die Zeit für den Beginn der Flut? Sie blickte zum Strand, um die Entfernung abzuschätzen. Es war nicht weit, vielleicht hundert Meter. Und dort, am Strand, hundert Meter entfernt, stand eine Spaziergängerin in einem dunkelgrauen Kleid und Männerstiefeln, eine winzige Mondlichtfigur, ganz allein. Marilyn. Sie sah sie an.

Nada schüttelte den Kopf, blinzelte und saß auf dem Sofa. Noch mehr Einbildungen.

Das Wasser stieg, und das Kind – bekam das Kind im Keller des Leuchtturms noch Luft?

»Merten«, flüsterte sie. »Wenn die Flut am höchsten steht – läuft der Keller des Leuchtturms voll? Bis unter die Decke?«

Er drehte sie sanft zu sich um und sah sie an, verständnislos. »Der Leuchtturm hat keinen Keller«, wisperte er. »Es ergibt keinen Sinn, einen Keller unter einen Leuchtturm zu bauen.«

»Ergibt es Sinn«, fragte Nada, »einen Leuchtturm auf einen Keller zu bauen?«

Merten hörte ihr nicht zu, und sie hörte sich selbst nicht mehr zu, hörte ihren Gedanken nicht mehr zu, schob Marilyn und das Kind weit weg und tauchte zurück in die golden glänzende Licht-und-Schatten-Welt pornografischer Sofakunst. Natürlich waren sie nie im Watt gewesen.

Die Realität der Goldwelt währte eine ganze Nacht. Sie schlief in Mertens Armen, obwohl das Sofa zu klein war, um zu zweit darauf zu schlafen, aber immerhin nahm das Schlafen nur einen geringen Teil der Beschäftigung auf dem Sofa ein. Sie träumte nichts. Gegen Morgen, als das erste Licht durchs Fenster kroch und auf dem östlichen Fensterbrett keine Nippesfiguren mehr vorfand, verließ Merten sie. Sie sah zu, wie er seine Kleider einsammelte. Etwas war aus seiner Hosentasche gefallen, und sie streckte den Arm vom Sofa wie der ermordete Marat (das Bild hing neben dem Wanderer über dem Nebelmeer) und hob es auf. Zwei Glasscherben, rund geschliffen vom Meer.

Merten nahm sie ihr behutsam fort und ließ sie in seiner Hand-fläche umeinanderkreisen, ohne dass sie sich berührten, eine Bewe-gung, die äußerste Kontrolle und gleichzeitig völlige Entspannung verlangte, sie kannte die Übung von irgendwelchen Yin-Yang-Managerkursen, die sie nur sehr kurz besucht hatte.

»Ist ein Tick von mir«, sagte er mit einem leisen Lächeln, das das Morgenlicht noch schöner machte. »Ich sammle sie. Immer, wenn ich da draußen am Strand bin und die Vögel beobachte. Ich habe sie schon als Kind gesammelt, schon ehe ich von hier wegging, um zu studieren. Scharfe Kanten, glatt geschliffen vom Meer, aus dem alles Leben kommt und in dem alles Leben wieder verschwindet ...«

»Marilyns Ring«, sagte Nada. »Ich meine: Annegrets Ring.«

Er nickte. »In dem Gold ist ein Stück einer Glasscherbe eingelassen, ja. Von hier, von Nimmeroog. Sie weiß es nicht. Sie denkt, es wäre ein Stein. Ich wollte ihr die Bedeutung dieser Scherben immer erklären ... aber ich habe keine Ahnung, was sie bedeuten. Vielleicht finde ich es eines Tages heraus.« Er küsste sie ein letztes Mal. »Verrat mich nicht«, flüsterte er. »Es ist eine so kindische Angewohnheit, Glasscherben zu sammeln ... Rosa und Aike und Mari... Annegret ... sie würden mich auslachen.«

»Ich glaube nicht«, sagte Nada, doch das hörte er schon nicht mehr.

Er hatte seine Jacke übergestreift, öffnete die Haustür und verschwand, ohne sich umzudrehen. Falls Annegret schon früh am Morgen von ihrer Freundinnen-Übernachtung wiederkam, sie und die Kinder.

Nada stellte sich unter die Dusche, ging nackt zurück ins Wohnzimmer und sah, dass die Nippesfiguren in tausend Scherben zerbrochen waren. *Zu viele Scherben.* Merten hatte aufgepasst, dass sie nicht hineinfiel, Merten war nicht Frank, er hatte in jedem Moment die Übersicht behalten, Merten, der Naturwissenschaftler, Merten, der Forscher. Es tat ihr nicht leid um die weiße Porzellankatze oder den Angler.

Aber ein Stück weiter weg lag eine zerquetschte Narzisse, irgendwann hatten sie nachts das Sofa verlassen und die Choreografie an verschiedenen Stellen im Raum weitergeführt, sie entsann sich vage, und dabei musste die Narzisse heruntergefallen sein. Sie spürte einen Stich in sich, als sie sie aufhob. Die Narzisse hatte gerade erst begonnen zu sein. Wie ein Kind. Tote Kinder gehörten zu dem Traurigsten, das es gab. Sie warf die Narzisse in den Müll und lauschte nach dem weichen Ding in ihr.

Es war sehr still. Sie fragte sich, ob sie es mit der Narzisse zerquetscht hatte, ob es nun tot in ihr herumlag wie ein überfahrenes kleines Pelztier.

»Komm zurück«, flüsterte sie. »Ich glaube … Ich wollte dich nicht haben, aber … vielleicht habe ich mich geirrt. Vielleicht, wenn du wirklich ein Teil von mir bist … vielleicht brauche ich dich.« Oben im Schlafzimmer legte sie sich nackt unter die kampferduftende Decke.

Sie lag da, ganz still, auf dem Rücken und wartete darauf, dass sie sich glücklich fühlte. Mertens perfekte goldene Berührungen mussten noch irgendwo auf ihrem Körper haften, mussten eine Spur hinterlassen haben, die sie froh machte. Sie hatte sich so lange vorgestellt, wie es wäre, mit ihm zu schlafen, und was sie getan hatten, war mehr und besser gewesen als ihre begrenzten Vorstellungen.

Doch da war keine Spur von Glück. Keine Erleichterung. Gar nichts. Sie dachte an den kalten Schlick im Watt und daran, dass Marilyn sie gesehen hatte, obwohl es unmöglich war, und an die Narzisse und an das tote weiche Pelztier, das ein Teil von ihr war. Und als sie die Augen schloss, sah sie nicht die goldene Choreografie vor sich und nicht Merten. Sie sah – lächerlich – eine abgerissene grüne Gummilasche.

Frank zog eine Narzisse aus einem der Sträuße und versuchte, sie so zu halten, dass sie einen Schatten warf. Es war unmöglich. Das Licht kam von zu vielen Seiten.

»Vielleicht«, sagte er ins Telefon. »Vielleicht nächste Woche.«

»Sie müssen endlich eine Entscheidung treffen«, sagte der Küchenchef. »Sie sind alle ungeduldig, und sie kommen zu mir, um mich zu fragen, wann wir eröffnen, aber ich kann ihnen nichts sagen …«

»Ich bezahle Sie doch«, sagte Frank.

»Wir können nicht für immer hier herumsitzen und uns dafür bezahlen lassen, dass wir nichts tun. Wir können nicht ewig auf sie warten.«

»Auf sie?«, fragte Frank. Er hörte eine Pause am anderen Ende der Leitung.

»Frau Schwarz.«

»Ja«, sagte Frank.

»Sie … kommt nicht zurück, oder?«

»Nein«, sagte Frank.

»Sie werden sich einen neuen Manager suchen müssen.«

»Ja.«

»Es geht mich nichts an –«

»Nein«, sagte Frank und legte auf.

Er steckte die Narzisse zurück in den Strauß und versuchte es mit seinem eigenen Schatten. Aber es gab keinen Ort im Lichthaus, an dem er seinen Schatten sah. Und plötzlich hatte er das Gefühl, dass in diesem Satz, den er gedacht hatte, die ganze Wahrheit über die Lichthäuser steckte. Und darüber, was verkehrt an ihnen war.

»Es gibt keinen Ort, an dem ich meinen Schatten sehe«, flüsterte er.

Die Worte schienen in der weißen Leere von den Wänden widerzuhallen, sich an den modernen Bildern zu brechen, an der roten Senkrechte vor der grauen Fläche, und sich zu einem hämischen Chor zu vervielfältigen: an dem ich meinen Schatten sehe, meinen Schatten, meinen Schatten …

Er schloss die Augen, hielt sich die Ohren zu, um das Echo seiner eigenen Worte nicht mehr zu hören, und so stand er mitten in der duftenden Helligkeit. Doch die Worte flüsterten weiter in seinem Kopf, sie steigerten sich zu einem hektischen Crescendo, Schatten, Schatten, Schatten – und dann hörte er den Schrei wieder. Er öffnete die Augen und schüttelte den Kopf.

Er wurde verrückt. Er hatte gedacht, Nada würde verrückt, aber nun war er es selbst, der den Verstand verlor. Er holte den Umschlag und die Postkarte aus der Tasche seiner Anzugjacke, sah sie ein letztes Mal an. *Komm her. Ich brauche einen Anker.* Und dann zerriss er beides, Umschlag und Karte, in winzig kleine Stückchen.

Und auf einmal wusste er, was sein eigener Satz bedeutete. Es gibt keinen Ort, an dem ich meinen Schatten sehe. Er hatte nicht gesagt: Es gibt keinen Ort, an dem ich einen Schatten habe, sondern: an dem ich meinen Schatten sehe. Es gab den Schatten, natürlich, er sah ihn nur nicht. Das war es. Es gab auch die Dunkelheit, aber man sah sie nicht, nicht hier. Sie war nie fort gewesen. Das Licht hatte sie nur überdeckt, wie eine schwarze Wand, die man weiß anstreicht, die Schwärze, die Dunkelheit, existierten noch immer unter der weißen Farbe, sie lauerten im Verborgenen. Die Dunkelheit der Angst, die Dunkelheit des Verlustes, die Dunkelheit einer Erinnerung.

Jeder Mensch, dachte er, hatte seine private Dunkelheit. Und wenn man sie weiß anstrich, anstatt sie anzusehen, wuchs sie im Verborgenen zu ungeahnten Ausmaßen.

»Wir brauchen mehr Licht ...«, murmelte Frank. »Nein. Nein. Wir brauchen weniger Licht.«

Er knipste die nördlichste Reihe der Lampen im Lichthaus Nord aus. Auf dem weißen Boden tauchten die blassen Umrisse der Narzissen und Hyazinthen, der Tulpen und Schneeglöckchen auf. Die Kehrseite des Frühlings. Und auch er selbst, Frank, besaß jetzt einen Schatten, zart und zaghaft noch, es gab so viele Lichter, die noch strahlten.

Er sah den Schatten an und fühlte eine seltsame Art von Ruhrung in sich aufwallen.

»Gut, dir zu begegnen«, sagte er zu dem Negativ-Frank auf dem Fußboden. »Wir haben uns lange nicht gesehen.«

Er war, dachte er, wie der Mann im Märchen, der seinen Schatten verkauft hatte, um glücklich zu werden. Vielleicht war es gar nicht nötig, glücklich zu sein.

11

Nada Schwarz schlief.

Ihre Geschichte auf Nimmeroog schien mehr oder weniger daraus zu bestehen, dass sie schlief. Doch diesmal schlief sie auf andere Weise als zuvor, sie schlief wirklich, sie schlief in der realen Welt, und in der irrealen Welt war nichts. Die irreale Welt existierte nicht mehr. Nil und das Kind und die Ikea-Möbel, das schwarze Telefon und die Kartons hatten aufgehört zu sein. Irgendwo im Haus lag der Block mit ihren Aufzeichnungen herum, und vielleicht würde er wieder an einer Stelle auftauchen, an die sie ihn nicht gelegt hatte, aber das schien nebensächlich.

Als sie aufwachte und eine Mittagssonne vor den Spitzenvorhängen am Himmel hing, hatte sie ein seltsames Gefühl, ein Gefühl von Verlassenheit, von einem Abschied, bei dem sie vergessen hatte, zu winken. Sie kochte Kaffee und trank ihn an dem Tisch vor dem blauen Ferienhaus wie vor ihrer Krankheit. Schräg gegenüber putzte Marilyn ihre Fenster. Sie sang dabei.

Guten Abend, gut Nacht – warum sang sie ein Gutenachtlied? Es war, als würde sie es für Nada singen, ein Abschiedslied, das zu ihrem Abschied aus dem Traum gehörte. Oder, verdammt, war es eine Anspielung auf einen Abend, eine Nacht auf einem Sofa?

Guten Abend, gut Nacht, mit Rosen bedacht, mit Nelken besteckt, schlüpf unter die Deck.

»Morgen früh«, murmelte Nada, »wenn Gott will, wirst du wieder geweckt. Morgen früh, wenn Gott will ...«

Und wenn er es sich anders überlegte, dachte sie, dieser alte Gott in dem alten Lied? Jedes Mal, wenn sie es hörte, dachte sie an die toten Kinder aus der dunklen Zeit, vor hundert oder zweihundert Jahren, als es noch einen Gott gegeben hatte und eine Menge Krankheiten, all die Kinder, die morgens in ihren Betten gelegen hatten, weiß wie Schnee, reglos und verschwunden, für immer schlafend, mit Rosen bedacht.

Sie schüttelte das Bild aus ihrem Kopf und winkte. Marilyn winkte zurück – nach einem kurzen Zögern, von dem Nada nicht wusste, wie sie es deuten sollte. War sie in Dünen gewesen? Hatte sie wirklich bei einer Freundin übernachtet? Oder hatte sie an einem Strand gestanden und Dinge gesehen, die nicht für ihre Augen bestimmt waren? Es war kalt, viel zu kalt zum Draußensitzen, auch in Pullover und Regenjacke. Nada wollte sich die Hände an ihrer Kaffeetasse wärmen, doch auch die Tasse war kalt geworden. Sie bildete sich ein, eine dünne Eisschicht darauf zu sehen. Die Tatsache, dass daneben kein Teller mit Heringen stand, stimmte sie melancholisch. Das weiche Pelzwesen in ihr hatte sich noch immer nicht gerührt. Drüben tauchte Merten hinter Marilyn auf, das Baby auf dem Arm. Er sah Nada einen Moment lang an, und in seinem Blick stand ein geheimes Lächeln. Nada erwiderte das Lächeln nicht. Sie nahm ihre Tasse und ging ins Haus.

Eine Weile räumte sie im Haus Dinge hin und her, beseitigte die Scherben der Porzellanfiguren und suchte in den Sofaritzen nach Reportern, obwohl sie wusste, dass sie keine finden würde. Auch hinter dem Sofa lag niemand mit einer Kamera. Himmel, dachte sie, *natürlich* lag niemand hinter dem Sofa. Sie zog ihre Jacke wieder über und ging hinaus in die Kälte. Wenn sie nur in Bewegung blieb, dachte sie, würde sie die Kälte nicht spüren.

Sie fuhr mit dem Fahrrad zum Leuchtturm hinaus, die Jacken-ärmel über die Hände gestreift, und der Winterwind fegte ihr seine ganze Garstigkeit ins Gesicht, als wollte er sie davon abhalten, weiterzufahren. Einzelne dünne Schneeflocken wirbelten durch die Luft, und schließlich stieg Nada ab und schob das Rad.

Sie sah sofort, dass sich beim Leuchtturm etwas verändert hatte. Der Boden war an mehreren Stellen mit einer Schaufel aufgegraben, eindeutig nicht mit bloßen Händen. Und auf der Westseite des Turms, dort, wohin er sich kaum merklich neigte, steckte eine Schaufel im Sand.

Nada lehnte ihr Fahrrad an seine Tür. Die Teile der anderen

Räder, die Klingeln und Speichen und Schrauben, die sie vor ein paar Tagen aus dem Sand befreit hatte, lagen noch immer so da, wie sie sie hingelegt hatte, bedeckt mit einer Schicht aus herangewehtem Sand.

»Das war in der Realität«, sagte Nada laut. »Ich habe die Fahrradteile in der Realität ausgegraben, mit den Händen. Aber mit dem Spaten habe ich erst im Traum gegraben. Nil hat ihn in den Sand gesteckt. Nil ist nicht hier. Nil ist tot. Wie kann der Spaten ...«

Sie sah wieder sein konzentriertes Gesicht vor sich, wie er am Turm hochblickte und überlegte, wohin der Spaten gehörte. »Hier«, hatte er gesagt. Mehr nicht. Hier.

Sie zog den Spaten aus dem Sand und begann zu graben. Die Mauer, die sie freilegte, hatte Risse, Lücken klafften zwischen den Natursteinen. Lücken, dachte sie, durch die beim höchsten Stand des Wassers die Flut drang. Jetzt hatte das Wasser sich zurückgezogen, lauerte draußen im Watt. Sie grub weiter, einen Meter tief, zwei, sie stand am Fuß ihrer eigenen Grube und konnte nicht mehr hinaussehen, doch diesmal gab sie nicht auf.

Und dann fand sie die Tür. Es geschah auf ganz unspektakuläre Weise, anders, als sie es sich in all den Stunden vergeblichen Grabens vorgestellt hatte. An einer Stelle wichen die Natursteine weißen Betonziegeln, einem Rechteck aus Weiß. Es gab Stücke eines Holzrahmens, teilweise unterbrochen, gesplittert, überschmiert von Mörtel. Da war eine Tür, und da war keine.

Es war eine da gewesen.

Aber jemand hatte sie zugemauert.

Nada stützte sich auf den Spaten und starrte die Steine so lange an, bis ihre Augen tränten. Die Steine wichen nicht. Sie würde sie herausschlagen müssen. Sie versuchte es mit dem Spaten, holte weit aus und ließ das Metall auf den Beton knallen, bis er Funken schlug, ergebnislos. Noch niemand, dachte sie, hat mit einem Spaten eine Mauer eingerissen. Sie legte ihr Ohr an einen der Risse neben der Tür und lauschte. Dann legte sie ihren Mund an den Riss.

»Hallo?«, rief sie, und noch einmal, lauter: »Hallo? Ist da jemand?«

Sie bekam keine Antwort. Hinter dem Riss war es sehr, sehr dunkel. Und es kam Nada vor, als atmete die Dunkelheit. *Etwas war dort.* Vielleicht nicht jemand, sondern etwas. Das Zittern packte sie wieder. Sie warf den Spaten hinauf zum Grubenrand wie einen etwas unglücklich geformten Speer und wollte ihm nachklettern, den sandigen Abhang hoch, den sie selbst geschaffen hatte. Doch der nasse Sand bröckelte unter ihren Füßen weg, sie rutschte hinunter, auf die Tür zu, versuchte es erneut … Als sie zum zweiten Mal neben der Tür landete, füllte der Boden ihrer Grube sich bereits mit Wasser.

Die Flut kam. Das Wasser stieg unendlich langsam, aber es würde weitersteigen, es würde durch die Ritzen zwischen den Steinen dringen, würde irgendwann den ganzen Keller hinter der zugemauerten Tür füllen –

Nada fühlte die Panik wieder in sich aufsteigen. Sie würde nicht in einer selbst gegrabenen Grube ertrinken, es war zu sprichwörtlich und viel zu dumm. Das, was im Dunkeln wartete, schien durch die Ritzen der Mauer hindurch über sie zu lachen. Und als sie zum dritten Mal den Rand der Grube erklomm, spürte sie, wie es an ihr zog. Es zog sie an wie ein starker Magnet, zog sie hinab, sorgte dafür, dass sie nicht entkam. Sie krallte sich mit beiden Händen im Sand fest, obwohl sie wusste, dass man sich in Sand nicht festkrallen konnte, sie arbeitete sich Zentimeter für Zentimeter vorwärts, das Dunkle im Nacken, sie drehte sich nicht um, sie musste hinauf, ans Licht – und endlich, endlich saß sie keuchend oben im Sand.

Und ihr wurde bewusst, dass sie nicht ertrunken wäre, wenn sie es nicht geschafft hätte. Sie wäre nur sehr nass geworden. Das Wasser hätte sie nach oben getragen. Sie schüttelte den Kopf über ihre eigene Panik. Die Ritzen dort im Stein sahen noch immer dunkel aus, aber selbstverständlich atmete nichts dahinter, was sollte in einem zugemauerten Keller atmen? Da war nichts, nichts als ihre eigene Angst.

Sie stand auf, klopfte sich den Sand aus den Kleidern und hob das Fahrrad auf. Das Wasser stieg weiter, es kam über das Watt heran, und sie dachte an das Mondlicht auf Mertens Haut, dort draußen im Schlick. Dann legte sie den Spaten über den Fahrradlenker und schob das Rad auf einem der Pfade zwischen den Kiefern entlang zurück, zurück nach Süderwo.

Auf dem Weg zwischen den Häusern kam ihr Rosa entgegen, den Hund an der Leine. »Es ist kalt«, sagte sie und musterte Nada. »Sie sind zu dünn angezogen. Sie brauchen eine wärmere Jacke, sonst werden Sie sofort wieder krank. Und Sie sollten Handschuhe tragen.«

»Es geht schon«, sagte Nada. »Es war ... es war jedenfalls sehr nett, dass Sie mich gepflegt haben ...« Sie suchte nach den richtigen Worten, um Rosa zu danken, denn sie meinte es ehrlich, doch sie war nicht gut darin, anderen Leuten zu danken. »Ihr Spaten«, sagte sie und zeigte darauf. »Sie können ihn zurückhaben.«

»Stellen Sie ihn vor die Haustür«, meinte Rosa, bemüht unbeschwert. »Es geht sich schlecht spazieren mit einem Spaten im Handgepäck. Haben Sie ... haben Sie einen Schatz ausgegraben damit?« Das kleine Lachen, das sie ihrer Frage nachschickte, war eindeutig gefälscht.

»Eine Tür«, sagte Nada. »Aber sie ist zugemauert.«

Rosa nickte. Sie fragte nicht, wo sich die Tür befand. Sie wusste es wohl.

»Warum? Warum ist sie zugemauert?«, fragte Nada.

Rosa legte den Kopf schief und schien zu lauschen.

»Da klingelt ein Telefon«, sagte sie. »Ganz in der Nähe. Ich glaube, es kommt aus dem blauen Ferienhaus.« Damit ruckte sie an der Leine des Hundes wie am Anlasser eines Bootsmotors, winkte noch einmal und ging davon, hinein in den Wind und die Heide. Nada ließ das Fahrrad fallen und stürzte auf die Tür des blauen Hauses zu. Vor lauter Eile hatte sie Mühe, den Schlüssel ins Schloss zu stecken, doch schließlich gelang es ihr, und sie fiel beinahe in den Flur. Das Klingeln kam aus dem Wohnzimmer. Aber das Telefon war nirgends zu sehen, und es dauerte, bis sie es fand. Es lag hinter dem Sofa, wo sie vor ein paar Stunden nach einem Reporter gesucht hatte. Das Kind, dachte sie, es ist das Kind. Es ruft aus dem Traum heraus an. Das Wasser ist zu hoch, und es ist zu kalt ...

248

Sie drückte den grünen Knopf und presste das Telefon ans Ohr.
»Die Tür«, keuchte sie. »Sie ist zugemauert. Ich war da. Ich war
ganz nahe bei dir. Wir schaffen es. Gib nicht auf …«
»Wie bitte?«, fragte jemand aus der Telefonleitung. Es war nicht
das Kind. Es war Nadas Mutter. »Nada?«
»Ja. Ich dachte, du wärst jemand anders.« Nada atmete tief durch.
Weshalb hatte sie das Gefühl, dass das eingesperrte Kind ihr so
viel näher stand als ihre Mutter? »Ich … habe versucht, euch zu
erreichen«, log sie. »Frank hat gesagt, ich sollte mich melden? Na
ja, es war keiner zu Hause.«
»Nada, wir machen uns Sorgen«, sagte ihre Mutter. »Wir haben die Nummer des Ferienhauses wiedergefunden …« Was auch
gelogen war, dachte Nada, sie hatten sie nie verloren. »Geht es dir
gut? Es ist sicher kalt auf der Insel um diese Jahreszeit, und ich weiß
nicht mal, ob die Heizungen noch funktionieren …«
»Ja«, sagte Nada. »Das tun sie, und es geht mir gut, danke. Ich
war nur ein paar Tage krank, zwei, glaube ich, und meine Hände
waren verletzt, aber jetzt geht es wieder.«
»Deine … Hände?«
»Vom Graben«, erwiderte Nada. »Später habe ich mir Rosa Friemanns Spaten geliehen.« Sie holte tief Luft. »Und jetzt wüsste ich
gerne, wer Niklas Heimlicht war und warum er euch angerufen hat.«
»Niklas …« Die Stimme ihrer Mutter trieb in die Ferne wie ein
herrenloses Boot. »Ja … Du weißt es eigentlich, du hast es wohl
vergessen, über all diesen wichtigen Dingen, die du in Berlin tust,
die Restaurants und die Interviews und alles, wir haben das nie ganz
verstanden.«
»Niklas Heimlicht«, wiederholte Nada und wusste, dass sie
grausam war. Sie würde ihre Mutter nicht in den süßen Windschutz
von Nebensächlichkeiten und Nippes entkommen lassen.
Ihre Mutter schwieg eine Weile. Dann sagte sie: »Niklas war der
Sohn von Freunden von uns. Etwas älter als du.«
Es war eine sehr unspektakuläre Antwort, ähnlich unspekta-
kulär wie der Moment, in dem Nada die Tür gefunden hatte. Aber
vielleicht kam das Dunkel nach, so wie bei der Tür.

249

»Kollegen«, sagte Nadas Mutter. »Kollegen deines Vaters. Wir waren ein paarmal zusammen im Urlaub, als ihr klein wart. Sie sind irgendwann weggezogen, aber wir haben weiter zusammen Urlaub gemacht, einmal im Jahr. Wir haben alle in dem blauen Ferienhaus gewohnt, der Platz hat gerade gereicht, und wir hatten es sehr hübsch dort. Da war eine Katze aus weißem Porzellan, auf einem Fensterbrett, die hast du als Kind so geliebt ... und ein niedlicher kleiner Angler ...«

»Es gibt keine Katze und keinen Angler«, sagte Nada. »Sie müssen wohl irgendwann zerbrochen sein.«

»Wir waren ewig nicht dort.« Ihre Mutter seufzte. »Es müssen Jahrzehnte sein. Wir hätten das Haus längst verkaufen sollen. Frau Friemann hat sich immer um die Feriengäste gekümmert, die darin wohnten, glaube ich ...«

»Niklas Heimlicht«, sagte Nada. »*Was ist mit ihm passiert?*«

»Wie kommst du überhaupt auf ihn?«, fragte ihre Mutter, ihre Stimme ein ganzer Selbstverteidigungskurs.

Nada ging nicht darauf ein. »Erzähl mir von Niklas.«

»Er ... wurde krank. Mit sechs oder sieben Jahren. Er hat aufgehört zu sprechen. Überhaupt zu kommunizieren. Ich glaube, sie haben nie herausgefunden, weshalb. Er hatte als kleines Kind Röteln, und es gibt diese Spätfolge, bei der das Virus das Hirn angreift, ich habe den Namen vergessen ... Das war eine der Vermutungen. Sie haben ihn aus der normalen Schule genommen, und er hat verschiedene Einrichtungen besucht ... Sie haben alles versucht. Sie haben ihn in die Berge verschickt und waren bei mehreren Psychologen. Zuletzt ist er glaube ich in einem Betreuungsprogramm für Autisten hängen geblieben, wir haben dann irgendwann den Kontakt verloren ... Ich nehme an, sie hatten genug damit zu tun, sich um Niklas zu kümmern, oder darum, was aus ihm werden sollte.«

»Und ich?«, fragte Nada.

»Du?«

»Wenn er mein Freund war, was habe ich zu der ganzen Sache gesagt?«

»Er war nicht wirklich ein Freund, nur ein Ferien-Freund, du hattest andere Freunde in der Schule. Wir haben dir erklärt, dass er krank ist, aber ich weiß nicht, ob du es verstanden hast. Du erinnerst dich wirklich nicht mehr daran?«

»Nein«, sagte Nada. »Oder … fast nicht. Nur an die roten Gummistiefel, die ich hatte. Aike Friemann hat uns gezeigt, wie man angelt, und ich hatte rote Gummistiefel an.«

»*Das* weißt du noch?«

Nada seufzte. »Nein«, sagte sie. »Das weiß ich nicht mehr. Niklas hat es mir gesagt. Nil.«

Sie hörte, wie ihre Mutter nach Luft schnappte. »Du hast ihn … getroffen?«

»Ja«, sagte Nada. »Hier.«

»Er ist tot. Nada, ich weiß nicht, wen du da getroffen hast, der sich für jemand anderen ausgibt, hör mir zu: *Niklas Heimlicht ist tot.* Er hat sich umgebracht. Das ist das Letzte, was ich von ihm weiß. Er ist vor ein paar Jahren auf Nimmeroog aufgetaucht und im November ins Meer hinausgeschwommen.«

»Ich dachte, ihr habt den Kontakt zu seinen Eltern verloren.«

»Ja. Das haben wir. Aber damals haben sie uns angerufen. Noch ein Mal. Wir waren auf der Beerdigung. Wir hatten uns nicht viel zu sagen, wir waren da, weil wir höflich waren. Du warst in Berlin, du hattest keine Zeit, für niemanden. Wir haben dir nichts von der Sache erzählt.«

»Beerdigung?«, fragte Nada. »Ich dachte, sie hätten seinen Körper nie gefunden.«

»Wer sagt das?«

»Rosa Friemann.« Hatte Rosa Friemann das überhaupt gesagt? Und Marilyn … Aber Marilyn wollte nicht wahrhaben, dass Nil tot war. Abgesehen davon hatte sie eigentlich nur gesagt, dass er seinen Namen niemandem verraten hatte. Sie hatte nicht gesagt, sie hätten den Namen nicht später herausgefunden.

»Rosa Friemann … kannte ich sie als Kind?«

»Ich glaube schon. Rosa und Aike. Ja, natürlich, du musst sie gekannt haben. Vom Sehen. *Sie* war auch auf der Beerdigung. Sie hat

Rosen auf das Grab gelegt, schöne, langstielige rote Rosen, das weiß ich noch ... Ich glaube, sie hat uns nicht erkannt nach all der Zeit. Ich war damals ganz froh darum. Ich war nicht in der Stimmung, mit ihr über das Ferienhaus zu sprechen und darüber, dass wir uns darum kümmern müssten. Es war wie ein unaufgeräumter Schrank, verstehst du, staubig und voller toter Motten ... eine Sache, die man immer weiter verschiebt und verschiebt.«

Ich hätte nicht aufhören sollen, sie zu organisieren, dachte Nada. Ich hätte mich kümmern sollen. Ich hätte nachfragen sollen, ob es unaufgeräumte Dinge wie Schränke und Ferienhäuser gibt. Ich – warum eigentlich? Sind die unaufgeräumten Schränke nicht ihre eigene Sache? Sie merkte, dass sie gar nicht mehr den Drang verspürte, ihre Eltern zu organisieren. Der Wunsch, überhaupt irgendjemanden zu organisieren, war verschwunden. Völlig. Es war eigenartig.

Sie hatte den Verdacht, dass das weiche Pelztier in ihr ihn aufgefressen hatte, was ein Zeichen wäre, dachte sie, dass es noch lebte. Vielleicht rührte es sich nicht, weil es schlief und ihre Organisationswut verdaute.

»War Rosa allein auf der Beerdigung?«, fragte sie. »Ihr Mann – Aike – war nicht bei ihr?«

Nadas Mutter überlegte. »Ich denke nicht. So genau weiß ich es nicht mehr. Nada – es tut mir leid wegen Niklas. Es ist eine traurige Geschichte. Aber sie ist vorüber.«

»Nein«, sagte Nada und legte auf.

Das Telefon klingelte Sekunden später wieder, und sie hob nicht noch einmal ab, sie presste die Hände gegen die Schläfen und versuchte nachzudenken. Rote Rosen. Langstielige rote Rosen. Da war etwas, etwas, das sie nicht greifen konnte ...

Draußen ging Marilyn jetzt den Weg zwischen den Häusern entlang, ihren kleinen Jungen an der Hand. Brachte sie ihn hinüber zu Aike? Marilyn sagte etwas zu ihm, und er sah zu dem Fenster hinüber, hinter dem Nada stand. Er trug etwas um den Hals, an einer Schnur. Sie war sich sicher, dass er es vor ein paar Tagen noch nicht getragen hatte. Eine rund geschliffene Glasscherbe.

Als das Telefon zum dritten Mal zu klingeln begann, gab sie auf und hob ab.

»Du bist ja doch da«, sagte Frank. Er klang besorgt und zugleich erleichtert.

»Irrtum«, sagte Nada. »Ich bin nicht da.« Sie wollte die Verbindung unterbrechen, aber dann ließ sie es. Vielleicht war es gut, Franks Stimme zu hören. Es war die Stimme, die sie in den letzten Jahren am häufigsten gehört hatte, abgesehen von der Stimme des Nachrichtenansagers und des Weinlieferanten. »Frank«, sagte sie. »Ist es nicht merkwürdig, wie wenig Menschen es in meinem Leben gibt? Und wie wenige es gab?«

Frank räusperte sich. »Nein«, sagte er. »Das ist nicht seltsam. Du hattest keine Zeit.«

»Du warst eigentlich der einzige«, sagte Nada, und sie war erstaunt darüber, wie erstaunt sie klang. »Du warst der einzige Mensch. Ich glaube, ich sollte etwas sagen ... Ich sollte sagen: Danke.«

»Du sprichst im Imperfekt«, sagte Frank. Er klang jetzt nicht mehr besorgt. Er klang wie jemand, der weiß, dass er sich mit etwas abfinden muss. »Du kommst nicht zurück, nicht wahr? Zurück nach Berlin, wo du hingehörst?«

»Doch.«

»Doch?« Seine Stimme schwang eine überraschte Oktave nach oben.

»Ich werde dorthin zurückgehen, wo ich hingehöre. Nur ist es nicht Berlin. Es ist ein Leuchtturm. Ein Leuchtturm in einem Traum. Ich habe den Eingang zum Keller des Turms gefunden, Frank, und er ist zugemauert. In der Realität. Aber in meinem Traum wird er offen sein, und ich muss hindurchgehen. Dort ist das Kind, du weißt schon, das von dem dunklen Raum aus anruft.«

»Ja, du ... du weißt nicht, wer das Kind ist, oder?«

»Nein«, sagte Nada. »Weißt du es denn?«

Frank antwortete nicht. »Ich habe angerufen, weil ich dir etwas sagen wollte. Die Postkarte ...«

»Ja?«

»Du wolltest wissen, wer sie an dich geschickt hat. Das war ich.«

»Du?«

»Ja. Aber dann habe ich Angst bekommen, als ich sah, was diese Postkarte auslöste. Und ich habe dafür gesorgt, dass sie wieder verschwindet. Es war zu spät, natürlich. Nachdem du sie gelesen hattest.«

Sie schüttelte den Kopf, verblüfft, verwirrt. »*Du* hast dafür gesorgt, dass …?«

»Der Reporter. Der zu junge Reporter. Ich habe ihn angerufen, nachdem du an dem Abend das Lichthaus Nord verlassen hattest. Ich habe ihn zu dir geschickt. Er war mehr als bereit. Ich … hatte nicht geplant, dass er mit dir schläft. Ich hatte ihn nur gebeten, die Postkarte zurückzuholen.«

»Das hat er getan«, sagte Nada. Sie musste sich auf einmal setzen. Das Sofa gab unter ihr nach, es war zu weich, sie dachte an Merten, sie wollte nicht an Merten denken, nicht jetzt.

»Warum?«, fragte sie. »Warum hast du mir eine Postkarte geschrieben? Wenn … wenn der Anfang dieser ganzen Geschichte nicht stimmt, wenn er … wenn ich von falschen Voraussetzungen ausgegangen bin … was ist dann mit dem Rest? Gibt irgendetwas einen Sinn?«

»Ich weiß es nicht«, antwortete Frank. »Aber, Nada: Ich habe sie nicht geschrieben.«

»Wie – was?«

»Ich habe nur die Adresse geschrieben und sie abgeschickt. Sie war in einem weißen Umschlag, und der Umschlag war an die Restaurants adressiert, an das Postfach der Lichthaus-Kette. Ich weiß nicht, wieso ich diesen Umschlag geöffnet habe … Neugier? In dem Umschlag steckte die Karte. Sie stammte von jemandem, der die Postfachnummer des Lichthauses herausgefunden hatte, aber nicht deine private Adresse.«

»Von wem?«, fragte Nada.

»Ich weiß es nicht. Frag die Leute auf Nimmeroog. Rosa und Merten und Marilyn … und Aike.«

254

Da war ein Geräusch, das sie nicht deuten konnte, vielleicht eine Störung in der Leitung.

»Das werde ich«, sagte Nada. »Ich werde Aike fragen. Und zwar jetzt sofort. Und dann gehe ich zurück in den Traum. Endgültig. Ich muss es schaffen, irgendwie. Sag denen von den Lichthäusern, sag ihnen allen ... allen, die ich organisiert und herumgescheucht und angeschnauzt habe, sag ihnen ... Ach.« Sie verstummte. »Sag ihnen nichts. Frank?«

»J... ja?«

»Was ist das für ein Geräusch?«

»Ich weine«, sagte Frank, und dann lachte er. »Ist das nicht dumm? Ich weine.«

»Warum?«, fragte Nada verwundert.

Doch er hatte aufgelegt.

Sie zog nicht einmal ihre Jacke über. In roten Gummistiefeln und Pullover ging sie hinüber zu Friemanns Haus, wo sie den Spaten neben die Tür stellte und klingelte. Niemand öffnete. Natürlich, Rosa war mit dem Hund draußen. Sie klingelte noch einmal. Sie würde klingeln, bis Aike abhob. Ach nein, aufmachte. Und sie würde nicht weggehen, bis er ihr erklärt hatte, was sich hinter der Kellertür des Leuchtturms befand. Aike, der ewig Unsichtbare, dessen Stimme sie im Haus gehört hatte, der immer erwähnt wurde, ohne je da zu sein.

Der Tag dämmerte schon wieder an den Ecken. Wie kurz die Tage jetzt waren, dachte Nada, und wie lang die Nächte, wie wenig Licht es gab. Wie viel Dunkelheit. Dabei war es erst November.

Beim vierten Klingeln öffnete sich die Tür. Im Flur stand Marilyns kleiner Junge. Er sagte nichts, starrte sie nur an.

»Passt Aike auf dich auf?«, fragte Nada.

Er nickte und starrte weiter.

»Du hast einen neuen Anhänger. Der ist sehr hübsch.«

Nicken. Starren.

»Hast du den seit heute?«

Noch ein Nicken. Sie musste irgendwie Konversation betreiben, damit er auftaute und sie reinließ. Sie sah den Kalender mit dem gemalten Leuchtturm hinter ihm. Konversation.

»Das ist aber ein schöner Kalender. Hast du den für Rosa und Aike gemalt?«

Er schüttelte den Kopf, die Lippen fest aufeinandergepresst. Er wich nicht von der Stelle. Sie stand noch immer in der Tür. Sie brauchte eine Frage, die man nicht mit Nicken oder Kopfschütteln beantworten konnte.

»Wer hat denn das Loch in die Glasscherbe gebohrt? Da an der Schnur um deinen Hals?«

»Mein Papa«, sagte der Junge, und plötzlich erwärmte er sich tatsächlich für das Thema. »Mein Papa kann eine Menge Sachen.«

»Ja«, sagte Nada. Sie dachte an das Sofa und das goldene Licht und fühlte einen Schauer auf dem Rücken, der bis hinunter auf die Innenseite ihrer Oberschenkel lief. »Ich weiß.«

»Er hat so einen Bohrer, wie für den Zahnarzt«, sagte der Junge. »Der ist alt, von als Papa noch ganz jung gewesen ist. Den Bohrer, den hat er jetzt wiedergefunden. Der kann ganz kleine Löcher in Glasscherben bohren. Wenn ich größer bin, zeigt er mir das, wie das geht.«

Ein Bohrer und ein Leuchtturm auf dem Kalenderblatt. Oh Freud.

Nada hörte den Hund bellen und drehte sich um. Hinter dem Hund kam Rosa den Weg entlang.

Der kleine Junge sah, dass sich jemand anderer um Nada kümmern würde, winkte einmal ganz kurz – als wäre Nada sehr weit weg – und kehrte zurück in die Eingeweide des Friemann'schen Hauses. Zurück zu Aike, zurück zu irgendeinem Spiel.

Aber was für ein Spiel, dachte Nada, wurde hier gespielt? Verstecken? Scharade?

»Nada«, sagte Rosa und streifte ihre Stiefel ab. »Was ist?«

»Ich wollte mit Aike sprechen«, sagte Nada.

»Oh, das … ist keine günstige Gelegenheit«, sagte Rosa. »Es geht ihm nicht gut. Es gibt Tage, an denen er sich nicht so fühlt, als wollte er mit Leuten sprechen …«

256

»Er scheint mit Marilyns Sohn zu sprechen. So schlecht kann es ihm nicht gehen.«

Rosa seufzte, während sie ihre Jacke auszog und an einen Haken neben dem November-Kalender hängte. »Ja, mit den Kindern spricht er. Mit dem Kleinen und auch mit dem Baby. Aber ehrlich gesagt ... Er hat in den letzten fünf Jahren weder mit Marilyn noch mit Merten gesprochen.«

»Wie bitte? Marilyn bringt die Kinder her, aber Aike spricht nicht mit ihr?«

»Mmm. Nachdem der Junge damals herkam und ins Wasser ging ... ist er wortkarg geworden. Es ist seltsam ... Als hätte das Schweigen dieses Jungen auf ihn abgefärbt.«

»Manchmal«, sagte Nada, verschränkte die Arme und sah Rosa an, »frage ich mich, ob es Aike Friemann überhaupt gibt. Er ist nicht zufällig eine Erfindung von Ihnen? Eine Erfindung, deren Sinn ich nicht begreife, noch nicht?«

Rosa lächelte ein trauriges Lächeln. »Nein, Nada. Das ist er nicht. Er ist ein alter, kranker Mann. Er sitzt im Rollstuhl, seit dreißig Jahren. Er versteckt sich vor der Welt. Meine Güte, es ist wirklich kalt geworden. Besser, Sie gehen zurück ins blaue Haus und machen ein Feuer im Kamin. Sie holen sich noch den Tod.«

Nada steckte die Hände in die gegenüberliegenden Ärmel. Rosa hatte recht, es war eisig.

»Sagen Sie mir wenigstens eines: Was geschieht mit Marilyn?«

Rosa biss sich auf die Unterlippe und schien zu überlegen. Dann zog sie Nada doch noch ins Haus, in den Flur, wo es wärmer war. Der Leuchtturm auf dem Kalender strahlte gummistiefelrot. Am Schlüsselbrett hing ein Schlüssel mit einer braun-goldenen Glasscherbe am Ring.

»Sie haben eine Tür gefunden«, sagte Rosa sehr leise und sehr eindringlich. »Beim Leuchtturm. Marilyn hat nichts mit dieser Tür zu tun.«

»Schlägt Merten sie oder nicht?«

»Nein«, antwortete Rosa fest, »nein, das tut er nicht. Das, was Sie gesehen haben, Nada ... Sie tut es selbst.«

»Wie bitte?«, fragte Nada.

»Sie ist auf ihre eigene Weise krank, verstehen Sie?«, fragte Rosa, sehr schnell, beinahe abgehackt, als wollte sie dies rasch hinter sich bringen. »Aber Merten ist schuld daran. Er sieht auf sie hinab, er sagt ihr, wie dumm sie ist, er kann nicht mit ihr reden, nicht über die Dinge, die ihm wichtig sind, die Vögel, die er beobachtet, die Natur, die Bücher, die Filme. Und die Wunden, die er durch seine Worte reißt, werden sichtbar. Marilyn macht sie sichtbar. Sie kann nichts dagegen tun, denke ich.« Sie schob Nada zur Tür hinaus. »Gehen Sie jetzt. Gehen Sie und machen Sie den Kamin an. Vielleicht bekomme ich Aike dazu, dass er morgen mit Ihnen spricht.« Damit schloss sie die Tür. Nada stand allein in der Kälte.

Der Kalender, dachte sie. Sie hatte ihn die ganze Zeit über angesehen, ohne es zu bemerken, aber im letzten Moment war es ihr doch aufgefallen. Die Jahreszahl über dem Kalender stimmte nicht. 1985. Der Kalender war dreißig Jahre alt. Als wäre die Zeit im Haus vor dreißig Jahren stehen geblieben.

Sie machte kein Feuer. Sie kroch unter die Kampferbettdecke und versuchte zu träumen. Doch sie träumte nicht. Sie schlief die ganze Nacht tief und ohne Bilder im Kopf. Am nächsten Tag fragte sie wieder nach Aike, und Rosa sagte, es ginge ihm noch immer nicht gut.

Nada fuhr mit dem Rad nach Dünen und kaufte sich eine dickere Jacke im einzigen offenen Geschäft. Im Wald schrie nichts. Sie fuhr zum Leuchtturm hinaus und stellte sich in der gefütterten Jacke oben an das Fenster, an dem sie mit Nil gestanden hatte. Dem Meer unter ihr wuchs eine dünne Haut aus Eis, auf dem die tief stehende Sonne sich spiegelte.

»Nil«, sagte Nada. Der Name hallte in der Stille wider. »Ich vermisse dich«, flüsterte sie. »Ist das nicht seltsam? Deine Nase. Die Dinge, die du sammelst. Ich wollte dich nie mehr sehen, aber jetzt vermisse ich dich. Ich kann es nicht erklären.«

Der Leuchtturm streckte sich um sie empor, hohl in seinem Inneren; leerer, kalter Raum, Raum ohne Antworten.

»Ich muss wieder träumen«, wisperte Nada. »Nicht nur, um herauszufinden, was im Keller ist, auch … um mich zu entschuldigen. Es tut mir leid, was ich gesagt habe. Es war dumm, es war … kindisch. Ich habe es nicht so gemeint, hörst du? Nein. Du hörst mich nicht. Wie auch. Du bist tot. Du bist ein Traum. Du bist nichts.« Sie ging nach unten und riss die Pappe von den Fenstern. Sie brauchte mehr Licht –

Aber das Licht draußen war so kalt, dass es in den Augen schmerzte. Die Sonne kam heraus und malte goldene Flecken auf das entstehende Eis, doch Nada weigerte sich, das Wort *golden* zu denken, das zu viele Erinnerungen an ein Sofa enthielt. Plötzlich kam sie sich vor, als hätte sie Nil hintergangen, indem sie sich im Regen aus Nippesfiguren von Merten auf das Sofa hatte ziehen lassen. Oder ihn gezogen hatte? Merten hatte ihr beim Träumen zugesehen.

Was hatte sie im Schlaf gesagt? *Ich habe mich so bemüht, dich zu vergessen.*

Sie sagte den Satz laut, und dann lief sie hinaus in die Kälte und schrie ihn dem Meer ins Gesicht.

»Ich habe mich so bemüht, dich zu vergessen!«

Es war wahr. Wenn es stimmte, was ihre Mutter sagte, hatte sie genau das getan. Und es war ihr gelungen, sie hatte den Jungen vergessen, mit dem sie als Kind ihre Ferien verbracht hatte, gründlich vergessen, so gründlich, dass sie sämtliche Ferien mitvergessen hatte. Sie hatte ein Leben lang daran gearbeitet, keine Minute Zeit zu haben, in der die Erinnerung sie erwischen konnte. Aber jetzt, jetzt waren da diese Worte in ihrem Kopf: Sie waren immer Nada und Nil gewesen, nichts … Sie hatte rote Gummistiefel.

»Komm zurück!«, schrie sie zum Horizont hinaus. »Komm zurück, damit ich mich an den Rest erinnern kann!«

Doch der Horizont blieb stumm.

Nada Schwarz träumte den Traum vom Leuchtturm nie mehr. Sie versuchte es jeden Abend, sie schlief in dem Kampferbett ein und dachte an die Wendeltreppe und die Ikea-Kartons und an das schwarze altmodische Telefon ohne Kabel. Und an Nil. Ab und zu träumte sie andere Träume, gewöhnliche, alltägliche Verworrenheiten, von denen sie später nur noch Vages wusste. Und wenn sie am Küchentisch saß und ihren Kaffee trank, weil es inzwischen wirklich zu kalt war, um vor dem blauen Haus zu sitzen, schwor sie sich jeden Morgen, dass sie es in der nächsten Nacht schaffen würde. Sie würde auf Nimmeroog bleiben, bis sie es geschafft hatte, in den Traum zurückzukehren.

Doch irgendwann begann sie zu ahnen, dass sie dann vielleicht für immer hierbleiben musste, für immer wartend, für immer allein. Und die Erinnerung würde verblassen, schließlich würde Nada nicht mehr wissen, ob sie wirklich jemals vom Leuchtturm geträumt hatte, ob es Nil gegeben und wie er ausgesehen hatte.

Sie fragte jeden Tag nach Aike, und Rosa sagte jeden Tag, es gehe ihm nicht gut, oder er schlafe gerade, und manchmal sagte sie, er sei nicht da. Zwei Mal sah Nada in der Ferne jemanden einen Rollstuhl über einen holprigen Weg bugsieren, doch wenn sie dort ankam, wo sie ihn gesehen hatte, war er jedes Mal schon fort. Vielleicht war Aike Friemann eine blinde Spur.

Das kleine weiche Ding in ihr schien noch am Leben zu sein. Manchmal streckte es sich, oder sie hörte es atmen, aber es wuchs nicht weiter.

Auf ihren Spaziergängen traf Nada Marilyn, und sie wechselten ein paar nichtssagende Worte. Merten traf sie nicht. Er schien mit seinem Fernglas und seinen Büchern in einem anderen Teil der Insel unterwegs zu sein, sie konnte sich vorstellen, wie er über den Strand wanderte, den Wind im Weißsilberhaar an seinen Schläfen, und ab und zu eine rund geschliffene Glasscherbe aufhob … Womöglich hatte er Gründe, Nada nicht zu begegnen.

Und dann lag Nada wieder in dem Bett, das nicht mehr ganz so sehr nach Kampfer roch, und schloss die Augen und träumte wieder nicht vom Leuchtturm. Nil und das Kind blieben verloren. War die Zeit in ihrem Traum weitergelaufen?

War das Kind tot?

Nachts strich das Licht des Leuchtturms über das Meer, suchend, tastend, ohne etwas zu finden. Und dann merkte Nada eines Abends, dass es schwächer wurde. Jeden Tag ein wenig. Es flackerte jetzt manchmal, so als würde es bald ausgehen.

»Ich verliere den Kontakt«, flüsterte Nada, in der Dunkelheit, allein am Fenster. »Ich verliere den Kontakt.«

Zwei Tage später fiel Schnee. Er fiel und fiel den ganzen Tag, und Nimmeroog verschwand darunter, die Häuser von Süderwo verschwanden darunter, der Tisch vor dem blauen Haus und Fessels Gartentörchen, und Nada fragte sich, wie lange die Fähren noch fuhren. Im Fenster schräg gegenüber zündete Marilyn in der Dämmerung eine adventlich rote Kerze an. Nada setzte sich auf die verschneite Bank vor dem verschneiten Tisch und betrachtete den Kerzenschein, und da sah sie, dass mitten im Schnee, auf dem Tisch, etwas lag.

Ihre Turnschuhe. Die Berliner Turnschuhe aus zu dünnem Stoff, die sie vergraben hatte. Sie betrachtete sie von allen Seiten. Vielleicht hatte der Hund sie zurückgebracht.

Was bedeutete das? War es ein weiterer Hinweis auf ein Ende, dass sie die Schuhe wiederbekam? Sollte sie zurückgehen, sollte sie aufgeben und die Insel verlassen, solange der Schiffsverkehr noch nicht eingestellt war?

»Passen Sie auf, dass Sie nicht einschneien«, sagte Rosa, setzte sich ihr gegenüber auf einen Klappstuhl und holte ihre Zigaretten heraus.

Nada sah auf.

»Haben Sie die Turnschuhe auf den Tisch gelegt?«

»Nein.«

»Es war jemand, der mir sagen will, dass ich gehen soll.«

»Oder jemand, der will, dass Sie sich entscheiden.« Rosa zündete eine Zigarette an und rauchte eine Weile schweigend. »Es scheint alles zu einem Stillstand gekommen zu sein«, sagte sie schließlich.

Nada nickte. »Als wäre etwas vorüber, ohne vorüber zu sein. Es geschehen keine seltsamen Dinge mehr. Die Blumen zum Beispiel. Ein paar von ihnen sind aufgegangen. Aber sie gießen sich nicht mehr von selbst. Eine Weile schien es, als täten sie das, die Erde war immer feucht. Und der Block, auf den ich Dinge schrieb, tauchte immer an anderen Stellen auf …«

Rosa hob die Turnschuhe hoch. »*Wollen* Sie gehen? Wollen Sie zurück nach Berlin?«

Nada überlegte. Dann schüttelte sie den Kopf
»Und was wollen Sie?«

Diesmal brauchte sie nicht zu überlegen, der Satz kam ganz von selbst. »Nil wiederfinden.«

Rosa lächelte. »Wirklich?«

»Es ist Unsinn, denn er ist tot. Oder?«

»Ja. Er ist tot.« Sie klopfte die Asche von ihrer Zigarette auf den beschneiten Tisch, schwarze Asche in weißem Schnee. »Armes Mädchen«, sagte Rosa und strich, ganz kurz, über Nadas Hand. »Sein Körper ist damals auf Amrum angespült worden. Nach Tagen. Ich habe ihn identifiziert, sie haben mich gefragt, ob das der Mann sei, der bei uns in Süderwo aufgetaucht war. Das Meer macht die Züge seiner Opfer unkenntlich, aber ich habe seine Kleider erkannt. Ich wünschte … ich wünschte, ich hätte sie nicht erkannt. Ich wünschte, ich hätte mir sagen können, dass er es nicht ist. Er trug seinen Ausweis in der Tasche. Niklas Heimlicht. Es gab keinen Zweifel.«

Nada schluckte. Plötzlich war ihr, als müsste sie weinen. Das war natürlich das weiche Etwas in ihr, es schien in aller Stille doch weitergewachsen zu sein. Sie kämpfte nicht mehr gegen seine Anwesenheit.

»Kann man sich im Traum in jemanden verlieben?«, flüsterte sie.

»In eine Erinnerung?«

»Vielleicht«, sagte Rosa.

Nada beugte sich vor und sah ihr ins Gesicht. »Bitte. Rosa. Sagen Sie mir, was hinter der zugemauerten Tür des Leuchtturms ist. Und warum ich den Eingang erst ausgraben musste. Er kann nicht immer unter dem Sand gelegen haben. Sagen Sie es mir. Ich muss es wissen, damit ich die Sache beenden kann. Damit ich um Nil weinen kann. Damit ich verstehe.«

Rosa seufzte. »Aike hat die Tür zugemauert und den Abgang

zur Treppe zugeschüttet. Vor dreißig Jahren. Damals war er noch jung und gesund, er war jemand anders.«

»Nil … Niklas … Meine Eltern haben gesagt, wir wären als Kinder hier gewesen, er und ich. Und dann wurde er krank und hat mit niemandem mehr gesprochen. Aber es ist nicht wahr, oder? Dass er … krank wurde?«

»Krank? Nein. Es … es war ein Unfall.«

»Ein Unfall?« Nada merkte, dass sie Rosa am Handgelenk gepackt hatte. »Was für ein Unfall?«

Rosa rauchte und sah weg. »Aike hat versucht, ihn zu retten«, sagte sie sehr leise. »Er dachte, er habe ihn gerettet. Aber dann ist er wiedergekommen und hat sich hier bei unserem Leuchtturm ertränkt, und Aike hat gesagt, all die Jahre dazwischen waren nur ein Aufschub. Aike … Seit damals, seit dem Unfall, kann er seine Beine nicht mehr bewegen.«

»Was war es denn für ein Unfall?«, fragte Nada, beinahe verzweifelt. »*Was ist denn passiert?*«

Es war, als hörte Rosa sie nicht. »Die Ärzte haben nie etwas gefunden, an seinen Beinen«, fuhr sie fort. »Es ist sein Kopf, haben sie gesagt, etwas ist in seinem Kopf geschehen …«

»*Was für ein Unfall?*«, wiederholte Nada. »Und was war mit mir? War ich … war ich dabei?«

Rosa drückte die Zigarette in der dünnen Schneeschicht aus. Sie sah Nada auf einmal wieder an.

»Was ist im Wald?«, fragte sie. »Wer schreit dort? Er hat es mir erst gestern erzählt. Etwas schreit im Wald, nachts, wenn er alleine dort ist. Ich höre nichts. Aber er hört es.«

Nada nickte. »Ich höre es auch.«

»Was ist es?«

»Ich weiß es nicht«, sagte Nada. War nicht sie es gewesen, die die Fragen stellte? »Vielleicht können wir es herausfinden, wenn ich mit Aike spreche.«

»Ja«, sagte Rosa und stand auf. »Ja, ich denke langsam, das sollten Sie wirklich. Ich werde ihm erklären, dass er mit Ihnen sprechen muss, egal, was er sagt. Später. Marilyns Junge ist jetzt bei ihm,

Sie wissen ja, er passt auf ihn auf, damit er nicht alleine draußen herumläuft und ...«

»... zum Leuchtturm geht«, sagte Nada. »Wie zwei andere Kinder, vor langer Zeit.«

Rosa drehte sich noch einmal um.

»Zwei?«, fragte sie. Aber ehe Nada begreifen konnte, was sie damit meinte, verschwand sie mit raschen Schritten den Weg entlang.

Als Nada sich an diesem Abend in das Kampferbett legte, tauchte Marilyns altes Lied in ihrem Kopf auf, und sie begann, sich selbst in den Schlaf zu singen wie ein Kind: *Guten Abend, gut Nacht, mit Rosen bedacht* ... Und plötzlich wusste sie es. Sie wusste, woran die Rosen sie erinnert hatten. Langstielige Rosen auf einer Beerdigung, die ihre Eltern aus Höflichkeit besuchten. Nils Beerdigung. Langstielige Rosen im Nebel, halb verwelkt schon, im Wald. Sie setzte sich im Bett auf und starrte die Umrisse der Pflanzen auf der Fensterbank an, die das Straßenlaternenlicht in die Dunkelheit zeichnete.

Was sie im Wald gefunden hatte, war ein Grab. Ein Grab, zu dem jemand Rosen gebracht hatte. Aber Nils Grab befand sich auf dem Festland. Sie würde in den Wald gehen müssen, um nachzusehen. Sie konnte natürlich Rosa fragen, aber Rosa beantwortete nur die Fragen, die sie beantworten wollte ... und Nada hatte das seltsame Gefühl, dass sie die Frage nach dem Grab im Wald nicht beantworten würde. Sie musste selbst herausfinden, wer im Wald lag. Mit dem Gedanken an die dunklen Bäume und den Schrei, der dort auf sie wartete, fiel sie in einen unruhigen Schlaf.

Als sie aufwachte, war noch immer Nacht. Der Wind heulte draußen in der Schwärze. Selbst die Straßenlaternen brannten jetzt nicht mehr, als hätte der Wind sie ausgeblasen. Sie lag ganz still. Etwas war geschehen. Sie spürte es. Etwas Schlimmes.

Sie machte das Licht an. Die Schwarzwalduhr zeigte halb vier. Das blaue Ferienhaus atmete unverändert seine staubige Stille ein und aus. Was geschehen war, war nicht hier geschehen.

Der Leuchtturm, dachte Nada. Er ist erloschen, wie die Laternen.

Das muss es sein. Sie schlüpfte in ihre Kleider und verließ leise das Haus, als wäre da jemand, den sie nicht wecken durfte. Sie ging rasch, so rasch sie konnte, ohne zu rennen, den Weg durch die Heide, nicht am Meer entlang, das Meer war ihr zu groß und zu eisig in dieser Nacht.

Der Mond war jetzt hinter den Wolken hervorgekommen, der Schnee machte die Nacht hell, der Leuchtturm stand als schwarzer Scherenschnitt darin. Das Wasser war hoch, es schien Nada höher als sonst, und es stieg noch, langsam, aber stetig. Die dünne Eishaut zersplitterte, wenn das Meer sich regte, zu tausend Scherben. Schon wieder Scherben. Nada sah das Rot ihrer Gummistiefel im Mondlicht glänzen, es war die einzige Farbe in der Nacht. Sie trat auf den großen Felsen zwischen Leuchtturm und Meer und versuchte, auf der Eisfläche etwas zu erkennen.

Das Gefühl in ihr, dass etwas Schlimmes geschehen war, war jetzt überwältigend stark, wie ein Geruch oder ein durchdringender Ton. Sie griff nach dem abgeschliffenen Stück Glas an ihrer Kette. Wieder zogen Wolken vor den Mond, das steigende Meer versank in absoluter Dunkelheit. Nada schloss die Finger fest um die Glasscherbe.

Und dann ging das Licht des Leuchtturms mit einem Flackern an, wurde zum Leben erweckt, vielleicht ein letztes Mal, und streckte seine Fühler wieder suchend über das Meer. Es strich über das Eis, über die Schwimmer eines Netzes – und fand schließlich im dunklen Wasser zwischen den Eisscherben etwas.

Einen Kopf.

Jemand schwamm dort. Das Licht war fort, Nada wartete mit klopfendem Herzen, dass es zurückkehrte. Diesmal schien es heller zu sein. Der Kopf war nicht weit weg. Das Haar glänzte dunkel vor Nässe, aber Nada hätte schwören können, dass es sonst blond gelockt war.

»Marilyn!«, schrie sie.

Das Licht war fort, das Licht war wieder da. Marilyn hatte sich umgedreht. Ja, sie war es. Das Licht war fort. Nada kickte die roten Gummistiefel von den Füßen. Sie hatte keine Zeit, über die Kälte des Wassers nachzudenken. Das Licht war wieder da, doch sie sah Marilyns Kopf nicht mehr.

Sie holte tief Luft, sprang von dem Felsen und schwamm.

Die Kälte ließ den Atem in ihrer Lunge stocken, ließ ihr Herz wieder stolpern, wie damals, als sie die Postkarte in der Hemdtasche gehabt hatte. Diesmal achtete sie nicht auf ihr Herz. Sie musste sich nur bewegen, dann würde die Kälte erträglich werden, vorwärts, vorwärts, rascher, rascher! Marilyns Kopf tauchte wieder auf. Tauchte unter. Nada war beinahe bei ihr. *Ich kann niemandem helfen, dachte sie, ich kann niemanden retten.* Unsinn. Sie konnte und sie würde jemanden retten, Marilyn, jetzt.

Sie stieß in der Dunkelheit mit einem Körper zusammen, riss ihn hoch – sah das Licht darübergleiten, sah Marilyns zu weiche Lippen und ihre zu vollen Brüste unter dem nassen Kleid. Marilyn versuchte, sich zu wehren, doch Nada war stärker, zäher, entschlossener. Sie hatte keine Ahnung vom Rettungsschwimmen. Es war egal. Sie nahm Marilyn in eine Art Schwitzkasten und zerrte sie zurück in Richtung Ufer.

Die Kälte wird uns umbringen, dachte sie, alle beide – da war das Licht des Leuchtturms wieder, noch heller jetzt – wir werden hier draußen elend erfrieren – es zeigte ihnen den Weg. Wir werden nicht erfrieren, Marilyn wird nicht erfrieren, ich lasse es nicht zu – es war jetzt so hell, dass es sie blendete – ich bin schuld, dass sie das versucht hat – das Licht fiel auf zwei Körper, die einen großen, flachen Felsen erreichten. Und damit das Ufer.

Nada hatte nicht beabsichtigt, gerade beim Leuchtturmfelsen herauszukommen, doch das eisige Meer hatte seinen eigenen eisigen Willen, es holte mit einer eisigen Welle aus und stieß Nada mit dem Kopf gegen den harten Stein. Sie spürte einen jähen Schmerz an ihrer Schläfe, sie spürte etwas Warmes dort, doch sie achtete nicht darauf.

Der Felsen war glatt, es war unmöglich, sich und Marilyn hinaufzuziehen, sie hangelte sich mit einer Hand an ihm entlang, fluchte mit zusammengebissenen Zähnen, wunderte sich, dass sie

266

noch fluchen konnte. Dass sie noch nicht erfroren war – hatte den Felsen umrundet – erreichte den Sand.

Kurz darauf riss sie Marilyn auf die Füße und ohrfeigte sie. »Sind Sie wahnsinnig?«, fauchte sie, ihre Worte kaum verständlich, zerhackt zwischen aufeinanderschlagenden Zähnen.

Sie dachte, Marilyn würde bewusstlos zu ihren Füßen zusammensacken, doch Marilyn sah sie an, und ihr Blick war klar.

»Nein«, flüsterte sie. »Es ist wegen Merten. Ich liebe ihn. Trotz allem. Sie werden das nicht begreifen … Sie und er … Es ist … Sie waren so schön zusammen, im weißen Mondlicht, im Watt …«

Nada schüttelte benommen den Kopf. Es war unmöglich. Sie konnten nicht im Watt gewesen sein. Keiner von ihnen war in jener Nacht im Watt gewesen.

»Sie haben geträumt«, sagte sie schroff. »Ziehen Sie das nasse Zeug aus. Ich habe nichts mit Ihrem Merten zu tun, gar nichts. Und abgesehen davon – lieben Sie, wen Sie wollen, aber ich sage Ihnen eines: Es ist eine verschwendete Liebe. Er weiß ein paar Dinge, Ihr Merten, über Möwen und Enten und über botanische Pflanzennamen. Sonst nichts. Er weiß nicht einmal, dass es kein Vogel ist, im Wald. Er begreift es nicht. Er ist dumm, viel dümmer, als Sie glauben. Sie sollten weggehen. Nehmen Sie die Kinder und gehen Sie.«

Marilyn zog gehorsam ihre triefenden Sachen aus. Schließlich stand sie nackt vor Nada, so nackt wie damals am Rand des Grabens, am ganzen Körper zitternd.

»Nein«, flüsterte sie. »Ich bleibe.«

Nada nickte. »Es ist Ihre Entscheidung, natürlich. Aber gehen Sie jetzt nach Hause. Wenigstens das. Lassen Sie sich von Ihrem Merten aufwärmen.«

»Und … Sie?«, fragte Marilyn.

Ehe Nada antworten konnte, spürte sie, wie sich etwas an ihre Füße drängte, und sie erschrak. Es war der Hund, Friemanns Hund.

»Ich gehe auch nach Hause«, sagte Nada.

Auf einmal wusste sie, was sie tun musste. Es war so einfach, dass sie beinahe darüber lachte.

Der Horizont! Sie musste den Horizont erreichen! Dort lag die Lösung aller Rätsel. Und der Weg auf die andere Seite, der Weg zurück in ihren Traum. Sie hatte ihn beinahe gefunden, als sie in Aike Friemanns Boot hinausgefahren war, aber Frank hatte sie zurückgerissen ... Vielleicht war sie damals nicht bereit gewesen. Jetzt war sie bereit. Sie bückte sich, streichelte den Hund ein letztes Mal mit zitternden Fingern und drehte sich um.

Der Horizont war eine schwarze Linie, wo die Dunkelheit des Himmels an die Dunkelheit des Meers stieß. Nur das tastende Licht des Leuchtturms erhellte diese Dunkelheit ab und zu.

»Ich komme«, flüsterte Nada.

Dann rannte sie über den Sand, leichtfüßig plötzlich, wie als Kind vor langer Zeit, sie hörte das Lachen wieder, das Lachen der Kinder, es waren nicht zwei, Rosa hatte recht, es waren drei. Sie fror nicht mehr. Sie lief ins Wasser, als liefe sie in ein Sommermeer, und begann, auf den Horizont zuzuschwimmen.

12

Sie schwamm weit. Sie spürte die Kälte kaum. Nur die Luft ließ sich schwer atmen, sie bot einen merkwürdigen Widerstand. Nada schwamm rasch. Ab und zu drehte sie sich zum Leuchtturm um. Es ist unmöglich, dachte sie. Es ist unmöglich, bis zum Horizont zu schwimmen, es ist viel, viel zu weit. Und dann sah sie im vorbeistreichenden Licht den Schwimmer eines Fischernetzes. Es konnte nicht derselbe Schwimmer sein, den sie mit Frank zusammen gefunden hatte, er war viel weiter weg gewesen. Aber vielleicht, auf eine symbolische Weise, war er es doch. Der, von dem aus ein schwarzes Telefonkabel in die unendliche Tiefe führte. Sie streckte die Hand danach aus, hielt sich fest und füllte ihre Lungen mit der eisigen Winterluft. Das Letzte, was sie sah, ehe sie tauchte, war das suchende Auge des Leuchtturms.

Unter Wasser war es sehr dunkel. Noch dunkler, als sie gedacht hatte. Sie hatte gedacht, das Licht des Leuchtturms würde auch hier vorüberstreichen, doch es war, als bestünde das Meer aus Tinte, seine Dunkelheit war zu dicht, um das Licht hereinzulassen. Nada spürte die Kälte jetzt gar nicht mehr. War dies bereits die andere Seite, bereits der Traum? War sie zurückgekehrt? Sie hangelte sich mit einer Hand an dem Tau entlang, das womöglich ein Telefonkabel war, tiefer und tiefer –
Und dann hörte sie das Schreien. Es kam von dort unten, vom ewig lichtlosen Boden des Meeres. Erst war es wie ein leises Schluchzen, steigerte sich, wurde lauter und lauter, brach ab, begann erneut, wuchs und wuchs … war jetzt panisch, entsetzt, kopflos.
Es ist ein Vogel, hatte Merten gesagt. Ein Vogel. Lächerlich. Einen Moment zögerte sie. Sie wollte umdrehen. Zur Oberfläche zurückschwimmen, aus der Dunkelheit des Meeres fliehen.

Sie dachte an Aike, der das Schreien ebenfalls hörte, und an Rosa, die es nicht hörte, sie fragte sich, weshalb Merten es hörte – sie dachte an Frank, der mit ihr in den Nebel gegangen war und den sie dort verloren hatte. Sie dachte an die Tageslichtlampen im Lichthaus Nord.

Wir brauchen mehr Licht.

Nein, dachte sie, nein. Wir brauchen weniger Licht. Das Licht übertönt die Dunkelheit nur. Sie war ihr Leben lang vor der Dunkelheit geflohen, hatte sie verdrängt, sie unsichtbar gemacht – es hatte keinen Sinn mehr, wegzulaufen. Sie ließ das Kabel los und schwamm mit einer letzten Kraftanstrengung nach unten, auf das Schreien zu. Es füllte ihre Ohren ganz aus, füllte ihren Kopf, füllte sie vollkommen; ihr Körper vibrierte in der Frequenz des Schreis. Es war kein Vogel. Es war kein Tier. Es war ein Mensch. Ein Mensch, der unglaubliches Entsetzen empfand oder unglaubliche Schmerzen litt.

Plötzlich spürte sie, dass sie sich nicht mehr unter Wasser befand, sie musste aufgetaucht sein, *auf der anderen Seite der Realitäten aufgetaucht*, ohne es zu merken. Um sie spiegelte sich die Nacht auf schwarzen Wellen, sie klammerte sich an den Schwimmer des Fischernetzes (oder eines anderen Fischernetzes auf der anderen Seite?) und schrie.

Und da begriff sie. Es war ihr eigener Schrei. Es war die ganze Zeit über ihr eigener Schrei gewesen, ihr eigener Angstschrei. Sie hatte immer sich selbst gehört. Es war unmöglich, aber es war so.

In dem Moment, in dem sie das begriff, zerbrach etwas um sie. Etwas wie eine Schale. Fast bildete sie sich ein, mitten im Schrei das Knacken zu vernehmen. Es war die Schale, die sie um sich selbst gebaut hatte, jene Schale, deren Aufgabe es gewesen war, sie vor der Vergangenheit zu schützen. Und in der Schale lag die Erinnerung.

Sie schloss die Augen und ließ sie durch sich hindurchrinnen wie Wasser, wie Sand, wie Zeit, während sie sich weiter am Schwimmer des Netzes festhielt und endgültig jedes Gefühl aus ihrem eiskalten Körper wich.

Sie war sechs Jahre alt. Sie hieß Nathalie, Nathalie Schwarz, und ihr bester Freund hieß Niklas Heimlicht. Aber sie waren niemals Niklas und Nathalie gewesen, sondern immer Nil und Nada, nichts. Sie trafen sich jeden Sommer auf einer Nordseeinsel, vier Jahre lang. Und da war noch ein drittes Kind, ein Kind, das zwischen den geduckten Inselhäusern auf sie wartete. Jeden Sommer, vier Jahre lang. Ein Mädchen mit blondem Haar und einem etwas zu friesischen Vornamen, Niente. Niente Friemann.

Nil, Nada und Niente. Nichts. Und doch waren sie füreinander alles.

Nada besaß rote Gummistiefel, die sie manchmal verlieh, sie waren ihr viel, viel zu groß, und zwei von ihnen konnten je einen rechten und einen linken Fuß gemeinsam in einen Stiefel stecken. Es war ein Spiel, das sie oft spielten; sie hinkten zu dritt mit zwei Stiefeln über den Strand wie ein Ungeheuer mit drei Köpfen und lachten. Ohnehin war es egal, wem die Gummistiefel gehörten, denn sie teilten alles. Die ganze Welt. Und sie fuhren mit den Fahrrädern in den Wind hinaus, jeden Tag, und die Sonne schien, und alles war gut.

Die Sommerwochen, in denen sie zusammen waren, waren die schönsten ihres Lebens. Manchmal saßen sie auf dem Rand des großen Bettes oben im blauen Ferienhaus. Sie baumelten mit den Beinen und wippten auf der federnden Matratze, die verboten war, weil sie Nathalies Eltern gehörte. Sie kletterten auch darauf und hüpften, und einmal ging eine Matratzenfeder kaputt, und sie bekamen furchtbaren Ärger. Aber nichts war wirklich furchtbar in jenen sonnigen, windigen Wochen. Sie erkundeten die ganze Insel, sie waren Abenteurer, sie fanden Schätze aus Muscheln und Kiefernzapfen und gruben Verstecke für sie und schrieben geheime Karten zu den Verstecken.

Aike fuhr mit ihnen hinaus und zeigte ihnen, wie man von seinem Boot aus angelte. Er machte abends mit ihnen Feuer am Strand und erzählte Geschichten, und Rosa packte Picknickkörbe.

Bei Ebbe liefen sie zu dritt durchs Watt und brachten mit ihren nackten Zehen die Muscheln und Steine an die Oberfläche. Oder sie retteten die kleinen Fische aus den Ebbetümpeln und trugen sie in Eimern dorthin, wohin sich das Meer zurückzog, wenn es allein sein wollte.

Sie verstanden das Meer. Manchmal mussten sie auch allein sein, dann ließen sie sich in Ruhe, sie brauchten nicht darüber zu sprechen, es war ein stilles Einverständnis zwischen ihnen, jeder hatte seinen Raum, sie waren drei völlig unterschiedliche Personen, und dennoch waren sie eins.

»Wenn wir älter sind«, sagte Nada eines Tages, »werden wir uns ineinander verlieben, und wir werden schrecklich langweilige Dinge tun wie den Sonnenuntergang ansehen und uns stundenlang küssen.«

»Aber das geht nur zu zweit«, sagte Niente.

»Glaube ich nicht«, sagte Nil. »Das geht auch zu dritt. Lass uns bloß vorher noch genug Dinge tun, die nicht so langweilig sind.«

Sie fuhren mit den Rädern bis nach Dünen, und weiter, bis ans andere Ende der Insel, bis an die Südspitze, und zurück, bis zur Nordspitze, wo der Leuchtturm stand. Aike hatte gesagt, sie sollten aufpassen, der Leuchtturm sei alt und baufällig. Er würde nachts zwar noch sein Licht übers Meer schicken, jedoch nur, weil man vergessen hatte, ihn abzuschalten. Er war nicht mehr nötig für die Schiffe, es gab andere Leuchttürme an anderen Stellen.

Der Leuchtturm hatte etwas Geheimnisvolles, gerade weil er alt war. Er lehnte sich an einer Seite an einen Felsen, und er besaß einen Keller. Es war nicht sinnvoll, einen Keller unter einen Leuchtturm zu bauen, das wussten sie auch als Kinder. Vielleicht hatte jemand den Leuchtturm über den Keller gebaut. Doch warum gab es den Keller?

Sie fragten Aike eines Abends beim Lagerfeuer, am Strand.

»Ja«, sagte Aike nachdenklich. »Der Keller. Die Leute erzählen sich eine Menge Geschichten über den Leuchtturm und seinen Keller. Kennst du die Geschichten nicht, Niente?«

Niente schüttelte ihren blonden Kopf, und Nada und Nil rückten näher, sie drängten sich alle drei aneinander und sahen Aike mit großen Augen an.

272

»Sie sind alle ein wenig unheimlich«, sagte Aike. Er wusste, dass sie unheimliche Geschichten am liebsten hörten, Geschichten von einarmigen Piraten und Geisterschiffen und Gespenstern, die nachts mit dem Kopf unter dem Arm über das Watt wanderten. Die Geschichten durften natürlich nicht zu unheimlich sein, Aikes Zuhörer waren erst sechs Jahre alt.

»Man sagt, dort wohnt ein Ungeheuer mit drei Köpfen«, flüsterte er. »Die Leute von der Insel haben es vor langer Zeit gefangen und in ein Verlies gesperrt, und später haben sie den Leuchtturm über das Verlies gebaut, aber das Ungeheuer wohnt immer noch darin. Und manchmal, in Vollmondnächten, kommt es heraus.«

»Wie denn, wenn es eingesperrt ist?«, fragte Nil.

Aike zuckte die Schultern. »Es gibt Dinge, die man fängt und wegsperrt und die trotzdem manchmal herauskommen. Es schleicht bei Vollmond herum, heißt es, und bestiehlt die Bewohner von Nimmeroog, es sammelt Geld und Schmuck und Diamanten wie eine Elster und schleppt sie in sein Verlies unter dem Turm. Denn wenn die Vollmondnacht vorbei ist, muss es immer zurückkehren und bis zum nächsten Vollmond warten. Der ganze Keller, sagt man, ist angefüllt mit Schätzen, und immer, wenn auf der Insel irgendetwas verloren geht, sagen die Leute zueinander: Das war das Ungeheuer vom Leuchtturm. Die Dinge, die es stiehlt, versteht ihr, die glitzern alle hell im Licht des Vollmonds, und das Ungeheuer lebt dort unten in absoluter Dunkelheit. Es glaubt, es könnte das Licht in die Dunkelheit mitnehmen, wenn es glitzernde Dinge sammelt. Das stimmt natürlich nicht. Die glitzernden Dinge glitzern nur, wenn schon Licht da ist.«

»Dummes Ungeheuer«, sagte Niente.

Aike nickte. »Dummes Ungeheuer. Manchmal stiehlt es völlig wertlosen Kram, Glasperlen oder Modeschmuck oder ... Alufolie.«

Da lachten sie, erleichtert darüber, wie dumm das Ungeheuer war.

»Es hat nicht nur drei Köpfe, sondern auch drei Beine«, fügte Aike hinzu, »und ihr werdet es nicht glauben, aber an zwei davon trägt es rote Gummistiefel.«

Darüber lachten sie noch mehr, denn es war ganz klar, woher Aike diese Idee hatte, er hatte sie bei ihrem Ungeheuerspiel über den Strand hinken sehen. Er hatte sich das Ungeheuer also nur ausgedacht. Eben gerade. Es war nicht einmal eine alte Geschichte der Insel. Oder ... nur ein Teil davon?

»Wir könnten hinuntergehen und nachsehen«, sagte Nada. »Was es so alles gesammelt hat.«

»Das können wir«, sagte Aike. »Aber versprecht mir eins: Geht nicht alleine in diesen Keller. Der Turm ist baufällig, das habe ich euch schon tausend Mal gesagt, und es ist mir gar nicht recht, wenn ihr da herumlauft. Wir sehen uns die Schätze zusammen an, sobald ich wieder Zeit habe ... Nächstes Wochenende.«

»Jetzt«, sagte Nil.

»Oh nein!«, rief Niente.

»Lieber am Tag«, sagte Nada.

Nil zuckte die Achseln. »Mädchen«, sagte er.

Das Ende der Woche erschien ihnen sehr weit weg. Sie sprachen am nächsten Tag von nichts als dem Ungeheuer unter dem Turm, obwohl sie wussten, dass da keines sein konnte. Am Nachmittag ging Nada alleine am Strand entlang, Nil und Niente waren irgendwo anders, und sie dachte noch immer über das Ungeheuer nach. Bei Vollmond, hatte Aike gesagt, käme es heraus ...

An der Nordspitze der Insel, wo die meisten Vögel nisteten, stand ein Junge und sah durch ein Fernglas. Nada hatte ihn schon ein paarmal gesehen, aber nie mit ihm gesprochen. Sie stellte sich neben ihn und sagte eine Weile nichts, um ihn nicht zu stören. Er war schon fast erwachsen, vielleicht sechzehn, dachte sie, und er erschien ihr unendlich groß und weit weg. Schließlich setzte er das Fernglas ab und lächelte sie an.

»Willst du auch mal durchgucken?«

»Nein«, sagte Nada. »Ich stehe hier, weil ich dich was fragen muss.«

»Was denn?«, fragte der Junge.

»Wann Vollmond ist.«

Er lachte.»Das dauert noch ein paar Nächte. Warum willst du so was wissen?«

Sie erzählte ihm die Geschichte von dem Ungeheuer, und er lachte wieder. Dann wurde er plötzlich ernst.

»Glaubst du daran?«, fragte er.

Nada schüttelte den Kopf.»Natürlich nicht. Außer vielleicht ... ein kleines bisschen.«

»Und habt ihr versucht, die Kellertür zu öffnen?«

Wieder schüttelte sie den Kopf.»Aike hat gesagt, wir dürfen da nicht hin. Weil der Leuchtturm kaputt ist. Weil er vielleicht umfällt oder ... so.«

»So schnell fällt der nicht um«, sagte der Junge und sah wieder durch sein Fernglas zu den Vögeln, die draußen auf dem Wasser schwammen.»Steht ja schon ein paar hundert Jahre.« Danach sagte er nichts mehr, und schließlich ließ sie ihn stehen, mit seinen langweiligen Vögeln.

Sie erzählte Nil und Niente am nächsten Tag von der Sache.

»Ich hab einen getroffen«, sagte sie,»der hat gesagt, so schnell fällt der Turm nicht um. Und ob wir versucht hätten, die Tür zu öffnen, die zum Keller.«

Sie sahen sich an.

»Könnten wir tun«, sagten sie dann alle drei gleichzeitig.

Seltsam, die Tür war immer da gewesen, doch sie hatten in den Sommern nie versucht, hindurchzugehen. Sie hatten immer andere Dinge zu tun gehabt. Oder vielleicht waren sie in diesem Sommer einfach alt genug, um Türen zu öffnen.

Eine Art Schacht mit einer Treppe führte außen hinunter, er war etwas über zwei Meter tief und sehr ordentlich freigeschaufelt. Nada dachte, dass das seltsam war, weil der Schacht und die Treppe doch hätten zuwehen müssen, wenn niemand die Kellertür benutzte. Ob das Ungeheuer ihn freigeschaufelt hatte? Nein. Es gab kein Ungeheuer ... oder?

Nil legte seine Hand auf die Klinke.

»Die Tür ist sicher abgeschlossen«, sagte Niente.

Doch die Tür sprang auf. Und im Licht, das durch die Öffnung fiel, sahen sie in der Dunkelheit etwas schimmern: grün, blau, weiß, gold ...

»Edelsteine«, flüsterte Nada.

Niente nickte. »Es ist eine Kette aus Edelsteinen! Sie hängt da an der hinteren Wand, an einem Nagel oder so ...«

»Ungeheuer ist keines da«, sagte Nil.

»Natürlich nicht«, sagte Nada. »Es gibt keines.«

Es war später Nachmittag. Sie hatten den Erwachsenen nicht gesagt, wohin sie fuhren und was sie dort vorhatten, sie würden zum Abendessen wieder zu Hause sein.

Als sie vor der offenen Tür standen, ahnte keiner von ihnen, dass jenes Abendessen nie stattfinden würde.

Am Himmel zog ein Gewitter heran, dunkelviolette Wolken drängten unaufhaltsam näher, und Nil sagte: »Wenn es gleich regnet, hätte man es da drinnen schön trocken.«

»Ja, lass uns reingehen!«, meinte Niente. »Die Kette holen! Und nachsehen, ob sonst noch etwas da drin ist, andere Schätze ...«

Sie war die Erste, die durch die Tür trat. An diesem Tag trug sie Nadas rote Gummistiefel. Nada und Nil folgten ihr ins Dunkel des Kellers. Da war nur der Lichtstrahl, der durch die Tür fiel, direkt auf die schimmernde Kette. Nada hörte Nil neben sich atmen.

»Es ist verdammt dunkel«, flüsterte sie.

»Verdammt, ja«, wiederholte er. »Aber gleich gewöhnen sich unsere Augen daran, und wir sehen was.«

Sie spürte seine Hand in ihrer. Und Nientes Hand in ihrer anderen Hand. Sie spürte den Herzschlag der beiden anderen durch die Hände, sie hatten Angst, genau wie Nada. Sie teilten die Angst wie alles andere.

Ihre Augen bekamen nie eine Chance, sich an die Dunkelheit zu gewöhnen. Denn in diesem Moment schlug der Wind die Tür zu. Sekunden später hörten sie den herannahenden Donner.

»Wir sollten sie wieder aufmachen!«, flüsterte Nada. »Es ist zu dunkel.«

Es donnerte beinahe direkt über dem Leuchtturm. Sie verlor Nils und Nientes Hände in der Dunkelheit.

»Es geht nicht«, sagte Nil hinter ihr, »sie klemmt.«

»Lass mich mal«, sagte Niente.

»Warte!«, sagte Nil.

»Wenn wir alle zusammen …«, begann Nada. Und dann. Dann plötzlich. Dann, ganz unerwartet. Dann auf einmal.

Dann gab es ein Krachen, ein Bersten, ein Beben, ein Poltern, Nada wurde von den Füßen gerissen und hörte, wie Nil schrie. Ein Stein oder etwas Ähnliches knallte an ihren Kopf, sie fand sich auf dem Boden wieder, die Welt drehte sich um sie, und jetzt hörte sie draußen den Regen prasseln. Etwas war mit dem Leuchtturm geschehen. Der Turm ist alt, hatte Aike Friemann gesagt, alt und baufällig … Hatte der Sturm die Mauer des Leuchtturms nach so vielen Jahren dazu gebracht, dem Alter nachzugeben?

Sie rappelte sich hoch.

»Nil?«, rief sie. »Niente?«

Da waren mehr Steine, lose, aus der Mauer gebrochene Steine: große Natursteine und kleinere, kantige Ziegelsteine, Teile von Ziegelsteinen, sie tastete, schnitt sich an einer scharfen Kante und rief weiter. »Nil? Niente?«

Und dann hörte sie Nils Stimme.

»Nada«, flüsterte er. »Ich … ich bin hier … hilf mir … Nada …«

Sie fand ihn dicht neben der Wand, zwischen den Steinen, sie sah ihn nicht, sie spürte ihn nur; spürte seine Angst. Sie wusste nicht, ob er verletzt war, sie räumte Steine beiseite, sie griff in etwas Klebriges, Feuchtes und trat einen Schritt zurück. Blut, es war Blut gewesen, in das sie gefasst hatte. Er lag irgendwo unter den Steinen, er blutete, vielleicht war etwas Furchtbares mit ihm geschehen, etwas, das sie nicht sehen wollte, nicht fühlen wollte … Er hatte ihren Namen noch sagen können, aber vielleicht war das alles … Sie merkte, dass sie aufgesprungen war.

Ihre Beine bewegten sich von selbst, sie trugen sie in die Dunkelheit des Kellerraums hinein, weg von Nil, gejagt von ihrem eigenen Entsetzen. Als sie stehen blieb, wusste sie nicht, wo sie war. Sie hatte jeden Sinn für Richtungen verloren. Sie versuchte, ruhig zu atmen, versuchte zu denken. In der Ferne, hinter der Mauer, hörte sie unendlich leise das Geräusch des Regens. Irgendwo tropfte Wasser durch einen Spalt. Abgesehen davon war es sehr still.

Und dann fühlte sie, dass da etwas in der Dunkelheit war, etwas, das nicht Nil und nicht Niente war. Es war sehr groß. Es ging keine Wärme von ihm aus. Sie wusste nicht, woher sie wusste, dass es da war. Vielleicht war es ein Tier. Ihr fielen keine großen Tiere ein, die auf einer Nordseeinsel überleben konnten. Womöglich war es aus dem Meer gekommen, das Tier oder das Ding, vor langer, langer Zeit, als der Leuchtturm noch nicht da gewesen war, sondern nur der Keller – es war sehr hungrig, und sein Hunger tickte in der Stille lautlos wie eine tödliche Uhr.

Nada spürte, dass sie am ganzen Körper zitterte.

Das in der Dunkelheit bewegte sich nicht vom Fleck, es saß ganz still, und sie ging rückwärts davon weg, so lange, bis sie an eine Wand stieß. Sie musste Nil und Niente wiederfinden. Sie hatte Angst davor, was mit Nil geschehen war, aber ihre Angst vor dem in der Dunkelheit war größer, größer als alles, größer als sie selbst. Sie selbst war winzig klein geworden, man konnte sie beinahe nicht mehr sehen … Sie wusste, dass das nicht stimmte. Sie war so groß wie immer.

Sie begann, sich an der Wand entlangzutasten, langsam, vorsichtig. Das in der Dunkelheit schien sich doch bewegt zu haben, es war jetzt näher. Es folgte ihr, Zentimeter für Zentimeter. Einmal glaubte sie zu hören, wie es an der Wand entlangschabte, doch sie war sich nicht sicher. Der Keller schien endlos. Irgendwo an der Wand musste der Haufen von Geröll sein, bei dem Nil saß … oder lag … irgendwo … Eine Hand packte sie, und sie biss sich auf die Lippen, um nicht zu schreien.

»Nada«, flüsterte Niente. Sie umarmten sich lange und stumm.

»Wo ist Nil?«, flüsterte Nada schließlich.

»Hier«, sagte Nil, und auch er umarmte Nada, die jetzt auf dem Boden kniete, und am Ende umarmten sie sich zu dritt, suchten die Wärme der anderen in der kalten, klammen Dunkelheit.

Nada fühlte, wie warmes Blut ihren Pullover tränkte.

»Was ist passiert?«, flüsterte Niente. »Ist es schlimm?«
»Ich weiß nicht«, wisperte Nil. »Wenn ich was sehen könnte! Wir brauchen mehr Licht. Ich glaube, ich hab einen Stein auf die Nase bekommen … Da sind eine Menge Steine aus der Wand gebrochen, oder?« Er versuchte, zu lachen. »Die Nase fühlt sich jedenfalls komisch an … sieht sicher lustig aus … es tut nicht weh. Ich habe mal gelesen, wenn man sich sehr erschreckt, tun die Dinge nicht weh, erst später.«
»Die Tür«, flüsterte Niente. »Ich habe getastet. Sie ist nicht mehr da. Da sind nur überall Steine. Die Wand an der Seite mit der Tür ist eingestürzt. Aber nirgendwo so sehr, dass man hinauskönnte … da ist keine Öffnung … gar keine! Ich … ich habe die Kette. Sie ist gerissen, als ich sie von der Wand nehmen wollte, ich habe den Rest der Edelsteine in meine Tasche gesteckt, aber es nützt … es nützt sowieso nichts mehr … und es sind auch keine anderen Schätze da, es war alles eine dumme Idee.« Auf einmal begann sie zu schluchzen. »Wir hätten nie hier herunterkommen sollen!«, flüsterte sie zwischen den Schluchzern. »Papa hat es ja gesagt, wir sollen nicht alleine herkommen, wir hätten …«
»Sch, sch«, sagte Nil, und Nada streichelte Niente über den Rücken. »Wir finden einen anderen Weg hier raus.«
Dann sagten sie lange nichts. Sie standen in der Dunkelheit und hielten sich fest und lauschten auf das Tropfen des Wassers.
»Es *gibt* keinen Weg«, flüsterte Niente schließlich.
»Nein«, flüsterte Nada.
Sie setzten sich auf den kalten Boden, dicht nebeneinander, und Nada spürte wieder die Anwesenheit des Dings, das mit ihnen in der Dunkelheit saß.
Es kam jetzt nicht mehr näher. Es wich auch nicht. Es schien zu warten.
»Etwas ist hier«, wisperte Nada. »Etwas lauert.«
»Ich weiß«, wisperte Niente.
»Es atmet«, sagte Nil.
»Was ist es?«, fragte Nada.
Sie drückte die Hände der anderen ganz fest. Keiner von ih-

nen antwortete. Die Zeit schien sich zu dehnen in der Dunkelheit, das Geräusch des Regens hörte auf, das Tropfen des Wassers verstummte. Nada hörte es nicht, aber sie spürte, dass das in der Dunkelheit atmete, langsam, gleichmäßig – ein – aus – ein – aus.

»Ich will weg hier«, wisperte sie, und ihre Stimme klang kläglich, dumm, wie die eines viel kleineren Kindes.

»Vielleicht gibt es noch eine zweite Tür«, wisperte Nil.

Wenn sie sprachen, hörte das in der Dunkelheit auf zu atmen. Es lauschte ihren Worten. Jetzt war sein Atmen wieder da – ein – aus.

Nil zog Nada hoch, Nada zog Niente hoch, und sie begannen, an der Wand entlangzugehen, ganz langsam, immer weiter. Sie fanden keine Tür. Sie fanden den Geröllhaufen wieder, aber sie waren sich nicht einmal sicher, ob es derselbe Geröllhaufen war. Womöglich war die Wand des Turms an mehreren Stellen abgesackt und hatte Steine in sein Inneres erbrochen, womöglich gab es Dutzende von Geröllhaufen, und sie waren noch lange nicht bei ihrem Ausgangspunkt angekommen. Sie gingen weiter, sie mussten die ganze Wand untersuchen, und schließlich wussten sie nicht mehr, wie oft sie im Kreis gegangen waren. Das Ding hatte sich in eine unbestimmte Raummitte zurückgezogen und wachte dort über jede ihrer Bewegungen.

Nada war sich sicher, dass es im Dunkeln sehen konnte. Ihre Angst wuchs wie ein junger Baum, die sprießenden Äste schlangen sich um ihren Hals, und irgendwann würde die Angst so groß und so mächtig sein, dass sie Nada erstickte. Sie zog Nil und Niente mit sich zurück auf den Boden, und wieder hielten sie sich lange, lange fest, und das Tier aus dem Meer oder das Nichttier aus dem Nichtmeer blieb unerklärlich und stumm, und es wartete, doch sie wussten nicht, worauf.

»Sie werden uns suchen«, wisperte Niente irgendwann. »Wenn wir nicht zum Abendbrot kommen, werden sie uns suchen. Mein Papa und alle. Mein Papa holt uns hier raus.«

»Sie wissen nicht, wohin wir gegangen sind ...«

»Sie werden überall suchen. Auch im Leuchtturm. Auch im Keller.«

»Ja«, sagte Nada,»das werden sie. Bald.«

Sie lauschten angestrengt in die Dunkelheit; darauf, ob es draußen Stimmen gab, dass jemand mit einer Hacke kam, mit einem Brecheisen, mit irgendetwas, um ein Loch in der Wand zu schaffen. Niemand kam. Die Welt hatte sie vergessen.

»Vielleicht sterben wir«, flüsterte Nada.»Dann werden wir nie älter.«

»Wir bleiben immer Kinder«, flüsterte Nil.

»Wir werden uns nie verlieben«, wisperte Niente.»Und uns nie küssen.«

»Ein Glück«, sagte Nil und lachte, und Nada fühlte, wie das große, wartende Ding näher schlich, auf Beinen oder ohne Beine, und das Lachen auffraß. Sie roch seinen schlechten Atem, er stank nach Gier. Es wartete eine Weile, ob noch ein Lachen kam, und als keines kam, glitt es enttäuscht zurück, entfernte sich wieder ein wenig, jedoch nicht weit.

Das Schlimmste war, dass Nada nichts von dem in Worte fassen konnte, was sie fühlte. Sie konnte nicht zu den anderen sagen: Es hat das Lachen gefressen, weil sie nicht wusste, wieso sie das dachte. Es war die ganze Zeit über nichts geschehen, es hatte keine Geräusche gegeben, und auch der Geruch nach Gier war eine vollkommen ungreifbare Sache.

Doch, dachte Nada. Es war etwas geschehen. Die Wand des Leuchtturms war eingestürzt. Vielleicht hatte das Ding das verursacht, vielleicht hatte es nichts mit einem Blitz zu tun. Und wenn es ungeduldig wurde, würde es noch eine Wand zum Einsturz bringen, jetzt, wo es entdeckt hatte, dass es die Macht dazu besaß. Es wird warten, bis die Steine uns erschlagen, dachte Nada, und danach wird es uns fressen. Es wartet womöglich nicht, bis wir ganz tot sind, nur bis wir uns nicht mehr wehren können, es ist feige, sonst würde es gar nicht warten. Es wird unsere Körper aufbrechen und die Eingeweide herausreißen und sie verschlingen, eines nach dem anderen, das Herz, die Lunge, die Leber, den Magen und alle anderen Sachen, deren Namen ich nicht kenne. Alles wird voller Blut sein, so wie Nils Gesicht, klebrig und warm, das Blut wird den Boden tränken und an den Steinen der Wand herablaufen, und schließlich wird unser Blut trocknen, und unsere Reste werden zu Staub zerfallen, ganz langsam, bis wir nichts mehr sind, gar nichts.

Sie klammerte sich an die anderen beiden und fing an zu weinen, und sie fühlte, wie ihre Tränen sich mit denen der anderen mischten. Sie waren erst sechs Jahre alt. Sie waren zu jung für die Dunkelheit. Sie waren niemals Niklas und Nathalie gewesen, sondern immer Nil und Nada, nichts. Nil und Nada und Niente.

»Lasst uns … lasst uns eine Geschichte erfinden über etwas Schönes«, flüsterte Niente. »So wie mein Papa immer Geschichten erfindet.«

»Ja«, wisperte Nil. »Eine Geschichte über Aikes Boot. In der Geschichte sitzen wir darin und fahren weit, weit weg, aus der Dunkelheit hinaus.«

»Das Boot hat sich in ein Segelboot verwandelt, und es hat ein ganz weißes Segel, das den Wind einfängt«, fuhr Nada fort. »Wir fahren auf den Horizont zu, nur wir drei … und wenn wir ankommen, an irgendeiner Küste, dann bauen wir da ein Haus mit einem Kamin.«

»Und vor dem Kaminfeuer lesen wir Bücher«, wisperte Niente. »Schöne Bücher mit schönen Bildern ohne Dunkelheit. Es wird ganz hell sein in unserem Haus, mit vielen bunten Lampen. Vor den Ferien war ich mit Mama und Papa bei diesem Möbelgeschäft, aus Schweden … Ikea … Da gibt es sehr bunte Lampen.«

»Gibt es denn Ikea, wo wir mit unserem Boot landen?«, fragte Nil.

»In unserer Welt gibt es Ikea überall«, antwortete Nada. »Sogar auf dem Mond. Wir müssen bei dem Haus auch einen Garten haben, in den aus jeder Himmelsrichtung die Sonne scheint, und eine Schaukel …« Sie brach ab. »Was ist das?«

»Die Mauer«, flüsterte Niente. »Sie knirscht.«

Nada verbarg ihren Kopf in den Armen, und dann gab es ein Getöse ähnlich dem, als die Wand mit der Tür abgesackt war. Nada hörte Steine auf dem Boden aufschlagen, hörte ein Splittern und

Krachen und etwas wie ein Stöhnen in der Dunkelheit, und beinahe glaubte sie, das, was dort atmete, wäre getroffen worden. Doch als alles wieder still war, spürte sie, dass es noch da war, unverletzt und hungrig.

»Guckt!«, flüsterte Nil. »Da oben!«

Nada öffnete die Augen. Über ihnen in der Wand, ganz oben, gab es jetzt ein Loch. Das Licht einer rasch dunkler werdenden Abenddämmerung fiel hindurch, ein freundliches Blinzeln von draußen. Bald würde die Nacht kommen, dies war der letzte Gruß des Tages. Das Loch befand sich nur ein paar Handbreit unter den Balken der Kellerdecke. Zwei oder drei große Steine mussten dort herausgebrochen sein, doch das Licht fiel nicht bis nach unten, auf den Boden des Kellers, das Ding in der Dunkelheit war noch immer gut verborgen, und die Wände des Kellers waren nicht zu sehen. Es war, als läge die Dunkelheit dick und flüssig auf dem Boden wie das Blut, an das Nada gedacht hatte, als könnte kein Licht sie durchdringen, egal, wie viele Löcher man in die Wand schlug.

»Was für ein Glück«, wisperte Nada. »Es ist ein Loch gerade über dem Sand. Sonst würde kein Licht hereinkommen. Wenn wir irgendwie da raufkommen! Dann sind wir frei!« Sie stand auf, zog die anderen mit sich und begann, aufgeregt auf und ab zu hüpfen. »Wir können … wir können versuchen, die Steine übereinanderzulegen …«

»Ja«, sagte Niente, »ja, lasst uns das tun.«

Und sie begannen, die Steine zusammenzusuchen, die herabgefallen waren. Die meisten von ihnen waren zu groß und zu schwer für einen von ihnen, sie rollten sie zusammen bis zur Wand, und ihnen wurde warm bei der Arbeit, warm und beinahe froh. Das in der Dunkelheit knurrte ärgerlich, noch immer unhörbar, es mochte ihre neue Hoffnung nicht, es war sich ihrer eben noch sicher gewesen, und nun wurde es wütend. Dann schwand das Licht. Oben, vor dem Loch, wurde es Nacht. Man sah die Öffnung kaum noch.

»Jetzt muss es reichen mit den Steinen«, sagte Niente. »Ich versuche es. Ich klettere hoch, ich kann das. Aus dem Wald. Es gibt diesen kleinen Wald bei uns, auf dem Weg nach Dünen, ihr wisst schon, das ist mein Lieblingswald auf der ganzen Welt. Da klettere ich dauernd auf die Bäume, bis ganz nach oben, und ich bin noch nie runtergefallen. Ich klettere jetzt zu dem Loch hoch und schlüpfe durch und renne. Ich hole Hilfe.«

Nada spürte Nientes Hand, die etwas in ihre Hand legte. Etwas Glattes, Kleines, annähernd Rundes.

»Nimm den«, flüsterte sie. »Der bringt Glück. Das ist einer von den Juwelen. Nil? Wo ist deine Hand? Nimm du diesen …«

»Was sollen wir damit?«, wisperte Nil. »Wofür brauchen wir das Glück, wenn du raufkletterst und rennst und …«

»Ich bin ja eine Weile weg«, sagte Niente. »Dafür braucht ihr das Glück, für wenn ich weg bin.«

Und dann hörte Nada, wie sie über die aufgestapelten Steine kletterte.

»Sehr hoch ist dieser Stapel nicht«, sagte sie. »Aber es geht irgendwie. Die Mauer hat ja Ritzen, da kann man reintreten …« Ihre Stimme war jetzt schon ziemlich weit oben.

Nada hielt den kleinen, annähernd runden Juwel ganz fest. Mit der anderen Hand hielt sie Nils Hand. Über ihnen keuchte Niente vor Anstrengung, suchte vermutlich mit Händen und Füßen neue Ritzen, kletterte und kletterte … Sie kletterte eine Ewigkeit. Nada merkte, dass sie den Atem anhielt.

Und dann schrie Niente.

Es war ein schrecklicher Schrei, laut und durchdringend. Nada ließ Nils Hand los und taumelte zurück, gleichzeitig hörte sie den Aufprall eines Körpers. Und der Schrei brach ab, ganz plötzlich. Als hätte jemand einen Hebel umgelegt oder auf einen Knopf gedrückt. Eine Weile passierte gar nichts.

»Niente?«, fragte Nil schließlich.

Nada merkte, dass sie dasselbe gefragt hatte, sie hatten im Chor gefragt, doch Niente antwortete nicht. Nada bückte sich, streckte die Hände aus und stieß gegen etwas Weiches. Sie fand Nils Hände, die ebenfalls tasteten. Niente lag auf dem Steinhaufen, den sie aufgeschichtet hatten. Sie atmete. Diesmal griff Nada nicht in Blut.

284

Doch Niente rührte sich nicht, sagte nichts, egal, wie oft sie ihren Namen riefen. Etwas anderes riefen sie nicht, es schien kein Wort zu geben als diesen Namen.

Über ihnen war die Lücke in der Mauer in der Nacht verschwunden, es gab draußen kein Licht mehr, das hereinkam. Dafür kam etwas anderes herein. Wasser. Es lief an der Wand herab und auf den Boden, erst in einzelnen Rinnsalen, dann in kleinen Wasserfällen, schließlich in einem Schwall. Das Meer. Das Meer, in dem sie zusammen gebadet hatten, noch am Morgen.

»Die Flut«, flüsterte Nil.»Die Flut kommt.«

Nada fasste ihn an beiden Händen.

»Dann wird alles gut«, flüsterte sie.»Das Wasser trägt uns rauf bis zu der Öffnung, und wir können ganz einfach hinauskriechen. Wir müssen nur Niente helfen.«

»Ich halte sie fest«, sagte Nil.»Ich halte sie, und du kriechst zuerst durch das Loch.«

»Ja«, sagte Nada.»Und bald, bald sind wir hier raus. Und das, was da in der Dunkelheit atmet, lassen wir hier.«

Sie bereute sofort, dass sie es ausgesprochen hatte. Das Etwas dehnte sich, als es hörte, dass sie über es sprach, reckte sich und wuchs. Das Wasser war jetzt kniehoch. War hüfthoch. Hob Nil und Nada hoch. Sie mussten sich loslassen, um zu schwimmen.

»Hast du sie?«, keuchte Nada.»Hast du Niente?«

»Ich halte sie fest«, wiederholte Nil.

Nada bemühte sich, nahe an der Wand zu bleiben, schwimmend und tastend zugleich, sie dankte dem Meer stumm für seine Hilfe und bat es, sie zu retten. Es würde nicht leicht werden, durch die Öffnung zu kommen, durch die das Wasser hereinströmte. Nein, jetzt hatte es aufgehört zu strömen. Die Wasseroberfläche wurde still. Nada dankte dem Meer ein weiteres Mal. Sie fand den Rand der Öffnung über sich, tastete weiter –

Nil, wollte sie sagen, *es geht. Ich passe hindurch. Ich hole Hilfe. Ich komme bald wieder. Halt Niente fest, halt ihren Kopf über Wasser. Ich komme, und alles wird gut.*

Aber sie sagte nichts. Es war plötzlich, als wäre keine Zeit für diese Sätze, sie musste aus der Dunkelheit hinaus, fort von dem, was da atmete, sie musste weg, jetzt. Der Wunsch war stärker als alles, was sie mit Nil und Niente verband.

Sie holte tief Luft und begann, durch die Öffnung zu kriechen. Ihre Schultern waren schmal, schmaler als die von Nil oder Niente. Keiner der beiden anderen würde durch die Öffnung passen, sie begriff das sofort. Sie wand sich durch die Mauer wie ein Wurm im Schlick, unendlich langsam. Die Mauer war dick. Und wenn sie weiter einstürzte? Wenn sie sich nur ein paar Zentimeter bewegte? Die Steine würden Nada bei lebendigem Leib zerquetschen. Das Gewicht des ganzen Leuchtturms lastete auf ihr, sie bekam keine Luft mehr ...

Aber sie schaffte es. Sie schaffte es, und sie war draußen. An der Luft. Sie saß auf dem Sand.

Über ihr standen die Sterne an einem mondlosen Firmament. Sie atmete die Sommerluft tief ein, Luft, die nie in einem Keller gewesen war, die nach einer Erinnerung an Sonnenschein und Strandgras roch, nach dem Duft von nächtlichen Blüten und einer Ahnung von Sonnenmilch, sie trank diese Luft, bis sie ganz voll damit war. Dann kniete sie sich vor die Öffnung, die sie im Dunkeln kaum erkennen konnte.

Von dort schlug ihr andere Luft entgegen, Luft, die hundertprozentig gesättigt war mit Furcht. Irgendwo dort unten waren Nil und Niente, Niente, die nur noch atmete, aber nicht mehr sprach, und ganz nahe bei ihnen war das, was überhaupt nur atmete und nie sprach und was sich nicht erklären ließ. Nada fühlte seine böse, kalte Gier selbst hier draußen noch.

Sie legte ihre Hand auf die Steine neben der Öffnung.

»Nada?«, hörte sie Nil fragen, weit weg, Meilen weit, Jahrhunderte weit weg. »Das Loch ... es ist zu klein ... ich komme da nicht durch ...«

Ich weiß, Nil, dachte sie, ich weiß.

Sie hörte ihn deutlich, doch sie antwortete nicht, sie stand auf und rannte. Sie rannte vom Leuchtturm weg, über den Strand, sie vergaß die Fahrräder und rannte, rannte, rannte, so schnell sie konnte, im

Nacken noch immer das Atmen des Hungrigen, Gierigen in der Dunkelheit. Und die Vorstellung von Nils Gesicht, das voller Blut war. Und seine Stimme, flehend, verzweifelt.

»Nada!«

Sie konnte ihm nicht helfen, ihm nicht und Niente nicht. Sie konnte niemandem helfen. Sie war sechs. Sie hatte rote Gummistiefel. Sonst nichts. Nein, sie hatte keine roten Gummistiefel, Niente hatte ihre roten Gummistiefel an oder angehabt, sie rannte barfuß, rannte und rannte und rannte, den ganzen Weg vom Leuchtturm bis nach Süderwo, den Weg, für den man gewöhnlich etwas mehr als eine Stunde brauchte. Sie brauchte Tage. Es fühlte sich so an. Ihre Angst zog den Weg in die Länge, wie sie im Keller die Zeit gedehnt hatte, ihr Herz schlug schmerzhaft gegen ihre Brust, sie konnte nicht mehr, doch sie blieb nicht stehen, bis sie die Straßenlaternen von Süderwo sah, jene sommerlich von Insekten umschwirrten Lichtbälle in der Nacht.

Die Häuser von Süderwo waren dunkel. Nada rüttelte an der Tür des blauen Hauses und fiel beinahe in den Flur, die Tür war offen gewesen, sie rief, aber es war niemand da. Sie machte alle Lichter an. Auf dem Küchentisch lag ein Zettel.

Nada, Nil, Niente!, stand darauf. *Wenn ihr zurückkommt, wartet hier. Wir sind losgefahren, um euch zu suchen.*

Wo? Wo suchten sie? Nada dachte, dass sie hinauslaufen musste, ihre Eltern finden, Nils Eltern finden, Friemanns finden, doch die Insel war groß, und die Nacht war größer. Sie stand in klatschnassen, tropfenden Kleidern mitten in der kleinen Küche des Ferienhauses und versuchte zu denken. Sie durfte Nil und Niente nicht alleine lassen. Das Etwas in der Dunkelheit war da, es würde die beiden fressen, ihnen die Eingeweide herausreißen, ihr Blut lecken ... Und wenn das Wasser noch höher wurde? Es kam vor, dass die Flut nach einer Art Pause noch einmal stieg, sie hatte es beobachtet.

Sie würden in einem steinernen Käfig ertrinken.

Nada musste ein Werkzeug finden, um die Steine am Rand herauszubrechen, das Loch größer zu machen ... Niente, dachte sie. Nil. Nil, Niente. Wie sehr sie fror! Sie hatte es bis eben nicht gemerkt, ihre Zähne schlugen aufeinander vor Kälte. Sie lief nach oben, zog alle ihre Kleider aus und stellte sich unter die heiße Dusche.

Sie konnte nicht zurückgehen. Sie konnte nicht. Da war das Atmen, und da war die Dunkelheit, oder womöglich waren sie beide eins, und sie konnte ihnen nicht noch einmal begegnen. Sie konnte nicht.

Sie dachte nicht mehr *Nil*. Sie verbot sich, seinen Namen zu denken. Nil, nichts, es gab ihn nicht, hatte ihn nie gegeben. Sie dachte gar nichts mehr. Sie trocknete sich mit einem großen weichen Frotteehandtuch ab, wickelte sich in den Bademantel ihres Vaters und kroch unter die Decke in dem großen Bett, dessen Bettwäsche nach Rosa Friemanns Kampferwaschmittel duftete.

Und in diesem Moment zog sich etwas in ihr zu einem winzigen Ding zusammen und versteckte sich sehr tief unten, etwas, das alles Weiche und Nachgiebige in sich vereinte und so unendlich klein wurde, dass sie es lange nicht mehr wiederfinden würde.

Die Faust, die den Juwel hielt, hatte sie die ganze Zeit über nicht geöffnet.

Viel später merkte sie, dass es nur ein Stück Glas war. Ein rund geschliffenes, sorgfältig durchbohrtes Stück Glas.

So fanden ihre Eltern sie am nächsten Morgen. Sie hatten die ganze Insel abgesucht, ohne eine Spur der Kinder zu entdecken. Sie hatten gedacht, sie würden ihre Fahrräder finden, aber sie hatten keine Fahrräder gefunden. Sie waren erschöpft und übermüdet, zerschlagen vor Sorge. Sie waren beim Leuchtturm gewesen, natürlich, am Ende der Nacht, und dort war etwas geschehen. Der Turm schien im Gewitter Schaden genommen zu haben. Sie hatten selbstverständlich nach den Kindern gerufen. Wie im Wald und auf dem ganzen Weg, auf der ganzen Insel. Doch niemand hatte ihnen beim Turm geantwortet, und auch dort waren die Fahrräder nicht gewesen. Später fragten sie sich, warum sie so dumm gewesen waren, keinen Erwachsenen zurückzulassen, sondern nur einen Zettel.

Es gibt Fehler, die sich nie wiedergutmachen lassen. Die Lichter in dem blauen Ferienhaus waren alle an, als sie in der Morgendämmerung nach Hause kamen, das Haus strahlte ihnen mit allen seinen Spitzenvorhang-Fenstern entgeg wie eine künstliche Sonne, jede noch so kleine Beistelllampe war angeknipst, selbst das Licht im Backofen. Nada lag zu einem winzigen Knäuel zusammengekringelt im Bett ihrer Eltern im Dachzimmer, in der Hand eine weiße Glasscherbe, vom Wasser glatt geschliffen. Einer der Schätze, sagte Nadas Mutter, die die Kinder dauernd am Strand fanden, vielleicht auch ein verloren gegangenes Schmuckstück, denn in der Scherbe war ein Loch … Im Bad lagen Nadas Kleider auf dem Fußboden, nass und dreckig.

Sie umarmten sie und schüttelten sie, und es dauerte, bis sie ein vernünftiges Wort aus ihr herausbekamen. Da war das Wort *Leuchtturm* und das Wort *Keller* und auch das Wort *dunkel* in dem Wirrwarr aus Silben. Zwei Worte fehlten. Zwei Namen. *Nil* und *Niente.*

Sie fanden sie gegen acht Uhr morgens.

Sie nahmen Nada nicht mit, Nada schlief in dem großen Bett im blauen Ferienhaus weiter, während Rosa Friemann über sie wachte. Der Leuchtturm war an einer Seite abgesackt, etwas, das die Leute von Nimmeroog lange erwartet hatten. An zwei Stellen waren Steine herausgebrochen und hineingefallen, an der ehemaligen Türöffnung und kurz unterhalb des Bodens. Der Turm würde für immer schief bleiben. Wen kümmerte es, ob ein Turm schief war.

Sie hatten Angst, die Wand komplett zum Einsturz zu bringen, sie ließen die Wand in Ruhe. Stattdessen stemmten sie zwei der breiten Bretter heraus, die den Boden des Leuchtturms bildeten. Aike Friemann stellte eine Leiter in die Lücke und stieg hinunter in den Keller und barg zwei nasse Kinderkörper. Sein Gesicht war blutverschmiert. Außer ihnen fand er nichts in dem Kellerraum, nichts Sichtbares. Nur die herausgebrochenen Steine.

Niklas schlug die Augen auf, als sie ihn oben auf den Boden legten. Er lebte. Doch in seinen Augen war etwas erloschen, ein Licht, das zuvor darin gebrannt hatte. Jetzt war in seinem Blick nur noch Dunkelheit. Er sah niemanden an. Sie rechneten später nach, dass er zwölf Stunden im Keller des Leuchtturms verbracht hatte, einen Großteil davon im Wasser. Man brachte ihn mit einem Hubschrauber ins nächste Krankenhaus auf dem Festland. Seine Nase war gebrochen, und er hatte eine Platzwunde auf einer Wange, vermutlich verursacht von einem fallenden Stein. Abgesehen davon war er erstaunlicherweise unverletzt. Er trug nicht einmal eine Erkältung davon. Nur mit seinem Kopf war etwas geschehen, etwas Unwiderrufliches. Er sprach nie mehr. Er hatte den Kontakt zur Welt verloren.

Niente Friemann war bereits tot, als ihr Vater sie auf seinen Armen die Leiter hinauf ans Licht trug. Sie hatte eine Wunde am Kopf, es sah aus, als wäre sie aus größerer Höhe gefallen. Der Pathologe, der sie später untersuchte, sagte etwas von inneren Hirnblutungen. Es war gleichgültig. In der Hand ihrer einzigen Tochter fand Rosa Friemann zwei Glasscherben, eine blaue und eine grüne. Ein Andenken, das sie behielt.

Aike Friemann fügte die Bodenbretter ein paar Tage später wieder ein. Er mauerte die Öffnung zu, durch die Nada entkommen war, oder jedenfalls schien sie durch diese Öffnung entkommen zu sein, sie sagte niemals etwas darüber, was geschehen war. Aike besserte auch die eingestürzte Wand nach, obwohl es sinnlos war, er arbeitete wie ein Besessener. Am Ende schüttete er die Treppe zur Kellertür zu, zerstörte die Kontakte der alten Lichtanlage, brachte ein neues Schloss an der Tür des Leuchtturms an und legte den Schlüssel ganz hinten in eine Schublade, von der niemand etwas wusste außer ihm und Rosa.

Die Leute auf dem Festland registrierten das Erlöschen des Leuchtturms, erwogen auch, ihn reparieren zu lassen – doch er wurde ohnehin nicht mehr gebraucht, und die Sache versackte in der Bürokratie irgendeines Instituts.

Sie begruben Niente in dem Stückchen Wald, das sie so geliebt hatte. Es war natürlich nicht zulässig, jemanden so zu begraben, offiziell begruben sie sie auf dem Friedhof in Dünen. Nur Rosa und Aike wussten, dass der Sarg dort leer war und ihre Tochter im

Schatten der grünen Bäume in ihrem liebsten Wald auf der Welt lag. Und es war gut so, sie hätte es so gewollt.

Aber sonst, sonst war nichts gut. Aike Friemann trug eine Schuld auf seinem Rücken, für die er nicht stark genug war. Er war es gewesen, der den Kindern die Geschichte von dem Schatz unter dem Leuchtturm erzählt hatte. Und Rosa wusste es. Sie kannte seine Geschichten. Sie sagte ihm, dass es auch ihre Schuld war. Sie hätte besser aufpassen sollen. Die Kinder nicht alleine draußen spielen lassen. Rosa weinte, und Aike weinte nicht. Am Tag nach Nientes Beerdigung wachte er morgens auf und konnte seine Beine von der Hüfte abwärts nicht mehr bewegen. Als wären die herausgebrochenen Steine eines alten Leuchtturms auf ihn gefallen.

Und Nada? Nada Schwarz? Nada Schwarz hatte keine Zeit, sich zu erinnern. Sie füllte ihr Leben mit so vielen Pflichten, dass ihr keine freie Minute mehr blieb, um an die Dunkelheit zu denken. Sie vertrieb die Dunkelheit überall dort, wo sie sie fand, auch wenn sie sie vielleicht nur überdeckte. Irgendwann brach sie den Kontakt zu ihren Eltern ab, und womöglich waren ihre Eltern dankbar. Die Brücken der Erinnerung waren verbrannt.

Bis eine Postkarte unter einer Tür durchgeschoben wurde, eine Postkarte mit verlaufener und kaum lesbarer Schrift, nass geworden und wieder getrocknet, mit Salzwasserrändern, eine Postkarte mit den Worten: *Komm her. Es ist wichtig, dass du kommst. Man kann bis hinter den Horizont sehen, wenn man ganz leise ist. Das alte Ferienhaus steht leer. Die Dunkelheit ist noch da. Komm trotzdem. Vergiss, was geschehen ist. Ich brauche einen Anker. Frage dich nicht, wer ich bin. Ich warte.*

Vergiss, was geschehen ist. Aber sie hatte es ja vergessen. Das war das Problem gewesen. Jetzt, wo sie sich erinnert hatte, fühlte sie sich seltsam friedlich. Ruhig. Beinahe angstfrei. Sie öffnete die Augen. Ihre Erinnerung hatte nur Sekunden gedauert, nur Bruchteile von Bruchteilen einer sehr kleinen Zeiteinheit. Sie klammerte sich noch immer an den Schwimmer des Fischernetzes.

Um sie herum gefror die Oberfläche des Meeres. In der Ferne wanderte das Licht des Leuchtturms heran, es kam jetzt auf sie zu, kam näher und näher ... Sie konnte ihre Finger nicht mehr von der roten Styroporkugel des Schwimmers lösen, sie waren zu kalt. Sie lächelte dem Licht entgegen. Es würde sie finden.

Sie sah ihr Bild in der Zeitung vor sich, ein Lächeln auf ihrem Gesicht, ein Lächeln im Lichtschein, ein Lächeln vor der Unendlichkeit des Meeres, *Nada Schwarz*, schrieb ein zu junger Reporter irgendwo sehr weit weg, *erfolgreiche Managerin der Lichthaus-Restaurants, ist von uns gegangen.*

Dies war das letzte Mal, dachte Frank, dass er das Lichthaus Nord betrat.

Die Frühlingsblumen dufteten so stark wie immer, das Tageslicht war so hell wie immer. Er war gekommen, um die Schatten zu rufen. Die Dunkelheit. In der Nacht zuvor hatte er es nicht geschafft, mehr als diese eine Reihe Lampen zu löschen, ehe er gegangen war, er hatte die übrigen Lampen brennen lassen, als müssten sie ausbrennen wie Kerzen.

Er stellte sich auf einen Stuhl – selbst die Stühle waren weiß gestrichen – und begann, die Lampen zu zerschlagen, eine nach der anderen, mit der bloßen Faust. Seine Schläge waren nicht wütend, sie waren ruhig und gezielt. Die Scherben rieselten zu Boden wie Schnee, eine Lichtquelle nach der anderen erlosch, und langsam, allmählich, kehrte die Dunkelheit zurück.

Nachdem er die letzte Lampe zerschlagen hatte, fiel nur noch das Licht der Stadt durch die Fenster, das laute, chaotische, unharmonische und wirkliche Licht der Stadt. Frank wischte sich die blutigen Hände an seiner makellos gebügelten hellen Anzughose ab und zerstörte durch das dunkle Rot auch ihre Helligkeit. Er ging gemeinsam mit seinem Schatten zur Tür.

Er schloss das Lichthaus Nord nicht ab. Er ließ die Tür weit offen, damit die unruhige, nie ganz schwarze Nacht der Straße hineinrinnen konnte.

Draußen stand jemand. Jemand sah ihm entgegen.

Frank blinzelte hinter seinen Brillengläsern, es war eine schmale, fragile Gestalt, die auf ihn zu warten schien. Für einen Bruchteil eines Bruchteils einer sehr kleinen Zeiteinheit dachte er, es wäre Nada. Aber Nada gehörte der Vergangenheit an, er wollte gar nicht, dass sie dort stand.

Er war frei, und er hatte sie freigelassen.

»Es wurde Zeit«, sagte Mark.

13

Sie verlor das Bewusstsein in dem Augenblick, in dem das Licht sie berührte.

Der Schrei hallte noch in ihren Ohren. Nientes Schrei. Nichts, nichts war je im Wald gewesen als ihre eigene Angst und die Erinnerung an Nientes Schrei. Die ganze Dunkelheit der Welt war darin enthalten gewesen, in diesem einen Schrei. Es war jetzt sehr still.

Sie hatte gedacht, sie würde in diese Dunkelheit rutschen, wenn sie aufhörte, zu existieren – sie hatte gedacht, dass es das war, was nach dem Leben kam: Dunkelheit.

Sie hatte sich geirrt. Sie blinzelte ins Licht eines Morgens. Das Licht kroch über den Horizont heran, und vor dem Horizont glänzte das Meer. Nada stand vor einer Glasscheibe.

Die Sonne war rot wie ein Paar Kindergummistiefel, ihr Rot spiegelte sich auf dem Wasser, und als sie sich schließlich wie aus einer roten Blase löste und über den Horizont hinaufstieg, sah Nada Möwen dort draußen fliegen, ihre Flügel silbern im Licht. Sie legte ihre Hände an die Glasscheibe, eine gekrümmte Scheibe, konkav, wie die Wand einer großen Schneekugel, in der sie gefangen saß.

Als sie sich umdrehte, sah sie die Lampe zwischen den ineinandergeschachtelten drehbaren Glasprismen. Sie befand sich im obersten Stockwerk des Leuchtturms.

Aber wo war das Fenster, das sie geöffnet hatte, um Nil vom Dach zu helfen? Sie konnte es nicht finden. Vielleicht war es nicht mehr nötig. Es gab nur das gekrümmte Glas, eine Glaswand, ohne Fenstergriffe – und die riesige Lampe, bereit dazu, Licht auszusenden über das Meer, bis zum Horizont, um Wege zu weisen, wo zu viel Dunkelheit war.

Auf dem Gehäuse der Lampe lag etwas. Eine Glasscherbe, glatt geschliffen vom Meer, braungolden. Sie nahm sie in die Hand, und die Scherbe war warm, als hätte jemand anderer sie noch vor Kurzem in der Hand gehalten. Nada steckte sie in die Tasche. Ihre

Kleider waren trocken, und sie fror auch nicht mehr. Einen Moment lang betrachtete sie die verblassenden Abdrücke ihrer Hände auf der gekrümmten Scheibe. Dann drehte sie sich um und kletterte die Leiter hinunter, die Nil aus dem Schärtenbang gebaut hatte. Unten stand kein Bett. Der Raum war leer.

Sie ging die Wendeltreppe hinab. Die Kartons und die Ikea-Möbel, die kein Ikea-Designer je gesehen hatte, standen unverändert da, sinnlos wie von Anfang an. All diese Möbel mit ihren Klappen, aus denen das, was man hineintat, sofort wieder herausfiel, mit ihren Schubladen, die nach unten aufgingen, mit ihren Ecken ohne Kanten ... Endlich begriff Nada, weshalb sie sich in ihrem Traum befanden.

Sie waren ein Zeichen. Ein Zeichen für ihr Leben. Für all die unsinnigen Dinge, die sie in diesem Leben getan hatte: hektisch, gehetzt, getrieben, besessen, ohne einen Moment innezuhalten.

»Du hattest recht, Nil«, flüsterte sie. »Du hast immer gesagt, dass die Möbel sinnlos sind, und du hattest recht.«

Sie riss die Tür auf und spürte den Wind. »Wo bist du?«, rief sie. »Nil? *Wo bist du?*«

Der Strand war leer. Die Kiefern sahen grüner aus, sie hatten junge Triebe, und die Heide blühte. Es war Sommer, wie damals, als sie mit Nil und Niente zum Turm hinausgefahren war. Aber in diesem Sommer war sie allein.

»Ich bin schuld!«, rief sie. »Ich weiß es jetzt! Wahrscheinlich wusste ich es immer! Wenn ich Hilfe geholt hätte ... wenn ich irgendetwas getan hätte ... dann hätten sie Niente vielleicht rechtzeitig gefunden, um sie zu retten! Und du ... du hättest niemals so lange in der Dunkelheit gesessen ... Nil ...«

Aber es war zu spät, um etwas anders zu machen. Sie hatte ihn zurückgelassen, mit dem unerklärlichen Atmen in der Dunkelheit und einem sterbenden Mädchen in seinen Armen. Sie war nicht nur schuld an Nientes Tod, sie war auch schuld an Nils Tod, sie war schuld daran, dass er den Kontakt zur Welt verloren hatte, schuld daran, dass er schließlich ins Meer hinausgegangen war, um nicht mehr zurückzukehren.

»Komm zurück!«, rief sie. »Komm doch zurück! Wenigstens in meinem Traum! Es tut mir leid, was ich gesagt habe, über Heime mit Gartenzäunen! Über alles!« Sie sehnte sich danach, seine lange Gestalt mit etwas schiefer Nase in der Unendlichkeit des Strandes auftauchen zu sehen. Sie sehnte sich danach, sich mit ihm über Fische und Möbel zu streiten, sehnte sich nach seiner kindischen Freude über das Grün der Kiefern. Und schließlich schrie sie Franks Satz in die Leere über dem Strand hinaus, den Satz, der ihr so peinlich gewesen war.

»Ich liebe dich!«

Es klang dumm. Es klang genauso dumm wie bei Frank. Aber auf einmal verstand sie Frank. Sie lauschte ihren Worten, doch die Worte waren sinnlos wie die Ikea-Möbel, weil Nil sie nicht hörte. Es war gar nicht wichtig, ob er ihr vergab oder ob er sie auch liebte, es war nur wichtig, dass er diese Worte hörte. Liebe, dachte sie verwundert, war offenbar keine Frage der Organisation, kein Vertrag, bei dem beide Parteien etwas zu erfüllen hatten, Weinlieferung gegen Bargeld, gute Presse gegen gute Behandlung der Reporter – nein. Liebe schien ein desorganisiertes und gänzlich einseitiges Gefühl zu sein.

»Ich will, dass du es weißt!«, schrie sie. »*Komm! Zurück!*«

Er kam nicht. Er war weit, weit weg, vielleicht hinter dem Horizont. Die Wunde an ihrer Schläfe pochte und begann wieder zu schmerzen. Sie legte eine Hand darauf und spürte das verkrustete Blut. Das Telefon klingelte. Und auf einmal wusste sie, wer das Kind war. Sie suchte das Telefon nicht, sie kniete sich auf den Boden, legte ihr Ohr an die alten Dielen, und dann hörte sie das Atmen in der Dunkelheit, spürte das Gierige, Böse, Unerklärliche dort unten. Es war die ganze Zeit über da gewesen, genau wie die Dunkelheit im Lichthaus, sie hatte es nur nicht bemerkt. Sie war zu beschäftigt gewesen mit den Möbeln.

Das Telefon klingelte weiter.

»Ich komme!«, rief Nada. »Nil, ich komme! Ich hole dich da raus, ich …«

Womit wollte sie die Dielen hochstemmen? Es gab kein ge-

296

eignetes Werkzeug in den Kartons. Sie begann, mit den bloßen Fingernägeln an den Ritzen herumzukratzen, auf einmal panisch, sie sah, wie ihre verletzten Fingerspitzen begannen, von Neuem zu bluten. Nichts an ihr schien mehr heil zu sein, nichts. Die frische Wunde an ihrer Schläfe hatte ebenfalls wieder begonnen zu bluten, der Schmerz pochte darin … Sie dachte an das Blut, das vor langer Zeit in einen Gummistiefel getropft war, und daran, dass sie nie erfahren würde, ob es das von Nil oder Niente gewesen war, und sie wünschte mit aller Macht, der Schmerz ihrer eigenen Wunden würde stärker werden, viel, viel stärker, damit er den Schmerz ihrer Schuld übertönte.

Da geschah etwas, das nur geschah, weil sie träumte.

Ihr Blut begann, die Bretter aufzulösen.

Es zerfraß das Holz wie eine starke Säure, die einzelnen Löcher verschmolzen zu einer Öffnung, und Nada sah ungläubig zu, wie die Öffnung größer wurde … groß genug, um hindurchzuklettern. Darunter gab es nichts als Schwärze. Schwärze und einen winzigen Fleck von Licht, das durch das Loch auf den Boden des Kellers fiel. Am Rand dieses Lichtflecks glänzte etwas: der Hörer eines altmodischen Telefons.

Nada glitt mit den Beinen voran in das Loch. Die Angst stieg von unten herauf und krallte sich um ihr Herz. Sie ließ sich fallen.

Einen Moment saß sie benommen auf dem Boden. Sie fühlte das atmende Etwas in der Dunkelheit, spürte das Pulsen seines Herzschlages, er befand sich im Gleichklang mit dem pulsenden Schmerz in ihrer Wunde, und der Rhythmus seines Atmens in der Dunkelheit war der Rhythmus ihres eigenen Atmens. Sie krallte die Hände ineinander, um nicht zu schreien. Sie schluckte.

»Bist du da?«, flüsterte sie.

Niemand antwortete.

»Ich bin es, Nada. Ich wollte Hilfe holen. Es gab niemanden, der uns helfen konnte. Ich bin zurückgekommen.«

»Hier«, antwortete eine zaghafte Kinderstimme aus der Schwärze.

Nada stand auf und ging auf die Stimme zu. »Du bist Nil, nicht wahr?«, fragte sie. »Niklas Heimlicht.«

»Nein«, sagte das Kind. Seine Stimme war jetzt näher.
»Aber du musst Nil sein! Warte. Bist du ... bist du Niente?«
»Nein«, sagte das Kind, verwirrt.

Jetzt war es ganz nah. Nada wich unwillkürlich zurück. Das Atmen in der Dunkelheit war ebenfalls ganz nah. Waren sie eins, das Kind und das Etwas, dessen gieriger Hunger den Keller füllte wie vergiftete Luft?

»Sie haben einmal gesagt, Ihr Name wäre Nada Schwarz«, flüsterte das Kind. »Das kann nicht sein. Sie können nicht Nada Schwarz sein.«

»Warum?«, wisperte Nada. Sie hatte die Hände noch immer ineinandergekrallt. Sie wusste nicht, ob ihre Angst größer werden konnte.

Das Kind trat einen letzten Schritt nach vorn, in den Lichtfleck, der durch die Decke fiel.

»Weil *ich* Nada Schwarz bin«, sagte es.

Und sie sah, dass es recht hatte. In dem Moment, in dem sie sich selbst gegenüberstand, ihrem sechsjährigen, zerzausten, ängstlichen, panischen Selbst, geschah noch etwas, das nur durch den Traum erklärbar war. Sie wurde eins mit dem anderen Selbst. Sie sah an sich hinab und war das Kind. Sie war wieder sechs Jahre alt.

Ein Teil von ihr war all die Jahre lang hiergeblieben. Der Teil, der sich erlaubte, ein Kind zu sein. Ihre Schuld und das geheime Wissen darum hatte sie in diesem Keller eingesperrt, für mehr als dreißig Jahre.

Nada sah empor zur Quelle des Lichts, dem unregelmäßigen Loch in der Decke. Drei Meter. Es gab keine Möglichkeit, hinaufzukommen. Keine. Die Ritzen in der Mauer würden ihren Füße und Händen nicht genug Halt bieten, sie würde fallen, wie Niente gefallen war. Der eisige, gierige Atem war sehr nah. Sie schloss die Augen, falls das Ding in den Lichtfleck geriet, hockte sich auf den Boden und schlang die Hände um die Knie.

Und dabei stieß sie an etwas Kaltes, Glattes. Das Telefon. Sie zog es zu sich heran, wählte auf der altmodischen Wählscheibe vier Ziffern, die sie nicht sah, irgendwelche Ziffern, und hielt den Hörer ans Ohr. Es tutete in der Leitung. Niemand hob ab. Natürlich hob niemand ab. Irgendwo oben im Leuchtturm klingelte ein identisches altmodisches schwarzes Telefon mit identischer Wählscheibe, doch es war unauffindbar, und es war auch gar keiner da, um es zu finden. Sie selbst war hier, sie konnte das Telefon oben nicht mehr abheben. Sie würde es klingeln lassen, bis das Etwas über sie herfiel. Es war beinahe über ihr.

Sein Geifern, seine Ungeduld war spürbar, als knisterte die Luft um sie von seinem Blutdurst. Es nützte nichts, wegzulaufen. Sie blieb sitzen und wartete auf das Ende. Sie hielt sich am Hörer des Telefons fest wie ein kleines Kind an einem Stofftier, das es mit in den Tod nimmt. Kann man nach dem Tod, dachte sie, ein zweites Mal sterben?

»Heimlicht?« Nada zuckte zusammen und hätte beinahe den Hörer fallen lassen. »Hallo?«

»Nil?«, fragte sie.

»Ja«, sagte er, außer Atem. »Ich ... ich habe das Telefon eben erst gefunden ... Hallo?«

»Ich bin im Keller«, sagte Nada. »Ich, Nada.«

Sie wollte mehr sagen. Da ist ein Loch im Boden, wollte sie sagen, zwischen den Kartons, hilf mir, hol mich hier raus, lass mich nicht allein ... Aber das Telefon in ihrer Hand gab nur noch ein lang anhaltendes, endgültiges Tuten von sich. Er hatte aufgelegt. Sie konnte ihm nicht einmal böse sein. Er tat nur, was sie getan hatte. Er ließ sie im Stich. Er hatte alles Recht der Welt dazu. Sie legte den Kopf auf die Knie und weinte ein Kinderweinen, verzweifelt, am Ende. Es sollte sie fressen. Jetzt. Schnell. Wo war es? Hatte es sich wieder in die Dunkelheit zurückgezogen, um sie weiter zu quälen, sie weiter warten zu lassen? Da gab es etwas wie ein Klacken neben ihr auf dem Boden, etwas rutschte, schleifte darüber, und Nada kniff die Augen fest zu.

»Nada!«, rief jemand über ihr. Nil. »Nada! Die Leiter!«

Sie sah auf. Was sie gehört hatte, war das Aufsetzen einer Leiter gewesen, das Haltsuchen ihrer Holzfüße, und jetzt stand sie, direkt vor Nada, in jenem winzigen Fleck aus Licht. In einer Ecke nahm

299

sie jetzt eine Art Verdichtung der Dunkelheit wahr, aber sie guckte nicht genau hin, sie wollte das Ding dort nicht sehen. Es schien für Sekunden irritiert.

Sie sah nur die Leiter an. Sie war nie so erleichtert gewesen, nie so glücklich.

»Nada!«, rief Nil noch einmal. »Bist du da? Du bist doch da? Geht es dir gut?«

»Ja«, flüsterte sie. »Ja, es geht mir gut.«

Sie hatte immer gedacht, es wäre an ihr gewesen, ihn zu retten. Aber sie hatte sich geirrt. Sie war es gewesen, die gerettet werden musste. Frank hatte recht gehabt.

Sie stand auf und kletterte die Sprossen der Leiter hoch, die er aus dem Schärtenbang gebaut hatte. Etwas schnappte nach ihren Knöcheln, sie spürte die Wut und die Enttäuschung hinter dem Schnappen, dann blieb all das hinter Nada zurück in der Schwärze der ewigen, undurchdringlichen Nacht.

Eine Hand packte Nada und zog sie durch die Öffnung hinauf, Nils Hand, und dann stand sie auf dem Bretterboden des Leuchtturms, ihre Hand noch immer in seiner. Am liebsten hätte sie diese Hand nie mehr losgelassen, nie, nie mehr.

»Es war die Angst«, flüsterte sie. »Nicht wahr? Es war nichts als unsere eigene Angst. Was da im Keller geatmet hat.«

»Vielleicht«, sagte er. »Vielleicht auch nicht.«

Sie sah zu ihm auf. »Nil? Bin ich ... bin ich ein Kind?«

Er nickte. Er schüttelte den Kopf. Er zuckte mit den Schultern, ein wenig hilflos wie immer, seine schiefe Nase in ein halbes Lächeln verstrickt.

»Du siehst nicht aus wie ein Kind. Aber womöglich bist du es. Von innen. Ein klein wenig. Es wäre zu hoffen.«

»Nil ...«, begann sie. »Ich – ich habe mich erinnert, ich – es tut mir so leid. Alles. Es tut mir so unendlich leid.«

Er zog sie in seine Arme, und seltsamerweise roch er nach Kampfer.

Sie blinzelte. Sie öffnete die Augen.

Sie lag in dem Bett im blauen Ferienhaus, unter Rosa Friemanns Bettdecke, in einem fremden Männerschlafanzug, mit einer Wärmflasche an den Füßen. Die Spitzengardinen waren vorgezogen, und sie merkte, dass sie einen Verband um den Kopf hatte. Unten im Haus hörte sie leise Stimmen. Sie befand sich in der Realität. Sie hatte gedacht, sie wäre draußen im Wasser erfroren, die Hand um den Styroporschwimmer des Fischernetzes gekrallt, erfroren oder ertrunken. Doch offenbar hatte jemand sie aus dem Wasser gezogen. Nein, sie war nicht tot. Nil war tot. Er hatte ihr vergeben, aber er war tot. Sie konnte nicht in ihrem Traum bleiben, dies hier war die Welt, in die sie gehörte, die reale Welt, und sie würde sich damit abfinden müssen. Es hatte keinen Sinn, vor dieser Welt wegzulaufen. Sie würde darin leben.

Sie horchte in sich hinein und fand das weiche Etwas nicht mehr, und dann begriff sie, dass es einfach weitergewachsen war, es war so groß geworden, dass es sie ganz ausfüllte, es gab nicht länger einen Unterschied zwischen dem weichen Etwas und ihr selbst. Die harte, kalte, gefühllose und effektive Nada Schwarz existierte nicht mehr.

Sie setzte sich auf und weinte ihr Kinderweinen weiter, das sie in ihrer Angst im Keller begonnen hatte. Sie weinte um Nil, den sie nie wiedersehen würde, weinte so sehr, dass es sie schüttelte, so sehr, dass das ganze Bett zu beben schien. Durch ihren Tränenschleier sah sie, dass alle Frühlingsblumen auf der Fensterbank aufgeblüht waren.

Nachsatz

Nada wusste, dass es Rosa war, als sie jemanden die Treppe heraufkommen hörte. Rosa mit einem Tablett. Kaffee und Hering, vermutlich. Sie roch den Kaffee. Sie wollte Rosa nicht sehen, sie wollte noch ein wenig allein sein, so lange, bis sie aufhören konnte, zu weinen. Und sie wusste nicht, was sie zu Rosa sagen sollte, jetzt, da sie sich an Niente Friemann erinnert hatte. Sie machte einen Versuch, ihre Tränen abzuwischen. Die Tür öffnete sich. Nada hatte recht gehabt, es war ein Tablett mit Kaffee und Hering, das ins Zimmer getragen wurde.

Aber es war nicht Rosa, die es trug.

Die Person, die jetzt mitten im Raum stand, das Tablett in beiden Händen, war größer als Rosa, größer und schlaksiger und jünger, und sie – oder besser gesagt: er – hatte zerzaustes dunkles Haar und eine etwas schiefe Nase. Nicht ganz so schief wie in Nadas Traum.

Er war auch nicht ganz so groß. Er war einfach nur groß. Seine Augen waren die gleichen, dunkel und freundlich, ein wenig fragend, ein wenig kindlich. Unerklärlicherweise trug er die Sachen eines älteren Menschen, sackartige Cordhosen, ein kariertes Hemd. Er stellte das Tablett auf den Tisch neben dem Bett und blieb dort stehen. Unschlüssig. Unsicher. Rosas Hund kam die Treppe herauf und drückte sich hechelnd an seine Knie, und da zerbrach die Unschlüssigkeit auf seinem Gesicht zu einem Lächeln.

»Er hat mich geholt.« Er fuhr dem Hund über den Kopf. »Irgendwie ist er hier unten durch die Tür gekommen, obwohl sie eigentlich nachts verschlossen ist … Hat gebellt, als gelte es sein Leben, und mich am Ärmel aus dem Bett gezerrt. Er ist mir vorausgerannt, zum Turm, ich habe das Rad genommen, nie bin ich so schnell da draußen gewesen. Und dann habe ich dich gesehen. Im Wasser, im Licht des Leuchtturms.«

Nada sagte nichts. Sie starrte ihn nur an.

»Ich habe dich aus dem Wasser gezogen«, sagte er. »Ich bin mit Aike Friemanns Boot rausgefahren.«

Sie wischte sich die Tränen aus dem Gesicht. Sie verstand nichts. Oder beinahe nichts. »Aber ... wo *ist* Aike Friemann?«, flüsterte sie schließlich

Statt einer Antwort zog er eine dicke, altmodische Hornbrille aus der Hemdtasche, hob sie über den Kopf und zerknickte sie in der Mitte wie einen Ast. Nada zuckte zusammen beim Krachen des Brillengestells. Er legte die beiden Hälften der zerstörten Brille neben die frischen grünen Blumen.

»Aike Friemann«, sagte er, »ist tot.«

»Seit ... wann?«, wisperte Nada.

Sie hatte die Knie angezogen und die Arme darum geschlungen, wie um sich gegen diese Vision zu verteidigen, die sie noch immer nicht begriff. Denn natürlich war es nur eine Vision. Es konnte nichts anderes sein.

»Seit fünf Jahren.«

»Ich dachte«, wisperte sie, »*du* wärst seit fünf Jahren tot.«

Da setzte er sich auf ihre Bettkante, sehr vorsichtig, als wäre sie ein scheues Tier, das man nicht erschrecken durfte. Oder ein gefährliches Tier. »Das«, sagte er, »denken eine Menge Leute.«

Nada streckte eine Hand aus, ebenfalls vorsichtig, und er nahm sie in seine.

»Nil«, flüsterte sie. »Bitte, erkläre mir ... ich bin völlig verwirrt ... ist das hier die Realität oder mein Traum?«

»Dein Traum ...« Er lächelte wieder. »Dein Traum war sehr schön. Ich habe ihn gelesen. All diese Zettel. Es war, als wäre ich dabei.«

»Das warst du! Du warst dabei!«

»Ja. Das Ende des letzten Traumes hast du mir erzählt. Du hast geredet, während du bewusstlos warst. Oder während du geträumt hast, ich weiß nicht.«

»Merten Fessel hat auch gesagt, dass ich im Schlaf spreche.«

Er sah weg. »Merten«, sagte er.

Als könnte er den Namen nur aussprechen, ohne sie anzusehen. Dann sah er sie doch wieder an.

»Ich fürchte, ich bin real.«

Sie wollte etwas sagen, lauter, doch sie merkte, dass sie nur flüstern *konnte*, sie war zu heiser zum Sprechen. Sie rückte ein wenig näher an ihn heran, nur der Akustik wegen natürlich. »Ist es also nicht wahr? Dass du hergekommen bist, um hinauszuschwimmen, im November? Um dich ... umzubringen?«

»Doch«, antwortete er. »Das ist wahr. Es ist alles wahr. Ich habe fünfundzwanzig Jahre lang mit niemandem gesprochen, ich hatte die Welt verloren, und dann sah ich dein Bild in der Zeitung und wusste, dass ich zurückkommen musste. Dass dies ein guter Ort wäre, um die Welt zu verlassen. Sie dachten immer alle, ich wäre dumm. Zurückgeblieben. Ich war nicht zu dumm, um eine Fahrkarte zu kaufen und auf eine Fähre zu steigen. Ich habe in diesem Bett geschlafen, ein paar Stunden, dann bin ich aufgestanden, mitten in der Nacht, und zum Leuchtturm hinausgegangen. Das Wasser war sehr kalt. Ich dachte an Niente. Ich dachte, ich würde sie vielleicht wiedersehen. Obwohl ... ich habe es nicht wirklich geglaubt. Es war Aike«, sagte er unvermittelt. »Aike hat mich rausgezogen. Er ist mir mit seinem Rollstuhl hinterhergefahren, mit diesem alten Ding, das man mit den Armen bewegen musste, den ganzen Weg, und dann ist er mir nachgegangen, nein, gefahren, ins Wasser. Er war ein guter Schwimmer, hat Rosa gesagt, seine Arme waren sehr stark.

Es ist natürlich trotzdem nicht leicht, jemanden aus dem Wasser zu ziehen, wenn man nur seine Arme bewegen kann. Fast unmöglich, schätze ich. Er hat es geschafft. Rosa hat zu spät gemerkt, dass Aike fort war, und als sie beim Leuchtturm ankam, hatte er mich irgendwie auf den Felsen geschleppt, den großen Felsen beim Leuchtturm. Ich erinnere mich nur vage ... Er ist irgendwie mit dem Kopf gegen diesen Felsen gestoßen, es muss eine Welle gewesen sein ... Er hat sich nicht mehr gerührt, als Rosa kam. Es war schrecklich, wie bei Niente damals. Rosa sagte, es wäre nicht schrecklich, es wäre nun mal so, und es würde nichts nützen.

Ich wollte zurück ins Wasser, aber sie hat mich gehindert, und dann waren plötzlich Worte da, ich habe gesagt, dass ich nicht zurückkann, dass Niklas Heimlicht sterben muss, und Rosa hat genickt, das weiß ich noch genau. Sie hat Aike meine Kleider angezogen und seinen Körper zurück ins Wasser geschoben. Sie kennt die Strömungen hier, es sind die gleichen, die die Heringsschwärme nutzen ... Sie wusste, wo Aikes Körper angespült werden würde. Und dass es dauern würde, lange genug, damit nichts mehr zu erkennen sein würde. Ich ... ich habe mich in Aike Friemann verwandelt. Marilyn und Merten haben es geglaubt, sie waren erst vor Kurzem hergezogen, Aike hatte kaum mit ihnen gesprochen ... Es war einfacher, als wir dachten. Selbst Rosa war erstaunt. Wir dachten, die Stimme würde ihnen am ehesten auffallen, obwohl ich kaum gesprochen habe am Anfang. Aber ihnen ist gar nichts aufgefallen. Die Leute hören und sehen nur, was sie erwarten. Und sie sind im Allgemeinen viel zu beschäftigt mit sich selbst.«

Nada nickte.»Ich war auch immer zu beschäftigt mit mir selbst«, flüsterte sie.»Du ... hast dich also in den Rollstuhl gesetzt ...«

»Ja.« Er lachte beinahe.»Es war wie ein Symbol. Ich habe mich in Aikes Rollstuhl gesetzt, als hätte ich das Laufen verlernt, und stattdessen habe ich das Sprechen wieder gelernt. Langsam, Wort für Wort. Rosa hat mich zu nichts gedrängt ...«

»Und du hast deinen Eltern nie gesagt, dass ... dass du lebst?«

Er stand auf und trat an das Fenster mit den Blumen, die er die ganze Zeit über für sie gegossen hatte. Deren Zwiebeln er für sie aufs Fensterbrett gelegt hatte. Er musste es gewesen sein, alles ergab jetzt einen Sinn.

»Meine Eltern haben Niklas Heimlicht begraben, den Niklas, der fünfundzwanzig Jahre lang so merkwürdig war. Den man niemandem erklären konnte.« Er drehte ihr den Rücken zu, während er das sagte, er sah sie nicht an.»Ich konnte nicht zurückgehen, wirklich nicht. Ich habe meine Eltern verloren, als ich sechs Jahre alt war. Oder sie haben mich verloren. Es war besser, zu sterben, damit sie endlich einen Schlussstrich ziehen konnten.«

»Ja«, sagte Nada.»Nein!«

Er legte seine Hände um eine Teetasse mit einer gelben Tulpe darin. »Vielleicht schreibe ich ihnen eine Postkarte. Vielleicht ist es Zeit.«

»Und die Postkarte, die du mir geschrieben hast? An das Postfach der Lichthauskette? Das warst doch du?«

Er nickte.

»War das Rosas Idee?«

»Nein. Nein, das war meine Idee.«

»Danke«, sagte Nada leise.

»Wie?«

Sie stand auf und merkte, dass sie ziemlich wackelig auf den Beinen war. Als sie bei ihm ankam, schüttelte ein Hustenanfall sie, und sie musste sich am Fensterbrett festhalten. »Danke, dass du mich hergeholt hast. Ich habe mich erinnert … Du hast geschrieben, vergiss, was geschehen ist, aber ich musste mich erinnern.«

»Ich weiß. Wie gesagt, du hast im Schlaf gesprochen.« Er sah sie noch immer nicht an, er sah aus dem Fenster, hinaus auf die Insel und über das graue Wintermeer.

»Ich wollte nur sagen, dass ich … Ich war schuld … Ich hätte euch aus dem Keller holen müssen, irgendwie … Ich habe all das später verdrängt. Ich habe alles Mögliche getan, um keine Zeit zu haben für Erinnerungen. Aber …« Sie holte tief Luft. Sie war froh, dass er sie nicht ansah. »Ich …«

»Warum fangen alle deine Sätze eigentlich mit *ich* an?«, fragte Nil mit einem kleinen gemeinen Blitzen in der Stimme.

»Liebe dich«, sagte Nada. Es war Unsinn, sie kannte ihn nicht, nicht als Erwachsenen, sie hatte ihn nur geträumt, und dennoch –

»Ach so«, sagte Nil.

»Weißt du noch, wie wir damals darüber gesprochen haben, dass wir langweilige Dinge tun müssten, wenn wir älter wären? Wie uns zu küssen?«

Da drehte er sich zu ihr um. Sein Gesicht war gequält, es drückte vermutlich das aus, was sie selbst gefühlt hatte, als Frank nicht damit aufhören konnte, *Ich liebe dich* zu ihr zu sagen. Es war ihm peinlich, *sie* war ihm peinlich, sie sah ja, wie unangenehm berührt er war.

Liebe, hatte sie gedacht, war eine einseitige Sache, es war nicht essenziell, ob der andere sie teilte, und das waren sehr heroische Gedanken, aber jetzt, plötzlich, fühlte sie sich schrecklich. Sie sah zu Boden.

»Du musst natürlich nicht«, flüsterte sie. »Ich kann dich nicht zwingen, mich zu küssen. Du bist kein Reporter.«

»Kein ... Reporter?«

»Nein. Weißt du, ich habe manchmal die Reporter mit ins Bett genommen. Nicht alle. Einer von ihnen liegt möglicherweise immer noch in meinem Bett und schreibt fett gedruckte Artikel über mich, mit merkwürdigen Fotos.«

»Es ist nur ...«, begann er und verstummte. Und beugte sich zu ihr herunter und fand ihre Lippen. Eine Weile lagen seine Lippen einfach auf ihren, merkwürdig unschlüssig, merkwürdig ratlos. Dann öffnete er sehr vorsichtig den Mund, und sie spürte seine tastende Zunge, es geschah alles mit unglaublicher Behutsamkeit. Oder eher mit großem Zögern. Mit unvorstellbarer Zurückhaltung. Sie ließ ihre Hand einen Moment auf seinem Herzen liegen und sehr langsam nach unten wandern, eine Gürtelschnalle öffnen, weil es das war, was das Drehbuch in solchen Situationen verlangte. Er hörte auf, sie zu küssen, und sah wieder aus dem Fenster.

»Es ist nur«, wiederholte er. Seine Stimme war belegt.

»Es ist in Ordnung«, flüsterte sie. »Du muss mir nicht sagen, dass du mich liebst oder – du musst mich gar nicht lieben. Du musst mir nicht einmal vergeben. Wir können dies hier trotzdem tun, als eine Art Abschluss, als ...«

»Nein«, sagte er. »Du begreifst nicht. Ich liebe dich. Natürlich. Immer schon.«

Etwas in ihr hüpfte, als er das sagte. Ein Kind vermutlich. Sie schwieg, fragend, wartend, besorgt, ihre Hand noch immer auf seiner geöffneten Gürtelschnalle.

»Ich habe fünfundzwanzig Jahre lang geschwiegen«, flüsterte Nil, heiser. »Ich habe nicht nur geschwiegen. Ich habe nicht gelebt. Verstehst du? Ich war nicht da. Ich war niemand.«

»Ja?«

»Ich habe noch nie ... eine Frau geküsst.«

Sie lachte, ganz leise, glücklich. Das war alles. Wie lächerlich.
»Ich auch nicht«, antwortete sie.
»Bitte?«
»Ich habe auch noch nie eine Frau geküsst.« Sie nahm ihre Hand weg und legte sie auf seine Lippen. »Man kann es üben«, sagte sie. »Alles. Weißt du. Es ist nicht so, dass es eilig wäre.« Er atmete lange aus, als hätte er seit Minuten die Luft angehalten. »Gut«, sagte er.
Und dann schloss er die Gürtelschnalle wieder und küsste Nada noch einmal. Seltsam, dachte sie. Bisher war sie der Meinung gewesen, Sex wäre die vorrangige Funktion einer Beziehung, die Essenz und das Ziel. Mit dem Ergebnis, dachte sie, dass sie eine Menge funktionellen Sex gehabt hatte, aber noch nie eine Beziehung.
Und plötzlich fiel ihr Merten ein. Die abgeschliffenen Glasscherben, die er in seiner Tasche mit sich herumtrug. Sein kleiner Sohn, der gesagt hatte: Er hat so einen Bohrer, wie für den Zahnarzt. Auf einmal wurde ihr eiskalt.
»Nil«, sagte sie leise. »Ich weiß es.«
»Was? Was weißt du?«
»Kannst du mich einen Moment ganz fest halten, damit ich nicht irgendetwas Dummes tue?«
Er antwortete nicht. Er hielt sie fest.
»Die Kette«, flüsterte sie. »Die Kette aus Glasscherben, erinnerst du dich? Aike Friemann hat geglaubt, es wäre seine Schuld, dass wir in den Keller des Leuchtturms runtergegangen sind ... Das war es nicht, es war nicht seine Schuld. Es war der Schimmer dieser Kette. Jemand hat sie dort hingehängt, um uns zu locken. Jemand hat die Tür zugeschlagen. Und jemand hat die Fahrräder vergraben, vielleicht hat er das erst später getan, als alles schon schiefgegangen war. Der ältere Junge mit dem Fernglas, Nil, mit dem ich am Tag vorher gesprochen hatte ... der Junge, der sich für das Verhalten der Vögel interessierte ... das Verhalten von Lebewesen im Allgemeinen ... Ich habe ihm erzählt, dass wir ...«
Sie befreite eine ihrer Hände aus seiner Umarmung und riss die Silberkette mit einem Ruck von ihrem Hals. Die weiße Glasscherbe

fiel auf den Boden und blieb dort liegen, in einem Flecken aus Frühwinterlicht. Nil griff in seine Tasche und zog einen Schlüssel hervor. Am Schlüsselring hing eine abgeschliffene braungoldene Glasscherbe, befestigt mit einem dünnen Draht. »Niente hat damals gesagt, sie bringen Glück«, sagte er. »Ich habe sie aufbewahrt. Das ... das ist der Schlüssel zum Leuchtturm.«

»Dann hast du das Licht wieder angemacht?«

»Ja«, sagte er. »Als du zurückkamst. Es war ein Zeichen. Für dich.«

Sie nickte. Die Wut war noch immer da. Sie streckte die Hand aus. Der dünne Draht, der die Scherbe am Schlüssel zum Leuchtturm hielt, zerbrach beinahe von selbst unter ihren Fingern; sie holte tief Luft und schleuderte auch diese zweite Scherbe auf den Boden.

Nil versuchte, sie fester zu halten, sie mit seinen Armen ganz zu umschließen, ihre Wut zu bändigen, sie hatte ihn darum gebeten, aber auf einmal kämpfte sie darum, freizukommen. Sie wollte etwas tun, irgendetwas, etwas zerschlagen, zertreten ...

»Nada«, sagte Rosa, noch halb auf der Treppe. »Es geht Ihnen also besser. Das wird Marilyn freuen. Sie hat mich eben noch nach Ihnen gefragt.«

Nada versuchte, ihre Wut beiseitezuschieben. Sie hörte auf, sich gegen Nils Griff zu wehren.

»Marilyn?«

»Ja, sie war eine Menge hier in der letzten Zeit. Wir haben abwechselnd über Sie gewacht, während Sie wirres Zeug geredet haben.«

Nada sah Rosas Blick von Nil zu ihr und zurück wandern. Sie sah Rosa lächeln.

»Sie war ... eine Menge hier ... in letzter Zeit?«, wiederholte Nada. »Wie lange habe ich denn im Bett gelegen?«

»Oh, ein paar Tage«, sagte Rosa beiläufig. »Da liegen ja Scherben. Besser, man tritt nicht hinein.«

Sie bückte sich, hob die beiden Glasstücke auf und warf sie in den Papierkorb am Fenster, eine belanglose, einfache Geste. Natürlich war es Unsinn, die Scherben waren nicht scharf, und Rosa wusste das genau. Sie hatte die Ärmel hochgekrempelt, als hätte sie gerade irgendwo gewischt, und ihre Handgelenke waren völlig nackt. Da war kein Armband mehr, keine blaue und keine grüne Glasscherbe, nichts. Und Nada hätte wetten können, dass auf dem Wohnzimmertisch unten ebenfalls keine Glasscherbe mehr lag. Hatte Rosa die Wahrheit begriffen? Hatte Nada im Schlaf so viel verraten? Oder hatte Rosa einfach mit dem kleinen Jungen gesprochen? Nada riss sich los und rannte an Rosa vorbei, die Treppe hinunter, aus dem Haus. Eben hatte sie sich kaum auf den Beinen halten können, nun rannte sie. Ihre Wut gab ihr die Kraft.

»Ich bringe dich um«, flüsterte sie, während sie im Schlafanzug durch den Novemberwind rannte. »Ich bringe dich um. Du wirst wahrscheinlich noch nicht mal abstreiten, was du getan hast ...«

Sie konnte sich genau vorstellen, was er sagen würde. Es war nur ein Experiment, ein Forschungsprojekt, ich wollte sehen, was geschieht. Ich konnte ja nicht wissen ... mein Gott, ich war jung. Und er würde sie in seine Arme ziehen, ganz anders als Nil, wissend, geübt, charmant, würde durch ihr Haar streichen und ihren Rücken entlang ... Und in seinen Augen wäre keine Schuld zu lesen, er war völlig schuldfrei, er war der einzige Mensch in Süderwo, der keine Schuld empfand, nur eine große silberweiße Einsamkeit.

Die Haustür der Fessels stand offen. Nada fand Marilyn im Flur, sie kniete auf dem Boden inmitten von Kleidern und herausgerissenen Schubladen, ein Kinderspielzeug in der Hand.

»Wo ist Merten?«, fragte Nada, keuchend.

»Merten ...« Marilyn drehte sich um. Diesmal gab es keine frischen blauen Flecke in ihrem Gesicht. Ihre blonden Locken spielten mit dem spärlichen Licht im Flur, als wären sie aus purem Gold, und in ihren blauen Augen lag ein verträumter Ausdruck. »Er ist zum Leuchtturm hinausgegangen. Schön, dass es Ihnen besser geht.«

»Wann?«, fragte Nada. »Wann ist er gegangen? Jetzt gerade?«

»Ach ...«, sagte Marilyn und wandte sich wieder dem Chaos zu, in dem sie kniete.

Nada kniete sich vor sie und legte ihre Hände auf Marilyns Schultern. Der Wollpullover, den Marilyn trug, hatte einen sehr weiten Ausschnitt, die Schultern unter Nadas Händen waren beinahe unbedeckt. »*Wann* ist Merten zum Leuchtturm gegangen?«, wiederholte sie eindringlich. »Treffe ich ihn, wenn ich jetzt dorthin gehe? Ich muss mit ihm sprechen.« Marilyn legte ihre Hände auf Nadas Hände. Ihre Hände waren viel nackter als ihre Schultern. Da war kein Ring mehr.

»Wenn ich genau darüber nachdenke«, sagte Marilyn, irgendwie träumerisch, »ist es schon eine Weile her, dass er zum Leuchtturm gegangen ist. Zwei Tage?«

Nada schüttelte den Kopf. »Zwei ... *Tage*? Und was tun Sie da überhaupt?«

»Oh, ich packe«, sagte Marilyn, und erst jetzt bemerkte Nada den offenen Koffer. »Wir gehen zurück aufs Festland. Zu meiner Familie.« Sie begann, einen Kinderpullover zusammenzulegen, und Nada hielt ihre Arme fest.

»Hören Sie auf damit. Hören Sie mir zu. Ich ... Was ist mit Ihrem Ring passiert?«

Marilyn sah ihre Hand an. »Ich muss ihn verloren haben«, murmelte sie. »Ist nicht so schlimm. Es war kein Stein. Nur Glas.«

»Das wussten Sie?«

»Ach ...«, sagte Marilyn.

Sie stand auf, und Nada stand mit ihr auf, einen Moment standen sie in den Überbleibseln eines Haushaltes wie im Watt und sahen sich an. Dann beugte Marilyn sich vor und küsste Nada auf den Mund. Und dann flüsterte sie.

»Er wartet. Da hinten, bei unserem Gartentor. Er wartet auf Sie. Leben Sie wohl.«

Sie drehte sich um. Einen Moment dachte sie, Merten stünde beim Gartentor, aber es war Nil.

Er hatte eine Hand ausgestreckt wie jemand, der auf ein Kind wartet.

Antonia Michaelis
FRIEDHOFSKIND
Broschur, 480 Seiten
ISBN 978-3-95451-286-7

»Antonia Michaelis ist eine Meisterin des Atmosphärischen und der psychologischen Abgründe. Nach wenigen Seiten sind die Leser in die dunklen Schatten des Dorfes abgetaucht.« Lesart

www.emons-verlag.de